Le prince du désert

La rose des sables

PENNY JORDAN

Le prince du désert

éditions Harlequin

Titre original : PRINCE OF THE DESERT

Traduction française de SYLVETTE GUIRAUD

HARLEQUIN®
est une marque déposée par le Groupe Harlequin

PASSIONS®
est une marque déposée par Harlequin S.A.

Photos de couverture

Couple : © CHAD EHLERS /GETTY IMAGES
Paysage : © TARIQ DAJANI / GETTY IMAGES
Oasis : © JONARNOLDIMAGES / JUPITER IMAGES
Désert : © DARYL BENSON / MASTERFILE

83/85 boulevard Vincent Auriol 75646 PARIS CEDEX 13.
Service Lectrices — Tél. : 01 45 82 47 47

ISBN 978-2-2800-9272-2

- 1 -

Gwynneth régla le chauffeur de taxi et, avec un soupir épuisé, leva les yeux vers le building qui se dressait devant elle — celui-là même où était situé l'appartement de son père.

Non, se rappela-t-elle tristement, ce n'était plus celui de son père, mais le sien. Puisque son père était mort et lui avait laissé tous ses biens par testament.

Et aussi ses responsabilités ! Enfin, c'était comme s'il les lui avait léguées, et Gwynneth se sentait moralement obligée de les endosser.

Ses minces épaules fléchirent un peu. Les semaines qui venaient de s'écouler l'avaient marquée de leur empreinte. La brutale crise cardiaque de son père avait été un choc pour elle. Même s'il était sans doute vrai qu'ils n'avaient jamais eu une relation classique de père à fille.

Comment cela aurait-il pu être possible, d'ailleurs ?

Cela ne signifiait pas pour autant qu'elle n'ait jamais éprouvé de tendresse à son égard. C'était son père. Certes, il était vrai qu'après le divorce de ses parents, son père l'avait virtuellement abandonnée aux soins dépourvus de tendresse de sa mère et de son beau-père. Vrai aussi qu'il avait été absent de sa vie la plus grande partie du temps, poursuivant de son côté une existence d'hédoniste et de lointains voyages pendant que sa fille grandissait. Vrai encore que son absence avait été ponctuée ça et là par ses visites sporadiques au petit pensionnat privé où elle avait pour ainsi dire été élevée par une aimable directrice d'âge mûr.

Mais, de ses deux parents, c'était sa mère qui avait le plus blessé Gwynneth. Lorsqu'une personne possédait richesse et pouvoir, elle avait la possibilité de briser les règles et de les remodeler à son gré. Ce qui était le cas de son riche et puissant beau-père.

Pas du tout comme son père dont la personnalité charismatique et une langue persuasive étaient les biens les plus éminents.

Un sourire étira à regret les lèvres de la jeune femme qui se remémora à quel point il s'était glorifié d'être devenu grâce à ces seules qualités, le propriétaire de cet appartement au royaume de Zuran dans le golfe Persique.

— Le bâtiment dans lequel il se trouve est situé en plein centre d'une nouvelle marina en pleine expansion, lui avait-il expliqué, tout excité. Je te le dis, Gwynneth, j'aurais pu le revendre dix fois — non, cent fois le double de ce que je l'ai payé.

A l'époque, Gwynneth ignorait à peu près tout du royaume désertique de Zuran. Ce n'était plus le cas. Car c'était la raison de sa présence ici.

La tiédeur de la nuit du golfe Persique, empreinte d'une sensualité un peu troublante, la fit frissonner. Elle s'enroulait autour d'elle comme une gaze de soie, frôlait sa peau de sa subtile caresse, masquait de son ombre la sensation si intime qu'elle lui inspirait, tel un mystérieux amant au visage dissimulé, dont la caresse serait d'autant plus érotique qu'il lui serait inconnu. Gwynneth frémit longuement en s'efforçant d'abaisser les barrières intérieures qu'elle utilisait chaque fois pour refuser l'accès à des pensées trop sensuelles. Toute sa vie de femme adulte, elle s'était battue pour rester à l'écart des dangers de la sensualité profonde et obscure héritée de son père et qu'elle s'obligeait avec beaucoup d'ardeur à nier.

Alors *pourquoi,* sachant cela, avait-elle réagi avec une telle émotion lorsque son père lui avait, juste avant de mourir, reproché de se priver à dessein de tout plaisir des sens. C'était pourtant bien ce qu'elle avait voulu, le choix qu'elle avait fait pour elle-même. Ces paroles auraient dû lui faire plaisir au lieu de la rendre vaguement consciente de tout ce qu'elle manquait.

Mais, songea-t-elle avec un sentiment de lassitude, cela était sûrement dû au stress des dernières semaines, qui affaiblissait ses défenses et qui, d'une certaine manière, laissait le champ libre à cette faim et à ces besoins inconnus qui l'envahissaient de plus en plus…

Il était minuit passé ici à Zuran, et seulement le début de la soirée chez elle, au pays. Gwynneth repoussa de son visage la masse de ses longues boucles rousses et ferma des yeux verts parfois trop éloquents qu'à vingt-six ans, elle ne savait pas toujours contrôler, et qui pouvaient bien trop facilement trahir ses sentiments. Tout comme ses cils sombres et sa peau crémeuse, ils étaient l'héritage de sa mère irlandaise. Tout comme lui venait de sa grand-mère paternelle, à en croire son père, sa silhouette souple et élancée.

Une sensation, mélange de chagrin, de colère et d'angoisse lui noua l'estomac. Elle rouvrit des yeux assombris par des souvenirs douloureux. Enfant, elle s'était souvent demandé ce qu'elle avait fait au juste pour mériter des parents qui ne l'aimaient pas. Devenue adulte, elle avait appris à se persuader que leur incapacité à s'aimer l'un l'autre était responsable de leur incapacité à l'aimer, elle, cette enfant conçue par accident et jamais désirée.

Un an après son divorce, sa mère s'était remariée et envolée avec son nouveau mari pour l'Australie, vers une nouvelle vie. Son père, libéré d'un mariage qu'il prétendait n'avoir jamais voulu, avait alors couru le monde. Il s'était mis à boire, à jouer, revenant à de rares occasions en Angleterre pour voir Gwynneth — et toujours à des moments où il était drogué ou ivre, et parfois les deux à la fois. Représentant de la génération hippie, son père était, malgré son âge mûr, adepte des drogues et de la boisson ainsi que du culte de l'amour libre.

Il l'avait été. Mais c'était fini. Il ne le serait jamais plus.

En dépit de son style de vie, Gwynneth avait reçu un choc en apprenant sa mort. Crise cardiaque, l'avait informée l'hôpital, puisqu'elle était sa fille et sa plus proche parente.

Sa fille oui, mais pas sa seule enfant. Une fois de plus, la question qui faisait monter en elle un sourd désespoir la submergea. Comment un homme qui avait abandonné son unique enfant sous prétexte de ne pas l'avoir désirée, avait-il pu en concevoir un autre avec tant d'insouciance ?

Le cœur de Gwynneth se serra en repensant à la manière dont elle l'avait appris. Bien sûr, elle n'avait aucune idée de ce qui allait arriver lorsque son père lui avait téléphoné pour l'informer qu'il se trouvait à Londres, dans l'un des hôtels les plus selects. De la City Bank où elle travaillait comme analyste, la jeune femme s'était rendue tout droit jusqu'à l'hôtel où, à sa grande surprise, son père n'occupait pas une simple chambre, mais une suite. Puis elle avait découvert qu'il n'était pas venu seul à Londres. Il avait amené avec lui Teresa, sa petite amie philippine et leur bébé.

— Teresa a l'air si jeune, avait protesté Gwynneth, incapable de dissimuler son dégoût à la pensée qu'une fille si jeune et si jolie puisse sortir avec un homme usé et démoli par la vie qui aurait pu être son père.

— Elle a vingt-deux ans, avait-il répondu d'un ton négligent.

Quatre ans de moins qu'elle-même… Son expression l'avait sans doute trahie parce que son père avait haussé les épaules et déclaré sans la moindre honte :

— Tu peux prendre cet air-là tant que tu veux. Moi, j'aime le sexe. Quel mal y a-t-il à ça ? Je n'aurais jamais pu imaginer qu'une enfant issue de moi pourrait se transformer en une prude asexuée. Le sexe est chose normale, naturelle. Chez un humain adulte, c'est un appétit qui devrait être une source de plaisir et non de complexes. Tu ne sais pas ce que tu perds. Si j'étais toi…

— Je ne veux pas le savoir, avait-elle répondu d'un ton acéré. Et tu n'es pas moi !

Gwynneth avait toujours été consciente d'avoir hérité de cette sensualité et d'avoir toujours lutté pour la refouler. Seulement maintenant, sans la présence de son père pour lui rappeler la raison de sa farouche détermination à écraser les élans de son corps, des faiblesses déroutantes avaient commencé à faire leur apparition dans ce qu'elle croyait être la muraille imprenable qu'elle avait érigée contre le désir charnel.

De nouveau, elle leva les yeux vers le building qui se dressait devant elle. Après avoir vérifié encore une fois qu'elle était à la bonne adresse, elle poussa un soupir de soulagement. Elle s'était à moitié attendue à découvrir que son père avait exagéré en lui vantant le luxe de l'appartement qu'il avait acheté, avait-il dit, dans le quartier résidentiel le plus huppé de Zuran.

A cette minute, la jeune femme pouvait voir par elle-même qu'il était tel qu'il le lui avait décrit. Sous ses yeux, les coques blanches éblouissantes des yachts luxueux se balançaient doucement au clair de lune dans les eaux protégées de la marina. Au loin, au bout d'une jetée recourbée, elle apercevait ce qui semblait être un restaurant entièrement vitré, éclairé par-dessous. Des jardins impeccablement soignés entouraient l'immeuble qui s'élevait parmi plusieurs autres, tous reliés par des passerelles de verre et des jardins à un élégant hôtel. L'ensemble était bâti sur la même langue de terre, avec la marina d'un côté et une plage privée de l'autre. Un vrai paradis pour millionnaires.

Seulement, son père n'avait jamais été millionnaire. C'était un homme qui roulait sa bosse, un risque-tout. Parfois gagnant de l'argent, plus souvent le perdant.

Gwynneth avait d'abord été emplie de doute lorsqu'elle avait reçu les papiers de la vente qu'elle devait encore faire vérifier. Pourtant, l'ambassade zurani à Londres lui avait affirmé qu'ils étaient authentiques. Hélas, comme on le lui avait poliment expliqué, pour des raisons juridiques et pour réenregistrer l'appartement à son nom, il lui faudrait se rendre à Zuran ou bien trouver quelqu'un là-bas qui agisse en son nom. Comme l'idée de laisser les documents en question aux mains de quelqu'un d'autre la gênait, elle avait finalement décidé de partir elle-même pour Zuran.

Extrayant de son sac à main le passe de son père, Gwynneth se dirigea d'un pas décidé vers l'entrée. Elle s'attendait quelque peu à être arrêtée en chemin ou au moins interpellée, mais à son grand soulagement, les portes vitrées s'ouvrirent aussi rapides et silencieuses que si elle avait prononcé les mots magiques : « Sésame ouvre-toi. »

Un ascenseur, également activé par le passe, l'emmena jusqu'à la suite qui occupait le dernier étage de l'immeuble. Elle n'avait aucune idée de la valeur de l'appartement, mais elle se doutait bien qu'il devait valoir une énorme somme. Tant mieux, car elle avait l'intention de le revendre aussitôt que possible. Chaque jour qui passait augmentait la pression sur son compte en banque. Elle avait des revenus très confortables, mais elle avait un emprunt à rembourser ainsi que divers autres frais. Et comme les comptes de son père étaient vides, elle avait dû régler ses obsèques ainsi que sa note d'hôtel. Dès lors si elle ne vendait pas cet appartement très vite, elle allait vite être coincée… D'autant qu'à la mort de son père, elle s'était cru tenue de recueillir Teresa et son bébé dans son petit appartement, et sans argent, elle ne pourrait continuer très longtemps à les aider.

Chaque chose en son temps, se dit-elle alors avec fermeté. Elle glissa la clé dans la serrure et un long soupir de soulagement lui échappa en voyant le clignotant passer au vert.

Les doubles-portes s'ouvrirent sur un couloir qui débouchait sur un immense living-room élégamment meublé, mélange de meubles modernes et de reproductions d'ancien, assorti d'un divan bas où s'entassaient des coussins de soie aux brillantes couleurs et des étoffes damassées.

Son père avait expliqué à Gwynneth qu'il n'avait pas encore habité l'appartement. Il l'avait acheté sur plans, déjà meublé et prêt à être occupé, jusqu'à la literie et au linge de maison, le tout choisi par un architecte d'intérieur de haut vol. Cette pièce avait un air trop parfait de maison d'exposition — y compris la subtile odeur de bois de santal qui y flottait. A l'évidence, elle avait été aménagée pour toucher chacun des cinq sens.

Après le living-room, Gwynneth découvrit une immense cuisine toute équipée, avec un immense réfrigérateur, et un balcon en terrasse meublé d'une table et de chaises.

Mais pour l'instant, elle ne mourait d'envie ni de manger ni de boire mais de dormir.

A l'autre bout du couloir, elle découvrit la chambre à coucher et s'arrêta net. Le décor était incroyable : sur des murs dans les tons crème et beiges, relevés par une touche de noir et de somptueuses étoffes moirées, étaient suspendus de grands miroirs encadrés d'or, qui, par un subtil agencement, semblaient refléter son image à l'infini. L'ensemble était si opulent, et d'une telle sensualité, que le simple fait d'y poser le regard la fit frissonner, et elle referma la porte précautionneusement.

Revenue dans le couloir, Gwynneth ouvrit la dernière porte. A l'origine sans doute, on avait dû considérer la pièce comme une chambre, mais pour l'instant, elle était meublée en bureau.

La jeune femme retourna chercher sa valise abandonnée dans le hall. Elle fronça un peu les sourcils en s'apercevant que la porte d'entrée n'avait pas été équipée d'une chaîne de sécurité. Puis elle se rassura : il était impossible de pénétrer dans l'immeuble sans un passe.

Il était presque 1 heure du matin, et elle avait rendez-vous dans la matinée avec l'agence gouvernementale qui gérait la vente d'immobilier zurani à des étrangers. Aussi, après s'être déshabillée, elle alla prendre sa douche dans la salle de bains en marbre.

Quinze minutes plus tard, elle était au lit et dormait à poings fermés.

*
* *

— Tariq !

Un sourire chaleureux illumina le visage du chef de Zuran quand il accueillit l'un de ses parents préférés, à qui il donna l'accolade comme à un égal. Bien qu'étant le souverain et Tariq l'un de ses sujets, le petit royaume personnel de ce dernier — une vallée éloignée et bien cachée, là où le désert rencontrait la montagne — signifiait qu'il était lui aussi prince et de plein droit.

— On me dit que tu espères bientôt commencer les fouilles sur l'antique cité de tes ancêtres ? demanda le souverain.

Tariq lui rendit son sourire.

— Une fois passées les chaleurs de l'été nous nous mettrons au travail.

— Et tu préférerais être là-bas à gratter la terre plutôt qu'ici à ma cour, n'est-ce pas ?

Le souverain rit en étudiant l'expression de son cousin. Ils portaient tous deux le costume arabe traditionnel, mais Tariq était rasé de près alors que le souverain était barbu. Il avait les yeux gris quand ceux de l'autre étaient brun foncé et sa peau était plus tannée par le soleil que d'un ton olive naturel, ce qui trahissait son double héritage. Cependant, les deux hommes avaient en commun le même profil arrogant d'oiseau de proie et la même bouche en forme de cimeterre, la même allure fière et la conscience de qui ils étaient, et de ce qu'ils représentaient.

Le roi posa la main sur le bras de son cadet tandis que Tariq gardait un silence diplomatique. Il éprouvait de l'affection et le plus grand respect pour le souverain, à la fois pour le monarque et pour l'ami.

Quand la mère de Tariq s'était retrouvée seule, après que

son époux anglais l'eut abandonnée, elle avait accepté une invitation du prince de Zuran à venir s'installer sous son toit plutôt que de vivre seule avec son jeune fils. Et elle y avait vécu jusqu'à sa mort, l'année précédente. Tariq avait donc pratiquement grandi ici au palais, même si, comme de nombreux autres jeunes garçons de Zuran, il avait poursuivi ses études en Angleterre et en Amérique.

— Alors, reprit le roi, quel progrès a-t-on fait dans l'enquête sur les ventes immobilières frauduleuses ? Est-ce que ces escrocs continuent à vendre plusieurs fois des biens que nous avons mis en vente à l'intention des ressortissants étrangers ?

— Le chef du gang — Chad — est sud-africain et j'ai obtenu la permission de le rencontrer, expliqua Tariq. Il m'a fait savoir qu'il reçoit en ce moment l'appui d'une personne de haut grade dans le gouvernement Zurani. Celle-ci leur a fourni les documents dont ils avaient besoin pour se prétendre propriétaires de ces biens immobiliers. Ils seront alors vendus illégalement à un prix bien trop élevé, et pas à un unique acheteur mais à deux, ce qui doublera le profit. Au moment où leurs victimes découvriront qu'elles ont été flouées, il sera trop tard : leur argent se sera envolé…

— Et qui est ce traître zurani ? l'interrogea le roi.

— Hélas, le chef du gang ne me fait pas encore assez confiance pour me donner son nom. Chad est trop malin pour se mettre en danger. D'autant que, en fait, il contrôle son organisation criminelle depuis un yacht. Comme vous le savez, je me suis présenté au gang comme quelqu'un dont on peut acheter les services — jeune membre rejeté et profondément ambitieux de la famille royale Zurani. J'espère ainsi que la promesse de mon influence potentielle les poussera à révéler l'identité de leur contact. Mais Chad est un homme très prudent et soupçonneux. A l'évidence, il ne trouve pas suffisant que j'aie accepté la miette qu'il m'a déjà offerte sous la forme d'un des appartements qu'ils ont acquis grâce à mon aide.

— Celui où tu vis en ce moment ?

— Il m'a paru de bonne guerre de le conforter dans l'idée qu'il se fait de ma cupidité. J'ai aussi prétendu que je manquais de liquidités parce que l'héritage de ma mère m'a été refusé, et que c'est vous qui en avez le contrôle.

Tariq haussa les épaules.

— Après tout, nous devons supposer que, la personne qui les aide, quelle qu'elle soit, devra connaître mon nom et le montant de ma fortune afin qu'ils croient à ma nature cupide et avide.

— J'ai l'impression que tu n'es pas très heureux du rôle que je t'ai demandé de jouer, remarqua le souverain d'un ton compatissant. Mais tu es l'une des rares personnes en qui j'ai une confiance absolue, Tariq, et ceci est une question très sensible.

— Plutôt oui ! Autant que je sache, les victimes que nous connaissons ont affirmé avoir acheté leur bien par l'intermédiaire d'un prétendu fonctionnaire de l'Etat.

Tariq se racla la gorge et ajouta d'un ton sec :

— Malheureusement, comme l'homme en question était vêtu du costume traditionnel, portait une barbe et de grosses lunettes de soleil, personne n'a eu la possibilité de le reconnaître et de l'identifier. Nous devons donc supposer qu'il était connecté avec l'officiel zurani qui aide le gang. Or si c'est le cas, et si cela vient à se savoir, la réputation de Zuran risque d'en être gravement entachée.

— Nous ne devons pas permettre que cela arrive ! Il faut retrouver cet homme et le démasquer, dit le souverain d'un ton sévère.

Puis son expression s'adoucit et il ajouta :

— Je sais que je peux te faire confiance pour faire tout ce qui sera nécessaire.

Après avoir renvoyé sa voiture et son chauffeur à une distance convenable de l'appartement, Tariq s'arrêta pour humer l'air tiède de cette fin de soirée. C'était par des nuits comme celle-là que le désert l'appelait si fort, que son désir de laisser derrière lui la cité et de satisfaire sa soif de retour au pays se transformait en une véritable tentation.

Il songea avec mépris à la bande d'hommes corrompus dans laquelle il s'était infiltré. La veille, le chef lui avait proposé les services d'une des prostituées peu vêtues toujours à bord du yacht, comme une récompense pour son soutien.

Bien entendu, il avait dû feindre d'être flatté par l'offre, même si en réalité, il avait été révolté par cette offre sordide. Il l'avait déclinée en prétextant que, si cela arrivait aux oreilles du roi son cousin, celui-ci serait alors beaucoup moins enclin à lui laisser prendre le contrôle de son héritage.

En dépit d'un célibat qui durait maintenant depuis dix-huit mois — depuis en fait, la fin d'une discrète liaison avec une élégante Française divorcée, qui comme lui n'avait aucune envie de s'engager dans un mariage — la vue de jeunes femmes peu vêtues avec leur seins trafiqués par la chirurgie esthétique et leurs yeux vides ne l'avaient pas excité du tout. Combien d'autres membres de la bande avaient profité de leurs faveurs ? s'était-il demandé.

Sa bouche prit un pli de dégoût dédaigneux lorsqu'il se remémora l'offre sournoise du chef de la bande.

— Pourquoi est-ce que je ne m'arrangerais pas pour t'en envoyer une à ton appartement pour que tu puisses t'amuser avec elle en toute intimité ?

— Merci mais non, avait répondu Tariq, feignant le regret.

En atteignant l'immeuble, il prit son passe-partout, l'inséra dans la serrure et attendit l'ouverture des portes. Une fois à l'intérieur, il traversa sa chambre sans se soucier d'allumer la lumière ou de jeter un coup d'œil vers le lit. Après s'être dépouillé de ses vêtements dans la pièce attenante à la salle de bains, il se plaça debout sous le jet puissant de la douche.

Gwynneth s'éveilla brutalement, le visage en feu. Un autre feu, tout différent celui-là, tourmentait son corps. Pourquoi après toutes ces années, fallait-il que cela lui arrive *maintenant* ? se demanda-t-elle. Pourquoi le désir physique avait-il choisi *maintenant* d'exprimer sa protestation contre le refus absolu qu'elle lui opposait ?

Son père s'était moqué d'elle et l'avait accusée d'être incapable de saisir le sens du désir sexuel. Pourtant, elle ne le comprenait que trop bien. Elle s'y savait même particulièrement exposée. Pour quelle autre raison que la peur de ressembler à son père l'aurait-elle ainsi maîtrisé, réprimé, refoulé ? Et puis là, d'un seul coup, elle était devenue incapable de le contrôler. Il battait fiévreux et insistant dans la prison de son corps, criant pour qu'elle le libère et Gwynneth en restait choquée et abasourdie.

Elle s'assit brusquement dans son lit, et vit un homme

sortir de la salle de bains attenante. Muette, elle fixa la silhouette debout dans l'encadrement de la porte, éclairée par la lumière venant de la salle de bains. Comme elle, l'homme était entièrement nu.

Non, songea-t-elle l'esprit enfiévré, pas tout à fait comme elle. Sa peau avait une teinte chaude alors que la sienne était pâle. Il avait de larges épaules, le ventre plat. Son torse était couvert d'une toison noire et soyeuse. Il était grand, brun et beau. Comme elle dut le reconnaître en silence, c'était l'homme le plus parfait, le plus magnifiquement sexy qu'elle ait jamais pu imaginer. Il possédait en outre, cet air d'impatience, viril et dangereux qui fit passer en elle un frisson érotique, une sorte de peur qui n'en était pas une, plutôt une excitation moralement choquante.

Un seul bref coup d'œil. Ce fut tout ce dont elle eut besoin pour se persuader que tout en cet homme allumait en elle tous les clignotants. Elle battit des paupières pour chasser cette apparition. Ceci ne pouvait arriver. C'était une illusion, une création de son imagination.

Pourtant, il était toujours là et aucun furieux battement de paupières ne parvenait à le faire disparaître. Ce qui signifiait… qu'il devait être bien réel.

Gwynneth se hâta de détourner le regard et son visage s'enflamma.

Ce fut sans doute la confusion trop exagérée qu'elle joua en détournant la tête quand il entra qui acheva d'épuiser la patience de Tariq.

— Comment êtes-vous entrée ici ? questionna-t-il d'un ton coupant.

Comme s'il avait besoin de poser la question ! songea-t-elle. Il savait parfaitement bien qui elle était !

—Non, inutile de me le dire, poursuivit-il d'un ton sec en marchant vers elle à grandes enjambées. Je connais déjà la réponse. Et je sais exactement qui vous êtes.

Il lui jeta un regard de mépris glacé. Il n'était pas question qu'elle s'incruste ici. Il voulait qu'elle s'en aille et vite — même s'il devait la rhabiller lui-même.

Gwynneth lui lança un regard affolé. L'homme nu devant elle n'était pas une illusion. Il était absolument réel et il avait presque atteint le lit, comprit-elle, alarmée, détournant à regret les yeux de son torse.

Quand les doigts de Tariq se refermèrent autour de son bras, elle poussa un cri de protestation et par instinct, tenta de s'écarter de lui tandis qu'il l'arrachait littéralement du lit.

Au moins, ne put s'empêcher de penser Tariq, en enregistrant la douce houle produite par les gestes affolées de Gwynneth, ces seins-là étaient bien réels. Rien à voir avec les poitrines refaites qu'il avait observées sur le yacht. Les seins d'une femme devaient être doux et malléables, assez volumineux pour remplir agréablement la paume d'un homme, comme l'étaient sans doute ceux de cette femme-là. Tariq pouvait presque imaginer la sensation qu'il en aurait, la tiédeur de sa peau, les mamelons raidis à son contact, les seins qui s'épanouiraient au fur et à mesure de la montée de son désir, exactement comme le sien…

Le choc des sensations qu'il éprouvait tout à coup se changea brusquement en une farouche incrédulité. Quoi ! Il ne pouvait pas être excité par cette femme !

— Que faites-vous ? Laissez-moi ! cria Gwynneth.

Il était impensable qu'elle se laisse faire ! Farouche,

elle repoussa la poitrine de l'homme de sa main restée libre.

— Où sont vos vêtements ?

Restant interloquée par sa question, elle lui lança un regard impuissant, puis tenta de dissimuler ses seins dénudés. Tandis qu'elle baissait la tête, Tariq sentit sa longue chevelure soyeuse lui frôler le torse, et il tressaillit. Contre la sienne, sa peau paraissait aussi pâle que du lait et, quand elle ramena ses bras sur sa poitrine, il sentit ses doigts frôler la chair lisse de ses seins. Elle avait des yeux vert jade et des lèvres d'un rose pâle semblable à l'intérieur d'un coquillage pêché dans les profondeurs du Golfe. Le regard de Tariq descendit de sa bouche vers ses seins, et il vit la chair crémeuse surmontée de mamelons brun clair qui gonflaient et durcissaient sous son regard ardent.

Gwynneth perçut sa propre respiration, haletante, tandis que le sang dans ses veines semblait battre la chamade, lourd et chargé de sensualité. Son regard, qu'elle ne maîtrisait plus, s'abaissa hardiment sur le corps de l'homme, vers un point qu'elle était bien décidée à ne pas regarder. Un léger son qu'elle se refusa à considérer comme un gémissement de plaisir lui échappa.

Un élan de féroce colère traversa Tariq, bousculant toute autre pensée. Colère contre la femme qu'il tenait, colère contre ceux qui la lui avaient envoyée, colère pour tant et tant de raisons — mais surtout colère contre lui-même. Il n'était tout simplement pas prêt à admettre la percée indésirable du désir qui à présent le vrillait. Il était impossible pour un homme comme lui d'être excité par une femme telle que celle-ci, impossible de la désirer, impossible même de la toucher.

Mais, impossible ou pas, ces trois choses-là étaient en train de lui arriver.

- 2 -

Impossible. Cela ne pouvait pas lui arriver, pensa Gwynneth, haletante. Elle ne pouvait pas être là nue, corps contre corps avec cet homme, un parfait inconnu, que sa chair accueillait pourtant avec une telle délectation.

Quand il la retourna vers lui, elle tendit la main et lui toucha le visage du bout des doigts pour en explorer la structure avec lenteur. Sa peau était tiède sur les durs contours de son ossature, et quelque chose dans sa pure arrogance et la puissance de cette virilité fit naître en elle un frémissement d'excitation impudique. La chaleur des prunelles grises lui consuma la peau et son souffle s'arrêta dans sa gorge en observant les épais cils noirs qui lui dissimulaient son regard. Les mains de l'inconnu, posées sur sa taille en faisaient presque le tour. Elles glissèrent vers sa croupe, malaxant sa chair, la pressant contre son corps et son érection.

Gwynneth poussa une faible exclamation de ravissement et, se frottant contre lui, lui offrit sa bouche. Il posa les lèvres sur les siennes et commença à les dévorer avec gourmandise, sans cesser de la faire vibrer de ses mains expertes, mettant tous ses sens en alerte. Elle n'entendait plus rien que le bruit de leurs cœurs, toujours plus rapide, qui suivait le rythme sensuel de leur montée vers le plaisir. Maintenant elle savait pourquoi le bruit sourd des battements d'un tambour pouvait être si érotique, songea Gwynneth, fébrile, à l'instant où la bouche de l'homme et sa langue précipitaient le rythme qu'il avait imposé à son corps.

Maintenant, elle était devenue la fille de son père. Maintenant, elle obéissait à l'appel de son sang. Maintenant, elle était exposée à ce besoin que son corps éprouvait et qu'elle avait si longtemps repoussé. Et maintenant, elle ne le repoussait plus. Elle le prenait à bras-le-corps, elle l'accueillait en elle et s'y abandonnait, sans aucun pouvoir physique pour résister à l'élan implacable de son propre désir et en même temps, trop envahie par ses sensations sur le plan émotionnel pour vouloir s'y refuser.

Elle découvrait tout à coup en elle une sorte d'élan païen, le jaillissement d'un besoin existant dans son subconscient et qui désormais, pesait, implacable, sur le schéma protecteur qu'elle avait essayé d'imposer à son corps.

Pourtant, reconnut-elle vaguement, elle désirait se sentir comme cela. Elle éprouvait le besoin d'expérimenter ce qui lui arrivait en cet instant. Elle avait envie de déguster la chair goûteuse de l'excitation sexuelle et de la savourer sur ses doigts, sur ses lèvres, sur sa langue, dans sa bouche, dans son ventre. Elle voulait s'attarder sur chaque délicieuse bouchée ; respirer son odeur, absorber sa réalité ; elle désirait se saisir de sa propre sexualité et se délecter de chaque seconde de l'instant où elle deviendrait enfin femme.

Chad avait su sans aucun doute ce qu'il faisait en choisissant de lui envoyer cette femme, reconnut Tariq. Malgré la puissante maîtrise qu'il savait exercer sur ses sens, il se sentait sur le point de céder à la dangereuse sensualité que dégageait l'inconnue. C'était presque comme si elle l'environnait d'une aura invisible aux multiples rayons qui l'affaiblissaient peu à peu et piégeaient ses sens égarés, jusqu'au moment où plus rien ne compterait plus que de satisfaire son désir pour elle.

Le son incroyablement précipité de leur souffle se répercutait avec une sensualité inouïe dans l'atmosphère imprégnée d'un parfum de santal. Leurs lèvres se rencontrèrent, leurs langues se prirent et les gémissements doux de Gwynneth furent répétés en écho par le son plus rauque d'un désir masculin à l'état brut. Gwynneth baisa la gorge de l'inconnu puis, sa bouche ouverte glissa sur la chair humide de sueur, savourant la fragrance fraîche et musquée si érotique par laquelle ce corps lui transmettait son désir. L'homme étala les mains sur sa croupe pour la presser plus fort contre lui, lui arrachant un gémissement de désir. Puis elles remontèrent vers sa taille et plus haut encore, pendant que, d'une brutale poussée de la cuisse il écartait les siennes. Il lui encercla les seins, la faisant crier d'une exquise impatience. Les dents de Gwynneth mordillèrent la chair de son cou viril, ses doigts s'enfoncèrent dans les muscles du dos tandis que son corps tout entier s'arquait dans la torturante attente du plaisir.

Alors Tariq l'enleva entre ses bras. Les rayons de la lune pénétrant à travers les fenêtres soulignèrent la délicate sveltesse du corps féminin, teintant d'argent la pointe de ses hanches tandis que les ombres renforçaient la couleur sombre des mamelons durcis et érigés.

Il la déposa sur le lit, et, tout en la soutenant d'un bras, il se délecta du sublime spectacle qu'elle lui offrait. Il nota les contractions de sa poitrine et les petits frissons de désir qui la faisaient frémir pendant qu'elle levait les yeux vers lui, offerte, impudique, à la possession de son regard et de son corps.

Comment, songea Gwynneth, fébrile, pouvait-elle ressentir une telle intensité d'excitation physique étendue là, consciente d'offrir son corps à cet étranger comme une source de jouissance qu'ils pouvaient partager et dont ils allaient pouvoir jouir ensemble ? Comment était-elle parvenue à se dissocier de sa chair, comme si cet homme et elle-même conspiraient ensemble, tendus vers le même objectif, celui de se repaître ensemble du festin sensuel qu'ils avaient préparé ?

Du bout des doigts, la caresse de Tariq descendit de sa gorge jusqu'entre ses seins. Il observa la manière dont palpitait le cœur de Gwynneth, et l'instant où sa respiration devenait plus profonde tandis qu'il glissait plus bas pour effleurer la douce toison et la chair gonflée de son sexe.

Alors qu'il était penché sur elle, sa langue papillonna dans le creux de sa gorge pendant que ses doigts séparaient avec délicatesse l'ourlet de son sexe. A chaque contact de ces doigts et de cette langue, le désir de Gwynneth augmentait davantage, et lorsque, de sa main libre, il lui emprisonna un sein, savourant la texture érotique du mamelon, elle ne put retenir un violent frisson. Alors, presque machinalement, elle laissa sa main descendre le long de son torse puissant, et, les yeux agrandis et brûlants fixés sur lui, elle encercla son sexe raidi entre ses doigts.

Et prit ainsi conscience de sa puissance.

Un long soupir lui échappa, et, au plus profond de son corps, sa chair s'embrasa tandis qu'un son, tel un voluptueux gémissement de plaisir anticipé, vibrait au fond de sa gorge. La chair mâle qu'elle touchait érotisait tous ses sens. Elle s'agita sur le lit comme une suppliante, jambes ouvertes et dos cambré sous les doigts de Tariq, qui la caressaient et faisaient naître une sensation de plaisir presque douloureuse, comme un besoin inextinguible.

Y avait-il jamais eu dans sa vie une autre femme comme celle-ci ? se demanda Tariq au même instant. Aucun doute, celle-ci était unique dans la façon qu'elle avait de s'offrir à lui avec un érotisme si torride, dans un tel abandon à son propre plaisir. Cela exigeait de lui qu'il renonce à être celui à qui l'on donne du plaisir pour se transformer en dispensateur de jouissance pour cette femme. Alors, l'intensité de son propre désir physique emporta son orgueil et son mépris et il sentit ses dernières réticences s'envoler.

Les mamelons drus, tendus vers lui, imploraient le contact de ses doigts et de sa langue. Mais, s'il en attirait un dans sa bouche pour la mener au septième ciel, son propre désir risquait d'être trop violent pour qu'il puisse se maîtriser. Et pourtant, les doigts minces qui se faufilaient dans sa toison lui commandaient de faire exactement cela et il fut incapable de les repousser.

Gwynneth gémit et un spasme la secoua. Le plaisir bondit, farouche en elle, et ses doigts se refermèrent étroitement autour du sexe mâle tandis que les doigts de l'inconnu pétrissaient sa chair gonflée, jusqu'à lui arracher un cri. Et alors, malgré elle, malgré la décision qu'elle avait prise des années plus tôt de se tenir loin des sens, elle se laissa submerger par un violent orgasme qui emporta tout avec lui, son corps s'abandonnant dans une capitulation totale.

Elle ne l'entendit pas crier des mots qui n'auraient eu aucune signification pour elle, pas plus qu'elle ne le vit faire un effort surhumain pour se détacher d'elle, de son corps brûlant encore agité par les spasmes du plaisir. Mais il devait se reprendre, et s'éloigner de cette tentatrice pour laquelle il n'avait que mépris. Quant à ses sens embrasés, il s'occuperait tout seul de les apaiser…

Cinq minutes plus tard, lorsqu'il revint de la salle de bains, il la trouva profondément endormie. Il la contempla d'un air sombre. Pourquoi ne s'était-elle pas habillée et éclipsée ? A sa place, c'est sans aucun doute ce qu'il aurait fait.

La jeune femme ouvrit les yeux, le regarda et sourit. Puis ses paupières s'abaissèrent de nouveau. Le temps de soupirer très, très lentement, elle s'était déjà rendormie.

Sourcils toujours froncés, Tariq tira les couvertures sur elle. De cette façon au moins, son corps était dissimulé et ne pourrait plus être source de tentation pour lui. Il n'aurait dû ressentir pour lui-même que du dégoût. En fait, oui, il se dégoûtait, réfléchit-il sombrement. Comment avait-il pu, lui, désirer une femme qui vendait son corps à n'importe quel homme capable de se payer ses faveurs ? Quelle part jusqu'ici inconnue de lui-même avait-elle manipulée pour éveiller en lui un désir assez violent pour anéantir tout son contrôle ?

Par la grâce de son héritage à la fois oriental et occidental, il n'avait à la fois jamais éprouvé le besoin d'expérimenter la sexualité impudique des femmes occidentales, pas plus qu'il n'avait, à l'inverse de beaucoup d'hommes arabes, ressenti le besoin frénétique de se procurer les faveurs d'une maîtresse occidentale, une femme avec qui il pourrait trouver du sexe sans la moindre censure et qu'il pourrait à son gré, congédier ensuite.

Les hôtels sélects de Zuran ne permettaient pas ce genre de comportements, pourtant introduits par de jeunes occidentaux dans d'autres complexes hôteliers étrangers. Les bains topless, toute forme d'intimité publique, étaient interdits par la loi. Mais il existait des hommes très riches qui amenaient avec eux à Zuran des femmes qui, de toute évidence, n'étaient pas leurs épouses. Ainsi, peu à peu, Tariq découvrait que Zuran était désormais devenu une cible pour le genre de vie minable et sordide qu'il déplorait, pour la drogue et les rabatteurs de prostituées. Il n'avait aucune illusion : il était de notoriété publique que ces deux activités marchaient de pair.

Cependant, même en sachant cela, il avait été incapable de contrôler sa réaction face à l'habile sensualité d'une femme qu'il n'aurait tout simplement pas dû avoir envie de toucher.

Combien d'autres hommes de la bande avaient déjà partagé les faveurs de cette femme ? se demanda-t-il. Un seul ? Tous ? Tous ensemble ?

Sa première démarche dès le lendemain matin, serait de découvrir son identité et de s'arranger pour la faire renvoyer du pays. Il n'avait guère envie de la trouver l'attendant une seconde fois, se jura-t-il, farouche. Il n'allait pas prendre le risque de passer une nouvelle nuit avec elle. Ni de partager son lit avec elle. Enfin, puisqu'elle dormait déjà profondément… Il jeta un coup d'œil vers la porte de la chambre. Il avait transformé la seconde chambre en bureau et l'ameublement du living-room n'était guère apte à lui procurer une bonne nuit de sommeil. Mais après tout, pourquoi devrait-il renoncer à son droit de dormir dans son propre lit si confortable au prétexte qu'il était occupé par quelqu'un d'autre ?

Il tendit la main et souleva les couvertures pour s'y glisser.

*
* *

Le soleil ruisselait par les fenêtres dépourvues de persiennes, striant de rayures dorées le visage de Gwynneth. A tel point que, gênée par la chaleur, elle s'arracha à regret à son sommeil. Des images, des sensations qui ne lui étaient pas familières s'enroulaient telles des brumes d'automne autour de son corps et de son esprit, l'obligeant à les repousser d'un froncement de sourcils en une vaine tentative pour ignorer les battements plus rapides de son cœur.

Avec précaution elle ouvrit les yeux et poussa un soupir de soulagement en découvrant qu'elle était allongée dans le lit même où elle s'était d'abord couchée la veille au soir — et, plus important encore, qu'elle y était seule. Mais elle n'y avait pas dormi seule durant la nuit, dut-elle reconnaître. Un flot brûlant envahit son visage lorsqu'elle aperçut l'empreinte révélatrice d'une autre tête creusée dans l'oreiller à côté du sien.

Donc, la nuit dernière n'avait pas été qu'un rêve enfiévré ou un tour de son imagination ?

Repoussant les couvertures, elle posa les pieds sur le sol et tout de suite, se crispa. Les légères contusions sur sa peau là où des mains rudes l'avaient maintenue ne relevaient sûrement pas de son imagination. Pas plus que la sensibilité de ses mamelons. Au fond d'elle-même aussi, s'attardait une souffrance inconnue. A moins qu'il ne s'agisse d'un accomplissement ? Ou peut-être de la nostalgie pour ce qu'elle n'avait pas pu obtenir ? La nostalgie d'avoir reçu davantage, de connaître la satisfaction d'avoir été totalement et complètement possédée sexuellement ?

Elle secoua la tête, essayant de se débarrasser des images qui collaient encore à sa mémoire alors que, sournoise, l'odeur de l'homme s'accrochait encore à sa peau.

Elle n'avait aucune idée de ce qui avait pu déclencher

l'aberration de son comportement la nuit dernière, cette totale déviance du chemin parfaitement contrôlé qu'elle lui imposait habituellement. Bien sûr, elle pouvait invoquer le décalage horaire ou bien une sorte de réaction à retardement à la mort de son père. Mais, puisqu'il lui était impossible de savoir à qui ou à quoi attribuer la responsabilité de son attitude, la meilleure chose à faire maintenant était de laisser tout cela derrière elle et de refuser de perdre son temps et son énergie à se focaliser sur l'incident en question.

Pourtant, elle en était incapable. Des milliers de questions tourbillonnaient dans sa tête. Lui, l'homme qui avait partagé avec elle la sauvage passion de la nuit dernière, qui était-il ? Comment était-il entré dans l'appartement ? La logique suggérait qu'il possédât une clé, ce qui indiquait peut-être qu'il devait avoir pour fonction de surveiller ce genre d'appartements. Ce qui était arrivé la nuit précédente se produisait-il souvent ? Etait-ce une chose qu'il considérait comme un petit à-côté de son travail ? Si c'était le cas, elle avait eu de la chance d'y échapper. Gwynneth frissonna à la pensée des risques sanitaires qu'elle aurait courus en ayant une relation sexuelle non protégée avec un parfait inconnu. Mais pourquoi ne l'avait-elle pas arrêté ?

Une petite voix dans sa tête la taraudait, lui rappelant qu'après tout, elle était la fille de ses parents et qu'après toutes ces années pendant lesquelles elle l'avait nié, rejeté et qu'elle s'était prouvé à elle-même qu'elle ne se laisserait jamais piéger dans le même genre de sexualité que son père, elle s'était laissé entraîner corps et âme par son désir physique pour un inconnu.

Le mariage de ses parents avait été l'addition de l'incontrôlable sexualité de son père et du besoin émotionnel également irrépressible de sa mère. En un mot : la luxure.

Et dire qu'elle s'était juré de n'être jamais comme eux !

Alors, que s'était-il passé ? Elle n'avait pas bu et elle ne se droguait pas, aussi ne pouvait-elle rejeter la faute ni d'un côté ni de l'autre.

Elle pénétra dans la salle de bains et ouvrit la douche. Comme elle se l'était déjà répété à maintes reprises, elle ne pouvait changer ce qui était arrivé, mais elle pouvait refuser de s'y appesantir ou de l'analyser indéfiniment. Elle pouvait choisir d'ignorer l'incident et l'enfermer dans un coin de son cerveau de sorte qu'elle n'éprouverait jamais plus l'envie d'y repenser. Et Dieu merci, elle ne voyait aucune raison d'y songer de nouveau.

D'ici à trois jours, elle serait de retour à Londres, après avoir fait les démarches pour mettre l'appartement à son nom et l'avoir mis en vente. Elle espérait seulement qu'il serait vite vendu. Quand ce serait fait, elle avait prévu de verser tout l'argent qu'elle en retirerait sur un compte pour Anthony et Teresa. Après tout, à eux d'eux, ils étaient les dernières responsabilités de son défunt père. Teresa était à peine un peu plus qu'une petite fille, et Anthony était son fils.

Gwynneth se sécha rapidement, ignorant les petites marques sur son corps, témoins évidents de la passion de la dernière nuit. Comme un éclair, une image mentale d'elle-même lui traversa l'esprit. Elle se vit en train de mordre une épaule masculine bronzée, et dans sa frénésie, d'enfoncer ses griffes dans un dos. Tête basse, elle se hâta d'aller choisir quelques vêtements propres. Au moment où elle quittait la pièce, elle hésita. Qu'allait-il se passer si l'homme était toujours quelque part dans l'appartement à attendre ? Attendre quoi, d'ailleurs ? Un remake de la nuit passée peut-être ? A cette pensée, une espèce d'angoisse mêlée de douleur lui étreignit le ventre. Non, il n'était pas là, se dit-elle, instinctivement sûre d'elle. Prenant une profonde respiration, elle ouvrit la porte de la chambre et s'avança d'une démarche résolue dans le couloir.

Une demi-heure plus tard, ravie d'avoir découvert du café dans la cuisine par ailleurs totalement vide de provisions, Gwynneth s'apprêta à quitter l'appartement. Comme elle ramassait son sac à main, elle aperçut avec étonnement une épaisse liasse de devises de Zuran enfoncée dans son passeport.

Mal à l'aise, elle sortit l'argent de son sac et ses yeux s'agrandirent lorsqu'elle vit la note qui l'accompagnait. Les mots « *services professionnels pour la nuit dernière* » y étaient tracés d'une main ferme et leur signification était on ne peut plus claire.

D'instinct, Gwynneth se raidit, pour nier à la fois la signification de la note et sa propre réaction. Comment pouvait-elle se sentir blessée parce qu'un homme — un parfait inconnu — avait commis une erreur de jugement ? Même si, tout inconnu qu'il soit, l'erreur de jugement en question était parfaitement insultante, se dit-elle, ébranlée. Après tout, c'était lui qui avait envahi son espace privé et pénétré dans son appartement sans y être invité.

Et elle ? N'avait-elle pas toujours cru qu'elle se devait d'être la gardienne de sa propre réputation et de ses valeurs personnelles ? Qu'elle se devait de faire tout ce qui était en son pouvoir pour ne pas être étiquetée comme la fille de son père ?

Sans doute, mais une femme pouvait sûrement coucher avec un homme sans pour autant se faire traiter de prostituée ! De quel droit un homme qui avait envahi l'appartement d'une femme inconnue et avait eu ensuite avec elle un intermède sexuel, se permettait-il de supposer qu'elle vendait du sexe ? Par le simple droit d'être un mâle ? Mais en réalité, avait-elle vraiment besoin de se poser la question ? N'était-ce pas un état de fait — quelque chose que toute femme comprenait d'instinct ? Car si en apparence, les choses avaient peut-être évolué depuis l'époque où la vertu et la virginité d'une femme avaient du prix, sur le fond, elles n'avaient pas autant changé qu'on voulait bien le dire.

En lui laissant cet argent, l'homme lui indiquait avec grossièreté ce qu'il pensait d'elle. Elle était une commodité qu'il avait achetée et dont il s'était servi. Et après s'en être servi, il la renvoyait.

Les yeux secs mais le visage en feu et le cœur empli d'une rage noire, Gwynneth quitta l'appartement.

- 3 -

En revenant vers son appartement après son rendez-vous, Gwynneth s'arrêta dans un petit supermarché afin d'y acheter quelques provisions de base. En les rangeant ensuite dans les placards vides et le congélateur, son esprit était occupé par ce que venait de lui dire le sympathique jeune fonctionnaire qu'elle avait rencontré un peu plus tôt.

Il ne lui était encore jamais venu à l'esprit qu'il pouvait y avoir un problème pour faire enregistrer son titre de propriété. Elle avait suivi à la lettre le conseil donné par l'ambassade zurani à Londres, et apporté tous les documents nécessaires pour prouver que son père était bien propriétaire dudit appartement, et pour confirmer sa propre identité. Une chance que son père lui ait parlé de son acquisition, en lui montrant les documents qu'il avait l'intention de déposer en sûreté à sa banque londonienne.

Sauf que, avait-elle vite compris, produire de simples papiers notariés n'allait pas suffire à fournir la preuve du droit de propriété de son père. Le cœur de Gwynneth avait sombré lorsque le jeune fonctionnaire lui avait expliqué l'escroquerie à la double-vente. Ensuite était arrivé le dernier coup. Il concernait le temps qu'il faudrait pour procéder à une enquête sérieuse afin d'établir qui avait été dupé et qui était le véritable propriétaire.

— Alors que dois-je faire ? avait demandé Gwynneth effarée.

— Si vous le pouvez, le mieux pour vous serait de rester à Zuran jusqu'à ce que nous puissions établir si votre père était propriétaire ou non de cet appartement.

— Je me suis installée dedans, s'était-elle crue obligée d'indiquer, avant d'ajouter, soucieuse : et je n'ai vraiment pas les moyens de séjourner à l'hôtel. S'il existe un autre propriétaire potentiel, alors…

— Je vais porter en note sur le dossier que vous occupez actuellement l'appartement, mais que vous êtes avertie de ce problème, lui avait-on répondu.

Soucieuse, Gwynneth poussa un long soupir après avoir rangé les derniers paquets dans les placards de la cuisine. Tout ce qu'on lui avait expliqué ce matin tournoyait dans sa tête. Qu'allait-elle bien pouvoir dire à Teresa ? Pourtant, il fallait bien qu'elle l'appelle, songea-t-elle avec un creux au ventre tout en saisissant son mobile. Mais avant d'appeler Teresa, elle décida de passer un autre appel.

En tapant le numéro, elle consulta sa montre. Au Royaume-Uni, il devait être 9 heures du matin. Piers, en vrai bourreau de travail qu'il était, devait être à l'œuvre depuis maintenant une heure. Au bout de deux sonneries, il décrocha.

— Bonjour Piers, c'est Gwynneth, s'annonça celle-ci.

Piers lui répondit avec sa chaleur coutumière. Ils travaillaient ensemble depuis un an et il avait manifesté très clairement son souhait de faire évoluer leurs relations vers un plan plus intime. Pourtant, même si elle l'aimait bien, Gwynneth n'avait aucun désir de former un couple avec lui, et elle avait refusé aussi gentiment que possible ses offres répétées de sortir avec lui.

Rapidement, elle lui expliqua ce qu'il lui arrivait et poussa un soupir de soulagement quand il répondit tout de suite qu'elle devait rester à Zuran le temps qu'il faudrait pour que les choses se mettent en place.

— Je sais que tu ne marchandes pas ton temps, Gwynneth, ajouta-t-il. Tu as fait une quantité d'heures supplémentaires ces derniers mois et j'apprécie cela.

A la fin de leur échange, il regretta d'être trop occupé pour pouvoir sauter dans un avion et la rejoindre.

Son devoir accompli, Gwynneth commença à s'interroger sur l'opportunité de prendre contact avec les services de l'ambassade britannique à Zuran pour s'enquérir de leur opinion. Mais, se rappela-t-elle, le jeune fonctionnaire zurani l'avait avertie de ne pas discuter la question avec n'importe qui. Il lui avait en effet expliqué que les autorités du pays, même si elles n'étaient en aucun cas responsables de la fraude, étaient prêtes à traiter les victimes avec loyauté et bienveillance, à condition que ces dernières n'entretiennent pas la panique ou même les rumeurs en rendant publique leur situation.

Combien de temps encore, se demanda Gwynneth, devrait-elle séjourner ici à Zuran avant que tout soit éclairci ? Assez longtemps sans doute pour que l'inconnu de la nuit dernière lui rende une autre visite ? Tout de suite elle se crispa pour repousser la sensation qui naissait en elle. Elle s'était promis de ne plus penser à cette nuit, ni à l'homme avec qui elle l'avait partagée. C'était fini — f i n i — et pour son propre bien, elle devait l'accepter.

Mais si elle ne voulait pas l'accepter ? Si elle voulait…

Quoi ? Un nouveau tour de piste ? Elle devait perdre complètement la tête !

Elle se rappela soudain qu'elle avait toujours dans son sac l'argent qu'il lui avait laissé. D'une main tremblante, elle ouvrit le sac et en retira le paquet de billets. Tellement d'argent ! Même sans vérifier, elle pouvait s'en rendre compte. De l'argent dont Teresa et Anthony pourraient avoir un terrible besoin s'il s'avérait que l'appartement n'appartenait pas à son père…

D'un geste vif, Gwynneth laissa tomber les billets sur la table comme s'ils étaient empoisonnés. Si seulement, songea-t-elle, elle en savait un peu plus ! Combien de temps encore allait-elle devoir attendre le coup de téléphone promis ?

Tariq était impatient de régler toute cette sordide affaire et de voir enfin démasquer l'officiel zurani corrompu, afin de pouvoir reprendre le cours de sa vie. Une vie qui n'incluait pas une certaine Gwynneth Talbot, se dit-il, l'air sombre, au moment où, au sortir de l'ascenseur il glissait le passe dans la porte de l'appartement.

Car il avait en tête des dizaines de projets pour le petit royaume dans le désert dont il avait hérité. Il avait en effet découvert qu'une ancienne légende y était attachée, prétendant que sur ce site avaient été créés des jardins suspendus qu'on disait rivaux de ceux de l'antique Babylone. Il avait donc pris la décision de faire procéder à des fouilles sur l'emplacement du palais d'origine et de ses jardins et, si possible, de restaurer l'ensemble. C'était un projet ambitieux et de longue haleine, mais sans nul doute très gratifiant, et Tariq s'y impliquait totalement. Déjà, les travaux en cours attiraient l'attention des touristes et des experts du monde de l'archéologie.

En temps normal, lorsque Tariq était à Zuran, il séjournait soit au palais, soit dans la suite personnelle qui lui était réservée dans l'un des deux hôtels où il avait investi de l'argent. Cependant, chaque fois que cela lui était possible, il préférait de beaucoup passer son temps libre en vivant avec simplicité dans le désert, dans l'une des tentes noires des ancêtres bédouins de sa mère. Quelques tribus bédouines parcouraient encore les anciennes pistes du désert, et certains membres de la famille royale avaient des liens étroits avec elles — comme c'était son cas par le biais de sa mère. Le seul fait de penser au désert lui arracha une énorme bouffée de nostalgie. En imagination, il ressentit la sensation sous son corps de l'un de ses chevaux arabes aux sabots rapides, à ce moment de l'aube où le soleil commençait à s'élever dans le ciel. Sa nostalgie fit soudain apparaître une image dans sa tête. Une femme chevauchait à ses côtés, le visage tourné vers le sien. Ses grands yeux verts étincelaient d'excitation. A cause du désert, à cause de lui peut-être…

Furieux, il chassa l'image insidieuse qui osait bousculer ses défenses. La femme qu'il choisirait pour partager sa vie ne serait pas celle-là… cette Gwynneth, la femme de la nuit dernière. Il avait lu son nom sur son passeport quand ce matin, il avait fourré l'argent dans son sac.

Pourtant, la première chose qu'entendit Tariq lorsqu'il pénétra dans l'appartement fut le son de la voix de Gwynneth.

— Il y a un petit problème, disait-elle. Mais ne t'inquiète pas. Je ferai tout ce que je pourrai pour être certaine d'avoir l'argent — comme je te l'ai promis et quelle que soit la longueur de mon séjour ici ou ce que j'aurai à y faire.

Elle parlait d'un ton persuasif. Comme si elle essayait de rassurer quelqu'un. Assise à la table de la cuisine, elle lui tournait le dos et l'argent qu'il lui avait laissé le matin était posé négligemment à côté d'elle.

Un désagréable mélange de sentiments très puissants se battit en lui pour prendre le contrôle de ses émotions : d'abord une vertueuse colère que cette femme ait osé rester ici alors qu'il lui avait clairement fait comprendre sa volonté de la voir partir ; puis un sentiment plus profond, plus obscur de farouche orgueil masculin, à l'entendre souligner le fait qu'il n'était pour elle qu'une source de revenus. Tels des grains de sable du désert lui cinglant la peau, les souvenirs charnels de la nuit précédente se heurtèrent avec violence dans la tête de Tariq aux défenses qu'il leur avait opposées.

Gwynneth mit fin à sa conversation avec Teresa et poussa un soupir. Elle n'avait pas voulu inquiéter la jeune femme en lui en disant trop, même si elle éprouvait un besoin désespéré de confier ses angoisses à quelqu'un. Elle avait toujours l'esprit occupé par ses problèmes quand d'un seul coup, une sorte de sixième sens l'obligea à se retourner. Toute couleur déserta un instant son visage avant de refluer en une vague brûlante, une coupable rougeur. Elle se releva en tremblant.

— *Vous* ! Vous êtes revenu ?

— Très théâtral, mais plutôt inefficace, non ? rétorqua Tariq d'un ton bref. Car vous avez bien dû comprendre que j'allais revenir !

Il avait un air tellement convaincu et autoritaire qu'un instant, elle faillit le croire.

— Et pourquoi l'aurais-je dû ? dit-elle d'un ton de défi.

— J'aurais pensé que c'était évident.

Gwynneth ne put s'en empêcher. La phrase de Tariq fit réagir son corps et la rougeur brûlante l'envahit tout entière. Comment ! Son corps ne pouvait quand même pas se réjouir de son retour ? Il ne pouvait pas en redemander, quand même ? Ce n'était pas possible. Il ne fallait surtout pas penser, se dit-elle affolée. Ce qui s'était passé la nuit dernière était excusable, à condition qu'il s'agisse seulement d'un incident isolé et non reproductible.

— Après tout, conclut Tariq, il se trouve que ceci est mon appartement.

Son appartement ? *Son* appartement ? Choquée, consternée, elle le fixa. Ce ne pouvait être vrai. Un horrible et glacial sentiment d'incertitude accablée s'abattit sur elle. Que faire si c'était vrai ? Car si c'était vrai, alors l'homme n'était pas revenu à cause d'elle. Il n'était pas revenu parce qu'il désirait répéter leurs prouesses sexuelles de la nuit dernière, comme elle l'avait supposé de façon si humiliante pour elle. Si c'était vrai… mais non, elle allait faire en sorte que ce ne le soit pas, décida-t-elle. Pourtant, elle le savait, son aptitude habituelle au calme, à la rationalité et à une pensée logique se désintégrait, face à la réaction émotionnelle que déclenchaient en elle l'inconnu et sa fâcheuse information.

Mais le pire était à venir.

Pendant qu'elle s'efforçait de digérer la désagréable nouvelle, l'homme ajouta d'un ton revêche :

— Dans la mesure où vous avez déjà reçu un bonus généreux pour la nuit dernière — et je dois le dire, particulièrement généreux en ces circonstances — je ne vois pas bien pourquoi vous êtes toujours là. Il va sans doute de soi que pour une femme de votre profession, le temps c'est de l'argent ? A moins que vous ne pensiez me persuader de vous garder aussi pour ce soir ?

— Essayez-vous de suggérer que je suis une prostituée ? interrogea Gwynneth, frappée de stupeur.

— Essayez-vous de suggérer que vous n'en êtes pas une ?

La voix était pleine de dérision, tout comme le regard.

— Parce que dans ce cas, vous perdez votre temps. Je sais qui vous êtes, pourquoi vous m'attendiez dans mon lit et qui s'était arrangé pour que vous vous y trouviez.

— Quoi ! Mais c'est fou ! protesta Gwynneth, d'une voix tremblante… Qui ? Qui… ?

— Arrêtez ça ! la coupa-t-il. Je ne veux plus entendre un seul mot. Ramassez votre argent et filez d'ici, ordonna Tariq avant de froncer les sourcils quand son mobile se mit à sonner.

Celui qu'il utilisait pour ses communications avec le gang.

— Attendez, dit-il à Gwynneth sans souci de se contredire.

Il sortit à grands pas de la cuisine et ferma la porte derrière lui, la laissant à l'intérieur.

— Descends à la marina et vite.

La voix familière de l'un des membres de la bande grasseya à son oreille.

— Chad veut te voir. Maintenant.

La communication s'interrompit avant que Tariq puisse répondre. Il jeta un coup d'œil en direction de la porte de la cuisine. A ce point délicat des négociations, il ne pouvait se permettre de se mettre à dos le chef du gang en refusant de lui obéir.

Interloquée, Gwynneth était incapable de faire le moindre geste. Dans quelle galère s'était-elle mise ? D'un seul coup, elle voyait son aventure de la nuit dernière — si peu banale et, il fallait l'admettre, si dangereuse et aberrante sur le plan sexuel — sous un jour très différent, désagréable, et en réalité, écœurante et minable.

On l'avait prise pour une prostituée et elle était sur le point d'être expulsée de son propre appartement. Elle ne pouvait se trouver dans une situation plus inconfortable. Quant à se dire qu'il n'y avait pas si longtemps, elle s'était surprise à se demander si les événements de la nuit dernière pouvaient se reproduire…

La porte de la cuisine était en train de s'ouvrir. Gwynneth aspira une longue bouffée d'air.

— Vous avez tout faux, lança-t-elle. Je ne suis *pas* une prostituée !

En tout cas, elle n'en avait pas vraiment l'allure, reconnut Tariq en pénétrant dans la pièce, sans pouvoir s'empêcher de la détailler. Elle n'était pas maquillée, ses vêtements paraissaient plus adaptés à un emploi de bureaux et aucun homme en la regardant, n'aurait pu avoir l'impression qu'elle faisait un quelconque effort pour l'aguicher. Quant à la nuit dernière… c'était lui en fait qui lui avait donné du plaisir et non l'inverse.

— J'admets que vous n'êtes vraiment pas une bonne publicité pour votre profession, admit-il, peu aimable.

— Pourquoi ne m'écoutez-vous pas ? protesta Gwynneth. Je ne suis pas une prostituée ! Je suis…

— Une escort-girl ? suggéra-t-il avec un haussement d'épaules qui la condamnait. Peu importe le nom que vous donnez à vos… activités. Cela ne change en rien le fait que vous vendez votre corps à des hommes pour leur plaisir sexuel. Votre famille est-elle au courant ? Et votre père ?

Il ne sut pas très bien pourquoi il avait si abruptement posé cette dernière question. On aurait presque dit qu'il y attachait un quelconque intérêt.

— Mon père est mort, dit-elle.

Ainsi donc, comme lui, elle était orpheline de père. Sans aucune raison, un soudain élan l'emporta vers elle.

— Le mien aussi, répliqua-t-il, d'un ton froid, furieux contre lui-même. Ce n'est pas une excuse. Vous devez sûrement connaître d'autres moyens d'assurer votre existence. N'avez-vous donc aucune fierté ? Aucun amour-propre ? Aucun...

— Je n'ai besoin d'aucune excuse. Et en ce qui concerne mon manque de fierté... qu'en est-il du vôtre ?

Gwynneth mit à profit le silence subit provoqué par sa repartie pour remarquer, piquante :

— Après tout, vous ne m'avez pas repoussée, n'est-ce pas ?

C'était la pure vérité, reconnut Tariq de mauvais gré, mais il ne lui était pas plus facile pour autant de l'accepter.

Malgré l'air conditionné qui rafraîchissait la cuisine, il pouvait ressentir la colère pleine de défi qui consumait l'inconnue. Aucune prostituée n'aurait eu une telle allure, songea-t-il, ni ne se serait comportée comme elle. Elle débordait pratiquement d'une vertueuse indignation, en l'obligeant à la regarder et à la traiter comme une personne et non comme un morceau de chair humaine à négocier. Il fallait à toute force mettre un point final à ce lien émotionnel dangereux qu'elle avait introduit entre eux. Sans compter qu'il allait être en retard à son rendez-vous sur le yacht.

— Vous pouvez vous arrêter là, dit-il à Gwynneth en

traversant la cuisine en la tirant par le bras avant qu'elle puisse lui échapper.

Avait-il changé d'avis ? se demanda-elle. Allait-il maintenant, malgré toutes ses affirmations, l'entraîner encore une fois vers le lit et…

Un brusque frisson d'excitation la traversa et elle se sentit tout à coup si faible que sous son étreinte, elle vacilla un peu et que ses seins se pressèrent contre les solides muscles du bras de Tariq. Sans même y penser, elle s'appuya plus fort, fermant les yeux pour savourer le plaisir sensuel que lui procurait le contact de leur chair. D'un seul coup, dans la chaude obscurité de ses paupières, elle fut ramenée aux heures brûlantes de la nuit précédente, images et sons compris.

Le regard de Tariq s'abaissa vers le visage levé vers lui. Elle avait les yeux clos et les lèvres ouvertes ; même sa peau paraissait chatoyer d'une luminosité pleine de sensualité. Il s'était trompé, se dit-il furieux en prenant conscience de la réaction de son corps. Elle n'était pas juste bonne dans la profession qu'elle s'était choisie. Elle était *exceptionnelle.* Il n'arrivait pas à se souvenir d'aucune femme capable de l'exciter si vite ou avec une telle intensité — et en tout cas, pas les deux en même temps. Il enfonça les doigts dans la douceur de son bras pour lui faire lâcher prise, sans pouvoir arracher son regard des lèvres entrouvertes. Il ne fut pas non plus capable de retenir sa main restée libre qui s'emplit du poids d'un des seins tièdes qu'elle avait pressés si délibérément et de manière si aguichante contre son bras.

Etait-ce à cause de la nuit dernière qu'il avait autant de mal à repousser les images que son esprit lui représentait ? A cause de la façon dont elle s'y était prise pour lui faire comprendre maintenant qu'il la désirait avec un tel sentiment d'urgence et de férocité ? Aux prises avec le tourbillon déchaîné de ses émotions et en dépit de la fraîcheur de la cuisine, il sentit la sueur tremper sa peau.

— Oubliez ça, dit-il d'un ton brutal.

Il la repoussa, ne gardant bien serré dans sa main qu'un des poignets de Gwynneth.

Les yeux de la jeune femme se rouvrirent d'un seul coup et, de nouveau aux prises avec la réalité, elle soupira.

— Oublier quoi ? demanda-t-elle, reprenant ses esprits. Oublier que vous m'avez insultée — verbalement, physiquement et émotionnellement ?

L'effet engourdissant du choc initial et de l'attirance sexuelle s'était maintenant envolé, la laissant malade de rage et d'incrédulité.

— Oubliez ces subtils projets que vous êtes en train d'élaborer pour cette nuit, la corrigea-t-il. Parce que je vous le dis maintenant, vous ne la passerez pas dans mon lit.

Bien sûr que non, puisque ce n'était pas *son* lit, ragea Gwynneth. C'était le sien à elle. D'ailleurs, elle avait des documents pour le prouver — du moins l'espérait-elle. Elle n'avait aucun autre endroit où aller et il n'était certainement pas question de se laisser expulser de l'appartement avec brutalité par un homme qui l'avait prise pour une prostituée !

— Lâchez-moi, cria-t-elle.

Un instant, elle crut qu'il allait ignorer sa phrase et que, au lieu de cela, il allait l'attirer plus près de lui et…

Sa respiration sifflante empreinte de colère lui apprit qu'elle se trompait.

— Je dois m'en aller maintenant, déclara-t-il d'un ton neutre. Et vous feriez mieux de ne plus être ici à mon retour.

En fait, il ne voulait en aucun cas être aperçu quittant l'appartement en compagnie d'une femme de son espèce. Sinon, il serait obligé de l'expulser de force.

— Si vous êtes encore là, reprit-il, j'irai informer la police de votre présence et de votre profession. Et, comme j'en suis certain, vous devez être parfaitement au courant, la prostitution est illégale à Zuran, vous serez expulsée et interdite de séjour sur le territoire.

D'un seul coup, la peur rampa en elle et recoupant sa fureur, la submergea.

— Vous ne pouvez pas faire cela, protesta-t-elle, ajoutant avec émotion : vous commettez une erreur !

Tariq pinça les lèvres.

— Non. C'est vous.

Gwynneth se détourna pour lui dissimuler son expression. Pensant qu'elle allait sortir, Tariq lui barra le chemin. D'un seul coup, ce fut comme s'ils se retrouvaient enfermés à l'intérieur d'une invisible bulle de tension sexuelle. Du moins, telle fut l'impression que ressentit la jeune femme. Elle s'efforça de faire fonctionner normalement ses poumons et de ramener les battements de son cœur à un rythme normal. Elle éprouvait tout à coup le sentiment de ne pouvoir poser les yeux ailleurs que sur cet homme debout devant elle, ni de faire autre chose que de se remémorer la nuit précédente, de ne pouvoir ressentir une autre sensation que la fabuleuse excitation qui s'emparait d'elle.

De son côté, Tariq se demandait farouche, ce qui, chez cette femme, produisait sur lui un tel effet. A aucun moment de sa vie tout entière il n'avait autant désiré s'emparer d'une femme et l'embrasser comme un fou jusqu'au moment où les seuls mots que pourraient prononcer ses lèvres seraient son nom et une supplication pour qu'il lui en donne davantage.

Prends-moi… Touche-moi… Fais-moi tienne.

Gwynneth avait l'impression que les mots battaient au fond de ses veines à chaque pulsation de son cœur, et envahissaient son esprit et ses sens. Comme s'ils s'inscrivaient dans sa chair. Son orgueil mêlé de colère luttait contre la chaleur d'un désir qui enfonçait les barrières strictes de sa morale rigide, et l'entraînait à travers ce no man's land qu'était l'espace entre eux vers un certain point chaud du corps de Tariq.

Quelque chose résonna dans sa tête. Non, non, pas dans sa tête. A l'extérieur. Il provenait du mobile que Tariq portait maintenant à son oreille en se détournant.

Qui pouvait bien l'appeler ? se demanda Gwynneth. Une femme ? Quelque chose d'inconnu, de sombre et de dangereux fit voler ses émotions en éclats.

— Où es-tu ? interrogeait la voix au téléphone. Tu devais arriver à la marina il y a dix minutes.

— J'ai été retardé, dit Tariq.

Il jeta un bref regard à Gwynneth en se demandant combien elle était payée pour l'espionner et pour coucher avec lui, avant d'ajouter d'une voix froide :

— Chad comprendra pourquoi quand je lui expliquerai.

— Tu ferais bien de l'espérer. Sinon, tu risques d'avoir de gros ennuis. Descends ici, et plus vite que ça.

Il n'était plus temps de discuter avec Gwynneth. Ni de faire quoi que ce soit d'autre, d'ailleurs. Il n'y avait absolument *rien* qu'il ait envie de faire avec elle !

Menteur ! l'aiguillonna une petite voix intérieure au moment où il ouvrait la porte de la cuisine. Alors, tentant de reprendre le contrôle de lui-même, il se retourna et lança à Gwynneth :

— Rappelez-vous ce que je vous ai dit. A mon retour, je ne veux pas vous trouver ici. Si vous êtes encore là, vous savez à quoi vous attendre.

- 4 -

D'un pas chancelant, Gwynneth se dirigea vers la table et s'écroula sur une chaise avec un sentiment de reconnaissance. Ses jambes flanchaient sous elle, son cœur battait à toute vitesse, son front était humide de sueur et sa bouche sèche. Signes classiques de la peur… ou bien de l'excitation ?

Que lui arrivait-il donc ? Un homme — un parfait inconnu — et dans le plus simple appareil — pénétrait dans sa chambre et, au lieu de crier à l'aide, elle allait se coucher avec lui. Ce même homme l'accusait de se prostituer et elle se laissait encore exciter par lui. Se laissait… ? A quel moment, au cœur de ce scénario de cauchemar, sa raison avait-elle présenté la moindre objection ? Pourquoi n'avait-elle pas insisté pour obliger l'homme à l'écouter ? Pourquoi ne lui avait-elle pas fait comprendre à quel point il se trompait ?

Il fallait mettre au courant de ce qui lui arrivait le jeune fonctionnaire qui s'efforçait de l'aider. Enfin, au moins une partie de ce qui lui arrivait, corrigea-t-elle mentalement. Elle se rappela qu'elle aurait dû exiger de son « co-propriétaire » qu'il lui donnât son identité. Au moins, elle aurait eu quelque chose de concret à transmettre aux autorités.

Dans son sac à main posé sur le plan de travail, elle trouva les coordonnées du jeune homme et tapa son numéro sur le mobile. Il répondit presque immédiatement. Après s'être assurée qu'il se souvenait bien d'elle, elle lui raconta ce qu'il lui arrivait.

— Vous dites que cet homme prétend être lui aussi propriétaire de l'appartement ? questionna-t-il.

Gwynneth confirma avec amertume.

— Nous n'avons enregistré aucune plainte en ce sens, observa-t-il.

— Cela signifie donc que j'ai parfaitement le droit de rester ici, n'est-ce pas ? le pressa Gwynneth.

— Sans aucun doute, acquiesça-t-il aussitôt. Nous savons que votre immeuble est l'un de ceux dans lesquels il y a eu des fraudes, mais pour l'instant, personne n'est encore venu revendiquer la propriété du vôtre. Toutefois, comme je vous l'ai expliqué, cela ne veut pas dire qu'il n'existe pas un autre propriétaire potentiel.

— Mais jusqu'à ce qu'il se fasse connaître de vous et présente une réclamation en bonne et due forme, l'appartement reste quand même à mon nom ?

— Vous êtes libre de l'utiliser jusqu'au moment où nous aurons déterminé à coup sûr l'identité du véritable possesseur, corrigea l'homme avec douceur.

Au moins, cela voulait dire qu'elle n'aurait pas à supporter plus longtemps la brutalité de cet inconnu, se rassura un peu plus tard Gwynneth pour tenter d'apaiser une angoisse qui lui mettait les nerfs à vif.

L'inconnu s'imaginait peut-être avoir l'avantage sur elle en la menaçant de police et d'expulsion, mais c'était lui qui allait se trouver idiot quand il serait forcé de reconnaître la vérité. Et elle allait s'assurer qu'il l'accepterait. Il n'était pas question de permettre à n'importe quel homme de faire les suppositions qu'il avait faites à son sujet sans lui donner la possibilité de se défendre.

En regardant en arrière maintenant, elle éprouvait une sensation douce-amère à revenir sur la seconde où, à son réveil, elle s'était rappelé sa crainte qu'il ait pu deviner son inexpérience au cours des instants qu'ils avaient partagés et, qu'à partir de ce constat, il puisse s'être considéré comme quelqu'un… d'exceptionnel. Qu'elle avait donc été naïve de croire que tout ce dont elle devait se protéger était le choix entre deux craintes : l'une, d'avoir hérité de la sexualité de son père, l'autre que, d'une façon ou d'une autre en touchant sa chair, *il* — cet homme — ait aussi pu atteindre son cœur. Dans sa candeur, elle avait songé que rien ne serait pire que d'être obligée de se confronter à l'une de ces deux possibilités… Sans imaginer qu'une troisième voie, encore pire, aurait pu se produire.

Mais comment cet homme avait-il pu croire que l'argent avait motivé ce qui s'était passé entre eux la nuit dernière ? se demanda-t-elle pour la énième fois, incrédule, et blessée. Il l'avait humiliée, il lui avait parlé comme à la dernière des dernières, et à présent, elle ne voyait pas bien comment faire pour oublier les terribles paroles qu'il avait eues. Pour retrouver le respect d'elle-même. Retrouver la personne qu'elle avait été avant *lui*.

Et quant à quitter l'appartement, pas question. Elle n'irait nulle part ailleurs. Surtout pas maintenant.

— Ah, Tariq. Bien. Je suis heureux que tu sois ici… enfin.

Le sourire et la voix de Chad Rheinvelt étaient aussi lisses que la peau de la fille à moitié nue qu'il caressait.

A l'intérieur de la cabine principale du yacht luxueux, l'homme était vautré dans un fauteuil. Plusieurs autres membres de la bande étaient également présents, debout bras croisés sur la poitrine ou avachis contre les parois de la cabine. Brutes épaisses, hommes de main ou voyous, peu importait le nom, se dit Tariq, il suffisait de les regarder pour savoir qui ils étaient.

— J'ai un job pour toi, annonça Chad.

Sous les yeux de ses hommes, il avait glissé une main dans le top de la fille qui se tortillait en faisant semblant d'en être ravie.

Cette fille qu'il caressait aurait aussi bien pu être Gwynneth, songea Tariq.

Sa réaction émotionnelle impulsive et sauvage le prit au dépourvu. Que diable se passait-il donc en lui pour réagir ainsi à cause d'une femme qui vendait son corps à qui pouvait se l'offrir ?

— Tu t'es vanté de tes hautes fonctions à Zuran, poursuivit Chad. Je te donne l'occasion de le prouver. J'ai besoin d'une autorisation d'entrée officielle pour certains de mes amis qui comptent effectuer ici un séjour prolongé. Ce qui veut dire pas de questions. Et j'en ai besoin rapidement.

— Certains amis ? questionna Tariq.

Chad se tourna vers la fille, et laissa remonter lentement sa main épaisse le long de sa cuisse. Une vague de répulsion et de mépris souleva Tariq.

— Jeni en fait partie, reprit l'homme. Elle te plaît ? Je parie que tu regrettes maintenant d'avoir repoussé mon offre de l'envoyer chez toi, hein ? Dommage pour toi. Les filles qui travaillent pour moi sont toutes testées par l'un d'entre nous et si elles sont particulièrement douées, elles peuvent être assez veinardes pour que certains d'entre nous les mettent à l'épreuve. N'est-ce pas, Jeni ? ajouta-t-il en lui titillant la pointe du sein.

Tariq repassa très lentement et avec soin la phrase dans sa tête. Avait-il mal compris les paroles de Chad ?

— Eh bien, ne te fais pas de souci, reprit l'autre. Si tu changes d'avis, il y en a un tas d'autres là d'où vient Jeni. Enfin, il y en aura une fois que tu auras fait ce boulot pour nous. Combien de temps il faudra à un homme dans ta position pour nous arranger ça, Tariq ?

Ce dernier fit un effort pour ne plus penser à l'énormité de ce qu'il venait d'entendre et se concentrer sur le défi qui lui était lancé. Mise à l'épreuve ou piège ?

— Je peux faire entrer tout de suite ces filles à Zuran, répondit-il d'un ton négligent. Mais le faire sans qu'on me pose de questions ou sans éveiller de soupçon pourrait demander un peu de temps.

Chad l'écoutait en silence. Avait-on d'une manière ou d'une autre découvert la vérité à son sujet ? se demanda Tariq. Pourtant, après un moment un peu trop prolongé à son gré, l'homme inclina la tête et opina du menton.

— D'accord. Prends ton temps. Mais je veux être tenu informé en permanence. Oh, et attention. Il n'y a pas de place dans cette organisation pour ceux qui ne peuvent pas tenir leurs promesses.

Etait-ce un simple avertissement à son adresse ? Ou bien au fonctionnaire qui travaillait avec lui sur la question de la fraude immobilière ? Un instant, Tariq fut très tenté de poser directement la question sur l'identité de l'autre Zurani à la solde de Chad. Mais cela risquait, il le savait, de compromettre toute l'opération. La hâte qu'il éprouvait ne faisait que souligner son impatience à se libérer et à s'éloigner de toute cette sordide affaire. Mais il fallait attendre, gagner la confiance de Chad avant de pouvoir commencer à fouiner pour connaître l'identité de ce malfaiteur. Toutefois, il y avait une question qu'il pouvait se permettre de poser.

— Y a-t-il des filles qui travaillent déjà ici ? demanda-t-il à Chad avec toute la désinvolture dont il était capable.

— Je ne suis pas idiot à ce point ! répliqua l'autre. Je les ai payées avec mon bon argent. Elles sont en bonne santé, bien élevées, somptueuses. Rien à voir avec ces filles qui sortent du ruisseau que tout le monde a déjà eues. Je ne veux pas mettre mon investissement en péril en les mettant au travail avant d'avoir obtenu une autorisation officielle. Jeni et quelques autres sont déjà ici à bord. Je veux les montrer à certains clients particuliers. Ceux en qui je peux avoir confiance et qui pourraient souhaiter avoir un avant-goût de leurs talents. Mais il n'est pas question de les laisser aller n'importe où sans mon approbation et l'un de mes hommes les surveille. Le reste des filles se trouve en sécurité dans une maison hors du pays, avec une poignée de gars qui s'assure qu'elles y resteront. Mais dis-moi, ajouta-t-il avec un sourire un peu obscène, ça a l'air de t'intéresser drôlement tout ça. Tu aimerais jeter un coup d'œil sur celles qui sont ici ?

Tariq hocha la tête.

Cinq minutes plus tard, six beautés stupéfiantes s'alignaient devant lui. Six jeunes femmes totalement inconnues. Aucune d'elles n'était Gwynneth. De plus, il était clair que si l'une des coûteuses possessions de Chad manquait à l'appel, ce dernier le saurait.

— Si tu veux, tu peux avoir Jeni cette nuit. Je vais envoyer un de mes hommes la conduire chez toi pour une heure ou deux et la ramener ensuite. Sauf si tu préfères tout de suite ici ?

Tariq secoua la tête.

— Non, pas pour le moment. Je dois aller parler à des gens concernant ce dont nous venons de discuter, répondit-il, en toute sincérité.

Gwynneth entendit Tariq revenir et, sur la défensive, se raidit, bouche sèche, le regard rivé sur la porte fermée du bureau. A l'évidence, la pièce avait dû à l'origine être une chambre à coucher mais quelqu'un, Tariq sans doute, l'avait meublée en bureau avec un ordinateur, un petit canapé-lit et une étagère pour les livres. L'un d'eux en particulier avait attiré le regard de Gwynneth. C'était une histoire de Zuran. En des circonstances plus normales, se dit la jeune femme, elle aurait été tentée de se plonger dedans.

Son cœur battait la chamade. Après le départ de Tariq, elle avait exploré l'appartement et découvert que la pièce en question était munie d'un verrou. Elle avait donc décidé de s'y enfermer pour l'attendre. Ainsi, elle pourrait au moins empêcher l'inconnu de la mettre dehors, même si la pièce avec la petite salle de bains attenante commençait à lui inspirer une certaine claustrophobie.

A son retour, Tariq inspecta les lieux du regard. L'appartement paraissait vide. L'avait-elle pris au mot ? Etait-elle partie ? Il se surprit à n'être pas aussi satisfait qu'il l'aurait dû. Son sens surdimensionné du devoir lui faisait désirer envisager une issue propre et nette aux événements plutôt que d'avoir à s'inquiéter pour une jeune femme comme Mlle Gwynneth Talbot, quelle que soit la prochaine galère dans laquelle elle se mettrait.

Il pouvait encore sentir son parfum — léger et délicat. Il se dirigea vers la cuisine et aperçut non sans un certain soulagement le sac à main et le mobile posés sur le plan de travail. Donc, elle était toujours là. Il tira le passeport de Gwynneth de son sac. Puis, percevant une sorte de froissement il fronça les sourcils. Cela venait du bureau.

— Gwynneth ? appela-t-il.

L'entendre l'appeler par son nom fit grimper la tension de la jeune femme. Mais cette fois, elle n'était pas inquiète. Non, la tension qui raidissait son corps avait une cause toute différente. Des images jaillirent comme des flashes dans sa tête — un grand lit, la peau nue et satinée d'un homme, des mains expertes qu'elle pouvait encore sentir sur sa chair…

Tariq se dirigea à grands pas vers le bureau et jura en s'apercevant qu'elle s'y était enfermée.

— Ouvrez cette porte, ordonna-t-il.

— Vous n'avez aucun droit de m'obliger à faire quoi que ce soit, répliqua Gwynneth d'une voix ferme, en s'obligeant à débiter sans faillir les mots qu'elle avait répétés avec soin. Vous pensez peut-être que cet appartement est à vous, mais j'ai ici un document qui prouve que mon père était sûr et certain qu'il lui appartenait ! Maintenant qu'il est mort, il est à moi. Et je n'ai pas l'intention de me laisser brutaliser ou menacer d'en être renvoyée pour vous en laisser seul et unique propriétaire. Ceci est un bien de valeur, et jusqu'à ce que quelqu'un puisse prouver qu'il n'est pas à moi, j'ai l'intention d'y rester pour être sûre que personne ne pourra me le prendre.

Tariq resta un instant immobile devant la porte. Ainsi donc, cette femme n'était pas une prostituée ! Mais à l'évidence, l'argent avait de l'importance pour elle, beaucoup même puisqu'elle était prête à rester ici après les accusations qu'il avait portées à son encontre. Il n'y avait pas eu la moindre trace d'émotion dans sa voix lorsqu'elle avait évoqué la mort de son père.

— Il faut justement que nous en parlions, l'avisa-t-il.

— J'ai déjà essayé de le faire, lui rappela Gwynneth. Mais vous ne vouliez pas écouter. Autant que je sache, tout ce que vous avez dit ou fait depuis que vous êtes entré ici aurait pu faire partie d'un plan tramé par vos soins pour me faire quitter le pays afin que vous puissiez établir vos droits sur cet appartement.

— Vous êtes ridicule.

— Vraiment ? Vous possédez bien une clé, tout comme moi. Vous avez dû entendre parler de cette fraude à la double-vente en cours actuellement ? Alors pourquoi n'avez-vous pas fait enregistrer votre bien à l'administration comme je l'ai fait moi-même ? J'ai vérifié, vous savez.

La voix de Gwynneth était pleine de défi.

— Pourquoi ? répéta-t-elle. Si vous croyez vraiment que cet appartement vous appartient, c'est la première chose que vous auriez dû faire. Je pense moi, que vous êtes une sorte d'opportuniste et que cet endroit ne vous appartient pas du tout. Vous avez dû tomber des nues en découvrant que je vous en contestais la possession ?

C'était paradisiaque, songea-t-elle, de pouvoir lui dire tout ce qu'elle avait sur le cœur tout en se sachant en sécurité, hors de toute atteinte.

— Donc, vous allez rester là et mourir de faim ? demanda Tariq. Le processus juridique à Zuran est de notoriété publique très long, vous savez.

Manger ! Dans son soulagement de découvrir qu'elle pouvait s'enfermer, elle n'y avait même pas pensé.

— Un être humain peut vivre des semaines uniquement avec de l'eau, se borna-t-elle à répondre.

— Quelques-uns, oui. Certains individus appartenant aux tribus bédouines. Mais je doute que vous en soyez capable. En outre, j'ai une autre clé du bureau.

Gwynneth regarda la porte.

— Je ne suis pas une prostituée, cria-t-elle.

Tariq eut un soupir d'impatience.

— Non, en effet. Je l'ai bien compris, maintenant.

— Ah oui ?

Pourquoi se sentait-elle si soulagée qu'il reconnaisse enfin qui elle était ? Après tout, c'était la simple vérité, elle n'avait pas à lui en savoir gré. Surtout pas après la manière cavalière dont il l'avait traitée.

— Je pourrais aller me plaindre de ce que vous avez fait… et dit, menaça-t-elle.

— Pas de l'endroit où vous êtes, rétorqua Tariq. Vous avez laissé votre mobile dans la cuisine, ainsi que votre sac à main.

Tout en lui parlant, il avait formé sur son propre mobile le numéro du chef de la police de Zuran. Il avait désormais assez d'informations sur le compte de Gwynneth pour obtenir un rapport complet à son sujet. Il repartit donc vers la cuisine où il remit le passeport dans son sac et ferma la porte derrière lui. Après quoi, il demanda au policier de découvrir tous les éléments possibles au sujet de la jeune Britannique.

— Oh, ajouta-t-il, et je pense que ça vaudrait la peine de vérifier si quelqu'un au sein du gouvernement s'est informé de la possibilité de faire entrer une cinquantaine de prostituées désireuses de travailler à Zuran. J'ai dû faire semblant d'accepter ce qui m'était demandé, mais j'ai averti que cela prendrait sans doute du temps.

Enfermée dans le bureau, Gwynneth réfléchissait à la situation. Elle n'avait pas de nourriture, pas de mobile, aucun moyen d'entrer en contact avec le monde extérieur. L'homme avait au moins accepté le fait qu'elle n'était pas une prostituée. N'était-ce pas dès lors plus raisonnable de déverrouiller la porte et d'aller lui parler de vive voix ?

Tariq l'entendit tourner la clé dans la serrure au moment où lui-même ouvrait la porte de la cuisine. Impassible, il attendit que Gwynneth apparaisse.

Son obstination à revendiquer l'appartement l'ennuyait. Non qu'il le voulût pour lui-même. Cependant, tant qu'il était obligé de faire semblant d'être un membre mécontent de la famille régnante, motivé par le ressentiment et la cupidité, il n'avait pas d'autre choix que de rester là. Chad était un rusé, un homme qui ne faisait pas facilement confiance. Quitter l'appartement éveillerait inévitablement ses soupçons. Pas question non plus, songea Tariq, de faire reconnaître légalement son droit de propriété. Cela ne pourrait qu'amener des complications et représenterait pour lui le risque potentiel d'être démasqué. Plus important encore, il fallait absolument donner à Chad un faux sentiment de sécurité afin de découvrir l'identité du Zurani qu'il soudoyait. Il fallait le démasquer avant que lui et Chad aient trouvé le moyen de pervertir la loi et de faire en sorte que Chad puisse importer à Zuran sa drogue et tous les trafics entourant la prostitution. Les dégâts que cela entraînerait sur le plan international pour la crédibilité du gouvernement et à travers lui de Zuran, seraient incalculables. Zuran avait une réputation à maintenir. C'était sur elle que reposait sa réussite future en qualité de destination touristique.

A l'instant où Gwynneth sortait du bureau pour le rejoindre dans la cuisine, la première pensée de Tariq fut qu'elle paraissait plus petite et plus vulnérable que l'image qu'il avait conservée d'elle.

— Bien, commença-t-il, permettez-moi de remettre un

peu d'ordre dans tout cela. Vous êtes donc certaine que votre père était le propriétaire légal de cet appartement ?

— Non, je le sais, corrigea Gwynneth sèchement. Et j'ai des documents pour le prouver.

Ignorant ce détail, Tariq demanda :

— Quand votre père est-il mort ?

— Cela va faire presque trois semaines.

— Vous voulez dire que vous avez attendu aussi longtemps pour venir ici réclamer votre héritage ?

Tariq ne se soucia même pas de dissimuler le dédain de son intonation.

Le visage de Gwynneth s'empourpra, mais avant qu'elle ait eu le temps de se justifier en parlant d'Anthony et de Teresa, le mobile de Tariq se mit à sonner. Tariq la considérait en silence, attendant sa réponse. Il continua à la fixer malgré la sonnerie, et l'expression résolue et concentrée de son regard força la jeune femme à détourner les yeux. Enfin il décrocha.

— Attendez ici, ordonna-t-il avant de se détourner et de quitter la cuisine en fermant la porte derrière lui.

C'était le chef de la police, qui avait des informations à lui communiquer sur Gwynneth. D'après lui, elle avait pris un congé de son job dans la City de Londres pour venir à Zuran, persuadée qu'elle avait hérité d'un appartement acheté par son défunt père.

— Comme cet appartement est l'un de ceux qui font partie de la récente fraude à la double-vente, on lui a dit qu'il pourrait y avoir du retard pour établir son droit de propriété. Elle paraît très soucieuse de mettre ce bien à son nom puis de le revendre aussi vite que possible.

— Alors elle est en toute légitimité la fille et l'héritière de cet homme ? demanda Tariq.

— Les documents qu'elle a produits sont parfaitement en ordre, confirma le policier.

— Et cet emploi à la City de Londres — de quoi s'agit-il exactement ?

— C'est un travail d'analyste financier.

— Et c'est sa seule source de revenus ? insista Tariq.

— Oui, autant que nous le sachions.

Après l'avoir remercié, Tariq coupa la communication et jeta un regard en direction de la porte close.

Il venait de commettre une grave erreur de jugement. Et cela, un homme d'honneur, un homme aussi fier que lui ne pouvait le supporter. Pire même, il avait laissé ses émotions lui dissimuler la vérité. Il avait vu une femme nue et il s'était dit qu'elle était là pour s'offrir à lui.

Cela ne signifiait pas pour autant qu'il devait se blâmer de ce qui était arrivé. Après tout, elle n'avait même pas essayé de l'arrêter ni de protester. Elle n'avait rien fait pour le prévenir qu'il était en train de commettre une erreur de jugement. Elle n'avait rien dit ou suggéré sur le fait que d'avoir une relation sexuelle avec un inconnu n'était pas le genre de sport qu'elle pratiquait régulièrement. Il était vrai que, s'il en croyait la rumeur, certaines jeunes femmes modernes étaient ce qu'on appelait faciles — même s'il ne voyait pas les choses de la même manière. Elles se vantaient ouvertement d'aventures d'une seule nuit et pire encore ! Alors si tel était le cas de Gwynneth, pourquoi se punirait-il d'avoir accepté ce qu'elle lui avait donné ?

Après tout, il ne lui devait rien.

- 5 -

Tariq ouvrit la porte et revint dans la cuisine.

Une drôle de petite sensation au creux de l'estomac, Gwynneth le suivit des yeux. C'était ridicule, elle en était consciente, mais quelque chose, dans l'aspect de cet homme si grand, si imposant dans ses tuniques blanches flottantes éveillait en elle une réaction dangereuse et inconnue. Mais peut-être était-ce *lui* et seulement lui la cause de cette réaction ? La question surgit dans sa tête, la laissant nerveuse, agressive et sur la défensive.

— Si vous pensez que votre père était propriétaire de l'appartement, reprit Tariq, pourquoi n'en avez-vous rien dit, hier soir ?

Il fallut à Gwynneth quelques précieuses secondes pour secouer l'effet qu'il produisait sur elle et reprendre le fil de la discussion.

— Vous ne m'en avez guère laissé le temps ! Je me croyais seule dans l'appartement et ensuite j'ai cru que vous étiez entré par effraction et…

Tariq lui jeta un vif coup d'œil, plein de dérision.

— Tout est arrivé si vite, se défendit-elle.

— Et comme vous êtes une femme cupide, il est hors de doute qu'en couchant avec moi vous pensiez bénéficier d'un petit quelque chose en plus — peut-être sous la forme d'un cadeau quelconque ?

— Pas du tout ! nia-t-elle d'un ton sec.

Mais ce n'était pas vrai, bien sûr. Au fond d'elle, dans cette part de son être qu'elle ne laissait jamais remonter à la surface, elle désirait bien un cadeau — le présent fabuleux de l'épanouissement de sa chair dans un instant d'abandon sensuelle.

— J'ai juste été… surprise, dit-elle.

— Dans ce cas, pourquoi, une fois passé le choc de mon apparition, ne m'avez-vous pas arrêté ?

— Je… je ne savais quoi penser.

Elle ne l'avait pas fait parce qu'elle en était incapable, pardi — et qu'elle ne l'avait pas voulu. Parce qu'elle était entrée dans un état de ravissement physique qui avait totalement balayé toute forme de rationalité. Là où se justifier et le convaincre de sa bonne foi aurait été la dernière chose à laquelle elle aurait songé.

Le regard que Tariq lui jeta lui fit monter une rougeur brûlante au visage.

— J'étais à moitié endormie, se défendit-elle encore. J'ai à peine compris ce qu'il m'arrivait, je n'ai pas su pourquoi cela m'arrivait.

Elle ne pouvait bien sûr, lui parler de son passé, de son père. Et surtout pas de la manière dont elle réprimait sa propre sexualité ou du fait que, d'une façon incompréhensible, lui-même avait été la clé de sa libération. Comment lui expliquer cela alors qu'elle avait bien du mal à le comprendre elle-même ? De plus, il pourrait peut-être considérer un tel aveu comme une indication de… De quoi au juste ? De sa vulnérabilité dès qu'il apparaissait ? Du fait qu'elle se sentait vulnérable en sa présence ? De sa folle envie de recommencer ? Eh bien, pas du tout.

Et même si c'était vrai, elle s'en serait défendue, se dit Gwynneth avec une farouche détermination.

Un autre homme que lui, reconnut Tariq, aurait pu se laisser tromper par la note de vulnérabilité qui faisait doucement trembler la voix de la jeune femme. Mais pas lui. Lui, on ne le piégeait pas comme ça. Enfin, dut-il reconnaître, pas sur le plan mental. Mais sur le plan physique ? Comment qualifier sa réaction de la nuit dernière et même un peu plus tôt ce matin ? Ce n'était pas tout à fait celle d'un homme qui se maîtrisait complètement…

Furieux d'être obligé de se soumettre à ce genre de recherche sur lui-même, il décocha à Gwynneth un regard cynique et sa voix se fit coupante, arrogante.

— Pourtant, ce matin, lorsque vous avez trouvé la note que j'avais laissée avec l'argent, vous avez bien dû comprendre…

Il y avait comme une lueur de dédain au fond des prunelles grises. Sa bouche s'était retroussée sur une expression méprisante, cette bouche qui l'avait savourée avec tant d'avidité cette nuit… Le sang de Gwynneth ne fit qu'un tour.

— Qu'est-ce que j'aurais dû comprendre ? lança-t-elle, d'une voix chaude de colère. Que vous êtes le genre d'homme qui considère les femmes comme des commodités qu'on peut acheter, utiliser et ensuite jeter ? Oui, ça je l'ai compris. Alors je me suis dit qu'une fois récupérés tous les documents me permettant de mettre l'appartement de mon père à mon nom, je chercherais comment vous vous êtes arrangé pour y avoir accès afin de m'assurer que vous ne le ferez plus jamais !

Elle reprit sa respiration tout en le fusillant du regard.

— Bien entendu, reprit-elle, tout le monde sait que les

hommes tels que vous existent — des hommes tellement déséquilibrés sur le plan affectif et mental qu'ils sont incapables d'avoir une relation normale avec une femme, et par « normale » j'entends une relation basée sur de vrais sentiments et sur un respect réel. Dites-vous bien qu'en tout cas, je ne me serais jamais abaissée à avoir une relation avec un tel homme !

— Nous n'avons aucune relation, l'interrompit Tariq d'un ton glacial. Nous avons juste passé une nuit dans le même lit.

— *Nous* ? Qui nous ? répliqua Gwynneth rageuse. Il n'y a pas eu de « nous ». Vous vous êtes servi de mon corps comme d'une gratification sexuelle et puis…

— Essayez-vous sérieusement de prétendre que vous n'avez trouvé aucun plaisir dans ce que nous avons partagé ? l'interrompit Tariq d'un ton menaçant. Parce que si vous êtes…

— Et vous, vous vous esquivez après avoir bien excité une femme, rétorqua Gwynneth hors d'elle. Eh bien, il va vous falloir le payer !

Interloqué, Tariq la regarda sans y croire. Personne, et encore moins une femme, ne s'était jamais adressé à lui, ne l'avait jamais regardé avec une telle insolence, une telle irrévérence. Il faisait partie de la famille régnante de Zuran et mieux encore, il était l'unique descendant d'une antique lignée, le représentant vivant d'un nom royal, né du mystère et de la légende. Il possédait d'incalculables richesses ; il avait l'habitude d'être traité avec respect et déférence ; il se considérait comme un homme d'une moralité rigoureuse. Quiconque lui aurait suggéré il y avait seulement deux nuits qu'il se perdrait dans une luxure débridée qui l'entraînerait au lit avec une femme à la moralité douteuse, se serait entendu nier avec véhémence qu'il puisse être capable d'une telle conduite.

Alors, voir cette femme l'accuser comme elle venait de le faire et avec le mépris qu'elle avait affiché, entamait son orgueil comme les serres d'un faucon déchirant les entrailles de sa proie.

Il voulait — non, il devait absolument s'emparer d'elle et la punir pour ce qu'elle avait dit, pour les sentiments qu'elle avait suscités en lui.

— Je n'ai pas besoin de payer une femme pour qu'elle se donne à moi, répliqua-t-il sèchement en s'avançant d'un pas décidé vers Gwynneth.

Elle recula. Mais ce n'était pas la peur qui la liquéfiait, mais la tension sexuelle qui envahissait le petit espace autour d'eux.

Il la désirait ! Comment était-ce possible ? Furieux contre lui-même, Tariq fit un pas en arrière et se détourna à demi pour dissimuler son évidente excitation.

— Puisque vous savez maintenant que je considère cet appartement comme ma propriété, je suppose que vous en avez informé les autorités en conséquence ? demanda-t-il.

Gwynneth passa le bout de sa langue sur ses lèvres soudain desséchées.

— Pas encore.

Un silence accueillit son aveu. Sur la défensive, elle le combla en lançant :

— Ce n'est pas à moi de faire enregistrer ce qui vous appartient — et de toute manière, comment le pourrais-je ? Je ne connais même pas votre nom ! J'ai dit qu'une personne prétendait en être propriétaire, mais les autorités m'ont affirmé qu'il n'y avait personne d'autre sur leurs registres.

— Ce qui, forcément, vous a bien fait plaisir. Surtout si vous espériez tirer un bonus supplémentaire de la plus-value intervenue depuis que votre père en a fait l'achat.

— Et pourquoi pas ? rétorqua Gwynneth d'un ton rageur.

Tariq resta silencieux. Bras croisés, il s'adossa au chambranle de la porte. A l'endroit où sa manche était retournée, Gwynneth pouvait apercevoir la chair nue et bronzée de son avant-bras musclé et nerveux. Elle le savait doué d'une grande force, car elle l'avait ressenti la veille au soir, lorsqu'il l'avait soulevée et tenue contre lui.

Un souvenir insidieux de pure sensualité la poigna. Instantanément, elle le repoussa.

— Et puis si vous croyez réellement que cet appartement est à vous, alors pourquoi n'êtes-vous pas allé le faire enregistrer vous-même ? lui demanda-t-elle.

— Vous osez m'accuser de mensonge ? répliqua-t-il, incrédule.

Gwynneth comprit à quel point son insulte délibérée l'avait mis en colère. Elle devina à quel point cette colère remplissait l'espace clos d'une vague de tension hostile. Elle broncha au moment où Tariq dépliait les bras, s'attendant à demi à ce qu'il fonde sur elle et lui fasse une démonstration physique de sa fureur.

A son grand soulagement, il resta où il était. Cependant, elle vit dans son regard qu'il avait deviné sa peur et s'en était délecté, ce qui pour Gwynneth, était une forme de punition. Mais elle n'était pas femme à abandonner — ni à sa peur, ni à lui. Jusqu'au moment où on lui dirait officiellement que son père n'avait pas été propriétaire de son appartement, elle resterait où elle était.

— Ne croyez pas que je n'ai pas compris où vous voulez en venir, affirma-t-elle. Vous essayez de me rudoyer pour me pousser à partir. Mais je ne m'en irai pas. Nous avons un dicton en Angleterre — occupation vaut possession.

— Nous avons le même, l'interrompit-il.

— Vous voulez dire que vous aussi avez l'intention de vivre ici ?

Gwynneth ne chercha pas à dissimuler sa consternation.

— J'en ai autant le droit que vous. Peut-être même davantage, répliqua Tariq.

Qu'avait-elle fait ? se lamenta Gwynneth en son for intérieur. Elle ne voulait pas avoir l'air de reculer, mais la dernière chose qu'elle désirait était d'être obligée de partager l'appartement avec lui et risquer ainsi une répétition des événements de la veille. Pourtant, elle ne pouvait plus reculer maintenant, malgré les images qui se bousculaient dans sa tête. Il fallait penser à Teresa et à son bébé, Anthony.

— Je vais rester. C'est ce que mon père aurait désiré.

— Et il avait beaucoup d'importance pour vous, à l'évidence, commenta-t-il d'un ton sarcastique. Après tout, sa mort vous a laissée si malheureuse que vous avez virtuellement passé trois grandes semaines à le pleurer avant de venir ici réclamer votre legs !

Tariq s'attendait à l'entendre nier son accusation et verser quelques larmes de crocodile, mais à sa surprise, elle répondit simplement :

— Non, nous n'étions pas très proches. Mes parents ont divorcé lorsque j'avais huit ans. Après, j'ai à peine vu mon père jusqu'à la fin de mon adolescence. Ni lui ni ma mère ne m'ont vraiment désirée.

Le front de Tariq s'assombrit. Etait-ce la raison pour laquelle elle se focalisait sur les biens matériels ? Ou bien essayait-elle de gagner sa sympathie ?

— Qui vous a élevée, alors ?

Gwynneth eut un sourire sans joie.

— J'ai été élevée dans un collège très coûteux payé par mon beau-père. Ni lui ni ma mère ne souhaitaient qu'on leur rappelle que ma mère avait déjà été mariée à mon père. Mon beau-père est un homme très fortuné, aussi lorsqu'il est retourné en Australie avec ma mère, ils m'ont laissée en Angleterre. C'était assez facile de payer quelqu'un d'autre pour me prendre en charge.

Le regard de Tariq se détourna d'elle. Lui aussi avait fréquenté un pensionnat en Angleterre et connu la solitude.

— Mais mon enfance est déjà loin, reprit Gwynneth d'un ton plus léger. Mon père a eu un style de vie assez agité. Cet appartement est en quelque sorte son seul bien, et étant sa fille…

— Vous revendiquez l'argent du sang ? suggéra Tariq, peu aimable.

— Je veux ce qui est juste, biaisa Gwynneth.

Elle avait déjà répondu à trop de questions, lui avait fait trop de révélations sur elle-même. Elle n'avait aucune envie de lui révéler les faiblesses de son père. Pourtant, comme elle le découvrit très vite, Tariq avait une question encore plus désagréable à lui poser.

— Est-ce la raison pour laquelle vous avez des rapports sexuels avec des hommes que vous ne connaissez pas ? Parce que vous voyez cela comme un moyen de vous venger de vos parents pour l'enfance que vous avez eue ?

— Je ne…

Je n'ai aucune vie sexuelle, faillit-elle rétorquer. Elle se retint juste à temps et lui fit une autre réponse :

— Je n'ai aucune explication à vous donner. Tout ce que vous avez besoin de savoir, c'est que je vais rester ici, dans cet appartement, jusqu'à ce que les droits de propriété soient établis. Rien ne me fera changer d'avis. Alors, comme je vous l'ai déjà dit, si vous comptez m'intimider et me rudoyer pour que je m'en aille, vous perdez votre temps.

La situation était dans l'ensemble intenable, mais Tariq n'avait pas d'autre choix que de l'accepter. Avec en prime, la présence de Gwynneth dans l'appartement.

Etait-ce la seule raison ? En était-il tout à fait certain ? Etait-il sûr que sa détermination à rester dans l'appartement n'avait rien à voir avec la nuit dernière ? N'était-ce pas parce qu'une part de lui-même pourrait encore la savourer, l'entendre, la sentir entre ses bras, corps contre corps, chair contre chair ? Il n'était plus un petit garçon. Il avait trente-quatre ans, et même si ses besoins étaient ceux d'un homme, il savait les contrôler. S'il avait eu par le passé une liaison occasionnelle avec une femme compréhensive et expérimentée, il n'éprouvait que du dégoût pour les chercheuses d'or qui couraient d'un homme à un autre.

Bien entendu, il pouvait se marier. Toutefois, le mariage de ses parents l'avait prévenu, non sans un certain cynisme, contre un tel engagement. Ils avaient eu beau proclamer haut et fort la profondeur de leur amour lorsqu'ils s'étaient unis, cet amour n'avait pas duré. Son père avait un jour abandonné son épouse et son fils. Tariq avait alors à peine quatre ans. Il pouvait encore se rappeler à quel point il en avait été dévasté, et les larmes qu'il avait versées. L'expérience l'avait laissé très soucieux de ne pas se laisser guider par ses émotions. Le célibat affectif était un choix délibéré. Par défaut plutôt que par goût, mais il le préférait encore à toute autre option.

— Si vous désirez rester…, commença-t-il.

— Ce que je désire c'est que vous partiez, éclata Gwynneth. Et le plus tôt sera le mieux. Nous ne pouvons pas vivre ici tous les deux !

Et, comme il ne répondait pas, elle ajouta :

— Pour une excellente raison : il n'y a qu'une chambre.

— *Ma* chambre, acquiesça Tariq. A moins que vous ne vouliez que je vous invite à la partager avec moi ?

— Après ce qui s'est passé la nuit dernière ?

Elle regretta aussitôt ses paroles. C'était la dernière chose à dire.

— Je ne vous ai pas entendue vous en plaindre, fit-il avec un sourire arrogant… En fait…

— Vous êtes vraiment insupportable ! lança Gwynneth violemment en quittant la cuisine presque en courant.

Son cœur battait à coups redoublés et tout son corps protestait contre la tension qu'elle lui imposait. Le soir était presque venu et elle ne savait même pas où était passée la journée. Quelque chose battait douloureusement dans sa tête. Elle avait besoin d'air frais, d'un endroit pour respirer. Pourtant, elle n'osait pas prendre le risque de sortir, au cas où Tariq monterait un plan machiavélique pour l'empêcher de réintégrer l'appartement. Il n'hésiterait sûrement pas à la laisser dehors ni à faire changer les serrures, songea-t-elle, lugubre.

Elle poussa la porte du living-room et s'aperçut que, de l'autre côté des portes-fenêtres, même si elle ne s'en était pas aperçue la veille au soir, la pièce était prolongée par une immense terrasse. Enfin, de l'air frais ! se dit-elle en s'y dirigeant d'un pas impatient.

Dehors, la nuit était tombée et des odeurs peu familières à Gwynneth flottaient dans l'air tiède. L'odeur alléchante de la nourriture d'abord, qui faisait gargouiller son estomac vide.

Dans quelle galère était-elle tombée ? se demanda-t-elle. Elle, entre toutes les autres, elle qui vivait normalement sa vie avec tant de prudence et de précaution…

— Alors, vous êtes sortie ?

Gwynneth se retourna avec lenteur. La sensation qui lui picotait la peau faisait naître des émotions que, malgré son inexpérience, elle reconnaissait comme dangereuses. La colère, ou la peur, elle savait comment les gérer, mais pas du tout cet embrasement des sens accompagné des souvenirs de la nuit précédente. A l'instant où la voix de Tariq lui parvint, la prudence la pressa d'ignorer l'homme, de retourner tout droit dans le bureau et de s'y enfermer. Mais, d'une manière inexplicable, elle parut préférer ignorer la prudence au profit de quelque chose de beaucoup plus téméraire, de plus proche de la confrontation.

— J'avais besoin d'air, dit-elle d'un ton mordant. Et je…

Tariq l'interrompit d'une voix irritée.

— Pourquoi prenez-vous de tels risques ? N'avez-vous donc aucune idée du danger que vous auriez pu courir hier soir ?

De toutes les manœuvres masculines qu'elle avait connues, celle-ci devait remporter la palme. Comment osait-il essayer de transformer son propre comportement en une sorte d'inquiétude factice à son égard ?

— Comme si cela vous importait ! lança-t-elle, railleuse. Mais… c'était peut-être ce que vous faisiez hier soir : me montrer votre côté protecteur ?

— Mon souci hier soir, était plutôt dirigé vers une question plus personnelle de bonne santé sexuelle, répliqua-t-il avec franchise. Quelque chose qui, à mon avis, aurait dû être clair pour une femme en apparence aussi expérimentée. La nuit dernière ne vous a-t-elle donc rien appris ?

Le ton se fit âpre.

— Ou bien le danger de votre comportement vous excite-t-il d'une manière quelque peu perverse ?

La colère de Tariq ralluma la mauvaise humeur de Gwynneth, la poussant au-delà des limites de son habituel sang-froid.

— Pour votre information, dit-elle, ce qui est arrivé la nuit dernière n'est pas quelque chose — n'a jamais été… Oh, écoutez, la nuit dernière a été une erreur, d'accord ? Cela n'aurait pas dû arriver mais c'est arrivé. Non que ce soit votre affaire. Je n'ai pas à vous donner d'explications et je me fiche pas mal de l'interprétation que vous choisirez de faire de ce que je dis ou de ce que je fais !

— Ah oui ? la défia-t-il.

— Oui, affirma Gwynneth, sûre d'elle.

— Cependant, vous vous souciez visiblement du fait que votre attitude de la nuit dernière m'a conduit à croire que vous êtes une femme prête à avoir des rapports sexuels avec un inconnu — et à l'évidence, pas pour la première fois.

Pas pour la première fois ? Elle était lasse, elle avait faim et elle était encore sous le choc de tout ce qui lui était arrivé.

— Eh bien, c'est là que vous faites erreur, le contredit-elle furieuse. La nuit dernière était la première fois et aussi la dernière ! Je préfère rester célibataire jusqu'à la fin de mes jours plutôt que de…

Oh, zut, zut et zut ! Elle n'allait tout de même pas se mettre à pleurer devant lui !

— Plutôt que d'être soumise aux… humiliations que vous m'avez infligées la nuit dernière.

C'était comme si toutes les paroles de Tariq avaient soumis son cœur à une pression insupportable, douloureuse comme rien de ce qu'elle avait connu jusque-là. Comme elle avait bien fait de réprimer sa sexualité, et comme elle aurait aimé pouvoir continuer ! Et surtout, surtout, ne l'avoir jamais rencontré, *lui* !

— *Célibataire* ? Une femme telle que vous ?

Le ton, d'une dédaigneuse incrédulité consuma ce qui restait de la retenue de Gwynneth.

— Une femme telle que moi ? Vous voulez dire que, même si je suis vierge, ma curiosité pour le sexe m'y mènera tout droit ? Après ce qui s'est passé la nuit dernière ?

Elle eut un rire sans joie.

— Je vous l'assure, cette expérience m'a suffi pour comprendre que le célibat est tout ce à quoi j'aspire.

— *Vous…* vous êtes vierge ?

Tariq secoua la tête d'un air incrédule.

— Vous mentez !

— Non, je ne mens pas, dit-elle d'une voix lasse, mais à ce que je vois, cela vous convient tout à fait de refuser de me croire. Eh bien, croyez ce que vous voulez. Je m'en fiche !

Elle était épuisée maintenant, au bord des larmes, incapable de comprendre pourquoi elle lui avait fait une confidence aussi intime. Il fallait absolument s'éloigner de lui avant qu'il ne la déstabilise davantage.

Sans attendre sa réponse, elle se détourna et rentra en hâte à l'intérieur du petit bureau sous la protection de sa serrure. Son cœur battait follement et elle se sentait misérable et brisée. Bouleversée, elle s'appuya au chambranle de la porte et ferma les yeux.

Comment cet homme avait-il pu s'en prendre ainsi à

une stabilité et à un équilibre émotionnel qu'elle avait passé toute sa vie à bâtir ?

Tariq était seul sur le vaste balcon-terrasse. Une douce brise murmurait sans cesse autour de lui. Celle-là même sans doute qui frémissait jadis sur les merveilleux jardins suspendus de la vallée perdue. Elle était imprégnée de l'odeur du désert, de sa pureté, de sa liberté. Son immensité et son implacable âpreté forçaient tout homme qui choisissait d'en ignorer les dangers pour y construire son foyer, à accepter pour toujours l'obligation de se battre pour le maîtriser. Dans le désert, il n'y avait aucune énergie mentale à dilapider en s'apitoyant sur soi-même. Là, un homme devait d'abord assurer la sécurité de ceux qui dépendaient de lui ou risquer de les voir disparaître ; là, un homme devait, par sa vision et l'ardeur qu'il déploierait, et plus encore en croyant en lui-même, faire naître la beauté à partir de sa dureté. Exactement comme ses ancêtres l'avaient fait en créant les jardins qu'il cherchait maintenant à restaurer dans leur splendeur originelle.

Elle avait menti, bien entendu, en affirmant qu'elle était vierge.

Mais… si elle n'avait pas menti ? Si elle l'était réellement ? Le code du désert était très strict. Il protégeait l'honneur de l'homme et la vertu de la femme. Ce code disait œil pour œil, dent pour dent, et la seule manière pour une femme de réparer sa vertu volée était de se marier avec celui qui l'en avait dépouillée. Mais elle n'était pas vierge et il ne l'avait pas dépouillée, se répéta-t-il, comme pour se protéger.

Il n'avait jamais voulu se marier, non, un mariage

l'enfermerait, il le savait. Un mariage sans amour, c'était comme du pain sans sel, et il n'avait pas l'intention de s'autoriser à tomber amoureux. Ce qu'avaient pourtant fait ses parents — et ce à quoi ils avaient cru.

Il soupira. Cette femme avait-elle la moindre idée de sa vulnérabilité ? Ne comprenait-elle pas avec quelle facilité un homme dans sa position, s'il manquait de scrupules, pouvait se servir d'elle de la manière la plus primitive et la plus éhontée pour ensuite l'abandonner ? Elle pouvait être enfermée dans un appartement comme celui-ci et ne pas être autorisée à en sortir. Elle pouvait être forcée d'accepter les privautés qu'un homme puissant lui imposerait et personne n'en saurait rien avant qu'il soit trop tard. Elle avait besoin d'être protégée d'elle-même aussi bien que des hommes susceptibles d'abuser d'elle. Ne comprenait-elle pas l'effet que la proclamation de sa virginité pouvait produire sur de tels êtres ? A quel point cela pouvait augmenter leur sale désir pour elle plutôt que leur respect ?

Et lui, se reprit-il soudain, n'avait-il pas des choses plus importantes à faire que de s'inquiéter pour une femme aussi sotte ?

- 6 -

Elle aurait dû réclamer la grande chambre et laisser Tariq dormir ici, songea Gwynneth en examinant le petit canapé poussé contre le mur de la chambre-bureau. A l'évidence, c'était un canapé-lit, même s'il n'y avait pas assez de place dans la pièce pour l'ouvrir.

Elle se sentait épuisée, physiquement et moralement, et pourtant elle n'avait pas envie de dormir. Et ses vieux démons ne cessaient de la tourmenter. Les personnes normales, ne cessait-elle de se répéter, n'avaient pas été traumatisées durant leur enfance par le spectacle de l'amour de leurs parents. Non, pour la plupart des gens, c'était un modèle positif, mais pour elle, ç'avait été une source d'angoisse, qui l'avait rendue méfiante vis-à-vis des autres, et surtout d'elle-même. Et depuis, elle n'avait jamais pu se défaire de ce terrible sentiment, se condamnant elle-même à un long célibat.

Seulement, dès qu'elle voyait des gens en couples, elle prenait douloureusement consciente du vide affectif de sa vie. Et elle en avait vus beaucoup depuis son arrivée à Zuran. Etait-ce alors la raison pour laquelle elle réagissait avec une telle fringale à la présence de Tariq ? Une part d'elle-même désirait-elle jouer les alchimistes et transformer le vil métal de son désir sexuel en or affectif ?

Voilà qu'elle devenait ridicule !

Elle se dirigea vers la bibliothèque et s'empara du livre sur l'histoire de Zuran qu'elle y avait déjà remarqué. Après s'être installée aussi confortablement que possible sur le canapé, elle l'ouvrit et, à sa surprise, il lui fallut très peu de temps pour se laisser captiver.

Tariq fit une pause devant la porte du bureau. Aucun son n'en parvenait. Il était presque minuit. Il avait mangé le repas qu'il s'était fait monter et le jeune garçon qui le lui avait apporté du restaurant était revenu pour débarrasser son assiette vide, en même temps que le repas intact qu'il s'était senti obligé de commander pour Gwynneth. Même s'il lui en voulait de sa présence dans ces lieux, il ne pouvait tout de même pas la laisser mourir de faim. Mais, se dit-il, si elle préférait se priver de nourriture, c'était son choix, après tout.

Il ouvrit la porte le plus doucement qu'il put. Une petite lampe illuminait la scène à l'intérieur de la pièce. Profondément endormie, Gwynneth était mi-couchée, mi-assise sur le canapé, et le livre qu'elle avait dû lire avait glissé sur le sol. Elle semblait à l'étroit et mal à son aise. Elle ne s'était même pas souciée d'ouvrir le petit canapé-lit.

Tariq se retourna vers la porte puis s'arrêta pour l'observer une nouvelle fois. Ainsi endormie, elle avait un air très jeune et curieusement vulnérable. Ses cils projetaient une ombre légère sur son visage au teint de pêche. Il ne pouvait pas la laisser dormir dans cette position, se dit-il, sinon elle allait se réveiller avec un torticolis. Alors, laissant la porte ouverte, il revint sur ses pas et se pencha sur elle.

Il n'avait vraiment aucune obligation envers cette jeune femme, pourtant. Mieux, se dit-il, s'il la laissait ici, la nuit désagréable qu'elle y passerait pourrait peut-être même la pousser à partir. Mais son honneur l'empêchait de traiter une femme comme ça.

Il se baissa pour la soulever entre ses bras et nota au passage les pieds petits et minces, délicatement cambrés et les ongles vernis d'une pâle teinte de rose. Avec détermination, il se concentra sur la porte ouverte plutôt que sur Gwynneth.

Elle émit un léger son et se pelotonna tout contre lui, les yeux toujours clos, bien qu'un léger sourire étirât ses lèvres.

Dans la grande chambre, le lit était assez vaste pour y coucher une famille entière, et à plus forte raison deux adultes, dont l'un entièrement vêtu. Comme tel était le cas, il n'y avait donc aucune raison, pour que deux adultes ne passent pas cette nuit ensemble et ne puissent y dormir chacun de son côté, comme dans des lits jumeaux, se dit Tariq.

Mais, au moment où il tirait les couvertures et déposait Gwynneth sur le lit, son corps, ne sentant plus la chaleur de la jeune femme contre lui, réagit avec violence et lui arracha un juron étouffé. Il considéra un instant l'autre côté vide du lit, puis poussa un soupir impatient avant de quitter la chambre et de regagner le bureau.

Parce qu'il avait du travail, tenta-t-il de se convaincre, et non parce qu'il était incapable de se fier à lui-même en partageant le lit de Gwynneth Talbot.

*
* *

Gwynneth étudia le mot posé devant elle sur le plan de travail de la cuisine.

« Je dois m'occuper ce matin de certaines affaires mais je vais revenir. Tariq. »

Tariq. Ainsi, c'était son nom. Elle le prononça plusieurs fois, le faisant rouler dans sa bouche jusqu'à ce que sa forme et sa sensation lui devinssent familières, comme s'il s'agissait de la chair de cet homme qu'elle offrait en pâture à ses papilles. Que signifiait exactement ce « *plus tard* » ? se demanda-t-elle en lissant le morceau de papier du bout du doigt, s'attardant inconsciemment sur les longs traits de la signature. Comme si la puissance de sa personnalité la défiait par son intermédiaire. Pourtant, le cerveau de Gwynneth avait du mal à rationaliser ou à analyser la complexité de ses sentiments.

Les faits, rien que les faits, se dit-elle avec obstination. Des faits et aucun désir ni sentiment. Elle avait éprouvé un choc ce matin, à son réveil, en découvrant qu'elle était couchée dans ce lit, entièrement vêtue, sachant que seule une personne avait pu l'y déposer. *Ce* lit. Celui-là même dans lequel elle avait dormi avec lui la nuit précédente. Pourquoi Tariq avait-il fait ça ? Pourquoi était-il venu la chercher pour l'emporter dans sa propre chambre ? Etait-ce parce que... ? Parce que quoi ? Parce qu'il la désirait mais n'avait pas voulu la réveiller ? Allons, retombe sur terre, ma fille, se dit-elle sans indulgence. Elle pouvait peut-être fantasmer sur une répétition de la nuit précédente, cela ne signifiait pas pour autant que cela se passerait ainsi.

Au désespoir d'être incapable de prendre de la distance avec des pensées indésirables, elle ouvrit le réfrigérateur et en sortit un yaourt et des fruits. Puis elle tourna la tête vers la fenêtre. Dehors, le ciel était limpide, d'un bleu profond et la tentation de prendre son petit déjeuner sur la terrasse fut trop forte pour qu'elle puisse y résister. L'air tiède avait une faible odeur d'encens et de sel. Loin au-dessous, elle pouvait apercevoir les hôtels, et au-delà, la marina et la plage.

De la hauteur où elle se trouvait, elle pouvait observer tout ce qui se passait sans être vue. La chaleur du soleil paraissait merveilleuse sur sa peau qui avait passé l'hiver en Angleterre. Si elle avait été seule ici, songea-t-elle à regret, elle aurait eu la tentation de se glisser hors de ses vêtements et de se laisser dorer dans la délicieuse chaleur, sûre de n'être aperçue de personne.

Comme elle ne s'attendait pas à séjourner à Zuran plus de deux jours, elle n'avait apporté aucune tenue de rechange. Mais si elle s'attardait ici un peu plus, elle allait avoir besoin d'un ou deux T-shirts supplémentaires et de lingerie.

Elle ôta le couvercle de son yaourt et y plongea sa cuillère. Puis elle posa son livre devant elle en équilibre sur la table, pour pouvoir continuer à lire en mangeant.

Une heure plus tard, elle lisait toujours, totalement absorbée par l'histoire de la création de Zuran à partir d'une terre désertique, par la famille qui dirigeait encore le pays. L'objectif du souverain actuel semblait être la transformation de Zuran en une sorte de paradis terrestre à l'antique, ouvert à toutes les cultures et à toutes les couleurs de peau. Quand les revenus pétroliers du pays iraient en décroissant, Zuran serait déjà devenu la destination favorite des agences de tourisme et des fanatiques de sport. Et en tant qu'analyste financier, Gwynneth pouvait facilement imaginer les dégâts que cela ferait à ce projet si le scandale des doubles-ventes immobilières venait à être connu.

Un chapitre entier du livre était consacré à l'explication des coutumes locales. Sourcils froncés, Gwynneth apprit ainsi qu'au Proche-Orient, l'habitude d'échanger des cadeaux afin de faciliter un grand nombre de négociations était considérée comme normale. L'auteur du livre conseillait aux hommes d'affaires occidentaux d'utiliser les services d'une personne connaissant bien le monde zurani des affaires, de manière à ne pas perdre la face ou à ne pas la faire perdre à d'autres.

La jeune femme songea à Tariq. Il lui serait bien plus facile — et pas uniquement sur le plan financier — d'utiliser la corruption pour obtenir la possession légale de l'appartement. Elle, elle n'avait ni contacts, ni argent ; lui, soupçonnait-elle, possédait les deux.

Elle était sur le point de refermer l'ouvrage lorsqu'elle remarqua un chapitre intitulé « La vallée cachée ». Sa curiosité éveillée, elle s'y plongea.

La vallée, comme Gwynneth l'apprit, avait été à l'origine un lieu stratégique qui contrôlait et surveillait une piste caravanière au départ de Zuran vers les pays qui l'entouraient. Selon la légende, le fils de la favorite d'un ancien sultan avait fortifié la vallée et l'avait dotée d'un magnifique palais. Pour ce faire, il avait réuni assez d'argent en prélevant un droit de passage sur les voyageurs et en leur permettant d'utiliser l'eau de son oasis. Celle-ci était ré-alimentée constamment par la rivière souterraine qui coulait sous la surface sableuse. Personne jusqu'à présent n'avait encore pu en découvrir l'origine.

C'était l'eau de cette rivière qui avait permis aux légendaires jardins de Mjenat de s'épanouir, jusqu'à ce qu'une terrible tempête de sable, causée selon la légende par un rival jaloux, détruise et efface leur ancienne magnificence. Depuis, seuls la pierre et le sable remplaçaient les fruits délectables et les plantes tropicales. D'après les investigations en cours, poursuivait l'auteur du livre, l'existence des fameux jardins paraissait se confirmer mais les travaux devaient être poursuivis très lentement de manière à réduire les risques pour l'environnement. Grâce aux satellites, on avait pu repérer l'endroit où des rivières avaient autrefois pu exister en plein désert, et l'on estimait qu'elles pourraient éventuellement couler encore, profondément enfouies sous la surface. Le propriétaire actuel de ce lieu minuscule et unique était apparenté à la famille royale zurani et avait le rang de prince régnant. Selon toute apparence, il consacrait son temps et une partie de sa fortune à rechercher la vérité sur l'histoire passée de son héritage.

Tout cela parut tellement fascinant à Gwynneth qu'elle désira aussitôt en apprendre davantage. Et pas seulement à propos de la vallée. Quelque chose dans la personnalité du prince et le peu d'informations que donnait le livre à son sujet piqua son intérêt — un homme moderne faisant partie d'une vieille légende. Comment parvenait-il à combiner ces deux aspects si différents de sa personne ? Sans doute bien mieux qu'elle ne le faisait elle-même, conclut-elle.

Gwynneth posa le livre toujours ouvert au chapitre sur la vallée cachée et se renversa sur sa chaise, les yeux clos. Ce fut ainsi que Tariq la découvrit quelques minutes plus tard, en s'avançant d'un pas ferme et silencieux vers elle.

Sa matinée n'avait pas été bonne. Il était allé au palais voir le roi et le chef de la police qui l'avaient tous deux avisé que, grâce à son travail, la police pensait maintenant avoir découvert l'identité du fonctionnaire zurani qui travaillait pour le gang. Par malheur, avaient-ils ajouté, la situation était bien plus compliquée qu'ils ne l'auraient souhaité.

— Pourquoi ? avait demandé Tariq au policier.

— L'homme qui, pensons-nous, travaille pour Chad Rheinvelt, s'appelle Omar bin Saud al Javir. Comme vous le savez sans doute, c'est un parent du prince Nazir dont le complot pour assassiner le roi fut par bonheur déjoué.

— Ceci est une accusation très sérieuse, était intervenu le souverain. Quand le prince Nazir et sa famille furent exilés, certains membres de sa famille se désolidarisèrent de lui et demandèrent la clémence. Le père d'Omar en faisait partie.

— Et voilà comment Omar vous remercie de votre obligeance, avait répliqué Tariq d'un ton bref.

— Après les enquêtes que nous avons menées, nous avons découvert que le jeune homme en question a fourni à sa famille de nombreuses raisons d'avoir honte de lui. Il a été renvoyé de l'université de Zuran pour inconduite et mauvais résultats. Sans les relations de sa famille, on doute qu'il aurait pu obtenir le travail de responsabilité qui est le sien actuellement. D'après son supérieur, c'est un jeune homme querelleur et aigri. Cependant, la même personne m'a raconté qu'au cours des derniers mois, Omar a commencé à se conduire avec beaucoup plus de circonspection et a manifesté un grand intérêt pour son travail.

— Sans doute parce que Chad l'a payé pour travailler pour lui, pardi ! avait alors déclaré Tariq avec sévérité.

— Pourtant, avait ajouté le policier, il était encore

impossible d'obtenir une preuve concrète de cela. Il avait donc donné des instructions à ses hommes pour que chaque mouvement d'Omar soit surveillé. Il espérait obtenir la preuve désirée dans les vingt-quatre heures, et les avait assurés que l'homme serait aussitôt arrêté.

— Toutefois, avait-il poursuivi en se tournant vers Tariq, jusqu'à ce moment, et jusqu'à ce que nous réglions la question de Chad Rheinvelt et de ses séides, je demanderai à Votre Altesse Royale de consentir aimablement à continuer à nous apporter son assistance. Ce ne sera pas pour très longtemps.

— Continuez à m'informer, lui avait ordonné Tariq juste avant de partir. Je veux connaître l'instant précis où tout changera.

Sur le coup, la requête du chef de la police ne lui avait pas paru trop exiger de lui. Mais à présent qu'il était revenu dans son appartement, la perspective de devoir côtoyer encore quelque temps son indésirable invitée le remplissait d'un étrange trouble. Car il devait bien l'admettre, Gwynneth n'était pas seulement la cause de son insomnie de la nuit dernière. Elle était aussi à l'origine des pensées et des désirs qui à présent le tourmentaient.

Gwynneth n'avait pas entendu Tariq pénétrer sur le balcon. Aussi, quand elle ouvrit les yeux, sa présence lui parut tellement intime et troublante qu'elle en fut bouleversée. Son pouls s'emballa et une onde chaude remonta de ses seins vers sa gorge, tandis qu'une soif intense de le voir lui sourire avec chaleur et plaisir venait la tourmenter.

Du plaisir ? Etait-elle complètement folle ? Au contraire, il fallait mettre de la distance entre eux, et vite. Tariq bloquait le passage vers les portes-fenêtres mais elle était trop troublée par la réaction de son corps en face de lui pour se laisser arrêter par ce détail. Se relevant d'un bond, le livre toujours étroitement serré sous son bras, elle tenta de se glisser vers la porte, et poussa un cri lorsqu'il lui barra le passage. Ses mains s'enfoncèrent dans la chair tendre de ses bras avec une telle force qu'il aurait pu lui briser les os s'il en avait eu le désir. Il parut aussi s'en rendre compte et son étreinte se relâcha. Pas assez pour la libérer mais suffisamment pour qu'il puisse d'un air absent lui frictionner la peau en un mouvement de va-et-vient, comme pour essayer de calmer la douleur qu'il aurait pu lui infliger.

— Lâchez-moi, lança-t-elle avec plus d'audace qu'elle n'en ressentait vraiment.

Le geste rythmé de Tariq avait quelque chose de très troublant, de très primitivement sensuel et Gwynneth ressentit le besoin d'y répondre. Comme si quelque chose de très obscur au fond de son être faisait écho au rythme qu'il avait instauré. Tout comme la première nuit quand…

Comprenant où sa pensée l'entraînait et le piège qui l'y attendait, le visage de Gwynneth s'empourpra. Elle aurait voulu fermer les yeux et effacer Tariq de sa vue, mais elle eut peur. Qui savait si la pulsation sensuelle qu'il déclenchait en elle n'allait pas la prendre tout entière ?

— Pourquoi ? demanda Tariq.

Le sourire qu'il lui adressait était entendu et dépourvu de douceur. Comme pour souligner ses intentions, il lui caressa le bras du revers de ses doigts.

Le corps de Gwynneth réagit aussitôt, bien malgré elle. Ses mamelons, hardiment érigés, se poussaient avec impatience contre l'étoffe de son petit haut. Alors, dans une sorte de transe elle regarda Tariq lever la main et frôler sa poitrine très lentement. Un soupir étranglé mais très audible lui échappa. Elle n'avait même pas la possibilité de riposter en baissant les yeux vers le bas-ventre de Tariq. La tunique d'un blanc immaculé qu'il portait l'enveloppait tout entier, dissimulant de possibles et explicites signes d'excitation. Mais le regard de Tariq avait suivi le sien et l'y maintenait, tandis qu'elle essayait de lui échapper, aussi inutilement qu'un petit oiseau englué.

— Quelle impudeur ! l'entendit-elle railler. Vous me dévorez des yeux ! Exactement comme vous…

— Non ! protesta-t-elle farouche, dans une vaine tentative pour lui échapper.

Elle avait oublié la poigne qui la retenait toujours, et elle fut choquée de découvrir que d'une seule secousse, elle était redevenue la possession de Tariq, qu'elle était dans ses bras, pressée contre son corps et que sa bouche, posée sur la sienne, étouffait toute rébellion, lui dérobant jusqu'à la volonté de lutter.

Que se passait-il donc ? Ses pensées s'enfuyaient en tourbillonnant dans l'espace et lui échappaient aussi vite qu'elle tentait de les rattraper. En même temps, aux tréfonds d'elle-même, un immense et tout nouvel univers de sensations et de désirs explosait en une pluie de météorites qui l'éblouissaient, l'aveuglaient. La langue conquérante de Tariq lui écarta les lèvres et, triomphante, s'enfonça dans sa bouche. Sa main se referma sur son sein. Gwynneth eut l'impression que son pouls s'arrêtait de battre puis repartait, mal assuré, fiévreux et excité. Le livre lui échappa et tomba à terre. Le bruit la fit sursauter. Brusquement, Tariq la lâcha.

— Pourquoi aviez-vous besoin de faire ça ?

L'anxiété qu'il décela dans la voix de la jeune femme durcit la bouche de Tariq. Elle n'était peut-être pas la call girl professionnelle qu'il avait d'abord supposée, mais elle n'était pas non plus la victime qu'elle feignait d'être — et ils le savaient très bien tous les deux.

— Pourquoi ? répondit-il d'un ton moqueur. Parce que vous m'avez laissé faire.

— Moi ? Je vous ai *laissé faire* ? C'est ce que disent toujours les hommes comme vous quand ils essaient de forcer une femme, quand vous les obligez à vous donner quelque chose qu'elles vous refusent, n'est-ce pas ?

La voix de Gwynneth était pleine d'amertume.

— Eh bien, si vous espérez... me... me harceler sexuellement pour me faire quitter l'appartement afin d'en revendiquer la propriété, vous perdez votre temps !

Tariq la toisa, l'air sombre, lèvres pincées par la colère.

— Moi ? Vous harceler sexuellement ? Si c'est vrai, alors comment expliquez-vous votre façon de me déshabiller du regard ? Hein ? Comment l'expliquez-vous ?

— Je ne faisais rien de tel, protesta Gwynneth trahie par une rougeur coupable.

— Menteuse ! Vous me regardiez pour savoir si j'étais excité.

— L'étiez-vous ?

Gwynneth battit des paupières comme si elle ne parvenait pas à croire à ce qu'elle venait de s'entendre dire.

Tariq lui décocha un regard aigu. Se moquait-elle de lui ? Elle devait bien le savoir qu'il était excité, sinon il n'aurait pas agi comme il venait de le faire. Pourtant, à en juger par son expression, il comprit qu'il se trompait.

— J'ai des choses tellement plus importantes à faire

pour employer mon temps, dit-il d'un ton uni. Alors le perdre pour de telles sottises…

Cela au moins était la vérité. Mais il était inexact qu'il ne pensait pas à elle, même si d'autres sujets sollicitaient son temps. Il ne parvenait pas à s'en empêcher. Et pas seulement de penser…

- 7 -

Encore une nuit à dormir dans le vaste lit, à s'éveiller pour ainsi dire à chaque minute, et vérifier qu'elle était toujours seule, le cœur dopé par l'adrénaline… avec la peur aussi, que Tariq puisse venir vers elle, *pour* elle, et se glisser dans le grand lit à ses côtés, la prendre dans ses bras et la faire sienne…

Avec la peur ou bien avec une coupable excitation parce qu'elle en mourait d'envie ? Cet homme, reconnaissait Gwynneth, l'attirait physiquement comme jamais aucun autre homme ne l'avait fait et, à force de combattre l'effet qu'il lui faisait, elle oscillait sans cesse entre raison et sentiment.

Même lorsqu'elle fermait les yeux et s'efforçait de dormir, elle ne parvenait pas à se libérer de lui. Immédiatement, ses sens assaillaient ses défenses en lui présentant des images érotiques et sensuelles. Elle imaginait leurs corps emmêlés, la main de Tariq posée, possessive, sur sa poitrine, jouant avec un mamelon dressé. Ensuite, elle descendait en une lente torture le long de son corps avant de lui ouvrir enfin les jambes pour explorer et jouir de sa chair, se repaître de la manière dont elle répondait à ses caresses. Cette chair qui désirait tant lui répondre ! Comment pouvait-elle le désirer autant ? Un homme qui…

Un homme à qui elle brûlait de poser mille questions d'ordre personnel : qui il était, et comment était-il devenu ce qu'il était ; comment il avait grandi ; comment il vivait ; ce qu'il pensait et ce qu'il ressentait ; quels étaient ses rêves et aussi ses cauchemars.

Il ne s'agissait pas seulement de désir physique. C'était… non, pas de l'amour, nia-t-elle, aussitôt affolée, en repoussant l'idée. Ce ne pouvait être de l'amour. Du moins pas l'amour tel qu'elle se l'était toujours représenté. L'amour, cela arrivait avec quelqu'un qu'on connaissait ; il était synonyme de confiance et de sécurité. Or, elle ne connaissait pas Tariq, elle n'avait aucune confiance en lui et elle ne se sentait vraiment pas du tout en sécurité avec lui.

Pourtant, il ne lui avait donné aucun motif de crainte. Comme le prouvait l'état du lit, elle avait dormi seule cette nuit. Alors pouvait-il être plus exact de dire qu'elle ne *désirait pas* se sentir en sécurité avec lui ? Qu'au contraire, elle adorait le frisson, la peur et l'excitation mêlés, que lui procurait la seule idée d'être touchée par lui ? Peut-être ne voulait-elle pas non plus lui faire confiance. Il s'était écoulé pas mal de temps depuis la dernière fois qu'elle s'était fiée à quelqu'un, et elle avait peu à peu appris à s'y refuser. Se fier à quelqu'un signifiait être vulnérable, laisser d'autres personnes pénétrer le sanctuaire de ses émotions les plus intimes — ces lieux où elle montait la garde depuis si longtemps…

Il était l'heure de se lever, songea-t-elle soudain. Il n'était plus temps de laisser ses pensées vagabonder dans des chemins de traverse aussi périlleux.

*
* *

— Il faut vous complimenter de la rapide conclusion de ce qui a dû être un travail des plus déplaisants.

Le roi sourit au chef de sa police qui venait de lui annoncer, ainsi qu'à Tariq, qu'Omar était désormais en prison après avoir reconnu ses liens avec la bande, et que tous les membres de celle-ci, y compris Chad Rheinvelt avaient été appréhendés et seraient soit jugés, soit extradés.

— Malheureusement, nous avons encore un motif d'inquiétude, admit le policier.

— Lequel ? demanda Tariq.

— Nous avons arrêté Omar à la première heure ce matin, au moment où il quittait une réunion avec Rheinvelt. Plus tard, quand on l'a interrogé, il nous a raconté que Rheinvelt lui avait posé des questions sur le prince Tariq. Il semble que le chef de la bande soupçonne les raisons qu'a Son Altesse d'accepter de lui apporter son aide. Omar a dit à Rheinvelt qu'à son avis, Son Altesse ne ferait rien qui puisse nuire à notre souverain ou à sa famille et que, loin d'avoir besoin d'argent, comme le croyait selon toute évidence Rheinvelt, Son Altesse était un homme extrêmement fortuné. En outre, Omar a prétendu que Rheinvelt s'est juré de punir Son Altesse pour l'avoir trompé, et qu'il l'a entendu donner des instructions à cet effet.

— Qu'essayez-vous exactement de nous dire ? s'enquit Tariq. Ils sont tous sous les verrous, non ?

— Oui, mais Rheinvelt a de nombreux contacts et tous n'étaient pas manifestement reliés à ce gang. Nous l'avons questionné bien sûr, mais c'est un vieux renard et il n'a rien avoué. Toutefois, Omar reste persuadé que Rheinvelt a mis un contrat sur Son Altesse — et sur des cibles peut-être plus sensibles, comme par exemple ses proches. Bien entendu, nous prenons la menace très au sérieux et si elle existe vraiment, nous découvririons l'identité et les coordonnées du tueur. Mais jusque-là, je dois avertir Votre Altesse de rester sur ses gardes. Nous allons vous fournir des gardes du corps.

Tariq secoua aussitôt la tête pour refuser.

— Ce n'est pas la manière dont j'ai vécu toute ma vie, ni celle dont j'ai l'intention de continuer à vivre, dit-il au chef de la police d'un ton calme.

— Je vous conseillerais d'y réfléchir à deux fois, Altesse, lui conseilla vivement ce dernier. Rappelez-vous, je vous prie, que vos amis intimes pourraient être la cible de ce genre d'attaque.

L'air sévère, Tariq haussa les sourcils.

— Ils ne pourront pas approcher d'assez près le roi pour lui nuire. A lui ou à sa famille, répliqua-t-il d'un ton sec.

— Ce n'est pas au plus Grand parmi les Grands que je pense, répondit le policier avec une emphase délibérée.

— Alors, à qui faites-vous allusion ? questionna Tariq avec impatience.

Après tout, le chef de l'Etat était son plus proche parent.

Le chef de la police s'inclina très bas.

— Altesse, dit-il d'un ton d'excuse, en raison des risques impliqués par cette affaire, j'ai posté des hommes chargés de surveiller votre immeuble à Al Mirhami. On a vu une jeune femme sortir et rentrer dans l'appartement de Votre Altesse à plusieurs reprises. J'implore votre pardon pour cette intrusion, ajouta-t-il à la hâte, mais Son Altesse comprendra que sa position dans la famille de notre très estimé souverain en a fait une nécessité.

En fait, tout se résumait aux yeux du chef de la police et par conséquent de chacun, au fait que Gwynneth, par ses allées et venues, avait clairement fait comprendre qu'elle « appartenait » à Tariq, et courait donc potentiellement un risque si les informations d'Omar étaient correctes.

Même si, réfléchit Tariq, il tentait d'expliquer au policier les tenants et les aboutissants de la présence de la jeune femme chez lui, il ne le convaincrait pas vraiment. Pas plus que Chad, sans doute. Tariq avait refusé son offre d'une prostituée ; une femme vivait avec lui ; donc, cette femme devait avoir pour lui beaucoup d'importance. Par conséquent, s'il lui arrivait quelque chose, cela constituerait aux yeux de Tariq un sérieux avertissement. Voilà comment pensaient les hommes tels que Chad, et il était inutile d'essayer de le persuader du contraire.

— Bien entendu, pour eux, elle constitue une cible idéale, murmura le policier d'un ton d'excuse en observant la colère du prince. Ils pourraient même tenter de la tuer…

C'était très exactement ce à quoi il venait de penser. Et Tariq devait admettre que le scénario déroulé par le chef de la police était en tout point plausible. Ce qui signifiait…

Cela signifiait que pour sa propre sécurité, Mlle Gwynneth Talbot devait faire ses bagages et rentrer dans son pays aussi vite que possible. Le plus discrètement et le plus rapidement possible. Sans retard et sans histoires. D'une manière qui ne susciterait aucune opposition de sa part et qui ne l'obligerait pas, lui Tariq, à lui révéler la vérité. Il ne fallait surtout pas que, cupide comme elle l'était, elle puisse raconter son histoire à un quelconque journaliste britannique. Cela suffirait à mettre à mal le bel avenir touristique et sûr de Zuran. Il fallait donc élaborer un plan pour expédier la dame sans éveiller ses soupçons. Et Tariq décida qu'il savait exactement quoi faire.

Quelques heures plus tard, Tariq trouva Gwynneth sur la terrasse, le nez plongé une fois de plus dans un de ses livres.

Comme toujours, lorsqu'il la revoyait après s'être absenté si peu que ce soit, il dut lutter pour contrôler la soudaine accélération des battements de son cœur et son désir d'aller vers elle pour la prendre contre lui. Plus tôt elle aurait regagné son pays, et mieux ce serait, décida-t-il lugubre, après lui avoir jeté un bref coup d'œil et détourné le regard.

Dans un silence qui s'éternisait, Gwynneth l'examina. L'appartement avait paru tellement vide sans lui ! Et comme elle détestait qu'il puisse lui inspirer ce genre de sensation !

— J'ai réfléchi à votre situation concernant l'appartement, annonça Tariq sans préambule.

— *Ma* situation ? releva Gwynneth d'un ton mordant.

Quand il s'agissait de l'appartement, et avec lui de l'avenir de Teresa et d'Anthony, pas question pour elle de laisser passer quoi que ce soit, même le détail le plus infime.

Tariq haussa les épaules.

— Si je comprends bien, et bien sûr, à condition que l'on vous déclare propriétaire légale de cet appartement, votre intention est de retourner chez vous et de le mettre en vente ? C'est bien ça ?

Prudemment, Gwynneth acquiesça de la tête.

—Afin de raccourcir ce qui représentera sans doute une très longue et complexe suite d'actes juridiques, je suis prêt à vous l'acheter au prix du marché. Demain soir, vous pourrez être chez vous en Angleterre.

Quoi ? Avait-elle bien entendu ?

— *Vous ?* Vous désirez m'acheter l'appartement ? demanda-t-elle, en prononçant les mots avec précaution comme si elle n'était pas certaine de leur signification.

— C'est exact.

Elle le toisa d'un air soupçonneux. Pourquoi une telle proposition ? Elle ne croyait pas une minute à un quelconque désir de Tariq de lui venir en aide — loin de là.

— Je n'ai pas de temps à perdre à débattre où à marchander sur ce point, ajouta Tariq.

— Mais… je croyais que débattre et marchander constituaient la base-même des méthodes de vente au Proche-Orient, dit-elle d'une voix douce.

Tariq la considéra comme s'il mourait d'envie de lui mettre les mains autour du cou et de la secouer jusqu'à ce qu'elle cède.

— J'essaie simplement de vous aider, dit-il d'un ton pas vraiment convaincu.

Gwynneth lui décocha un coup d'œil incrédule et froid.

— Ben voyons ! dit-elle sans trop d'élégance.

Elle lui décocha un sourire carnassier. Comme c'était agréable de l'asticoter ! A croire qu'elle possédait un goût du danger qu'elle ne se connaissait pas, se dit-elle en attendant sa réaction. Au moins, cela mettait une saine distance entre eux sur le plan physique et l'aidait à élever des barrières mentales contre lui.

— Vous ne me trompez pas le moins du monde, le défia-t-elle. Vous êtes en train de me mettre ce pacte en mains comme si c'était mon intérêt et que je doive en tirer bénéfice. Mais pas question que je me laisse avoir. Votre agenda personnel vous oblige sans doute à acquérir très vite cet appartement, je suppose ?

— Peut-être bien que ce que je veux « très vite » c'est que vous sortiez de ma vie ! répliqua-t-il, féroce.

Gwynneth frémit. Elle aurait dû s'y attendre.

— Le prix du marché de l'appartement est de trois quarts d'un million de livres, reprit Tariq. Je suis prêt à vous faire séance tenante un chèque d'un million de livres. Cela couvrira également vos frais.

En réalité, le prix n'était que de cinq cent mille livres mais il ne voulait pas perdre un temps précieux. Il voulait qu'elle s'en aille. Et pas seulement pour sa sécurité. Cette femme commençait à lui faire un peu trop d'effet et un peu trop souvent, et il ne permettrait pas que cela continue.

— Un chèque ? questionna Gwynneth d'un ton soupçonneux.

Essayait-il de tricher ? La prenait-il pour une sotte ? Elle savait très bien que l'appartement ne valait que cinq cents mille livres, c'était ce que lui avait dit le jeune fonctionnaire. Alors pourquoi cet homme lui en offrait-il davantage ? Parce qu'il la croyait assez cupide pour sauter sur son offre ? A l'évidence, il avait une autre motivation. Mais laquelle ? Après tout, son offre était peut-être une simple escroquerie. A moins que… sa raison de vouloir l'appartement à toute force n'ait rien à voir avec l'argent ?

Que faire ? Son premier devoir était de penser à Teresa et Anthony, et elle leur devait d'exiger le prix le plus élevé possible pour l'appartement. Peut-être pouvait-elle pousser Tariq dans ses retranchements, en lui laissant croire qu'on ne pouvait pas la berner aussi facilement ? Prenant une profonde respiration, elle demanda, railleuse :

— Me prenez-vous vraiment pour une idiote ?

— Que voulez-vous dire ?

Le ton était menaçant, mais Gwynneth préféra l'ignorer.

— N'est-ce pas évident ? dit-elle d'une voix douce et moqueuse. Vous me donnez un chèque, je signe la vente de l'appartement et je découvre après que votre chèque ne peut être honoré.

— *Quoi* ? Vous m'accusez de malhonnêteté ? lança-t-il, stupéfait.

L'air déterminé, Gwynneth releva le menton.

— Il est clair que vous tenez beaucoup à cet appartement et le bon sens me souffle que vous devez avoir pour cela une raison cachée. A première vue, vous m'avez offert bien plus que son prix réel. Pourquoi ? Pour faire un acte de charité ?

Elle eut un léger sourire et secoua la tête.

— Je ne le pense pas. Peut-être vous attendiez-vous à ce que je sois si impatiente d'accepter votre offre que je ne m'arrête pas à vous poser la question de savoir pourquoi ? Peut-être vouliez-vous me flouer grâce à un chèque sans provision — ou peut-être savez-vous quelque chose que j'ignore à propos de cet appartement et qui en augmente la valeur ? Il doit bien exister une raison qui vous profite.

Elle haussa un peu les épaules.

— Pour quelle autre raison en voudriez-vous ?

— Est-ce votre manière de tout jauger ? demanda Tariq, un léger mépris dans la voix. En termes de valeur financière ?

Comment ! Il lui donnait du mépris maintenant ? Alors que ce devrait être le contraire ? Quelque part, elle en était sûre, sans savoir exactement de quelle façon, il avait réussi à la déstabiliser. Avec l'adresse d'un fakir de bazar, il s'était arrangé pour faire passer la supériorité morale à son bénéfice et la faire passer, *elle,* pour une personne avide et cupide.

— Il s'agit d'une offre financière et l'appartement est un bien financier qui doit être évalué comme tel, répondit-elle avec toute la fermeté dont elle fut capable. Je ne peux et ne veux accepter votre proposition jusqu'à ce qu'il soit évalué par quelqu'un d'indépendant.

— Vous *osez* mettre ma parole en doute ?

Gwynneth tint bon.

— Absolument.

Elle l'entendit marmonner quelque chose entre ses dents. Quelque chose, soupçonna-t-elle, de pas très flatteur. Puis, il s'avança vers elle à grands pas et ses doigts vigoureux, telles des menottes, lui encerclèrent les poignets avec rudesse.

— Lâchez-moi ! ordonna Gwynneth d'un ton sec en tentant d'échapper à son étreinte.

Tariq avait simplement voulu soulager sa fureur en la secouant un peu. Pourtant, lorsqu'elle se débattit pour se libérer, l'avertissement qu'il s'était donné à lui-même un peu plus tôt, ainsi que les raisons qui l'y avaient poussé furent oubliés, balayés par la violente poussée d'un désir primitif et viril.

Il l'attira contre lui en lui plaquant les poignets derrière le dos d'un geste si rapide qu'elle en resta presque sans voix — et grinçant des dents.

— Lâchez-moi ! parvint-elle quand même à marmonner.

Elle commit alors l'erreur de relever les yeux vers la bouche de Tariq. Et découvrit qu'elle était incapable d'en détacher son regard. Maintenant, le feu liquide que paraissaient charrier ses veines n'était plus seulement de la colère. Peut-être n'était-ce même pas de la colère. C'était peut-être…

Elle entendit Tariq murmurer quelque chose puis il baissa la tête. Alors elle-même s'entendit gémir au moment où la force du baiser qu'il lui donna lui rejetait la tête en arrière et qu'une de ses mains lui abandonnait les poignets pour jouer dans sa chevelure. Cette fois, inutile de demander si oui ou non il était excité. Elle le savait. Quelque chose de chaud et de dur battait contre la douceur de sa propre chair.

Derrière ses paupières closes, mille et une images érotiques maintenant, la tourmentaient. Mille et un moments d'intimité sensuelle tissée tout au long d'une vie pleine de nuits scintillantes d'étoiles, au cœur d'un pays où la terre et le paradis se touchaient, où le désert rencontrait le ciel, où, entre les bras de son amant, une femme pouvait atteindre cet eden. Ce lieu où ils connaîtraient ensemble la prodigieuse métamorphose qu'étaient la passion humaine, le désir humain, l'amour humain…

Farouche, Gwynneth arracha sa bouche à celle de Tariq. Ce qui lui arrivait commençait à l'effrayer — terriblement.

Tariq pouvait sentir le cœur de Gwynneth battre contre le sien, très vite, comme celui d'un oiseau prisonnier. Il posa sa main par-dessus, observant la manière dont son expression se transformait, comment son souffle restait accroché dans sa gorge.

Qu'y avait-il chez cette femme à la peau si pâle, au caractère emporté, impossible, qui le poussait au-delà des limites d'une maîtrise de lui-même qu'il avait crue inviolable ? Dans sa tête, des pensées inconnues se bousculaient, piquant sa fierté, la faisant saigner par mille blessures ouvertes. Tariq secoua la tête comme s'il essayait de se débarrasser de l'indésirable réalité de ses pensées. Une brûlure semblable à celle du sable du désert sous le soleil de midi s'insinua dans son corps. Il n'était pas possible d'y échapper ni de nier la place qu'elle occupait en lui. Le seul soulagement pour lui, le seul endroit où il pourrait étancher la soif de son désir se trouvait dans cette femme. Telle une oasis dans le désert, elle le fascinait, le captivait.

Sous ses doigts, les battements frénétiques du cœur de Gwynneth lui révélaient à quel point elle le désirait, et sa propre réaction trahissait la violence de son propre désir. Alors, sa main remonta vers un sein, doux et rond qui lui emplit la paume. Le bout de ses doigts fila vers le mamelon et le titilla avec sensualité. Contre lui, Gwynneth frissonna sous l'impact du plaisir. En imagination, Tariq pouvait presque voir le pâle globe de chair, presque savourer sa douceur. Son érection se durcit et se mit à palpiter douloureusement.

Gwynneth sentit qu'il repoussait ses vêtements pour révéler ses seins et elle frémit. Comment pouvait-elle le laisser agir ainsi ? Comment ne *pas le faire* ? demandait en elle, avec impatience, une petite voix. Quelque part, le simple contact des doigts qui jouaient avec la pointe de son sein activait l'impression d'urgence qui jetait son corps dans une pulsion cadencée contre celui de Tariq, pendant que, lèvres pressées contre son cou, elle goûtait du bout de la langue la saveur salée de sa peau brûlante. Dans le miroir suspendu au mur adjacent, elle vit les doigts sombres jouer contre le pâle contour de son sein et sa propre silhouette plaquée contre celle de l'homme. Un spectacle d'un érotisme inouï dont le clair message la fit se tendre et frémir tout entière.

Dans un lointain passé, rien n'aurait existé, songea

Tariq, pour l'empêcher de s'emparer de cette séductrice à la peau claire et d'en faire son esclave soumise, enfermée dans le luxe de son harem où aucun autre regard masculin ne l'aurait regardée, où aucune autre main masculine ne l'aurait touchée. Elle aurait été sienne, il aurait pu jouir d'elle quand et où il l'aurait voulu. Mais c'était maintenant et il était… dangereusement, témérairement, de manière inacceptable, privé de toute maîtrise de lui-même.

Alors il s'obligea à relâcher son étreinte.

Elle était libre. Alors pourquoi restait-elle là à le regarder comme si elle voulait…, se demanda vaguement Gwynneth. Vite, elle rajusta ses vêtements. Ses doigts étaient maladroits, comme engourdis par le regret et l'échec du besoin qu'éprouvait son corps.

Car il ne s'agissait que de ça, se rassura-t-elle farouche, en faisant un pas en arrière.

— Mauvais plan ! lança-t-elle d'une voix saccadée. Si vous supposiez ainsi me faire changer d'avis pour que j'accepte de vous vendre l'appartement, c'est raté !

Sans laisser à Tariq le temps de la riposte, elle pivota sur ses talons et se précipita presque en courant vers la porte d'entrée, l'ouvrit à la volée et la franchit au moment où il lui criait de s'arrêter.

- 8 -

Quelle imbécile elle était de sortir ainsi sans son sac, sans chapeau ni lunettes de soleil, se moqua-t-elle d'elle-même, debout sous le soleil brûlant, s'abritant les yeux pour jeter un regard incertain en direction de l'immeuble.

Elle pouvait toujours revenir en arrière. Elle aurait dû le faire. Mais elle ne le ferait pas.

Parce qu'elle avait peur de ce qui pourrait se passer ? Elle avait peur oui, mais pas de Tariq. Une certitude intérieure purement féminine qu'elle ignorait posséder lui affirmait qu'il était impossible que Tariq la force. Pour quel motif d'ailleurs, lorsqu'ils savaient tous deux que c'était inutile ? Elle était tellement en phase avec lui que tout son corps vibrait chaque fois qu'il s'approchait d'elle.

Elle soupira. Si elle ne s'était pas sentie moralement obligée de faire ce qu'elle pouvait pour Teresa et Anthony, elle aurait été tentée de s'éclipser et d'abandonner l'appartement à Tariq. Après tout, il y avait des choses bien plus importantes que l'argent dans la vie. La paix de son esprit en était une. La paix de son esprit et le respect d'elle-même.

Maintenant qu'elle était loin de lui, brusquement libérée de la puissante orbite de sa sexualité, elle pouvait avoir la tête plus claire et réfléchir à ce qu'il lui était arrivé. Découvrir qu'elle avait hérité de la nature sensuelle de son père déclenchait chez elle des émotions conflictuelles : de la colère et de la peur, du ressentiment, et le besoin de combattre son propre désir — même si, dès qu'elle se trouvait dans les bras de Tariq, ces sentiments se diluaient dans un acquiescement complice. Ces émotions-là, elle pouvait facilement les reconnaître. Au-dessous de cette surface, il y en avait bien d'autres, à la découverte desquelles elle avait trop peur de se lancer. Ce qu'elle ressentait ressemblait à…

Elle restait plantée dans la rue, le nez froncé, se concentrant pour trouver la parfaite métaphore capable de décrire son présent état d'esprit.

Là-haut, à l'intérieur de l'appartement, Tariq l'observait. S'il allait la chercher et qu'elle s'enfuyait, cela attirerait sans aucun doute l'attention, chose qu'il ne souhaitait pas dans une situation qu'il souhaitait encore moins.

Il s'éloigna de la baie, trop conscient soudain de l'état d'excitation de son corps — encore un autre élément pour lequel il se méprisait. Il s'était toujours considéré comme plus esthète que porté sur la chair. Aussi, le refus obstiné de son corps de contrôler ses pulsions à l'égard de cette femme le dégoûtait et le faisait enrager.

Il se détourna. La réaction de Gwynneth à son offre d'achat mettait encore son orgueil à vif. Que voulait-elle ? Pensait-elle qu'en tenant bon elle allait l'obliger à monter les enchères ? Il fallait trouver un moyen de mettre fin à cette situation incroyablement dangereuse. Car elle *était* dangereuse, fut-il obligé d'admettre — et pas seulement à cause de Chad Rheinvelt.

Une première solution consistait à la persuader que l'appartement ne lui appartenait pas mais qu'elle serait largement dédommagée. Ensuite, Tariq pourrait laisser l'administration zuranie régler la question. Cependant, cela signifierait qu'il faudrait mettre d'autres personnes au courant. A leur tour, celles-ci pourraient bavarder ou, plus grave, répandre des rumeurs. Sur Gwynneth, sur lui, sur les nuits passées ensemble sous le même toit. Tout cela menant à toutes sortes de spéculations qu'il détestait.

Une expression sévère figea son visage. Il n'était pas prêt à tolérer ce genre de situation. Pas question. Le chef de l'Etat bien sûr, savait exactement pourquoi il n'avait pas eu la possibilité de quitter l'appartement avant la découverte de l'identité d'Omar. Mais Tariq avait des raisons personnelles de ne pas vouloir rendre public ce qu'il s'était passé.

Il avait déjà perdu assez de temps avec Mlle Gwynneth Talbot et les problèmes qu'elle lui posait. Il était temps d'y mettre fin. D'autres sujets bien plus importants réclamaient son temps et ses émotions. Comme son projet pour la vallée.

Encouragé par le souverain, Tariq réfléchissait aux avantages de faire de la vallée entière un site patrimonial et d'y créer une fondation au bénéfice du peuple. Mais ce projet, très cher à son cœur, ne pouvait se réaliser dans la précipitation. D'autres hommes pouvaient laisser derrière eux des enfants pour témoigner de leur existence ; sa marque à lui, à la face des temps, serait de restaurer les légendaires jardins suspendus, puis de les transformer en un lieu d'émerveillement et de beauté qui pourrait faire la joie du plus grand nombre plutôt que le seul plaisir de quelques-uns. Tels étaient son rêve et son but. Et ce ne serait pas une femme aux longues jambes et à la peau claire qui viendrait l'en détourner.

Il consulta sa montre. S'il ne s'en allait pas maintenant,

il allait être en retard pour la réunion de ce jour avec le spécialiste en horticulture du souverain. Pourtant, en dépit de ses préoccupations, une question continuait à le tarauder. Pourquoi diable Gwynneth n'était-elle pas remontée à l'appartement ? Ou bien était-ce lui qui était naïf ? Ne s'agissait-il pas là d'une autre sorte de piège ?

Par bonheur, songea Gwynneth avec soulagement, les centres commerciaux très modernes étaient climatisés. Elle se hâta de se mettre hors de portée du soleil dans l'agréable fraîcheur d'une grande allée marchande, à quelque distance du building où se trouvait son appartement. Bien sûr, elle ne pouvait faire autre chose que du lèche-vitrines puisqu'elle n'avait pas emporté son sac.

Mais au moins, elle était loin de Tariq.

Une heure plus tard, un peu plus sereine, quand le bouillonnement de ses pensées se fut un peu calmé, elle décida de tout tenter pour qu'une décision rapide concernant son droit de propriété soit prise. Même si cela impliquait de camper dans les bureaux d'enregistrement de Zuran jusqu'à ce qu'elle obtienne une réponse. Mais d'abord, elle allait devoir retourner à l'appartement, se rafraîchir un peu et récupérer son sac. Ce qui signifiait…

N'y pense pas, se dit-elle en quittant l'allée marchande.

Elle cligna des yeux dans l'éclat éblouissant du soleil et s'arrêta pour s'abriter la vue avant de vérifier que la rue menant à l'hôtel était vide. Puis elle s'y engagea.

Elle avait à peine fait quelques pas lorsque, sortie de nulle part, une voiture tourna au coin dans un crissement de pneus et roula à toute vitesse dans sa direction. Son chauffeur paraissait bien trop occupé à parler dans son téléphone portable pour prendre garde à elle. Gwynneth prit conscience du danger, mais elle était trop saisie pour esquisser le moindre mouvement. Soudain, deux mains fermes l'attrapèrent et l'écartèrent de la trajectoire de la voiture. Celle-ci, en arrivant à sa hauteur, fit une violente embardée avant de disparaître dans un rugissement.

L'incident avait à peine duré quelques secondes, mais elles auraient pu être les dernières secondes de sa vie, songea Gwynneth. Elle se retourna pour sourire avec gratitude à son sauveur. C'était un homme courtaud, d'âge moyen et manifestement arabe, même s'il était vêtu à l'européenne.

— Tout va bien ? demanda-t-il avec courtoisie.

Secouée, Gwynneth hocha la tête.

— Quand j'ai inspecté la rue il n'y avait rien, dit-elle.

Elle ne voulait pas qu'il puisse la croire capable de s'être précipitée devant le véhicule.

— Et tout d'un coup, la voiture était là et le conducteur ne m'a pas vue. Il téléphonait…

Pendant que son sauveur l'aidait à traverser, Gwynneth se tourna pour regarder dans la direction d'où était venue la voiture.

— Je vous remercie beaucoup…, répéta-t-elle.

Mais l'homme secoua la tête et se détourna pour disparaître dans la foule qui sortait de la galerie marchande.

Au moment d'atteindre l'immeuble, Gwynneth était encore un peu sous le choc. Son cœur battait de façon désordonnée et, en dépit de la fraîcheur du hall, un léger frisson refusait de la quitter. Pourtant, c'était moins l'accident que la perspective de revoir Tariq qui la mettait dans cet état.

Quand elle fut sur le seuil de l'appartement, elle voulut prendre le passe dans son sac, avant de se rappeler qu'elle avait quitté l'appartement en l'oubliant à l'intérieur. La porte du hall était ouverte pendant la journée, raison pour laquelle elle ne s'en était pas jusqu'à présent souvenue.

Pas de sac, pas de clé, aucun moyen d'entrer, de rentrer chez elle. Un sentiment de défaite s'abattit sur elle. Il n'y avait plus qu'une chose à faire. Aspirant une héroïque et profonde bouffée d'air, elle se redressa de toute sa hauteur et appuya sur la sonnette.

Les secondes s'égrenèrent pendant qu'elle tendait l'oreille pour essayer de capter un son à l'intérieur de l'appartement.

Tariq dormait, peut-être ? En réponse, une image mentale dérangeante s'offrit à elle, celle de Tariq couché, le drap repoussé sur les hanches, et l'éclat de sa peau satinée d'une chaude teinte dorée. L'image n'était pas seulement une invite, elle la poussait littéralement à tendre la main pour toucher…

Non ! Elle ne voulait pas du tout de ce genre de pensées, merci beaucoup. Que faire si Tariq supposait que son retour n'avait d'autre but que de poursuivre là où il s'était arrêté ? Aurait-elle la force de lui résister s'il la soulevait dans ses bras et l'emportait vers les ombres fraîches de sa chambre, et une fois là… ?

Gwynneth aspira une goulée d'air et la rejeta d'un air dépité. Pourquoi, puisqu'elle apportait une extrême attention à ce que cela n'arrive pas, s'attarder avec tant de délice sur chaque petit détail mental d'un scénario de séduction prétendument menaçant ? Mieux valait imaginer Tariq, debout dans le couloir, silencieux, se délectant de sa détresse. Silencieux, nu, une serviette de toilette enroulée autour des reins…

Oh, non, ça suffit ! se dit-elle irritée.

Peut-être devrait-elle sonner une dernière fois ? Elle appuya plus fort sur le bouton.

Rien n'arriva. Rien ni personne. Gwynneth s'adossa au mur avec un sentiment de défaite.

Que faire maintenant ? Elle était retenue à l'extérieur de l'appartement et, au lieu de lui suggérer des solutions de rechange, son esprit rebelle s'amusait à des petits jeux pervers.

— Alors que doit-on faire à propos de cette jeune femme qui se prétend propriétaire de l'appartement parce qu'elle l'aurait hérité de son père ?

Le souverain pinça les lèvres et poursuivit d'un ton affable :

— Si j'ai bien compris, elle est de la même race que ton père ?

Les prunelles de Tariq se rétrécirent.

— Vous êtes bien informé, grand parmi les grands.

Le visage rebondi du chef de l'Etat se fendit d'un large sourire. Tariq n'utilisait cette façon de s'adresser à lui que lorsqu'il voulait se montrer ironique.

— Notre excellent chef de la police, Saulud bin Sharif, poursuivit-il, a cru de son devoir de me faire un rapport complet sur la jeune femme.

Son expression se fit plus grave.

— Elle ne doit pas être exposée au danger, Tariq.

— Elle ne le sera pas.

Le souverain attendit patiemment, mais de toute

évidence, Tariq ne comptait pas en dire davantage au sujet de la jeune femme dont on lui avait dit qu'elle était belle comme l'aurore.

— Excellent.

De nouveau, il sourit à son jeune parent qui, l'air sévère et en sa qualité de prince de plein droit, était assis, jambes croisées sur le divan en face du sien. A cause de sa haute taille, le souverain devait se dévisser le cou pour rencontrer son regard.

Un serviteur rôdait autour d'eux, un pot de café à la main. De ses longs doigts, Tariq couvrit sa tasse dans un geste machinal de refus. Sa bouche se retroussa en un léger signe de désapprobation quand le souverain tendit la main vers une autre friandise.

— Mon médecin m'a averti des dangers de trop de sucreries, Tariq, mais…

Le souverain eut un petit haussement d'épaules.

— *In cha'Allah*, dit-il d'une voix fataliste.

— Votre peuple a besoin de vous pour l'emmener vers l'avenir et vos fils également, murmura Tariq d'une voix calme.

Le souverain le regarda avant de reposer le loukoum qu'il avait été sur le point de mettre dans sa bouche.

— C'est dans les moments où tu fais de telles remarques que je retrouve le mieux ton père en toi, Tariq, soupira-t-il.

— Il ne reste en moi rien d'autre de lui que le souvenir de son abandon, répliqua Tariq d'un ton lugubre.

Quelque part, tout au fond de lui, il ressentait encore la douleur provoquée par la désertion de son père, même si cette douleur s'était à présent transformée en amertume.

Le souverain secoua patiemment la tête.

— Ton père était un homme d'une haute intelligence

et il voyait loin à bien des égards. Il a vu ce que mon père avait fait, et m'a montré comment je pouvais à mon tour bâtir dessus. Je sais qu'il a causé bien des chagrins à ta mère et à toi, et je ne peux fermer les yeux sur ce point, mais beaucoup de projets que j'ai entrepris ont germé des graines de sa vision. J'ai beaucoup de raisons de lui en être reconnaissant. Et beaucoup de raisons de lui être reconnaissant d'avoir fait don de son fils à ma maison. Nous ne devrions peut-être pas le blâmer de n'avoir pas été capable de s'adapter à nos manières. Ta mère, après tout, avait refusé de s'adapter aux siennes.

Tariq le fixa.

— Il l'a abandonnée !

— Il a quitté Zuran seul, parce que ta mère a refusé de partir avec lui, comme elle avait pourtant accepté de le faire quand ils se sont mariés, corrigea tranquillement le souverain. Ils étaient d'accord pour vivre quelques années à Zuran, et ensuite en Grande-Bretagne. Mais le moment venu, elle a repris sa parole.

— Ce n'est pas ce qu'elle m'a affirmé ! protesta-t-il, incapable de faire face aux conséquences de ce que le souverain était en train de lui dire.

— Pourtant, Tariq, c'est la vérité.

— Alors pourquoi ne me l'a-t-elle pas dite ?

— Peut-être pensait-elle que tu étais trop jeune ou bien craignait-elle que tu aies une mauvaise opinion d'elle. Je sais que ton père aurait voulu t'emmener avec lui s'il n'avait pas estimé qu'il était mieux pour toi de rester ici. Cet homme avait un cœur de nomade. Son travail et sa personnalité l'empêchaient de séjourner longtemps au même endroit. Il t'a laissé avec ta mère par amour pour toi, Tariq.

— Pourquoi cela ne m'a-t-il pas été dit avant — par vous sinon par ma mère ?

— Parfois, la vérité doit être au service des faits, prononça le souverain avec sagesse.

Puis il inclina la tête et frappa dans ses mains, pour indiquer que l'entretien était terminé, et Tariq le salua avant de quitter la pièce.

- 9 -

Le souverain avait donné à Tariq ample matière à réflexion. Mais pour réfléchir d'une manière approfondie aux révélations inattendues concernant son père, mieux valait attendre. Un coup d'œil à sa montre et il allongea aussitôt le pas.

Lorsqu'il avait vu Gwynneth debout dans la rue sous l'immeuble, l'air concentré, il avait supposé qu'elle s'était rendu compte qu'elle était sortie sans clé et sans argent. Il s'était donc attendu à la voir revenir. Constatant qu'elle n'en faisait rien, il avait un instant joué avec l'idée de s'en aller et de la laisser attendre son retour pendant un long et désagréable moment. Mais, son sens des responsabilités l'avait retenu d'avoir recours à ce genre de représailles. La température à Zuran avoisinait les quarante degrés à cette époque de l'année ; Gwynneth était anglaise, elle avait la peau claire et elle était sortie sans rien pour protéger sa tête et sa peau délicate. Il n'allait quand même pas prendre le risque de l'entraîner à faire quelque chose de stupide qui puisse se terminer par un coup de chaleur ou pire, l'empêcher de réintégrer l'appartement.

Mais un coup de téléphone l'appelant au palais avait sapé ses bonnes intentions. Il avait prévu d'écourter la séance autant que possible, mais les révélations de son petit cousin à propos de son père avaient court-circuité ses intentions. Et maintenant, il y avait plus de quatre heures qu'il avait quitté l'appartement.

Aux portes du palais l'attendaient son chauffeur et sa voiture, une Mercedes noire rutilante. Un garde en uniforme lui ouvrit la portière et la fraîcheur de l'intérieur l'enveloppa aussitôt. L'imposante avenue bordée de palmiers qui menait du palais à la ville était calquée sur le Mall de Londres, même si ses bordures gazonnées devaient avoir recours pour rester vertes à un système complexe d'arrosage souterrain. Quant aux parterres ornés à Londres de fleurs annuelles, ils étaient ici remplacés par un luxuriant fouillis d'arbustes et de plantes tropicales.

Le chauffeur quitta l'imposante avenue pour emprunter une autre artère tout aussi large mais bien plus animée. Derrière les vitres teintées de sa voiture, Tariq pouvait voir les vitrines des nombreux et nouveaux immeubles de bureaux et d'appartements alignés de chaque côté de la rue. Lui-même faisait partie d'un conglomérat privé et très fermé, responsable du financement d'une grande partie de ces bâtiments. Zuran City était en pleine expansion, mais le roi et ses conseillers contrôlaient d'une main ferme son développement.

Au-dessus de lui, Tariq pouvait apercevoir le chatoiement du nouveau complexe hôtelier. Au-delà, plus au large dans le golfe, des ouvriers travaillaient à la phase finale de construction de nouveaux hôtels et de nouvelles maisons arrachés à la mer pour créer la splendide Palm Island, reliée à la terre par un tronçon de route.

Tariq avait aussi placé de l'argent dans cette entreprise qui devait lui rapporter des milliards de dollars. Pourtant, ce n'était pas l'accroissement de sa fortune qui occupait ses pensées tandis que la Mercedes filait le long de la voie privée réservée à la famille royale, et ce n'étaient pas non plus les révélations inattendues du souverain sur son père.

Il ordonna au chauffeur de le déposer à quelques mètres de l'appartement et, après avoir glissé sur son nez une paire de lunettes de soleil d'aviateur, il émergea de la Mercedes pour longer à grands pas les boutiques chic de l'autre côté de l'avenue bordée de palmiers. La tunique qu'il avait revêtue pour la réunion ondoyait dans la brise tiède.

Gwynneth répugnait à quitter l'immeuble une seconde fois sans argent et, puisque le bureau d'enregistrement de Zuran était trop loin pour qu'elle s'y rende à pied, elle avait décidé qu'elle n'avait pas d'autre choix que d'attendre le retour de Tariq pour avoir de nouveau accès à l'appartement. A condition qu'il revienne ! Car s'il ne revenait pas, que ferait-elle ?

Elle avait maintenant lu du début jusqu'à la fin le magazine gratuit rapporté de la galerie marchande. Au fil de sa lecture, elle avait découvert qu'un appartement semblable au sien valait dans les cinq cent mille dollars, ce qui avait confirmé ses soupçons. Pourquoi alors, Tariq lui avait-il offert un million pour qu'elle abandonne ses droits sur celui-ci ?

Le bourdonnement de l'air conditionné lui donnait une légère envie de dormir. Elle s'assit sur le frais dallage et s'accota au mur. Au bout de quelques minutes, elle était endormie.

*
* *

En sortant de l'ascenseur, Tariq fronça les sourcils en apercevant Gwynneth assise par terre, adossée au mur. Elle dormait. Son visage était pâle et ses cheveux ébouriffés. Il y avait une légère ombre le long de sa joue comme si elle l'avait frottée en pleurant. A côté d'elle, une bouteille d'eau et un magazine, tous deux portant le logo d'une galerie marchande.

La voir là le perturba davantage qu'il ne voulait l'admettre et cette fois, cela n'avait rien de sexuel. Cette fois, ses sentiments étaient bien, bien plus dangereux que simplement sexuels. Maintenant, ils étaient empreints d'inquiétude pour elle et d'un violent désir de la protéger — et si besoin était d'elle-même.

Il se laissa glisser à côté d'elle et prononça son nom d'une voix calme.

— Gwynneth.

Reconnaissant la voix familière, Gwynneth sourit dans son sommeil.

Avec un soupir, Tariq leva la main vers son visage pour la retenir au cas où elle aurait glissé, et de l'autre, la secoua un peu. Gwynneth poussa un soupir, plein de volupté celui-là, et son visage se nicha dans la main de Tariq. Elle y frotta sa joue avec une sorte de doux ronron. Mais, quand il lui enfonça les doigts dans l'épaule, elle s'éveilla d'un seul coup.

Tariq était accroupi sur le sol tout près d'elle, les yeux au niveau des siens. Ses prunelles s'élargirent et une rougeur envahit sa peau. Elle tenta de détourner le regard mais il paraissait retenu par celui de Tariq comme par un aimant.

— Depuis combien de temps êtes-vous là ? demanda ce dernier d'un ton bref.

Gwynneth secoua la tête. Elle avait les muscles un peu raides.

— Je l'ignore. Quelle heure est-il, maintenant ?

Elle retint son souffle en le regardant soulever son poignet et retrousser le bas de sa manche qui révéla ses muscles fermes et sa chair bronzée. Par quel miracle, se demanda-t-elle vaguement, quelque chose d'aussi simple que la vue d'une montre autour d'un poignet masculin, pouvait-elle produire sur elle ce genre d'effet ?

— Il est presque six heures, dit Tariq.

— Je suis revenue à trois heures.

Juste une heure après qu'il eut quitté l'appartement.

— Je n'avais pas l'intention d'être aussi long. Je me suis rendu compte après votre départ que vous n'aviez pris ni clé ni argent.

Quoi ? Il *s'excusait* ?

— J'avais une réunion que je ne pouvais manquer. Pouvez-vous vous relever ?

— J'ai vingt-six ans, pas quatre-vingt-six, grommela Gwynneth, d'un ton un peu moqueur.

Sans doute, mais ses jambes à moitié engourdies, pleines de fourmis, furent bien aise de l'aide de Tariq lorsqu'elle s'efforça de se relever. Lui, bien entendu, s'arrangea pour se déplier de sa position accroupie avec une grâce enviable.

— Ainsi, vous n'avez rien mangé depuis le petit déjeuner ? interrogea-t-il.

Gwynneth lui décocha un regard sombre pendant qu'il déverrouillait la porte.

— En fait, non. Mais je n'avais pas faim. J'ai pris un gros petit déjeuner.

— Un yaourt ?

— Personne n'a très faim quand il fait si chaud.

— Personne ?

La bouche de Tariq prit un pli sarcastique. Voilà qui lui ressemblait davantage, se dit Gwynneth.

— Par « personne », je suppose que vous parlez des Anglais ?

Il la tenait par le bras et en la traînant à moitié dans le couloir, il la retourna vers lui après avoir fermé la porte.

— Vous ne nous aimez pas beaucoup, n'est-ce pas ? demanda Gwynneth. Pourquoi ?

— Félicitations pour vos capacités d'analyse, répondit-il d'une voix ironique.

— Pourquoi ? reprit-il. C'est mon problème. Mais je n'apprécie sûrement pas la moralité de certaines femmes de votre pays — des femmes dans votre genre.

Gwynneth le fusilla du regard.

— Vous savez quoi ? dit-elle, acerbe. Vous n'êtes qu'un bigot doublé d'un hypocrite.

— Prenez garde, l'avertit Tariq.

C'était reparti. Mais Gwynneth avait l'impression d'être incapable de s'arrêter.

— De quoi ? lança-t-elle. De vous ? Et pourquoi ? Au cas où vous auriez la tentation de faire quelques recherches approfondies sur *ma* moralité ? Si j'étais vous, je m'en abstiendrais.

— C'est amusant de constater à quel point un avertissement peut ressembler à une invitation, dit-il d'une voix railleuse.

Puis vint l'impardonnable.

— Ce que vous voulez c'est coucher avec moi. Et nous le savons tous les deux.

— Nous savons tous deux que c'est faux, tempêta Gwynneth.

— Allons, vous savez bien que c'est la vérité !

— Je n'ai jamais connu d'homme aussi enclin que vous à se faire des illusions ! répliqua-t-elle, outrée.

— Et Dieu sait que vous en avez connus, surenchérit-t-il d'une voix douce.

L'espace d'un instant, Gwynneth fut tentée de protester, de lui faire ravaler ces paroles humiliantes. Mais une petite voix intérieure lui souffla que ce n'était pas prudent. Il ne l'avait manifestement pas crue quand elle lui avait déclaré être encore vierge, et vu l'humeur qu'il affichait, il pourrait bien avoir la tentation de lui démontrer qu'elle ne l'était pas. Oh, il ne la forcerait pas, elle le savait. Le problème était qu'il n'aurait pas besoin de le faire.

— Il y a moins de six heures, s'empressa-t-elle de remarquer, je suis partie d'ici plutôt que de coucher avec vous. Vous vous le rappelez ?

— C'est moi qui ai décidé de ne pas continuer, répliqua froidement Tariq. Sur quoi, vous êtes sortie d'ici furieuse, espérant sans nul doute que je vous coure après pour vous faire une offre que vous ne refuseriez sûrement pas.

En fait, l'offre qu'elle ne lui refuserait pas n'aurait aucun rapport avec l'argent, songea-t-elle avant de s'obliger à chasser de son esprit des pensées aussi dangereuses.

— Je vais devoir m'absenter quelques jours, déclara abruptement Tariq. Je partirai plus tard dans la soirée. Je dois m'occuper de certaines affaires.

Il fallait au moins quatre heures pour gagner la vallée, et il était trop tard pour y arriver avant la tombée de la nuit, il le savait. Mais pour le moment, son envie de retrouver la solitude du désert et d'y faire le point était si grande qu'il décida de partir néanmoins. Là-bas, au moins, il serait sans doute capable de juger pour ce qu'elle était l'expérience qu'il était en train de vivre — c'est-à-dire rien. Le besoin qu'il avait de cette femme qu'il se refusait à désirer pour désirer, n'était qu'un inconvénient mineur — un feu qui s'éteindrait de lui-même. Il ferait appel à la protection de la police pour s'assurer que les menaces de Chad n'aboutiraient pas et ensuite, il oublierait tout de Gwynneth.

Il se détourna de la jeune femme, la laissant libre de le contempler de ses grands yeux assombris par le désespoir.

Il s'en allait. Ce n'était pas possible. Il n'avait pas le droit. Elle voulait qu'il reste ici avec elle — qu'il reste avec elle pour toujours.

Gwynneth ne s'était pas rendu compte qu'elle avait gémi jusqu'à ce que Tariq se retourne vers elle, sourcils froncés.

— Ça ne va pas ? Vous semblez souffrir.

Elle ? Souffrir à cause de lui ?

— Ce n'était pas de la souffrance, mais du soulagement, persifla-t-elle.

Il lui adressa un sourire sarcastique.

— En mon absence, je vous suggère de réfléchir sérieusement à ma proposition d'achat de votre appartement.

De nouveau il consulta sa montre.

— Il est presque 19 heures. Il faut que je mange avant de partir. Je vais commander un peu de nourriture — pour tous les deux.

— Je dois d'abord prendre une douche et me changer, protesta Gwynneth.

— Combien de temps vous faudra-t-il ?

— Vingt minutes. Une demi-heure, peut-être.

— Parfait. Je vais commander pour 19 h 30.

Il s'en alla, la laissant toute seule dans le couloir sans même lui demander si elle avait une préférence quelconque concernant la nourriture. Gwynneth était furieuse. Elle avait bien envie de lui lancer qu'elle était capable de se commander à dîner et de rester seule plutôt que d'avoir l'appétit coupé par son indésirable présence. Ce qui, après tout, serait la chose la plus sensée à faire.

Dix minutes plus tard, sous la douche, elle savourait la sensation de l'eau qui chassait de sa peau la fatigue de la journée. Si seulement les tourments de son cœur pouvaient être aussi facilement apaisés…

La tiédeur de l'eau sur sa peau était presque aussi sensuelle que la main d'une femme, songea Tariq. Et il n'y avait aucun doute : ses pensées se tournaient toutes dans une direction qu'il ne souhaitait pas les voir emprunter. Son corps réagissait en conséquence.

Si seulement il la tenait là entre ses mains, caressant sa peau lustrée d'eau… Rageur, il régla la douche sur « froid » et resta dessous dans l'espoir qu'elle apaise le feu qui brûlait en lui. Son père avait-il jamais ressenti cela pour sa mère ?

Il tendit la main pour fermer la douche. C'était la première fois qu'il se permettait de penser à son père en fonction de sa propre expérience. Tel père, tel fils, disait-on… Pourtant, il s'était toujours juré de ne jamais se reconnaître comme le fils d'un homme qui lui avait donné la vie, à cause de la façon dont il avait abandonné sa mère. A quoi avait-il ressemblé ? se demanda-t-il. Que verrait-il s'il permettait à son père de sortir de l'obscurité dans laquelle il l'avait rejeté ?

Il s'empara d'une serviette et son front se plissa quand il chercha à retrouver de vagues images de lui enfant en compagnie de son père. Dans sa tête, il pouvait encore entendre le faible écho d'un rire mâle, sentir la dure mais rassurante chaleur des mains paternelles qui le soulevaient.

Quelle raison faisait remonter ces souvenirs ? Ce devait être *elle* ! Comment cette femme osait-elle s'insinuer dans son âme et déranger tous ses secrets ?

Nu, il passa de la salle de bains dans le bureau, soulagé de savoir qu'il n'aurait pas à passer une nouvelle nuit dans l'inconfort du divan-lit. Rapidement, il enfila des vêtements propres. Inutile de remettre son keffieh puisqu'il dînait dans l'intimité de l'appartement. Il entendit sonner l'Interphone et consulta sa montre.

19 h 20. Si elle voulait manger chaud, elle allait devoir se hâter.

Etait-ce bien le bruit de la porte qu'elle avait entendu ? Eh bien voilà, se dit Gwynneth, elle était douchée et habillée. Elle avait revêtu un kaftan noir acheté sur une impulsion au supermarché. Elle avait natté ses cheveux pour avoir encore un peu plus de fraîcheur et déposé une touche de gloss rose sur ses lèvres. Mais le plus important et de loin, était sa faim. Ouvrant la porte de sa chambre, elle se dirigea d'un pas décidé vers la cuisine.

L'odeur de la nourriture lui parut si délicieuse que son estomac gargouilla légèrement. Elle plaqua la main dessus et lança à Tariq un regard de défi qui se mua soudain en une sorte de choc sensuel.

Il n'avait pas remis sa coiffe et ses cheveux, encore

humides comme les siens, lui parurent d'un incroyable érotisme. Epais et courts, plutôt brun foncé que noirs, ils ondulaient un peu, lui inspirant l'envie d'y glisser les doigts. Sous l'ourlet de sa tunique, elle put apercevoir l'indigo foncé de ce qui ressemblait à une sorte de pantalon de toile. Il était pieds nus.

— J'espère que vous aimez la cuisine libanaise, lui dit-il. Je l'ai commandée à cause de sa variété. Nous pouvons l'emporter sur la terrasse. Il y fait plus frais qu'ici.

Il n'hésitait manifestement pas à commander, songea Gwynneth avec un sentiment de révolte. En même temps, elle dut admettre qu'elle était trop affamée pour perdre son temps à protester. Elle préféra se diriger vers les placards pour en retirer des couverts, des assiettes et des verres qu'elle mit sur un plateau et emporta dehors, laissant Tariq s'occuper de la nourriture.

La terrasse était assez vaste pour y organiser une réception et paraissait avoir été équipée en ce sens. Gwynneth déposa le plateau sur une table basse en bambou et appuya sur l'interrupteur qui, non seulement alluma les lampes mais activa aussi un appareil anti-moustiques.

Trois longs sofas de bambou, agréablement pourvus de coussins tendus de tissu noir, gris et blanc cassé étaient disposés en U autour de la table, de manière à ce que chacun puisse avoir vue sur la mer.

Tariq avait commencé à soulever le couvercle des cartons contenant la nourriture, tout en expliquant :

— La tradition arabe veut qu'on s'assoie autour de ce que vous appelleriez sans doute un buffet, pour manger et bavarder, plutôt que de s'installer avec plus de cérémonial autour d'une table.

Son regard vola vers Gwynneth debout près du balcon.

Le kaftan était à l'évidence un piège — mais dans quel but ?

— Venez manger tant que c'est encore chaud, dit-il.

Sans l'attendre, il s'installa en tailleur sur l'un des sofas avec une enviable aisance, et commença à se servir. Comme il lui était impossible d'imiter sa souple dextérité, Gwynneth s'assit d'un air un peu guindé en face de lui, les pieds fermement posés par terre. Tariq remarqua alors d'une voix nonchalante :

— Très convenable votre posture, et à mon avis, très inconfortable. Mais c'est votre choix.

Il avait utilisé ses doigts pour se servir, remarqua Gwynneth, et les plongeait maintenant dans l'un des bols d'eau qu'il avait dû apporter avec le reste sans qu'elle s'en rende compte. Avec un peu d'hésitation, elle inspecta le contenu des cartons. Tout sentait délicieusement bon.

— Côtelettes, poulet aux herbes, couscous, tarama…

Tariq lui nomma les différents plats tandis que Gwynneth lui tendait son assiette.

— J'aurais dû penser à vous demander si vous vouliez que je commande une bouteille de vin. Comme je vais conduire, l'alcool n'est pas pour moi.

Il vit une question se former dans ses yeux et ajouta d'un ton négligent :

— Je n'ai aucune allégeance religieuse. Ma mère était musulmane mais mon père était anglais et agnostique.

— Ils ont dû s'aimer beaucoup pour passer sur ce genre de différence culturelle, commenta Gwynneth.

Tariq se rembrunit. Il avait grandi en entendant blâmer son père, vécu avec la tristesse de sa mère et maintenant, d'un seul coup, il se rendait compte qu'à cause de tout cela, il ne lui était simplement jamais arrivé de penser qu'ils avaient dû autrefois beaucoup s'aimer. Beaucoup oui… mais tout de même pas assez. Pourtant, selon les dires de son petit cousin le roi, c'était l'amour de sa mère qui avait faibli, pas celui de son père.

— Au début peut-être, répondit-il à la remarque de Gwynneth.

— Au début ? répéta-t-elle, intriguée.

— Mes parents se sont séparés lorsque j'étais jeune, expliqua-t-il d'un air sombre. Apparemment, ils avaient conclu un accord selon lequel ils vivraient dans le pays de ma mère pendant les premières années et qu'ensuite, elle s'installerait dans le sien avec lui. Elle est revenue sur leur accord et il est parti.

— Oh ! Cela a dû être affreusement triste pour vous tous, mais en particulier pour vous, s'exclama Gwynneth, compatissante.

Tariq haussa les épaules, l'air de ne pas y accorder d'importance.

— Pas vraiment. Ma mère est revenue vivre dans sa famille et j'ai grandi entouré de cousins et de cousins de mes cousins. J'ai été très heureux.

— Mais votre père devait vous manquer ?

— Pourquoi ? Parce que le vôtre vous manquait ?

— Mes deux parents me manquaient, rectifia Gwynneth.

Puis elle ajouta avec honnêteté :

— Ou plutôt, ce qui m'a manqué c'était de connaître une famille heureuse telle que je l'imaginais. Il existe un tel tabou autour du fait que les mères ne sont pas toujours capables d'aimer leurs enfants que les gens trouvent en général plus facile de ne pas en parler du tout. Je ne l'ai pas fait moi-même pendant très longtemps.

— Alors qu'est-ce qui a changé ?

— Moi. Quand j'ai été capable d'accepter que ma mère

ne m'aimait pas, et surtout, que ce n'était pas ma faute… J'ai dû apprendre par moi-même à admettre qu'il n'y avait personne à blâmer.

— Et vous comptez quand même avoir des enfants ou… ?

Pourquoi lui parlait-il ainsi ? se demanda Tariq. Pourquoi lui poser des questions aussi intimes, aussi directes ? Des questions qui allaient bien au-delà d'un simple petit bavardage. Pourquoi ressentait-il ce besoin profond et constant de connaître tout ce qu'il y avait à savoir à son sujet, qu'il s'agisse d'expériences du passé ou de projets d'avenir ?

Trop tard, il s'aperçut à quel point ses questions pouvaient révéler à son interlocutrice les sentiments qui l'agitaient en l'écoutant.

— Cela ne m'a pas donné envie qu'ils réécrivent l'histoire de mon enfance, et cela ne m'a pas fait craindre non plus de suivre leur exemple, si c'est ce que vous voulez dire. Si j'avais une relation normale avec l'homme idéal…

Gwynneth haussa légèrement les épaules. Elle n'osait pas lever les yeux vers Tariq pour qu'il ne devine pas dans ses yeux le message que son corps lui adressait. En réalité, à ce moment précis, la seule relation que ce corps désirait c'était une relation avec lui !

— Je pense réellement que les femmes ont un besoin élémentaire et instinctif d'avoir un enfant avec l'homme qu'elles aiment, poursuivit-elle. De cette manière, elles peuvent — inconsciemment peut-être — posséder en même temps une petite part de lui et faire subsister un souvenir durable de leur amour. Mais les enfants sont des personnes et doivent être respectés en tant que tels. C'est sans doute là que réside le danger.

Non, ce n'était pas possible, voilà qu'elle se confiait à

lui bien plus qu'elle ne l'avait jamais fait avec n'importe qui ! N'était-elle pas consciente, ne se souciait-elle pas, du danger auquel était confronté son cœur ?

— Tout cela va bien trop loin pour être discuté avec une personne inconnue, lança-t-elle, le cœur battant.

Tariq frémit. Inconnue ? Elle avait raison, bien entendu ; ils étaient des inconnus l'un pour l'autre. Et cependant, à un niveau profond et extrêmement embarrassant, il se sentait fortement relié à elle… Il repoussa l'idée, se barricadant contre son impact.

— Peut-être est-ce justement à cause de cela, dit-il. Peut-être est-ce avec des inconnus que nous nous sentons plus à l'aise pour dévoiler nos pensées et nos peurs les plus profondes.

Pourtant, se demanda-t-il en prononçant ces mots, comment était-ce possible avec elle, alors que leurs valeurs étaient si différentes ? Gwynneth était habituée à un certain type de sexualité sans affectif, à des aventures d'une nuit ; elle était motivée par l'avidité financière, comme en témoignait son refus de l'offre qu'il lui avait faite pour l'appartement, dans l'espoir sans doute de faire grimper le prix.

Comment pouvait-il même *penser* à la désirer ?

— Peut-être bien, admit la jeune femme.

Ce qui avait pu exister entre eux pendant le dîner, et qui leur avait permis de parler, s'était maintenant enfui. Elle put le ressentir dans le retour de son attitude froide.

— Il se fait tard, dit-il, et j'ai une assez longue route devant moi… Aussi, si vous voulez bien m'excuser.

Il s'était exprimé d'un ton sans appel en évitant de la regarder. L'avait-elle ennuyé, irrité, en lui déversant tout à trac ses pensées les plus personnelles ? Elle se raidit en le voyant s'approcher d'elle et se baisser pour l'aider à se remettre debout. Dans le petit espace clos entre table et sofa, ils étaient presque corps contre corps. Il se dégageait de Tariq un parfum frais et agréable, mais les sens de Gwynneth réagissaient à l'odeur masculine qui se dégageait de lui. Comme pour s'en défendre, elle ferma les yeux et vacilla un peu contre lui.

Tariq respira fortement. Il pouvait voir la pointe des seins de Gwynneth se raidir contre le tissu de son kaftan et il dut se retenir de la toucher. Ses longs cheveux nattés découvraient sa nuque, et il fut tenté de suivre des lèvres la ligne de son cou puis de continuer tout le long de son dos, pendant que ses mains pilleraient les courbes de ses seins et son ventre avant…

A la minute où elle sentit le souffle de Tariq sur son cou, Gwynneth rouvrit brusquement les yeux et, le visage rouge de honte, fit un pas en arrière.

Combien de temps serait-il absent ? se demanda-t-elle avec fièvre. Pour son propre bien, elle souhaita que ce soit assez longtemps pour que les autorités zuranies puissent démêler la question complexe du titre de propriété de l'appartement. Elle éprouvait un besoin désespéré de tirer un trait sur toute cette affaire.

Mais pas désespéré au point d'accepter l'offre de Tariq ? C'était la raison pour laquelle elle ne pensait pas pouvoir lui faire confiance. Son instinct profond lui soufflait qu'il avait en tête une autre sorte de projet dont elle ignorait tout. Cela avait-il une quelconque importance ? Elle se posait encore la question lorsque, lâchant son bras, il se pencha pour ramasser les cartons de nourriture vides et les empiler sur le plateau.

Oui c'était important, si ce projet avait un rapport avec l'argent. Pas pour elle bien sûr, mais pour Anthony et Teresa.

- 10 -

En sortant de l'ascenseur, Gwynneth rejeta d'un mouvement de tête une mèche de cheveux qui lui barrait le visage et se dirigea vers l'appartement. Elle s'était réveillée tellement tôt qu'elle avait décidé de courir un peu pendant qu'il faisait encore assez frais pour cela. Cependant, même si l'exercice physique avait fortifié son corps, il n'avait certainement pas renforcé ses défenses contre ses sentiments à l'égard de Tariq.

Tariq… Elle se rapprochait dangereusement de vivre, de respirer, de penser à Tariq à cent pour cent de son temps, et il n'était pas besoin d'être un génie des mathématiques pour découvrir ce que cela signifiait.

La peur s'empara d'elle. Elle ne devait pas l'aimer. Pas alors qu'il ne manifestait absolument aucun sentiment pour elle. En revanche, il la désirait ; son désir emplissait l'espace entre eux, diffusant l'exigeante sexualité d'un prédateur mâle qui coupait le souffle de Gwynneth et faisait battre son cœur comme si elle manquait d'oxygène. Tout cela était fou.

Elle tendit la main vers son mobile pour appeler le jeune homme du bureau d'enregistrement et s'informer des événements, et soupira lorsqu'elle n'obtint qu'un répondeur lui demandant de laisser un message. Un message ? Pour dire quoi, exactement ? Qu'on lui avait offert deux fois la valeur de son appartement pour qu'elle abandonne ses prétentions dessus ? Mais elle s'inquiétait surtout de la valeur réelle de l'offre, et bien plus encore que l'appartement ne soit pas la seule chose que Tariq puisse lui dérober.

Tariq. Où était-il ? Que faisait-il ? A quoi pensait-il ? Quelle idée se faisait-il d'elle ? Lui avait-elle manqué la nuit précédente ? A elle oui, il lui avait manqué et en se le rappelant, sa main trembla en remplissant la bouilloire.

L'esprit toujours occupé de lui, Gwynneth passa en revue les livres du bureau, à la recherche de quelque chose à lire. Elle hésita, partagée entre le volume qu'elle avait déjà lu sur Zuran et son histoire, et ce qui paraissait être un gros bouquin sur la formation géologique du désert. Peut-être ne serait-il pas aussi ennuyeux qu'il en avait l'air ? En le tirant de l'étagère, elle se rendit compte qu'un autre ouvrage plus mince était glissé entre les pages. Elle allait le remettre en place mais s'arrêta lorsqu'elle en déchiffra le titre : *Mjenat : la vallée cachée et son prince*.

Un livre sur la vallée cachée ? Avec un sourire joyeux, elle abandonna son premier choix et se dirigea vers la terrasse avec sa trouvaille.

Moins de cinq minutes plus tard, le sourire avait disparu de son visage et elle s'était redressée, une expression de colère incrédule dans ses prunelles élargies fixées sur la photographie à l'intérieur de la couverture.

Tariq ! Ou, pour lui donner son titre exact, corrigea-t-elle avec amertume, Son Altesse le prince Tariq bin Salud Al Fwaisa. Tariq n'était pas simplement Tariq, mais un prince. Et pas n'importe quel prince non plus : il était le souverain de son propre petit royaume.

Sur la page opposée figuraient un glorieux hommage et une discrète allusion à son statut de milliardaire, pas tout à fait dissimulée sous le langage fleuri le remerciant de sa générosité.

Gwynneth jeta le livre par terre et se dirigea vers le bord du balcon. Refoulant des larmes de rage, son regard se perdit au loin. Pourquoi n'avait-il rien dit ? Pourquoi l'avait-il laissée penser que… ?

Mais avait-elle vraiment besoin de se poser la question ? se moqua-t-elle d'elle-même avec amertume. Il ne lui avait rien dit parce que les hommes comme lui ne parlaient pas aux femmes comme elles — des femmes avec qui ils couchaient une seule fois puis les repoussaient, des femmes qu'ils considéraient comme de simples objets sexuels — des riens. Des hommes tels que lui étaient de simples utilisateurs et, à leurs yeux, des femmes comme elle étaient là juste pour être exploitées puis oubliées — des femmes qu'on achetait, avec lesquelles on jouait un temps et qu'on rejetait comme des déchets.

Seulement, Tariq n'avait pas eu la possibilité d'en faire autant avec elle, parce qu'elle avait refusé de quitter l'appartement. Sans doute parce qu'il redoutait d'attirer à lui une attention dont il ne voulait pas, il avait dû recourir à d'autres mesures pour se débarrasser d'elle. Des mesures telles que lui offrir deux fois la valeur de l'appartement, par exemple. Rien que pour se débarrasser d'elle. Voilà : c'était tout ce qu'il désirait — se débarrasser d'elle.

Le chagrin s'empara de Gwynneth et la fracassa au milieu de sa colère, planté comme un épieu, droit dans son cœur.

***

— Et nous pensons avoir localisé l'emplacement de la source de la rivière souterraine qui baigne l'oasis.

L'un des membres de l'équipe de scientifiques que Tariq avait engagés dans la vallée cachée parlait d'une voix pleine d'excitation.

— Il semble qu'elle soit alimentée par le trop-plein de quelque chose d'autre — soit un lac, soit une rivière. Nous savons déjà qu'il existe une sorte d'excavation sous l'amas de rochers au début de la vallée, au-dessous des fondations du palais d'origine.

Tariq l'écouta développer l'argument selon lequel une enceinte fortifiée avait sûrement été élevée autour de la source pour, en cas de siège, assurer l'alimentation en eau de la population. Ce faisant, il ne parvenait pas à empêcher sa pensée de s'envoler vers Gwynneth et sa réaction lorsqu'il lui avait proposé de lui racheter l'appartement.

Hal Derswent, l'archéologue en chef intervint à son tour, développant l'idée selon laquelle, s'il existait des grottes et des passages souterrains, ils auraient pu avoir été utilisés pour fuir la forteresse en cas de nécessité.

— Ce désert m'a toujours fasciné, ajouta-t-il. Il détient tant de secrets et les donne tellement à regret !

— Peut-être est-ce la raison pour laquelle mon peuple pense que le désert est une femme, répondit Tariq d'un ton sec.

— L'intérieur de la terre est tout aussi fascinant et peut-être plus, à mon avis, remarqua Hal. Que ne ferais-je pas avec une bourse d'exploration !

— Eh bien, répondit Tariq, je ne puis vous promettre cela, mais il est possible qu'avec l'aide des pays voisins, nous puissions pousser les recherches. Toutefois, comme vous le savez, la préservation de la faune et de la flore de ce lieu est de toute première importance pour moi.

— Et pour moi aussi, renchérit Bob Holmes, le professeur d'histoire naturelle de l'équipe. Vous savez qu'on a trouvé dans l'oasis certaines espèces de poissons tropicaux, qu'on s'attendrait plutôt à trouver sur un récif corallien. Pourtant, il n'y a pas d'eau salée dans l'oasis, même si sa formation rocheuse constitue une forme d'environnement semblable à celle d'un récif.

Tariq sourit.

— Il existe une histoire selon laquelle il y a longtemps, un prince fit tracer un jardin privé pour sa favorite, avec un grand réservoir de verre empli de petits poissons exotiques. A la mort de sa concubine, empoisonnée par une rivale, le prince donna des ordres pour qu'on détruise le réservoir et les poissons parce qu'il était incapable de supporter la vue de ce qui lui rappelait si cruellement la femme qu'il avait aimée et perdue. Mais la jeune fille de l'un des hommes qui s'y employaient adorait tellement ces poissons qu'elle persuada son père de l'aider à les emporter dans l'oasis en priant Allah pour qu'ils puissent survivre.

Il eut un léger haussement des épaules.

— Qui sait ? peut-être y a-t-il dans cette histoire un élément de vérité historique et que les poissons de l'oasis sont les descendants des poissons marins qui ont pu survivre et s'adapter.

Un sourire aux lèvres, Tariq prit congé du petit groupe, et se dirigea vers le site supposé de l'ancien palais. Il devait parler aux ouvriers qui y travaillaient, pourtant, au lieu de concentrer toutes ses pensées sur ce projet si important à ses yeux, il découvrait qu'elles échappaient à son contrôle et dérivaient pour se tourner vers Gwynneth Talbot. Exactement comme il mourait lui-même d'envie de le faire…

Rebroussant chemin, il revint à grands pas vers la

villa où ses parents et lui-même avaient vécu jusqu'à leur séparation. Il déverrouilla la porte et tendu, s'arrêta un instant dans l'agréable et fraîche obscurité.

La villa avait été construite par son grand-père sur les principes immémoriaux de l'architecture du Proche-Orient, selon lesquels il fallait faire pénétrer dans la maison autant d'air frais que possible et repousser dehors le maximum de chaleur. C'était un solide bâtiment renfermant quatre cours intérieures dont trois étaient des jardins. A chaque coin, une tour des vents traditionnelle regardait en direction du désert et à l'intérieur vers les jardins. Une image surgit dans la tête de Tariq. Il devait avoir trois ans ou peut-être quatre et il s'accrochait à la main de son père tandis qu'ils gravissaient les marches vers l'une des tours des vents. Son père, il s'en souvenait maintenant, avait gardé les yeux tournés par-delà l'immensité du désert en lui expliquant les principes de leur construction. Désir poignant de liberté ? Ou simplement d'un horizon plus vaste qu'il pourrait partager avec sa femme et son fils ?

Sa mère ne lui avait rien dit à propos de la promesse dont son cousin lui avait parlé. Mais elle, au contraire de son père, avait éprouvé une grande nostalgie de l'univers fermé des cours intérieures. Et même, lorsqu'ils étaient repartis pour vivre à Zuran, elle avait toujours préféré la solitude à la compagnie. A cause — du moins l'avait-il toujours cru — du chagrin causé par la trahison de son père ? Ou plus simplement parce qu'elle était une solitaire, préférant se tenir à l'écart des autres, comme il lui arrivait parfois de le faire lui-même ?

C'était ici, se rappela-t-il encore, que son père lui avait appris à jouer au football et à lire l'anglais, ici aussi que cet homme qu'il aimait tant avait regardé Tariq recevoir sa première leçon dans l'art de la fauconnerie. Tant de souvenirs qu'il ne s'était jusqu'à présent jamais autorisé à rappeler à sa mémoire ! Et le faire maintenant, à la lumière de ce qu'il venait d'apprendre, lui laissait dans la bouche une saveur douce-amère.

L'appartement était vide et silencieux. Il était minuit passé, mais Gwynneth, trop agitée, trop nerveuse pour aller se coucher, préféra sortir sur la terrasse. Etait-ce réellement la veille que Tariq et elle y avaient dîné ensemble ? Tariq ou plutôt Son Altesse le prince Tariq bin Salud Al Fwaisa, corrigea-t-elle, ironique. Rien d'étonnant à ce qu'elle l'ait trouvé si arrogant !

Quelqu'un, sur un autre balcon, avait fait brûler de l'encens. Son parfum lourd et sensuel suscitait en elle des idées de long divan bas et de voiles légers, fantomatiques, gonflés par l'air de la nuit. L'Orient était tout entier consacré aux sens, se dit Gwynneth ; il les captait tous d'une manière que personne ne pouvait soupçonner en Europe.

Dans le souk, il y avait une petite échoppe où l'on pouvait acheter une grande variété de senteurs différentes avec leur brûle-parfum et elle était tentée d'aller en acheter un. Mais dans quel but ? Pour, une fois revenue chez elle, l'allumer et se rappeler cet instant et Tariq ? Elle n'avait pourtant aucun besoin de secours pour aider ses sens à raviver sa mémoire.

Tariq ! Tariq, prêt à payer n'importe quoi pour la chasser de sa vie.

Etait-ce pour cette raison qu'elle était si déterminée à garder l'appartement ? Parce qu'il y venait pour avoir des relations sexuelles avec des femmes et avait besoin de l'anonymat que cela lui permettait ? Tout concordait — jusqu'à la manière dont il s'était conduit avec elle cette première nuit. Le quartier des hôtels ici, au cœur de Zuran convenait idéalement à ses besoins. A l'évidence, même si ses moyens lui permettaient d'agir autrement, il ne souhaitait perdre ni son temps, ni son énergie. Il lui était plus facile d'acheter l'appartement et la mettre dehors, même si cela signifiait d'avoir à le payer bien au-delà du prix du marché. Qu'étaient cinq cent mille dollars de plus pour un homme dont elle savait désormais qu'il était l'un des plus riches de Zuran ?

Visage brûlant, pensées en émoi, Gwynneth arpentait la terrasse. Sa peau se hérissait à la pensée de l'usage que faisait Tariq de l'appartement… Et dire qu'elle-même ne représentait qu'un autre échantillon de chair féminine qui y avait été introduit pour le plaisir d'un homme trop riche au cœur froid.

Elle avait été d'une naïveté proche de l'idiotie de s'imaginer que, parce qu'elle-même avait été choquée de désirer un homme qu'elle connaissait à peine, Tariq avait dû éprouver à peu près les mêmes sentiments ; stupide de croire que tout comme elle, il devait s'interroger sur l'incongruité de leur désir mutuel, et en même temps en reconnaître la puissance absolue.

Mais non, ils n'étaient et ne seraient pas égaux en aucune façon. Il n'y avait aucune émotivité dans la manière dont Tariq s'était conduit avec elle. Rien qu'une incrédulité arrogante et de la colère. Quant à elle, elle avait trop tardé à reconnaître que, alors qu'elle s'était engagée vis-à-vis de lui sur tous les plans, affectif, physique et mental, il n'avait cherché à travers elle qu'à satisfaire son seul plaisir sexuel. Alors bien sûr qu'il voulait se débarrasser d'elle ! Elle dérangeait trop sa façon de vivre.

Et lui, il lui brisait le cœur.

Gwynneth se raidit, révoltée par des pensées qu'elle ne pouvait cependant nier. Tariq lui briser le cœur ? Ce n'était pas possible, voilà tout. Il lui inspirait du désir, oui. Mais le désir était d'ordre physique. Donc, ce qu'elle ressentait pour lui était purement physique. Ou devait l'être.

Il lui suffisait de s'éloigner et de laisser derrière elle ce malencontreux épisode. Au retour de Tariq, elle lui dirait qu'elle avait changé d'avis et était prête à accepter son offre. Ensuite, elle quitterait l'appartement et s'installerait dans l'hôtel le plus cher qu'elle pourrait trouver, s'il existait à Zuran quelque chose qui ne soit pas cher — et elle y séjournerait jusqu'à ce que les formalités soient terminées et que l'argent de Tariq soit en sécurité sur le compte bancaire qu'elle avait déjà ouvert pour déposer l'argent de l'héritage paternel.

Front plissé, Tariq étudiait l'écran de son ordinateur. Dans la vallée, le travail avait cessé jusqu'à ce que le temps se rafraîchisse, et il était censé en profiter pour remettre à jour ses dossiers. Au lieu de cela, il perdait son temps à songer à Gwynneth et à ses rapports avec ses parents, au problème de leur vision différente de l'existence, à la manière dont ils avaient voulu la vivre. Y avaient-ils réfléchi avant de se marier ? Peut-être avaient-ils simplement supposé que leur amour serait assez fort pour surmonter tous les problèmes ?

Il s'étira pour dénouer ses muscles douloureux. En partant maintenant, il pourrait être de retour à Zuran avant l'aube. Mais pour quoi faire ? Pour sortir Gwynneth de son sommeil en la touchant avec ses mains, avec sa bouche ? Pour arracher sur ses lèvres ses paroles de refus et les transformer en un doux murmure de délice ? Il était fou de penser ainsi. La nouvelle que son père n'avait pas été le personnage aussi méprisable qu'il avait toujours cru ne lui permettait quand même pas de s'imaginer que…

Que quoi ? Qu'il n'avait aucun besoin de lutter contre ce qu'il ressentait ? Ce qu'il *ressentait* ? Etait-il devenu fou ? Par son comportement, Gwynneth lui avait bien fait comprendre qu'elle aimait les dangers du sexe avec des inconnus et qu'elle changeait souvent de partenaire. Or, la femme avec laquelle il s'engagerait serait sienne exclusivement, et pour toujours, quel qu'ait été son passé sur le plan sexuel. Il devrait y avoir entre eux franchise et ouverture, désir de se comprendre et de passer sur toutes les différences culturelles ou affectives. Plus important encore, la femme qui partagerait sa vie devrait comprendre et admettre qu'il avait un devoir envers ce qui était son héritage — son passé, son présent et son avenir.

Il jeta un œil vers l'étroite fenêtre qui donnait sur la cour principale où était garé son 4x4. Il pouvait être de retour à l'appartement en quatre heures. Moins s'il se dépêchait.

Il se leva et debout à la fenêtre, regarda dans la cour. Qu'arriverait-il s'il revenait et lui faisait l'amour ? Que se passerait-il alors ? Tout ce qu'il ferait serait d'accomplir un nouveau pas vers une fin qu'il savait inévitable — parce qu'en fin de compte, toute relation entre eux finirait par mourir. Le léopard ne pouvait changer ses taches, ni le faucon cesser de voler. Tariq se connaissait assez pour savoir qu'il serait incapable de vivre avec la crainte que Gwynneth finisse par le quitter. Mieux valait donc la douleur cuisante du renoncement plutôt que la longue agonie pourrissante de sa fierté et du respect de lui-même.

Se détournant de la fenêtre, Tariq retourna à son ordinateur.

- 11 -

Il était peut-être tôt mais elle était loin d'être la seule personne debout et active, se dit Gwynneth en payant le carton de lait qu'elle s'était hâtée de sortir acheter. Il n'était pas question de boire du café noir, et pas question non plus d'affronter le retour de Tariq sans la protection d'une bonne dose de caféine, histoire de s'affûter l'esprit.

En revenant vers l'appartement, elle prit vaguement conscience d'une voiture qui roulait doucement presque sur la même ligne qu'elle, le long du côté tranquille de la rue. Mais elle était trop préoccupée par le souci de savoir comment elle allait se retrouver face à Tariq pour faire autre chose qu'y jeter un coup d'œil indolent.

Elle avait presque atteint le bloc d'appartements quand soudain, d'une manière terrifiante, deux hommes qui marchaient d'un pas nonchalant derrière elle la rattrapèrent, la bloquèrent entre eux et la tirèrent vers la voiture maintenant à l'arrêt. Zuran étant connue pour la sécurité de ses touristes, Gwynneth n'avait pas accordé la moindre pensée au danger de s'y promener seule.

Voyant l'homme à l'arrière de la voiture qui ouvrait brutalement la portière, elle se débattit avec frénésie pour se libérer. Les deux autres étaient sur le point de la pousser tête la première à l'intérieur quand, surgies de nulle part, du moins se l'imagina-t-elle, trois voitures de police apparurent dans un crissement de pneus, bloquant ses ravisseurs. Des portières s'ouvrirent à la volée pour permettre à une bonne demi-douzaine de policiers armés de se précipiter à son aide. En l'espace de quelques secondes, elle était libre et ses assaillants, de même que leur chauffeur, étaient entraînés, menottés, vers les voitures de police.

Après s'être assuré qu'elle allait bien, un policier apparemment plus âgé que les autres, remarqua :

— Il est heureux que nous soyons passés par ici et que nous ayons vu ce qu'il se passait. Où alliez-vous ?

D'un geste du menton, Gwynneth lui désigna l'immeuble.

— Un de mes hommes va vous accompagner jusqu'à votre appartement, l'informa l'homme.

Un bref hochement de tête amena non pas un, mais deux officiers de police aux côtés de la jeune femme. A sa stupeur, ils l'escortèrent non seulement jusqu'à son appartement, mais ils insistèrent aussi pour y pénétrer avec elle et inspecter chacune des pièces.

Qui donc avait besoin de caféine ? se demanda-t-elle tremblante, après leur départ, quand la réaction commença à se faire sentir. Elle devait lutter contre une puissante envie de s'asseoir et de pleurer un bon coup. Le choc, se dit-elle, pragmatique. Ce n'était que les effets à retardement du choc. Peut-être devrait-elle le boire noir, ce café, après tout ?

***

Tariq avait quitté la vallée juste avant l'aube et regardait le soleil tapisser le désert de couleur et de lumière, transformant le sable gris en une aveuglante nappe d'argent.

Son portable professionnel était éteint, mais sa ligne pour ses affaires privées avec le souverain restait toujours ouverte. Il était à un peu plus d'une heure de Zuran, quand la sonnerie retentit. Sourcils froncés, il décrocha. Le chef de la police fut bref et pratique. Grâce à la surveillance mise en place vingt-quatre heures sur vingt-quatre à l'appartement, ses hommes avaient fait échouer deux attaques contre Mlle Talbot.

— Quelle sorte d'attaques ? interrogea Tariq.

— La première était une tentative pour la renverser dans la rue. Qui sait ? Peut-être avaient-ils seulement l'intention de lui faire peur ? Mais la seconde était vraiment plus sérieuse. Ils ont essayé de l'enlever. Nous sommes en train d'interroger les hommes qui y ont participé et ils ont admis travailler pour Rheinvelt. Nous estimons avoir maintenant capturé tous les conspirateurs mais pour plus de sécurité, Altesse, je vous prierais respectueusement de faire en sorte que Mlle Talbot s'installe dans un lieu sécurisé jusqu'à ce que nous ayons davantage de certitudes.

Il ne fallut à Tariq que le temps d'un battement de cœur pour prendre sa décision.

— Ce ne sera pas nécessaire, répondit-il d'un ton ferme. Je suis en route vers l'appartement et quand je regagnerai Mjenat plus tard dans la journée, Mlle Talbot m'accompagnera.

— Je posterai mes hommes le long de la route de la vallée, Altesse, promit le policier.

Puis, après quelques considérations sur le châtiment futur des bandits, il prit congé.

Tariq redémarra et découvrit que ses mains tremblaient.

Dans sa hâte de retrouver Gwynneth, son cœur impatient battait sourdement dans la muraille de sa poitrine. Il n'aurait jamais dû la laisser seule, et exposée à un tel danger, se reprocha-t-il. Toute idée de la réexpédier dans son pays l'avait maintenant quitté. Il n'y avait plus qu'un seul endroit où il désirait maintenant la voir, et c'était avec lui. Il était désormais disposé à se l'avouer.

On était vendredi, et Zuran City s'animait de la présence des fidèles sortant des mosquées au moment où Tariq engageait son véhicule dans la rue où, un peu plus tôt, Gwynneth avait failli se faire enlever. Il se gara au parking souterrain et l'ascenseur de service l'emporta jusqu'à l'appartement. Là, il glissa son passe dans la serrure et poussa la porte.

Aussitôt, il l'aperçut. Elle arpentait la terrasse à pas nerveux, et à l'évidence, elle ne l'avait pas entendu arriver, si bien qu'il put en profiter pour l'observer quelques secondes sans qu'elle s'en doute.

Mais au bout de quelques secondes, sans doute avertie par une sorte de sixième sens, elle s'arrêta et fouilla d'un regard vif l'obscurité dans laquelle se tenait Tariq.

— J'ai quelque chose à vous dire, commença-t-il, en traversant la terrasse pour la rejoindre.

— Vraiment ? Quoi donc ? Vous désirez renouveler votre offre d'un million de dollars pour cet appartement ? Pourquoi pas deux, après tout, vous pouvez vous le permettre, n'est-ce pas, Altesse ? Et avant de nier, je vous préviens que j'ai lu ce qui vous concerne dans *ceci* !

Elle jeta le livre sur la banquette. Elle s'était promis de ne pas le faire — alors pourquoi, oh pourquoi, le faisait-elle ? Elle s'était promis de garder un silence plein de dignité avant de quitter les lieux. Et voilà qu'elle se conduisait comme une amante jalouse !

Ce livre ! songea Tariq. Il avait complètement oublié son existence et il se maudit davantage encore que lorsqu'il en avait découvert l'existence. Mais pour l'instant, sa douleur avait plus d'importance que sa colère.

— Deux millions ? Pourquoi en rester là ? demanda-t-il d'un ton mordant. Pourquoi ne pas m'en réclamer trois ? Ou quatre ? Mais laissez-moi vous le dire, si vous le faites, la réponse sera toujours la même et ce sera non. Contrairement à ce que vous paraissez penser, être ce que je suis ne fait pas de moi la proie rêvée pour des femmes cupides et amorales. Je vous ai déjà offert bien plus que ce que vaut cet endroit.

— Oui, je le sais, l'interrompit Gwynneth, et je sais pourquoi.

Tariq la dévisagea. L'un des policiers qui la surveillaient avait-il rompu le pacte de silence ? Lui avait-il révélé la raison de cette surveillance ?

— Il n'est pas étonnant que vous désiriez me payer pour garantir le secret de la propriété de cet appartement, éclata Gwynneth. Me trouver là a dû bien vous gêner ! Vous utilisez cet appartement comme… comme une maison close privée et c'est pour cela que vous m'avez prise pour une prostituée ! Et vous avez le culot de mettre ma moralité en question ?

Elle s'efforça de maîtriser sa voix. Il ne fallait surtout pas lui laisser voir à quel point elle était bouleversée.

— Bien que rien de cela n'ait plus d'importance maintenant, ajouta-t-elle en se demandant comment elle pouvait se mentir à ce point.

Et, avec un effort.

— J'ai décidé d'accepter votre offre et de vous vendre l'appartement, mais… seulement au prix réel du marché.

Sur ce point, elle avait déjà dû batailler contre elle-même. S'il ne s'agissait que d'elle, il n'était pas question d'exiger davantage mais, en acceptant moins que Tariq n'était prêt à payer, elle privait Teresa et Anthony d'une considérable somme d'argent. Moralement cependant, elle ne parvenait pas à accepter plus que la valeur de l'appartement — même pour eux. En outre, cinq cent mille livres étaient déjà une forte somme.

— Alors peut-être pouvons-nous nous occuper de tous les papiers aussi vite que possible, poursuivit-elle d'une voix hachée. Je suis prête à partir d'ici dès que tout sera fait.

Tariq haussa les épaules d'un air désinvolte, comme si ses paroles — comme ses sentiments — ne signifiaient rien pour lui.

— J'ai bien peur que ce ne soit plus possible maintenant, dit-il.

Gwynneth ouvrit de grands yeux.

— Qu… que voulez-vous dire ? bégaya-t-elle.

D'un geste, Tariq désigna les divans en rotin.

— Nous pourrions aussi bien nous asseoir, dit-il d'un ton autoritaire.

Gwynneth se percha à contrecœur au coin du siège le plus proche et se raidit lorsque Tariq vint s'installer tout près d'elle, étendant ses longues jambes devant lui. Sa cuisse était toute proche de la sienne. Malgré son désir de s'éloigner de lui, Gwynneth eut l'impression d'être piégée dans le coin du canapé sans pouvoir se dégager.

— Tout d'abord, déclara son compagnon, permettez-moi de corriger vos méprises. Contrairement à ce que vous paraissez imaginer, mon mode de vie ne comporte aucune liaison sexuelle semi-clandestine. Et je n'ai aucun désir de cela.

— Espérez-vous me le faire croire, après… ?

— Après quoi ? insista-t-il d'une voix lisse. Après vous avoir laissé m'aguicher ?

— Je ne vous ai pas aguiché ! C'est vous qui…

Gwynneth reprit son souffle et secoua la tête.

— Ecoutez, tout ce que je veux… la seule raison de ma présence ici… c'est de vendre l'appartement et de repartir chez moi avec cet argent.

— A l'évidence, l'argent a une énorme importance pour vous, persifla Tariq.

La colère fusa dans les yeux de Gwynneth.

— En fait, vous vous trompez. Cela n'a rien à voir. Mais en l'occurrence…

— En l'occurrence, vous pensiez que vous pouviez vous permettre que cela compte ?

— Non ! Si je ne devais songer qu'à moi, je m'en irais d'ici à l'instant même et je vous laisserais garder ce sale truc.

— Si vous ne deviez songer qu'à vous. Qu'entendez-vous par là, au juste ? s'enquit Tariq.

Gwynneth ferma les yeux puis les rouvrit.

— Si vous voulez vraiment le savoir…

— Je le veux, confirma-t-il.

Gwynneth respira profondément et commença d'une voix calme.

— Mon père avait… une petite amie, Teresa. Et un bébé, Anthony. Mon demi-frère.

Elle sentait que Tariq l'observait mais, refusant de lui rendre son regard, elle détourna les yeux.

— Avant sa mort, poursuivit-elle, mon père vint en

Angleterre pour affaires et amena Teresa et le bébé avec lui pour me les présenter. Jusqu'alors, je n'étais pas au courant de leur existence, mais c'était tout papa. Il y avait toujours eu tant de femmes entrant et sortant de sa vie que je n'avais jamais pensé…

Elle eut un petit haussement d'épaules. Elle n'avait aucune envie de se lancer dans la douloureuse histoire de ses relations avec son père.

— Teresa était originaire des Philippines. D'après ce qu'elle m'a raconté, il semble que sa famille ait été très juste sur le plan matériel. Elle désire maintenant retourner dans son pays et y emmener Anthony. Même un petit peu d'argent ferait une grosse différence dans leur vie, mais puisque mon père n'avait pas changé son testament et qu'ils n'étaient pas mariés, il n'avait rien mis de côté pour elle. Tout m'est revenu. L'appartement était son bien le plus important et j'ai décidé de le vendre et de donner l'argent à Teresa et Anthony. C'est pourquoi je suis venue ici.

Elle entendit Tariq retenir brusquement sa respiration mais se refusa encore à le regarder.

— Ainsi, c'est pour quelqu'un d'autre que vous désirez l'argent ? demanda-t-il.

— Oui, dit-elle avec simplicité.

L'orgueil raffermit sa voix.

— Je n'ai pas besoin de l'argent de mon père. Je me suis assumée financièrement depuis mon départ de l'université et pour être honnête, je préfère cela. Tout ce que j'ai jamais désiré de mon père c'était son amour.

Mais qu'est-ce qui lui faisait dire ça ? se demanda-t-elle.

— Il me semble que vous et moi partageons le même fardeau émotionnel, dit Tariq d'une voix calme. Les problèmes avec nos pères qui survivent des chagrins de notre enfance.

Maintenant, elle pouvait le regarder. Et ce qu'elle lut dans ses yeux lui serra le cœur de douleur — celle de Tariq cette fois, pas la sienne. Elle se tut. Elle ne voulait pas briser le lien fragile que les confidences de Tariq créaient entre eux d'une manière si inattendue.

— J'ai toujours cru — et on me l'avait affirmé — que mon père avait abandonné ma mère lorsque j'étais tout jeune, poursuivit celui-ci. Je n'ai appris que très récemment les circonstances atténuantes dont je vous ai parlé. Après tant d'années pendant lesquelles j'ai considéré mon père avec mépris, avec le désir de nier l'héritage culturel qui me venait de lui, c'est une sensation bizarre de comprendre que je n'ai peut-être pas connu la vérité — et que je me suis trompé sur son compte.

Gwynneth avala sa salive pour refouler sa propre émotion douce-amère. Amère à cause des souvenirs, et douce parce que cet homme se confiait à elle.

— Je voudrais pouvoir en dire autant à propos de mon propre père, confessa-t-elle. Par malheur, j'ai toujours connu la réalité de ce qu'il était, car il s'est toujours fait un point d'honneur de m'en faire part.

Tariq perçut la sombre tristesse de sa voix.

— Pourtant, vous êtes quand même prête à mettre votre vie en suspens afin de venir en aide à son amie et à l'enfant ?

— Eux ne sont pas mon père. En outre, en dépit de tout, j'ai l'impression d'une certaine manière de lui devoir, ainsi qu'à eux, de faire tout mon possible pour tous les deux.

Un léger soupir lui échappa.

— Il n'était pas un si mauvais homme même s'il était égoïste et amoral.

— Amoral ?

— Il était très porté sur le sexe, expliqua Gwynneth d'un ton brusque. Et il aimait beaucoup parler de ses conquêtes et de ses prouesses.

Voyant Tariq froncer les sourcils et réalisant trop tard, l'interprétation qu'il pouvait faire de son propos, elle corrigea rapidement pour le rassurer.

— Oh non ! Pas d'une manière abusive.

— Pour un adulte, dit-il d'un ton sévère, imposer sa sexualité à un enfant sous quelque forme que ce soit, même verbalement, est un abus.

Avec un tel père, enclin à se vanter de sa sexualité, réfléchit-il, il n'était sans doute pas étonnant qu'elle-même ait des mœurs aussi libres. Peut-être avait-elle eu l'impression inconsciente de devoir rivaliser avec son père pour mériter son approbation ?

— C'est la raison pour laquelle l'appartement compte tant à mes yeux. A cause de Teresa et d'Anthony, répéta Gwynneth sans se douter de la façon dont il avait interprété ses paroles.

— Vous vous êtes montrée sincère et franche avec moi, lui dit Tariq d'une voix grave. A mon tour de l'être avec vous. Avant votre arrivée à Zuran, j'étais engagé dans une opération secrète afin de découvrir l'identité du chef d'un gang qui visait à y introduire diverses activités criminelles — y compris l'escroquerie à la double-vente qui leur permettait de blanchir de l'argent. Sous cette couverture, je devais faire semblant d'être prêt à aider le gang dans toutes les opérations légales nécessaires en échange d'un intérêt financier dans leur racket. Pour m'amadouer, on m'a donné cet appartement que, pour être plus vraisemblable, je me devais d'utiliser. Le soir où je vous ai trouvée, on m'avait offert pour la nuit les services d'une des prostituées qu'ils espéraient installer ici à Zuran. J'avais refusé l'offre, mais quand je vous ai découverte ici, j'ai pensé…

— Que j'en étais une. C'est entendu. Inutile de vous excuser, acheva Gwynneth en s'efforçant de dissimuler la joie et le soulagement qui bouillonnaient en elle.

— Sur ce point, précisa froidement Tariq, je n'avais pas conscience de devoir m'excuser. J'ai peut-être commis une erreur concernant votre statut professionnel, mais il était très clair pour moi que vous appréciez ce qu'il se passait.

— C'était une erreur ! protesta Gwynneth. Je n'étais pas… je ne…

Il n'était pas convaincu. Cela se voyait à sa façon de la regarder. Pourquoi alors ne pas abandonner ? Car il n'était pas question de lui avouer qu'en réagissant comme elle l'avait fait avec lui, toutes ses convictions relatives à sa propre sexualité avait été anéanties.

— Eh bien, maintenant que tout est clair et que nous savons tous deux où nous en sommes, lança-t-elle d'un ton léger, je vais chercher un hôtel. J'ai déjà fait mes bagages et…

— Non.

— Non ?

Comme c'était ridicule ! songea-t-elle. Son cœur battait bien trop vite et avec un plaisir bien, bien trop grand — comme s'il interprétait ce non comme le signe que Tariq désirait la voir rester…

— Nous partons de suite pour Mjenat. La vallée cachée, expliqua-t-il. Nous y séjournerons pour l'instant.

Incontrôlable, une vague de joie exubérante submergea Gwynneth. Il l'emmenait chez lui ? Il souhaitait sa présence à ses côtés ? Il la désirait ?

— Mais…

— J'ai bien peur que nous n'ayons pas le choix. Vous êtes trop en danger pour rester ici à Zuran.

— En danger ?

— Oui. Je regrette d'avoir à le reconnaître mais, parce qu'on vous a vue entrer et sortir de l'appartement, vous êtes devenue vulnérable. Le chef de la police zuranie a été informé que des tueurs à gages ont été engagés pour… me punir d'être intervenu afin d'empêcher le gang de mettre sur pied ses opérations à Zuran. Il m'a averti que toute personne proche de moi est aussi en danger. En fait, il m'a téléphoné ce matin pour me dire que ses hommes ont déjà déjoué deux attentats vous visant.

Incrédule, sous le choc de la révélation, Gwynneth eut un haut-le-cœur.

— La voiture… et ces hommes, murmura-t-elle.

— En effet, acquiesça Tariq. Par bonheur, le chef de la police avait posté des hommes pour vous surveiller. Ces gens pensent à l'évidence que vous êtes ma maîtresse, raison pour laquelle vous êtes visée. Le chef de la police croit les avoir désormais tous mis sous les verrous, mais il a besoin d'un peu plus de temps pour en être absolument certain. C'est la raison pour laquelle vous et moi allons dans la vallée. Vous y serez en sécurité.

En sécurité ? Avec lui ? Quelle sotte elle avait été de penser… ce qu'elle avait pensé ! Et combien révélatrice avait été sa réaction. Comment avait-elle fait pour être à ce point vulnérable dès qu'il s'agissait de lui ? Toute sa vie, elle s'était prémunie contre ce genre de péril et cependant, voilà qu'elle s'était laissé atteindre par un homme dont tout son bon sens aurait dû lui souffler qu'il n'était pas pour elle. Désormais, il était trop tard pour l'en empêcher. Beaucoup trop tard. Ce qui signifiait…

L'énormité de ce que cela signifiait la rendit malade et elle se mit à trembler. Elle ne pouvait aller nulle part avec lui. Pas maintenant qu'elle était incapable de dissimuler qu'elle était tombée amoureuse de lui. Et surtout pas maintenant, sachant qu'il ne lui rendait pas cet amour.

— Je n'ai aucun besoin de vous accompagner où que ce soit, déclara-t-elle, d'une voix mal assurée. Je peux rentrer chez moi. J'y serai en sécurité.

— Peut-être et peut-être pas. Et je ne suis pas prêt à prendre le risque de ce « peut-être pas ».

— Vous n'êtes pas prêt ? répéta-t-elle, incrédule.

Gwynneth mit sa colère à profit pour chasser les sentiments qu'elle s'interdisait d'éprouver.

— Je suis adulte et donc tout à fait capable de prendre mes propres décisions !

— Certes. Mais vous devez comprendre que j'ai le devoir moral de vous protéger puisque c'est à cause de moi que vous êtes en danger. Si je vous laissais quitter Zuran, je serais obligé d'envoyer mes hommes pour vous garder.

— Mais, objecta-t-elle après s'être aperçue qu'il ne plaisantait pas, puisque votre chef de la police affirme qu'il a pris les responsables ?

— J'ai dit qu'il le croit. Bien entendu, il désire s'en assurer.

— Mais… il n'est sans doute pas nécessaire que je vous accompagne dans la vallée ?

— J'ai bien peur que si, hélas.

Donc, il ne souhaitait pas sa présence, conclut-elle. En silence, elle digéra l'information, luttant contre la peine qu'elle lui infligeait. En vérité, elle désirait aussi peu l'accompagner qu'il désirait sa venue, même si la raison en était différente. Elle s'était sentie beaucoup plus en sécurité quand la supposition de Tariq concernant son style de vie et le dégoût qu'il en concevait avaient élevé une barrière entre eux. Puis elle avait cru que, malgré l'attraction physique qu'il exerçait sur elle, sa propre répugnance devant ce qu'il représentait la mettrait en sécurité.

Maintenant, elle devait accepter qu'il était un homme de principes et d'intégrité. Et la seule barrière dont elle disposait pour se protéger était l'absence d'intérêt sentimental de Tariq à son égard.

Mais c'était tout ce dont elle avait besoin. Après tout, elle n'allait pas se jeter à son cou ! Que lui dirait-elle ? *Prenez-moi — oh, et à propos, je suis toujours vierge. Même si vous avez refusé de me croire. Maintenant, je vais vous le prouver.*

— J'apprécie votre attention, répondit-elle, en essayant de paraître aussi froide et professionnelle que possible. En revanche, je suis certaine que je serai en parfaite sécurité dès que je serai rentrée chez moi.

— Je ne peux pas me permettre de risquer le contraire, rétorqua Tariq d'un ton abrupt. Vous devez savoir que Zuran investit ses revenus du pétrole dans le développement hôtelier et sportif du pays. Pour réussir, nous devons être certains d'offrir le maximum de sécurité à nos visiteurs. Si vous deviez être suivie chez vous et attaquée d'une façon ou d'une autre, il ne faudrait pas longtemps avant que cela ne soit relié à votre séjour ici. Cela pourrait nuire à notre réputation.

Impossible de le contredire sur ce point, songea Gwynneth. Et même si elle détestait l'admettre, ce qu'il venait de lui dire lui laissait une sensation de malaise et de vulnérabilité. A l'évidence, il n'allait pas la lâcher ; cela signifiait donc qu'elle allait devoir se résigner.

— Combien de temps devrai-je rester avec vous ? demanda-t-elle.

— Pas très longtemps. C'est une question de quelques jours, une semaine au plus. Le chef de la police est quasiment certain que tous les participants sont désormais mis en examen. Il désire simplement vérifier une seconde fois.

Les épaules de Gwynneth se haussèrent, signe subtil de sa défaite.

— Très bien. Mjenat a une histoire fascinante. En d'autres circonstances, j'aurais adoré la visiter, surtout dans la perspective de votre projet de recréer les jardins suspendus.

— Les travaux dans la vallée sont terminés maintenant, jusqu'au retour d'un temps plus frais, même si j'aimerais que les choses aillent plus vite. A l'origine, l'idée était de mon père et je suis navré qu'il ne puisse plus jamais en voir le résultat ultime.

— Ce sera un merveilleux hommage que vous lui rendrez, n'est-ce pas ? dit Gwynneth. A vos deux parents, en fait. Créer quelque chose de si beau et de si fragile dans un environnement aussi hostile ressort d'un formidable acte de foi.

— On pourrait dire la même chose de l'amour dans le mariage, murmura Tariq.

Gwynneth le fixa. Il lui rendit son regard. Soudain, elle eut l'impression d'un subtil changement. Le silence que leur conversation avait rempli s'était en quelque sorte approfondi et presque enroulé autour d'eux, les enfermant dans une dangereuse intimité. S'il s'approchait d'elle maintenant…

Mais il n'en fit rien. Il se leva et s'adressa à elle comme s'il n'avait rien ressenti.

— Nous devons partir aussi vite que possible.

- 12 -

— Je crains que nous ne soyons obligés de nous débrouiller par nous-mêmes tant que nous serons ici. Ma gouvernante et son mari sont en vacances, dit Tariq à Gwynneth en arrivant devant la grande villa de Mjenat.

— Je vais juste désactiver l'alarme et nous pourrons entrer, poursuivit Tariq.

Gwynneth étudiait leur environnement avec une ardente curiosité. Un haut mur d'enceinte protégeait à la fois l'intimité et la sécurité de la demeure. En traversant la vallée, la jeune femme avait déjà aperçu les discrètes caméras de sécurité et Tariq l'avait informée que les bâtiments qui se trouvaient à l'intérieur abritaient habituellement les gens qui travaillaient sur le site. Seule une demi-douzaine d'entre eux y résidait en permanence avec le personnel d'entretien, pour s'assurer qu'il ne viendrait aucun visiteur indésirable.

Des paroles qui rappelèrent opportunément à Gwynneth qui était Tariq, et ce qu'il était.

— Je suppose que je devrais m'adresser à vous en vous donnant votre titre, déclara-t-elle comme il ouvrait les hautes portes de bois.

— Je ne l'utilise pas, sauf dans certaines occasions

officielles ou quand mon cousin insiste, lança Tariq d'un ton négligent, en ajoutant :

— Je n'en vois guère l'utilité, d'ailleurs. Un homme doit savoir se faire respecter par la vertu de ses propres actes, et non par ses titres.

A l'intérieur de la villa, dans la pénombre fraîche succédant à la touffeur du dehors, régnait une faible odeur d'encens et de rose.

— Je vais vous emmener dans les appartements des femmes. Suivez-moi, je vous prie.

Les appartements des femmes. Les mots évoquaient des images de concubines aux silhouettes sensuelles, attendant avec respect le bon vouloir du maître.

— La maison a été bâtie par mon grand-père et, après la mort de mon père, ma mère a choisi de vivre en musulmane traditionnelle et de rester dans ses appartements.

— Et vous ? Aviez-vous la permission d'y vivre avec elle ?

Tariq s'arrêta de marcher et, le front légèrement plissé, se retourna pour la regarder. La question de Gwynneth, chargée d'un authentique souci, l'avait pris au dépourvu. L'entendre ainsi, comme empreinte d'une sorte d'inquiétude maternelle, fit peu à peu remonter les meurtrissures de son enfance dont, devenu adulte, il préférait désormais oublier combien elles faisaient mal. Pourtant, l'émotion dans la voix de Gwynneth, apaisante et tendre, légitimait en quelque sorte son chagrin d'enfant.

— Je suis allé vivre à Zuran, au palais. Je m'y suis mêlé à la maisonnée qui comportait de nombreux enfants, répondit-il d'un ton léger. Comme c'est la coutume ici, nous avons été élevés par d'autres femmes.

En d'autres termes, il avait été abandonné par ses parents à peu près comme elle l'avait été elle-même. Sans réfléchir, Gwynneth tendit le bras vers lui dans un geste impulsif de tendre compassion. De simplement lui frôler du bout des doigts l'avant-bras, son cœur fit une embardée. Etourdie par le choc, elle sentit une chaleur envahir son ventre. Le besoin la prit de caresser la douce toison du bras de Tariq. L'envie la brûla de tracer une ligne de baisers affamés depuis sa gorge jusqu'à son ventre plat et de le voir désarmé par sa caresse ; elle voulait entrelacer ses doigts dans la toison sombre qui couvrait son corps, là où elle était douce et épaisse autour de son sexe ; avec lenteur, avec méthode, elle voulait explorer chaque millimètre de cette virilité et apprendre à reconnaître la forme, la texture, la chaleur, l'odeur et la saveur de « ce dispensateur des plaisirs, le grand cimeterre d'amour », comme elle en avait lu la description en souriant dans un livre sur le Proche-Orient.

Mais elle n'avait nul besoin de mots. L'image qu'elle s'était forgée dans sa tête suffisait à la faire fondre — et avec elle, les murailles qu'elle avait élevées contre ce genre de désir. Elle n'aurait pas dû accepter d'accompagner Tariq. Elle était trop sensible à sa présence et à ce qu'elle éprouvait pour lui. Sa façon de l'aimer. Cet amour qu'elle aurait toujours et seulement pour lui.

Alors la peur s'accéléra en elle. Il lui fallait absolument lutter contre cette réalité qu'elle venait juste de découvrir.

Enfant, confrontée au divorce de ses parents, elle avait réuni avec soin chaque parcelle de la personne qu'elle avait été auparavant et l'avait mise de côté — exactement comme sa mère avait toujours exigé qu'elle ramasse ses jouets avant de les ranger. Cette même stratégie pour se tirer d'affaire perdurait jusqu'à présent.

Seulement cette fois, cela ne marchait pas et elle ne

s'en tirait pas. Parce que cette fois, sa sexualité toujours si parfaitement maîtrisée, s'était rebellée et avait pulvérisé les portes de sa prison intérieure. En outre, elle avait libéré l'émotion, sa compagne de cellule. Entre ces deux-là, c'était à qui voulait maintenant prendre le contrôle de la situation.

Tout ceci était insensé. Comment avait-elle pu se laisser aller à tomber amoureuse de Tariq ?

A cet instant, ce dernier baissa les yeux vers l'endroit de son bras où était posée la main de Gwynneth.

Personne — absolument personne, pensait-il, même lorsqu'il était enfant — n'avait réussi à abattre ses défenses et à atteindre le cœur même de sa douleur si vite et avec tant de précision.

Mais… elle n'était pas juste personne. Elle était…

Elle était une femme avec une ribambelle d'amants dans son passé et elle pouvait sortir de sa vie aussi facilement que son père l'avait fait en le faisant souffrir encore davantage.

Tariq souleva la main pour ôter celle de Gwynneth de son bras. Mais, au lieu de cela, il la posa dessus comme s'il désirait vraiment l'y garder.

Comment un simple silence pouvait-il être si intense, si profond ? A ce point chargé d'émotion, d'exigence érotique et de promesse ? Ils respiraient tous deux sur le même rythme, leur cœur chassait le sang dans leur corps dans le même accord parfait. Ils firent un pas l'un vers l'autre comme s'ils faisaient les premiers pas de quelque danse très intime.

Alors Gwynneth la reconnut. Depuis leur respiration synchronisée jusqu'à la sauvage poussée du corps de Tariq vers elle et les clameurs de son propre corps cherchant l'assouvissement, c'était la danse de la vie.

La peur s'empara d'elle. Elle n'était pas prête pour cela ; elle craignait trop le chagrin, après. D'un geste brusque, elle retira sa main de celle de Tariq et demanda d'une voix enrouée :

— Les appartements des femmes ?

— C'est par ici, répondit-il, laconique.

Puis, lui tournant le dos, il partit à grandes enjambées le long d'un couloir, si vite qu'elle dut presque courir pour le rattraper.

Lorsque enfin, arrivé tout au bout, il poussa des portes qui grincèrent, Gwynneth attendit un peu avant de le suivre. Elle voulait être certaine de ne pas risquer d'entrer en contact avec son corps.

Vaste et rectangulaire, la pièce était décorée dans le style mauresque, avec des arcs stylisés, des alcôves et des panneaux de bois sculpté. Elle était meublée de divans bas couverts de coussins de soie aux riches coloris et de magnifiques tapis persans.

— Ceci est le grand salon, expliqua Tariq. Quand les persiennes seront ouvertes, vous pourrez voir que la pièce donne sur une cour privée. Il y a plusieurs chambres à coucher, toutes prêtes à être occupées. Vous pourrez ainsi faire votre choix.

— Laquelle était celle de votre mère ? s'enquit Gwynneth. Je ne voudrais pas…

— Elle avait sa suite privée à l'intérieur des appartements des femmes. Elle est fermée maintenant. Je vous suggère d'utiliser la chambre la plus proche du salon. Elle a un accès direct sur le jardin.

Il s'interrompit et la raideur de son intonation s'évanouit lorsqu'il ajouta :

— J'ai bien peur que, jusqu'au retour de mes gens, nous devions nous nourrir de ce qu'il y a dans le congélateur.

En ce qui me concerne, je n'y vois pas d'inconvénient, mais…

— Vous savez cuisiner ? demanda Gwynneth, sans pouvoir dissimuler son incrédulité.

Il haussa brièvement les épaules.

— Bien entendu. Si j'y suis obligé. J'ai appris autour des feux de camp de notre peuple. Mais, puisque nous ne sommes que deux ici, il me paraît plus logique de manger les plats que mon chef a préparés et congelés. Je vais vous laisser vous installer, maintenant.

S'installer ? Comment y parvenir alors qu'elle allait vivre sous le même toit que lui ? *Reprends-toi*, se dit Gwynneth sans ménagement. *Vous avez déjà partagé un appartement de deux chambres et maintenant, vous partagez un petit palais. Tu ne l'apercevras sans doute même pas.*

Mais quand même, se trouver ici dans ce qui avait été la maison de l'enfance de Tariq avec ses parents était quelque chose de bien plus intimidant que de partager l'appartement avec lui.

Bien qu'elle se fût juré de ne pas le faire, Gwynneth finit par s'installer dans la chambre suggérée par Tariq, parce qu'elle s'ouvrait sur un jardin dont elle tomba toute de suite amoureuse.

Des allées dallées menaient à des charmilles et, au-delà, à des bosquets semés de plantes et d'arbres fruitiers. Un gros poisson rouge nageait paresseusement sous les exubérants massifs de lys du bassin central. De splendides bordures en grillage ouvragé divisaient le jardin en carrés distincts, qui, à eux tous, formaient un motif stylisé.

Mais ce qu'elle aperçut de mieux fut sûrement ce qui lui semblait être une version *Mille et une nuits* d'un jacuzzi. Cerclé d'une grille bleue et or et entouré de roses pâles à l'odeur enivrante, le bassin de mosaïque d'un bleu somptueux était à demi enfoncé dans le sol. En face s'ouvrait une alcôve contenant un large divan bas recouvert d'une étoffe bleue et couvert de coussins de soie dorée et vert jade. Sur la table entre le divan et le jacuzzi étaient posés plusieurs flacons d'huiles parfumées.

L'endroit tout entier était une sorte de paradis voluptueux, et Gwynneth put très facilement imaginer quelque favorite nue se prélassant dans la tiédeur parfumée de l'eau pendant que son amant, allongé sur les coussins, se délectait à l'observer. Peut-être irait-il la rejoindre pour lui offrir une friandise puisée dans sa propre assiette pendant que de l'autre main, il caresserait les courbes dénudées de ses seins, goûterait la soie brune de ses mamelons…

Arrête ça tout de suite, s'adjura Gwynneth avant de tâter l'eau cristalline et de savourer sa tiédeur.

Elle n'aurait vraiment pas dû faire ça, se reprocha-t-elle moins d'une demi-heure plus tard. Mais comment résister ? Jetant un coup d'œil autour d'elle pour vérifier qu'elle était totalement seule, elle laissa tomber la serviette qu'elle avait drapée autour d'elle, et entra dans le bassin.

Tiède et soyeuse, l'eau se referma autour d'elle. Gwynneth tendit la main vers une rose qui déjà, perdait ses pétales. Elle les rassembla avant de les éparpiller à la surface de l'eau, en respirant leur capiteux parfum. Après tout, songea-t-elle, elle n'avait aucune raison de ne pas se faire plaisir, d'autant que Tariq ayant dit qu'il avait du travail, elle ne risquait pas d'être dérangée.

Tout au moins par sa présence. Mais de penser à lui la perturbait sérieusement, dut-elle admettre en traversant l'eau pour passer de l'autre côté du bassin. Une brûlure involontaire lui monta au visage au doux contact de l'eau qui clapotait entre ses jambes. En fermant les yeux, elle pouvait presque imaginer que Tariq…

L'érotisme inhabituel de ses pensées pouvait bien la faire rougir, mais sa réserve ne fut pas assez ferme pour retenir sa main qui glissait le long de son corps. Ses seins étaient lourds, ses mamelons durcis lui faisaient mal. Terriblement consciente de sa chair palpitante de femme, elle remua, sans bien savoir si son mouvement était destiné à faire cesser la pulsion sensuelle ou à la savourer. Les yeux clos, elle laissa son corps dicter à son esprit le fantasme qu'il désirait créer. *Tariq*. Son nom parut emplir l'air autour d'elle. Sa vibration fit miroiter l'eau et enveloppa tous ses sens, bien qu'elle l'ait prononcé tout bas.

Tariq repoussa sa chaise devant l'ordinateur et se leva. Il venait de recevoir un e-mail du chef de la police l'informant que désormais, l'enquête était bouclée et tous les malfaiteurs arrêtés.

« Je vous demanderais cependant de rester pour l'instant à Mjenat, ajoutait-il, jusqu'à ce que je puisse confirmer officiellement que vous pouvez rentrer en toute sécurité à Zuran. »

Tariq consulta sa montre. Il devait aller trouver Gwynneth pour la mettre au courant. Elle serait ravie, il en était certain, d'apprendre que son séjour à la villa allait être de courte durée. Tout comme lui, du reste.

Comme lui ? Alors pourquoi, à cette perspective, son cœur était-il plus lourd au lieu d'en être soulagé ? Décidément, se moqua-t-il de lui-même en se dirigeant vers les appartements des femmes, il était victime de son imagination.

Le salon était vide. Tariq vit que les portes donnant sur le jardin étaient ouvertes, et il sortit sur la terrasse dallée. Le jardin était silencieux, hormis le chant des oiseaux. Puis un léger bruit lui parvint, semblable à un doux clapotis. Il s'avança dans le jardin et resta immobile, attentif, tel un chasseur dans le désert, avant de s'avancer d'une démarche aussi feutrée que celle d'une panthère, en suivant le bruit de l'eau.

Gwynneth était mi couchée, mi assise dans le jacuzzi, renversée en arrière, paupières closes, les cheveux ramenés sur le haut de la tête, le pâle ovale de son visage caressé par des mèches folles. Des pétales de rose flottaient à la surface de l'eau, dessinant des petites taches d'ombre dans l'eau et sur son corps nu, leur parfum exalté par l'espace clos et la chaleur du soleil. Inconsciente de sa présence, elle remua paresseusement dans l'eau. Ses mouvements dérangèrent les pétales et révélèrent les contours presque en forme de cœur de sa toison intime, brillante et sombre contre la beauté nacrée de la peau.

De l'endroit où il se tenait, Tariq pouvait apercevoir la forme délicate de son sexe, maintenant refermé comme une coquille d'huître. Seulement, à l'inverse de la dure coquille du mollusque, il était possible d'écarter la chair tiède tout doucement, du bout du doigt. Un délicat mouvement de va-et-vient pouvait alors l'inciter à offrir la perle qui gisait à l'intérieur, petite et parfaite, et décider sa féminité à se tendre avec impatience vers la caresse de sa main et de sa bouche.

Retenant son souffle, il vit Gwynneth sourire en poussant un soupir, remonter la main vers son estomac et l'y poser, ses doigts jouant sur sa propre chair. Bouleversé par ce spectacle, Tariq ferma à demi les yeux. Un pétale de rose qui dérivait heurta soudain la dure pointe d'un mamelon et un léger spasme agita le corps de Gwynneth. Si un pétale de rose était capable d'obtenir ce genre de réaction, songea Tariq, que serait-ce alors si sa bouche à lui stimulait ces boutons serrés d'un rose foncé, telles deux prunes de Damas ?

Sans la quitter du regard, vif et silencieux, il se dépouilla de ses vêtements. Le mouvement de son corps lorsqu'il s'avança et se pencha au-dessus d'elle créa une ombre qui vacilla contre les paupières baissées de la baigneuse.

Au moment où elles les ouvrait, Tariq était déjà dans l'eau.

- 13 -

— Tariq !

Gwynneth leva vers lui un regard interrogateur. Dire qu'elle venait de rêver qu'il était ici, avec elle… Un long soupir lui échappa, signe qu'elle se résignait au trouble qu'éprouvait son corps.

— Chut…

Tariq plongea un doigt dans l'eau et, lentement, avec délicatesse, toucha les douces lèvres closes de son sexe. Il observa la réaction de Gwynneth, qui ne put retenir un petit gémissement. Ses jambes s'ouvrirent avec la même complaisance que son sexe, et il trouva l'endroit de sa chair qu'il recherchait. Quand elle commença à se mouvoir sous sa caresse, des vaguelettes écorchèrent la surface de l'eau.

— Non…, protesta-t-elle.

Mais ses mains s'étaient déjà enroulées autour du bras de Tariq. Elle se cambra, faisant émerger ses seins, en proie à une excitation incontrôlable, et Tariq comprit que son propre sang-froid volait en éclats.

Il la relâcha brièvement et un frisson parcourut tout son corps quand il la rejoignit dans le bassin. Agenouillé entre les jambes écartées de Gwynneth, oppressé par un désir qu'il ne pouvait plus refréner, il referma les mains sur sa chair, la pétrit, la modela, au-dessous et à la surface de l'eau. Il couvrit de baisers l'arc tendu de sa gorge, puis sa bouche, se perdant ensuite dans sa douceur brûlante, sans pouvoir s'arrêter de l'embrasser. Sa chair était ferme et souple. Ses seins lourds et délectables dans ses mains, et ses pouces frottaient les mamelons durcis.

— C'est le paradis, murmura Gwynneth d'une voix rêveuse contre sa bouche.

Le plaisir pailletait ses yeux. Elle glissa les mains dans la sombre épaisseur des cheveux de Tariq, explorant la forme de sa tête, la serrant contre elle pour pouvoir mieux déguster ses lèvres du bout de la langue et en prendre la mesure, avant de goûter sa bouche.

— J'étais allongée là, je pensais à vous et maintenant, vous êtes ici…, s'émerveilla-t-elle d'une voix douce, persuadée de rêver encore.

— Vos pensées ont dû m'appeler, répondit Tariq.

Il lui prit le visage entre les mains et caressa longuement la courbe sensible des lobes de ses oreilles.

Les mains de Gwynneth remontèrent vers les épaules de Tariq. Sous ses doigts qui dessinaient la forme des muscles sous la peau, la chair était ferme et souple. Les mains de Tariq descendirent le long de son dos puis revinrent lui prendre les seins pendant qu'il étoilait la courbe de son cou d'une myriade de baisers.

Gwynneth se mit à trembler, laissant le plaisir s'emparer d'elle et l'emplir tout entière. Maintenant, Tariq traçait de lents cercles autour des aréoles assombries par l'excitation, ignorant l'appel éperdu des pointes érigées. Tariq continua à l'embrasser, descendant peu à peu dans la vallée entre ses seins. Puis en remontant sur l'un d'eux, le bout de sa langue suivit le cercle amorcé par son pouce de plus en plus près du mamelon.

Gwynneth trembla et gémit tout bas et, comme si elle le lui avait expressément demandé, il glissa la main entre ses jambes et ses doigts trouvèrent très vite la chair palpitante. Gwynneth sentit la caresse de sa langue suivre le même rythme que ses doigts effleurant son sexe brûlant. Sa réaction fut si intense que tout son corps en réponse, se convulsa. La sensation était dépourvue de douceur, sauvage, presque effrayante et Gwynneth se crispa, craignant l'instant de la possession, l'instant où il affirmerait son pouvoir sur elle.

— Détends-toi.

Tariq souffla les deux mots contre son sein avant de refermer les lèvres sur le mamelon. Ses doigts, glissant le long de son sexe, commencèrent très doucement, avec une infinie délicatesse, à pénétrer la grotte humide.

Ce n'était pas possible ! Gwynneth était incapable de supporter la volupté de ce qu'il lui faisait. Il s'emparait d'elle, prenait possession d'elle, lui dérobait ses forces.

Et cela n'avait rien d'un rêve.

La bouche de Tariq entreprit un long périple de son sein vers ses lèvres et de là, un autre délicieux et minutieux voyage vers son oreille.

— Je crois, murmura-t-il, que c'est quelque chose que je préférerais accomplir tranquillement et au sec.

Gwynneth hocha la tête.

— Dans ce cas, allons-y, dit-il.

Il la souleva entre ses bras et sortit du bassin.

Les bras serrés autour du cou de Tariq, la tête posée contre son torse, Gwynneth baissa les yeux et un long soupir lui échappa. Tariq était bâti tout en puissance, mais cela, elle le savait déjà depuis leur première nuit. Et il était très excité. En posant les pieds sur les dalles, elle détacha son bras du cou de Tariq et, incapable de s'en empêcher, encercla du bout du doigt le sommet de son sexe avant de commencer à le caresser.

Désormais, quelque chose avait changé en elle qui ne reviendrait jamais. Son corps, ses sens se rappelleraient toujours ce moment de délectation et comment elle en était devenue captive. Un sauvage élan de désir la crispa toute et se relâcha en une série de petits frissons tremblants.

— Vous avez pris un coup de soleil sur les épaules, remarqua Tariq. Avez-vous mal ?

— La seule chose que je peux ressentir c'est à quel point je vous désire, admit-elle avec hardiesse tandis qu'il l'emportait vers le lit et l'y étendait. Je me suis battue toute ma vie contre ce genre de sentiment, murmura-t-elle avec émotion, et maintenant, je sais pourquoi. C'est tout aussi dangereux que je l'ai toujours craint. Davantage, même.

Elle haussa un peu les épaules et ses prunelles parurent immenses et obscures. Sa voix s'enroua.

— Si je ressens cela maintenant, que ressentirai-je alors quand vous serez en moi ?

Le souffle court, elle lui caressa l'avant-bras du bout des doigts et lui écarta les cheveux du visage.

— Cela ressemblera beaucoup à ce que vous ressentiez avec vos autres amants, j'imagine, répondit Tariq d'un ton léger.

Observer l'immobilité qui envahissait le corps de Gwynneth fut pour lui comme d'observer le soleil au moment où il disparaît du désert, le laissant froid et stérile. Il la fixa, attendant une explication.

— En réalité, déclara-t-elle enfin, il n'y en a eu aucun.

Sentant ses yeux posés sur elle, elle eut envie de lui

rendre son regard, mais elle avait trop d'amour-propre pour s'y résoudre. Il était choqué, c'était sûr, d'apprendre qu'elle n'avait encore jamais pleinement vécu sa sexualité.

Les secondes continuaient à s'égrener et il ne disait toujours rien. A la fin, n'y tenant plus, Gwynneth se força à dire d'une voix rauque :

— Je suppose que cela vous paraît rebutant ?

— Ce qui me paraît rebutant, comme vous dites, c'est que vous éprouviez le besoin de me mentir ! Je n'ai pas besoin qu'une femme tout aussi adulte que moi, prétende me faire plaisir en se disant vierge !

Stupéfaite par cette voix chargée d'un féroce mépris, Gwynneth tenta de se défendre.

— Mais je ne suis pas…

Avant de s'interrompre presque aussitôt.

— Non, ni moi non plus, jamais, acquiesça Tariq.

Il avait enroulé autour de lui la serviette de Gwynneth, aussi fut-elle incapable de se rendre compte s'il était excité ou non. Encore qu'elle n'ait aucune envie de tenter de le savoir. Cette seule pensée menaçait de la paralyser émotionnellement et sexuellement. Elle se contenta de déclarer, sur la défensive :

— C'est vous qui êtes venu me chercher.

Il la considéra en silence, si longtemps que, d'appréhension, son cœur se mit à battre à grands coups désordonnés.

— Correction, dit-il enfin. J'ai pris ce que vous m'offriez. Une femme ne se baigne pas toute nue, ne s'exhibe pas comme vous, à proximité d'un homme, si elle ne souhaite pas attirer son attention.

D'humiliation mêlée de colère, le visage de Gwynneth devint brûlant. Elle n'avait rien à répondre à cela, aucune défense sincère à présenter.

Pendant leur échange, elle s'était arrangée pour disposer

stratégiquement plusieurs coussins autour d'elle afin de dissimuler son corps et, au moment où Tariq se relevait, elle détourna le regard de manière à ce qu'il ne puisse l'accuser de rien d'autre.

— Je suis venu vous demander à quelle heure vous désiriez manger. Ici à Zuran, nous dînons plus tard dans la soirée que vous en Grande-Bretagne, afin de profiter de la fraîcheur.

— Je n'ai pas vraiment faim.

La voix de Gwynneth était cassante, à la mesure de son amour-propre blessé. Elle entendit un froissement d'étoffe et devina qu'il se rhabillait.

— Nous dînerons donc plus tard, ajouta-t-il d'un ton neutre.

Tariq offrait son visage à la brise légère venue du désert, jouissant de sa fraîcheur. Dans les roseaux, un oiseau appelait sa compagne d'un ton plaintif et, dans le clair de lune, il put voir un poisson sauter hors de l'eau pour attraper un moustique.

Sous sa tunique, son corps souffrait d'un désir inassouvi. A chaque souffle, une pulsation lourde et morne qu'il ne parvenait pas à ignorer, menaçait de déchaîner sa libido. Même la déception immense et destructrice accompagnée de mépris qui l'avait ravagé après l'indigne protestation d'innocence de Gwynneth, n'avait pas le pouvoir de faire taire la clameur sexuelle de son corps. Sa petite comédie avait détruit quelque chose qui, pour lui, avait été unique, rare. Il s'était imaginé, après leur conversation, qu'elle serait au-dessus de cette sorte de chose et qu'elle serait franche avec lui au lieu de lui mentir ainsi.

Soudain, il se rappela qu'il avait oublié de l'informer qu'ils étaient libres de s'en aller et il se demanda pourquoi. Ils n'avaient plus aucune raison de s'attarder ici — il ne servait à rien non plus d'espérer partager avec Gwynneth davantage qu'une simple relation basée sur la faim sexuelle qu'ils éprouvaient l'un de l'autre.

Cela signifiait-il qu'il avait désiré cela ? Alors, qui racontait des histoires, maintenant ? Bien entendu qu'il le désirait et bien plus encore. Il voulait… il la voulait, *elle,* dans son lit, dans sa vie. Il désirait qu'elle se donne à lui pleinement et totalement, cœur, corps et âme, avec sincérité, volonté de s'engager et… amour. Et qu'avait-elle fait ? Elle avait puérilement prétendu être vierge.

Dès qu'ils auraient dîné, décida-t-il, il lui dirait qu'ils retournaient à Zuran.

Gwynneth frémit devant le miroir en apercevant la teinte écarlate de ses bras, de ses épaules et de son dos. Elle avait été bien sotte de succomber à la tentation du jacuzzi… et pas seulement à cause du coup de soleil.

La dernière chose dont elle avait envie était de devoir affronter une nouvelle fois le regard de Tariq, mais, se dit-elle avec amertume, si elle cherchait à l'éviter, il viendrait sûrement la chercher. S'il la trouvait au lit, utilisant l'excuse de sa peau brûlée pour ne pas aller dîner avec lui, il imaginerait bien trop volontiers qu'elle tentait de le séduire.

Tariq avait suggéré de dîner à 22 heures dans ses appartements privés, dans l'autre partie de la villa.

Dommage, se dit Gwynneth en constatant qu'il était presque l'heure, de ne pas avoir pensé à emporter une écharpe qu'elle puisse draper autour de ses épaules. Elle n'avait pas d'autre choix, songea-t-elle avec une grimace à son reflet dans la glace, que de montrer sa peau d'un rose vif contre le noir mat de son top à bretelles.

Tariq l'attendait dans le hall d'entrée. La pièce vers laquelle il l'entraîna parut à Gwynneth d'un modernisme surprenant, comparé au style traditionnel de la villa. En fait, la combinaison des deux jouait en même temps sur l'apaisement et l'excitation des sens. Les lignes épurées de la console et des tables basses en ébène s'accordaient très bien avec les sofas de cuir blanc couverts de kilims aux brillantes couleurs. Peintures et sculptures leur faisaient écho par leurs tonalités pourpre et orange, inspirées du soleil se couchant sur la nudité crue du désert. Tout ici respirait à la fois le confort et l'élégance.

Une double-porte s'ouvrait sur une petite salle à manger dont un mur était occupé par d'immenses panneaux vitrés derrière lesquels s'étendait un jardin illuminé.

— J'ai ma cuisine personnelle de l'autre côté de la salle à manger, expliqua Tariq.

— Y a-t-il quelque chose que je puisse faire pour vous aider ? demanda Gwynneth un peu embarrassée.

— Non. Tout est prêt.

Elle vit qu'il fronçait les sourcils en l'examinant.

— Votre peau est irritée, remarqua-t-il.

— Cela paraît pire qu'en réalité, affirma Gwynneth d'un ton léger. Et c'est ma faute. J'aurais dû faire plus attention.

Et pas seulement contre les dangers du soleil, se dit-elle. Comment était-il possible d'aimer un homme à ce point, sachant qu'ainsi elle se faisait du mal ? La meilleure chose à faire était de retourner en Angleterre et d'oublier qu'elle avait connu Tariq. A supposer même qu'il lui ait fait l'amour, cela n'aurait eu aucune signification. Avoir un rapport sexuel avec un homme qu'on aimait sans espoir de retour était sûrement l'une des expériences les plus destructrices qu'une femme puisse connaître. A moins de prétendre un instant le contraire. Dans ce cas, elle pourrait toujours emporter avec elle un souvenir très particulier. Mais ce souvenir serait un mensonge.

Seulement si elle laissait aller les choses, insinua une dangereuse voix intérieure. Gwynneth l'obligea à se taire et se tourna vers Tariq.

— Combien de temps pensez-vous que nous aurons encore à passer ici ?

Il détourna le regard comme si son attention avait été un instant détournée.

— C'est impossible à dire, répondit-il d'un ton vague.

Tout en sachant qu'il était en train de lui mentir effrontément. Lui, un homme qui s'enorgueillissait de son honnêteté ! Pourquoi continuer à mentir à cette femme alors qu'elle ne lui avait inspiré un peu plus tôt que répulsion et colère ? Tout simplement à cause des sentiments qu'elle lui inspirait. Il s'était senti abandonné par elle, déçu par elle, après l'intensité émotionnelle qui s'était créée entre eux au cours de leur conversation.

A cette minute, elle était parvenue à l'atteindre comme jamais personne avant elle. A cause de cela, il avait alors baissé sa garde et s'était autorisé à admettre que ses sentiments à son égard allaient bien plus loin qu'un simple désir charnel.

En la tenant dans ses bras, lorsqu'il l'avait portée sur le lit, il n'avait pas maîtrisé les mots d'amour et d'adoration qui se formaient dans sa tête, attendant qu'ils s'écoulent de ses lèvres contre la peau de Gwynneth. En cet instant, avait-il songé, se créait un lien, d'adulte à adulte, la pierre angulaire où ils pourraient bâtir un amour sur lequel ils s'appuieraient toujours.

Mais il était trop idéaliste, comme le lui avaient reproché ses précepteurs. Ses idéaux risquaient d'être pour autrui un trop lourd fardeau.

Ils dînèrent dans un silence uniquement rompu par les louanges un peu guindées de Gwynneth sur la saveur des mets.

— Si vous avez terminé, proposa ensuite Tariq, je suggère une balade digestive dans les jardins.

— Bonne idée, acquiesça-t-elle. Mais je vous en prie, je ne veux pas déranger vos habitudes. Vous n'avez nul besoin de me tenir compagnie.

— Comme vous voudrez, dit-il, avec un étrange éclat dans le regard. Avez-vous une quelconque lotion pour votre peau ?

— Non, admit Gwynneth, mais, comme je l'ai dit, cela paraît pire que ce que je ressens.

— Sans doute, mais il serait sage de calmer la brûlure, dit Tariq.

Puis d'un ton brusque.

— Venez avec moi.

Sa main se posa sur le bras de Gwynneth qui se raidit. Pourtant, la sensibilité de sa chair n'avait rien à voir avec son coup de soleil et tout avec le contact de cette main. Elle l'affectait avec une telle acuité, une telle intimité, qu'elle put à peine supporter d'être aussi proche de Tariq pendant qu'il l'entraînait hors de la pièce et la guidait le long d'un corridor inconnu.

Quand, après avoir ouvert une porte, il l'eut presque jetée à l'intérieur, elle s'aperçut soudain que la pièce était la propre chambre à coucher de Tariq. Comme les autres pièces, c'était un mélange habile de traditionnel et de moderne, avec des murs d'un blanc mat qui mettait en valeur la somptuosité des étoffes.

Une soie épaisse recouvrait les chaises, un divan bas ainsi que le lit immense, à laquelle répondaient les teintes vives des tapis jetés un peu partout sur le parquet de bois ciré et des tapisseries pendues aux murs. Des rideaux de mousseline blancs et translucides voilaient les fenêtres.

— Attendez ici, l'informa Tariq avant d'ouvrir une porte menant à une salle de bains ultramoderne.

Une faible mais troublante odeur de l'eau de toilette fraîche et discrète de Tariq s'attardait dans la chambre, et Gwynneth dut se retenir de fermer les yeux pour se délecter de sa fragrance si intime.

Au bout de quelques instants, Tariq revint avec un flacon de lotion calmante. Gwynneth le remercia poliment et tendit la main pour lui prendre le flacon. Mais, sans le lui donner, il se dirigea vers le lit et rejeta la lourde courtepointe, révélant des draps immaculés.

La jeune femme considéra le lit comme si elle n'en avait jamais vu auparavant. Son cœur battait lourdement, d'une manière ridicule, et tous ses sens, énervés par la proximité du corps de Tariq, se mirent à vivre avec plus d'intensité.

— Je suppose que c'est votre dos qui a le plus souffert, dit-il d'une voix calme. Si vous voulez bien vous asseoir sur le lit, je vais vous passer un peu de ceci.

- 14 -

Elle aurait pu répondre n'importe quoi. Mais, partagée entre ses émotions qui lui hurlaient un « non, non, non, pas encore ! » terrifié et l'effort qu'elle faisait pour que les mots ne franchissent pas la barrière de ses lèvres, elle ne put que balbutier en rougissant :

— Je… je peux le faire moi-même.

Incrédule, impatienté, il haussa un noir sourcil.

— J'en doute.

— Je vous assure, je crois pouvoir me débrouiller toute seule. D'ailleurs, ça ne fait pas si mal.

Le visage de Gwynneth était devenu aussi rose que ses bras nus et elle paraissait un peu inquiète. Comme si, se dit Tariq, ils étaient des étrangers l'un pour l'autre, et comme si elle était femme à refuser de dévoiler son corps, même au regard d'un amant. Pire encore, dut-il reconnaître, sa pudeur n'était pas feinte.

Mentalement, il repoussa cette découverte contradictoire. Il n'avait aucune idée de ce qui pouvait provoquer son appréhension, mais en tout cas, elle n'avait rien à craindre de lui.

— Ce serait plus facile si vous enleviez votre top, suggéra Tariq.

— Quoi ? Ah non !

Incapable de s'en empêcher, Gwynneth se retourna. Son visage la brûlait plus encore que son corps, et elle tentait désespérément de maîtriser ses pensées. Tout comme ses désirs. Parce qu'elle désirait bien cet homme, non ? Oppressée, elle lutta une fois de plus contre la certitude d'être à ce point éperdue d'amour pour lui. En vain.

Pourquoi en faire toute une histoire ? finit-elle par conclure, misérable. A l'évidence, il était bien décidé à lui passer la lotion et sans doute très capable de lui ôter son top, si elle n'en prenait pas elle-même l'initiative. Autant le laisser faire et en finir au plus vite. Avec un soupir, elle lui tourna le dos et enleva son top. Puis elle se percha au coin du lit.

Elle perçut alors sur sa nuque le souffle tiède de Tariq, puis la fraîcheur de ses mains fermes qui l'enduisaient de lotion. Elle retint son souffle au moment où le liquide froid rencontra la chaleur de sa peau, et cela recommença quand Tariq commença à la caresser doucement, à la masser, remontant le long du dos, et contournant ses flancs jusqu'à ce que ses doigts lui frôlent les seins. Au moment où leurs pointes commençaient à se raidir, la main de Tariq remonta vers les épaules de Gwynneth. Puis il écarta les cheveux qui le gênaient avant de lui passer de la lotion sur la nuque.

— Merci, balbutia Gwynneth, cherchant désespérément à lui échapper avant de s'humilier tout à fait et de lui laisser deviner l'ampleur de son trouble.

Elle ne put cependant y parvenir car il avait les mains toujours posées sur ses épaules.

— Ce fut un plaisir, dit-il.

Avait-elle mal entendu ? Et sinon, pourquoi la voix de Tariq paraissait-elle aussi grave et douloureuse ?

— Un plaisir, acheva-t-il, et un supplice.

Incapable de se contenir, Gwynneth se retourna vers lui.

— Tariq…

Mais il était déjà penché sur elle. Sa bouche la faisait taire et il l'embrassait avec toute la passion après laquelle elle avait tant soupiré.

Elle lui rendit son baiser avec fougue, écartant les lèvres sous l'assaut possessif de sa langue et, quand il la souleva pour la déposer sur le lit, elle s'accrocha à ses épaules.

— Pas un mot, ordonna-t-il en la rejoignant. Rien de plus que ceci, ma Gwynneth. Rien que ceci et nous…

Rien que nous ? Gwynneth ferma les yeux et s'abandonna au contact magique de ses mains, avec un soupir de plaisir impudique en les sentant glisser sur elle. Elle se tortilla pour se débarrasser de sa jupe et vit les yeux de Tariq s'assombrir en examinant son corps presque dénudé.

— Allongez-vous, ordonna-t-il en saisissant le flacon de lotion.

Il n'y avait aucun coup de soleil là où maintenant, la pulpe de ses pouces massait avec délicatesse en cercles sensuels et délicieux la zone située juste au-dessus de la courbe de ses reins. Une seule chose importait désormais à Gwynneth : qu'il continue et ne s'arrête plus. Comment était-il possible que le simple contact de ses mains fasse réagir son corps comme il le faisait en cet instant ? Sous les doigts qui la massaient, elle avait envie de soupirer et de gémir, de se cambrer, de lui ouvrir ses jambes et de…

Il lui ôta le minuscule slip accroché à ses hanches.

— Oh oui ! soupira-t-elle

Ces mots, les avait-elle vraiment prononcés ou juste pensés ? se demanda-t-elle vaguement lorsque Tariq passait de la lotion sur les globes arrondis de ses fesses avant de descendre derrière ses cuisses.

— Tournez-vous.

Le mot claqua comme un ordre, mais la voix était rauque et sonnait presque comme une supplique.

Avec un voluptueux soupir, Gwynneth se retourna et leva les yeux vers lui. Sa chair tout entière et ses sens débordaient de la sensualité qu'il avait éveillée en elle. Elle ressentait une impression de faiblesse et de douceur, l'envie d'être toute à lui pour qu'il la caresse et la modèle à son goût. La même faiblesse paraissait également avoir amolli la résistance de son cerveau et l'avoir transformée en une créature complaisante…

Quand il se déshabilla, Tariq l'entendit retenir son souffle. Son expression reflétait chacun des sentiments qui se succédaient en elle. Avait-il jamais vu une femme le regarder ainsi auparavant ? se demanda-t-il. En tout cas, il n'en avait aucun souvenir. Le regard de Gwynneth ardent et si ouvertement excité, s'attardant sur son sexe en érection et prêt pour elle, sa façon de s'humecter les lèvres du bout de la langue, constituaient l'aphrodisiaque le plus puissant qu'il ait jamais connu.

Sans prononcer un mot, sans le toucher, sans qu'il l'ait touchée, elle lui avait déjà fait comprendre ce qui allait être entre eux. Comment elle allait l'envelopper de sa chaleur, comment il plongerait en elle, encore et encore jusqu'au moment où ils franchiraient ensemble le bord de cette falaise au bout de l'univers, au-delà de laquelle s'étendait l'éternité elle-même.

A la manière dont Tariq la contemplait, Gwynneth savait que toute parole était superflue. Mille mots mille fois répétés ne suffiraient pas à lui communiquer tout ce qu'il désirait lui faire savoir, alors que leurs regards se mêlaient. Dans celui de Gwynneth se lisait la certitude qu'il allait l'emmener très loin de tout ce qu'elle connaissait et que, une fois là, il disposerait entièrement d'elle.

Aussi, quand il se posa sur elle, la sensation de sa peau sur la sienne fut semblable à la fraîche caresse de la soie. Le poids de son corps répondit à un besoin qu'elle avait jusqu'alors ignoré posséder aux tréfonds de son être. Quand il l'embrassa, ce fut avec lenteur, en prenant son temps, pour mieux la savourer, déguster chaque fibre de son être tandis qu'elle gisait molle et douce sous lui, le laissant la prendre là où il en avait envie.

De nouveau il l'embrassa, plus profondément cette fois et elle se cambra vers lui, s'accrochant à lui, trop effrayée de ce qui lui arrivait pour risquer de le lâcher et de se retrouver seule dans le maelström de son propre désir.

Il lui baisa la gorge puis la courbe de l'épaule. Les doigts de Gwynneth se contractèrent sur sa chair, et le bout de ses seins se poussa contre lui. Il les baisa, et elle posa les mains sur ses fesses musclées pour mieux le presser contre elle. Un feu la consumait maintenant, battait en elle, presque douloureux dans l'ardeur de son désir.

La langue de Tariq papillonna contre un mamelon, déclenchant en elle un spasme délicieux. Il le mordilla doucement et elle cria en se tendant vers la paume qui enveloppait son sexe, apaisant pour un temps son désir. Elle était prête et ouverte pour lui. Les lèvres de Tariq descendirent vers le ventre de Gwynneth, puis plus bas encore et il la sentit se gonfler et se durcir sous sa caresse avec de doux cris de plaisir.

En vain, Gwynneth tenta de ralentir la puissance de ses sensations. La langue de Tariq déclencha en elle un plaisir qui la laissa satisfaite et cependant toujours désireuse, en quête d'un autre plaisir, inconnu celui-là et bien plus profond.

— Tariq, je vous désire…

Encore et encore, la langue de Tariq s'enfonça dans la grotte humide de sa bouche et ses mains glissèrent vers ses hanches pour la soulever, l'apprêter pour lui.

Peu lui importait combien d'hommes l'avaient prise pourvu que ce moment à venir n'appartienne qu'à lui, songea Tariq avec passion, tous ses doutes et ses réserves balayés par le jaillissement tout puissant de son amour pour elle. Frais et neuf, tout entier, son amour l'emplissait et le rendait humble. Cette femme lui était si précieuse ! Avec elle, il ressentait des milliers de choses qu'il n'avait jamais cru pouvoir ressentir, et de mille et une manières différentes. Gwynneth touchait la partie la plus profonde de son être et le ramenait à la vie. Qui pouvait comprendre l'amour ? Un homme pouvait seulement en faire l'expérience, se donner à lui et à la femme pour laquelle il était né.

Je t'aime. Les mots emplirent sa tête et son cœur à l'instant où il prit la bouche de Gwynneth en un baiser de possession et d'engagement, et s'autorisa à glisser dans sa chaleur lisse et musclée pour s'engloutir en elle. Seulement, il n'y parvint pas. Et elle restait là, sous lui, rigide, les yeux grands ouverts, pleins d'appréhension.

Alors même que l'esprit de Tariq se débattait encore avec la véritable signification de cette résistance, son corps s'abandonna au désir qui l'entraînait. D'un seul élan, rapide et brutal, il la pénétra, lui arrachant un cri. Ensuite, elle s'accrocha à lui, les yeux chatoyants de la même émotion qui faisait, il le savait, briller les siens.

Gwynneth comprit la surprise de Tariq, mais déjà, la brève douleur s'apaisait, remplacée par un besoin aigu de le sentir s'enfoncer encore plus profond en elle.

— Non, murmura-t-elle en le retenant comme il faisait mine de se retirer. Non…

Comme pour lui démontrer sa détermination, elle se mit à bouger contre lui, le regard rivé au sien, jusqu'à ce qu'il cède, frémissant de pouvoir soulager sa propre tension. Lentement, délicatement, il plongea de nouveau en elle, de plus en plus loin tandis qu'accroché à lui, les hanches plaquées aux siennes, épousant son rythme de plus en plus rapide, le corps de Gwynneth lui répondait en contrepoint. Il la prit, l'entraîna de plus en plus loin, jusqu'à ce qu'il n'existe plus d'autre endroit à atteindre ensemble que les cimes du plaisir.

Un plaisir si intense qu'un sanglot de pur bohneur échappa à Gwynneth. Le temps d'un battement de cœur, la vague sauvage l'emporta, à la seconde où Tariq avec un gémissement rauque atteignait en elle la félicité.

— Je vous ai apporté une tasse de thé.

Malgré ses efforts, Gwynneth ne put maîtriser ni la rougeur qui envahissait son visage, ni s'obliger à regarder Tariq dans les yeux lorsqu'il posa le thé sur la table de chevet près d'elle avant de s'asseoir sur le lit.

— Y a-t-il du nouveau à propos de… du moment où nous pourrons partir d'ici ? demanda-t-elle d'une voix oppressée.

Surtout, se dit-elle, ne pas lui laisser craindre qu'elle puisse utiliser leur intermède de la nuit comme un moyen de s'accrocher à lui. Elle avait quand même plus d'orgueil que cela.

Tariq sentit son cœur s'affoler dans sa poitrine. Quoi ? Elle voulait s'en aller ? Après ce qu'ils venaient de partager ?

Trop tard pour arrêter la douleur qui le déchirait. Mais il n'était pas question de la laisser partir. Pas maintenant, et même jamais s'il parvenait à ses fins. Et certainement pas avant de trouver un moyen de la convaincre qu'elle devait désirer passer le reste de sa vie avec lui aussi passionnément qu'il le souhaitait lui-même.

— Non, non, pas encore, mentit-il.

— Oh !

Du bout de la langue, Gwynneth essaya de s'humecter discrètement les lèvres. Comment avait-elle pu sombrer dans un sommeil si profond alors que Tariq dormait à côté d'elle ? Pourtant, l'empreinte de sa tête sur l'oreiller et son parfum tout autour d'elle en témoignaient bien.

— Je vous dois des excuses, annonça Tariq d'une voix un peu tendue.

Les doigts nerveux de Gwynneth tiraillaient le drap.

— Je peux comprendre la raison pour laquelle vous auriez pu penser…

Elle hésita, plissa le nez et chercha son souffle.

— Il est inhabituel qu'une femme de mon âge soit… je veux dire, n'ait pas…

— Oui, pour quelle raison ? interrogea Tariq.

— Mon père, répondit-elle avec franchise. Comme je vous l'ai dit, c'était une sorte de prédateur sexuel… un homme qui croyait que le sexe était un appétit à satisfaire et qui ne voyait pas pourquoi il devait avoir un quelconque rapport avec les émotions. Après son départ, ma mère a pris l'habitude de se plaindre que je lui ressemblais. Je pense que c'est l'une des raisons pour lesquelles elle ne souhaitait pas ma présence.

Le regard de Tariq la quitta. Il n'y avait pas la moindre trace d'apitoiement sur elle-même dans la voix de Gwynneth, mais il savait que s'il la regardait, il serait incapable de s'interdire de la prendre dans ses bras pour lui dire exactement ce qu'il pensait de ses parents, et en particulier de sa mère.

— Je suppose que tout a commencé ainsi, admit Gwynneth. Même si j'étais trop jeune pour relier ce que je ressentais avec le sexe. Je savais juste que je ne voulais pas ressembler à mon père. C'est seulement quand je suis devenue plus âgée, en l'entendant parler ouvertement et sans la moindre honte de sa vie sexuelle, que j'ai commencé à m'inquiéter. A craindre d'avoir hérité de certains des traits responsables de sa conduite immorale. Pourchasser une femme pour le sexe était un défi auquel mon père était incapable de résister. Il adorait l'excitation d'une nouvelle conquête, mais il était incapable d'éprouver la moindre émotion véritable pour sa partenaire. J'ai eu peur de finir ainsi. Alors, j'ai décidé de me priver de toute vie sexuelle et, plus important encore, de ne pas *désirer* en avoir une. Ç'a marché. Il ne se passait rien. Jusqu'à cette première nuit avec vous. J'ai alors compris…

Abruptement, Gwynneth se tut. Son visage devint écarlate. Elle avait été bien près de lui révéler que de se savoir amoureuse de lui lui avait démontré à quel point elle était différente de son père.

— Qu'avez-vous compris ? insista Tariq.

— Que je me privais de beaucoup de plaisirs et qu'après tout, je ne passerais pas toute ma vie à rester vierge, s'entendit-elle répondre d'un ton aussi léger qu'elle en fut capable.

— De… plaisirs ?

— Eh bien, la nuit dernière m'a paru très agréable.

Tariq la dévisagea. Ce n'était pas du tout ce qu'il avait envie d'entendre. Il voulait l'entendre dire que dans ses bras, elle avait compris qu'elle ne pourrait vivre sans lui ;

qu'elle l'aimait et désirait passer le restant de sa vie avec lui. Et, de l'avoir écoutée parler de son père, d'avoir vu les ombres du passé obscurcir ses yeux, il était tout à fait certain qu'elle le ressentait ainsi.

— Vraiment ? demanda-t-il d'une voix douce. A quel point ?

A quel point ? Affolée, Gwynneth chercha une réponse. Elle ne s'était pas attendue à voir la conversation prendre un tel tour.

— Oui, insista Tariq. A quel point ? Suffisamment par exemple, pour recommencer ce soir ?

Le cœur de Gwynneth battait si fort qu'elle avait du mal à réfléchir.

— Euh… oui. Je veux dire, si vous le souhaitez.

— Bon, ce soir alors ? répéta-t-il, ignorant son peu d'empressement. Et que diriez-vous de maintenant ?

— Maintenant ?

Un désir brûlant, révélateur, s'empara d'elle.

— Eh bien…

— Ou peut-être maintenant, ce soir, et toutes les autres nuits jusqu'à la fin de nos existences ? suggéra Tariq d'une voix douce. Et pas pour avoir des « plaisirs » mais parce que nous ne pourrons pas supporter d'être séparés — parce que nous nous aimons tellement que toute séparation serait comme le désert sans la chaleur du soleil ou l'eau de ses oasis, une nuit stérile et sans fin dans laquelle rien ne pourrait exister ou survivre. Parce que ensemble, nous aurons envie de créer une nouvelle vie qui sera celle de notre enfant, conçu et né dans l'amour — notre amour. Parce que nous ressentons toutes ces choses l'un pour l'autre, je le sais, et tellement plus encore que je suis incapable de mettre des mots dessus. Gwynneth, vous êtes devenue mon aurore et mon crépuscule. Et toutes les heures de ma vie entre les deux.

— Vous… vous m'aimez ?

D'un seul coup, Gwynneth eut l'impression que son sang se retirait de ses veines, ne laissant derrière lui que vide et vertige.

— Pouvez-vous en douter ? Si c'est le cas, alors permettez-moi de passer le reste de nos vies à vous le prouver… en étant ma femme.

— Vous voulez m'épouser ?

Elle se redressa sur le lit, oubliant sa nudité.

— C'est de la folie ! Vous êtes un prince et les princes épousent des princesses…

Tariq secoua la tête.

— Pas celui-ci. Celui-ci ne se marie que s'il aime. Et il vous aime, vous et rien que vous.

Le regard de Gwynneth la trahit. Alors, submergé par une vague énorme d'exultation, Tariq retint son souffle.

— Non, je vous en prie, le supplia Gwynneth. Ne me regardez pas comme ça.

— Parfait, répliqua-t-il. Que diriez-vous si je faisais plutôt ça ?

Elle était si peu préparée à ce qu'il s'empare d'elle et l'embrasse qu'elle ne put se défendre contre la langoureuse douceur de son propre plaisir.

— Je t'aime, murmura Tariq tout contre ses lèvres. Je voulais te le dire la nuit dernière avant de te faire mienne, mais je ne sais pas pourquoi, les mots m'ont manqué.

— Vous m'aimiez… même si vous pensiez toujours… ?

— Je suis tombé amoureux de la femme que tu es, Gwynneth. De toi, pas de ta virginité. Maintenant, je t'en prie, ôte-moi de ma misère et réponds-moi. Veux-tu m'accorder ton amour ? Veux-tu partager ma vie et mes espoirs et mes idéaux ? Me permettras-tu de t'aimer et de te chérir… ?

— Oui ! l'interrompit-elle.

Son cœur débordait. Savoir qu'il l'aimait alors qu'elle avait été persuadée du contraire, certaine que son amour pour lui qu'elle savait éternel resterait sans réponse, ce bonheur-là n'arrivait lui aussi qu'une seule fois. Glissant sa main dans celle de Tariq, elle se pencha vers lui.

— Oui, oui, oui, oui, *oui*…, murmura-t-elle avec adoration.

Jusqu'au moment où il la fit taire d'un baiser.

Épilogue

— Tu es heureuse ? demanda Tariq d'une voix empreinte de tendresse et de passion. Pas de regrets ?

Gwynneth leva vers lui un regard souriant et secoua la tête. Ils partageaient le même bassin aux fragrances de rose où, durant ce qui semblait avoir été une autre vie, la jeune femme s'était allongée seule dans l'eau tiédie par le soleil, abandonnée à ce qui lui avait alors paru un impossible fantasme. Pourtant, elle venait de le découvrir, la réalité pouvait parfois être infiniment plus belle que la fiction.

Elle se redressa pour embrasser Tariq, tout à fait consciente de sa délicieuse vulnérabilité aux baisers qu'elle lui donnait.

— Tu m'aimes ?

La voix était plus rude maintenant. Gwynneth hocha la tête.

— Dis-le, plaida-t-il d'une voix affamée. Je veux entendre les mots.

— Je t'aime, Tariq, dit-elle avec un rire doux car, la laissant à peine achever, il la prenait déjà dans ses bras pour l'embrasser avec une tumultueuse passion.

Cela avait été son choix à elle de passer leur lune de miel dans la vallée cachée. Elle avait lu dans les yeux de Tariq à quel point il en avait été touché.

— Je veux que nous revenions ici chaque année de nos vies pour célébrer notre anniversaire, lui dit-elle avec adoration avant de lui murmurer à l'oreille : t'es-tu rendu compte qu'il est l'heure de déjeuner ?

— Tu as faim ?

— Oui... de toi, répondit-elle hardiment.

Tariq contempla son épouse, et se demanda si, même maintenant, après le lui avoir répété mille et mille fois, elle savait réellement à quel point il l'aimait, à quel point sa présence comblait un univers qui serait resté vide sans elle.

— Ici ? suggéra-t-il.

— Dans le jacuzzi ?

Le regard qu'elle tourna vers lui était plein d'attente et d'excitation. Ils avaient eu en effet très peu d'occasions de se retrouver seuls au cours des dernières semaines, dans la cohue du mariage. Mais à présent, Tariq était tout à elle.

Lorsqu'ils retourneraient à Zuran, ils s'installeraient dans une villa de location jusqu'à ce que la leur soit prête. Tariq avait insisté pour qu'ils aient leur propre maison plutôt que de vivre côte à côte avec la grande famille. Gwynneth, elle, désirait que leur demeure soit assez proche du palais pour qu'il puisse s'y rendre aussi souvent qu'il le désirait. Elle était à des lieues de la première épouse britannique accueillie dans la famille royale zuranie, et les larmes lui étaient montées aux yeux en découvrant que ses membres l'accueillaient avec empressement et souhaitaient se lier d'amitié avec elle.

Elle caressa le bras de Tariq.

— C'était tellement délicat de ta part de t'être arrangé pour que Teresa et Anthony viennent assister au mariage.

— Ils font partie de notre famille et il est juste qu'ils soient présents.

Malgré sa réponse un peu formelle et distante, il n'y avait rien de distant dans la générosité qu'il avait déployée vis-à-vis de son demi-frère et de sa mère, songea Gwynneth. Non seulement, il s'était chargé du coût financier de l'éducation d'Anthony, mais il versait aussi une pension à Teresa, qui lui permettrait de rentrer dans son pays et d'y créer sa propre petite affaire.

A la pensée de bébé Anthony et des autres magnifiques enfants de la grande famille de Tariq, un léger frémissement fit palpiter le corps de Gwynneth.

— Je suis encore terrifiée en songeant à quel point j'ai été si près d'écouter plutôt mes craintes que mon cœur, avoua-t-elle. J'aurais tant perdu, si j'avais refusé de reconnaître que je t'aimais…

— Je n'aurais pas permis que cela arrive, lui répondit son époux d'une voix tendre. D'ailleurs, tout était ma faute car je t'avais mal jugée. D'une manière ou d'une autre, j'aurais trouvé le moyen d'ouvrir les portes de ton cœur, Gwynneth. Je n'aurais jamais renoncé, tout comme je ne t'abandonnerai jamais. Tu es mon amour et ma vie, mon cœur et tout ce qui en moi va bien au-delà. Je suis intimement persuadé que nous avons été créés l'un pour l'autre et qu'à nous deux, nous formons un monde unique et parfait.

Des larmes picotèrent les yeux de Gwynneth. Elle l'aimait tant, et l'entendre lui avouer son amour avait le pouvoir de la toucher aux sources les plus profondes de ses sentiments.

— Je veux que notre premier enfant soit conçu ici, Tariq, dit-elle d'une voix enrouée. Ici, dans cette vallée qui fait tellement partie de ton héritage et où nous nous sommes aimés pour la première fois. Ici… et… et maintenant.

Elle tremblait lorsqu'il lui souleva le corps hors de l'eau et se pencha pour lui prendre la bouche dans un baiser de farouche passion.

Il était prêt.

SUSAN MALLERY

La rose des sables

éditions Harlequin

Titre original : THE SHEIK'S KIDNAPPED BRIDE

Traduction française de ALAIN THAI

83/85 boulevard Vincent Auriol 75646 PARIS CEDEX 13.
Service Lectrices — Tél. : 01 45 82 47 47

- 1 -

Une mariée ?

Le prince Khalil Khan fixa l'aire d'embarquement d'un air dubitatif et se demanda s'il n'était pas brusquement victime d'un mirage. Il connaissait le phénomène pour s'être égaré plus d'une fois dans l'immensité du désert d'El Bahar. Il avait connu le miroitement des sables brûlants, les images tremblantes qui s'évanouissaient et cette impression désagréable d'avoir les yeux enfoncés dans le crâne.

Mais là, aucun symptôme. Aucune migraine. Du reste, il ne se trouvait pas dans le désert d'El Bahar, mais au beau milieu d'un terrain d'aviation du Kansas, en plein mois de janvier, et une neige sale s'amoncelait en bordure de la piste d'envol. Qui plus est, l'image en question ne vacillait pas, ne disparaissait pas. Elle s'approchait de lui au contraire avec une ferme détermination.

Non, ce n'était pas un mirage, c'était une jeune femme brune, engoncée dans une robe de mariée qui s'avançait d'un pas décidé vers lui.

— J'ai dû commettre un grand péché dans une vie passée, marmonna-t-il entre ses dents. A moins que ce ne soit dans celle-ci.

La femme s'arrêta devant lui, les yeux rougis de pleurs. Khalil ravala un juron. S'il y avait une chose qu'il détestait, c'était bien de voir une femme pleurer.

— Excusez-moi, dit-elle d'une voix étranglée par l'émotion. Vous n'allez peut-être pas me croire, mais on m'a abandonnée ici…

Elle s'interrompit pour désigner de la tête le petit aérodrome qui servait essentiellement aux jets commerciaux, avant de demander timidement :

— Est-ce que vous accepteriez de m'emmener avec vous ?

Il la toisa de ce regard que Fatima, sa grand-mère, qualifiait d'impérieux, mais qui, pour lui, n'avait rien de particulier.

— Vous ne connaissez même pas la destination de cet avion, répliqua-t-il.

Elle avala sa salive. Deux puissants projecteurs jetaient une lumière blafarde sur son visage, accentuant son teint pâle et lui donnant une expression maladive peu attirante.

— Tant que je peux partir d'ici, n'importe quelle ville fera l'affaire.

Ses mains se crispèrent sur sa robe de mariée et la tiraillèrent à la taille.

— On m'a laissée en plan ici, vous comprenez. Je n'ai ni bagages ni vêtements convenables.

La curiosité de Khalil s'éveilla malgré lui. Comment avait-elle pu débarquer à l'aérodrome de Salina, en plein hiver, dans une robe de mariée ? Elle n'avait pas de manteau, ou si elle en avait un, elle ne le portait pas. Peut-être avait-elle l'esprit dérangé ?

Il était sur le point de la questionner quand une des portes vitrées s'ouvrit. Une superbe blonde aux allures de mannequin sortit du terminal, une tasse de café à la main. Sa minijupe découvrait des jambes parfaites, interminables, tandis qu'un pull moulant mettait en valeur sa poitrine opulente qui tressautait à chaque pas. Quand elle aperçut Khalil, elle lui fit signe de la main et afficha un sourire de circonstance.

— Je vous apporte du café, annonça-t-elle comme si elle avait réussi à décrocher la lune.

Qu'avait-il fait pour mériter cela ? se demanda de nouveau Khalil. Ce qui aurait dû être un simple voyage d'affaires de trois semaines aux Etats-Unis se transformait en véritable cauchemar. Tout allait de travers. Son assistant, un jeune homme agréable et efficace, avait dû rentrer à El Bahar pour s'occuper de sa mère malade. Les deux hôtels où Khalil avait l'habitude de descendre, n'avaient pas retrouvé ses réservations, ce qui l'avait obligé à prendre une chambre ordinaire au lieu d'une suite. Son jet avait eu des ennuis mécaniques et l'avion de remplacement qu'il avait affrété n'avait pas la capacité en carburant pour aller d'une seule traite de Los Angeles à New York, d'où l'escale dans cet aérodrome. Enfin, et c'était bien là le pire, sa secrétaire intérimaire était dotée d'une intelligence inversement proportionnelle à l'ampleur de sa poitrine. Elle semblait convaincue de n'avoir été engagée que pour son sourire et sa plastique décorative. Il avait essayé des dizaines de fois de lui faire comprendre qu'il y avait vraiment du travail qui l'attendait, mais cela même la dépassait.

A présent, il se trouvait en face d'une mariée abandonnée qui réclamait son aide. Et il n'en était qu'à la fin de la première semaine ! Dieu seul savait ce que lui réservaient les deux autres !

Il sentit le sang lui marteler les tempes.

— Il reste des places, finit-il par dire. Nous allons à

New York. Vous pouvez monter si vous y tenez, mais je dois vous prévenir : je ne veux pas entendre un mot. Si je perçois ne serait-ce qu'un reniflement, je me chargerai personnellement de vous faire quitter l'avion, quelle que soit notre altitude.

Sur ce, il pivota sur ses talons et se dirigea vers le petit avion commercial.

Dora Nelson suivit l'étranger du regard. Sans doute aurait-elle dû s'offenser devant un tel manque de courtoisie, se dit-elle. Mais dans sa situation, pouvait-elle se permettre de critiquer le comportement de qui que ce soit ? N'était-elle pas elle-même, en ce radieux après-midi, la reine de la bêtise personnifiée ?

En fait, elle n'avait été vraiment stupide que deux fois durant ces cinq dernières années, se remémora-t-elle. Malheureusement, cela s'était produit à quelques semaines d'intervalle. Sa première erreur avait été de croire que Gérald tenait à elle. La deuxième, d'avoir refusé de rentrer avec lui ce matin. A aucun moment elle n'avait imaginé que son patron — et bientôt ex-fiancé — serait capable de décoller sans elle, l'abandonnant dans cet aérodrome, sans aucun bagage, sans son sac à main, sans même un manteau. Elle n'avait pas d'argent, aucun papier et se retrouvait sans travail.

Au moins avait-elle une place dans ce jet, conclut-elle avec optimisme en relevant sa robe qui traînait par terre, pour rejoindre l'appareil. Une fois à New York, elle téléphonerait à sa banque pour qu'on lui envoie un mandat télégraphique. Mais l'argent ne résoudrait qu'une partie de ses problèmes. Il restait la question du transport : sans pièce d'identité, on ne l'accepterait sur aucun vol. Enfin, le plus embarrassant était l'annulation de son mariage. Il devait avoir lieu dans quatre semaines. Deux jours plus tôt, elle avait envoyé, tout excitée, près de trois cents invitations. Quelle folie !

Dora gravit les marches de l'avion. Elle dut s'arrêter pour tirer rageusement sur sa robe et la ramener sur son épaule. Comme s'il n'était pas déjà assez humiliant de voyager dans cet accoutrement, il fallait en plus que sa robe soit trop juste. La couturière l'avait livrée le matin même en lui assurant qu'elle lui irait à ravir. Impatiente de l'essayer, Dora n'avait pas voulu attendre qu'ils aient atterri pour l'enfiler. Mais la couturière s'était trompée. Dora n'avait même pas réussi à la boutonner dans le dos et elle sentait, à présent, la morsure du froid sur sa peau nue.

Elle pénétra dans la carlingue et embrassa d'un coup d'œil les sièges de cuir somptueux aux couleurs harmonieuses. La superbe poupée blonde y était déjà installée. Elle leva les yeux sur Dora et fronça les sourcils.

— Mais qui êtes-vous donc ?

Dora chercha une réponse spirituelle, mais rien ne lui vint à l'esprit.

— Personne, finit-elle par murmurer tandis qu'elle s'engageait dans l'allée pour aller se laisser choir à l'arrière de l'appareil.

L'homme, le bel étranger à la peau basanée, s'assit juste devant elle. En fait, il était son sauveur, se rappela-t-elle. Elle se pencha vers lui et lui toucha l'épaule.

— Excusez-moi. Au risque d'enfreindre votre interdit et de devoir quitter l'avion, me permettriez-vous de faire du café ?

L'homme se retourna et l'observa.

— Vous saurez trouver la cuisine ?

Dora faillit lui demander s'il plaisantait, mais le regard sombre de l'homme l'en dissuada. Elle se contenta d'acquiescer de la tête et attendit.

Il indiqua d'un geste la kitchenette.

— Je vous en prie, dit-il. J'en prendrai moi aussi. Pouvez-vous le faire corsé ?

— Je peux le faire exactement comme vous le voulez.

Elle n'aurait qu'à utiliser deux doses individuelles et le couper avec de l'eau pour elle.

— Je vous demanderais bien de montrer à ma secrétaire comment vous vous y prenez, mais je crains que cela ne dépasse ses capacités, ajouta-t-il.

Dora le regarda un moment, ne sachant s'il parlait sérieusement. Il était impensable de ne pas savoir verser deux sachets de café soluble dans de l'eau chaude. Elle lança un coup d'œil à la jolie blonde aux yeux bleus qui s'appliquait à retoucher son maquillage. Il y avait peut-être des exceptions, reconnut-elle.

Dora se leva, mit de l'ordre dans sa tenue et se dirigea vers la cuisine. Trois minutes plus tard, une bonne odeur de café s'échappait de la cafetière. Elle rejoignit son siège, boucla sa ceinture et ferma les yeux. Sa vie venait de tourner au désastre, songea-t-elle. D'une façon ou d'une autre, elle trouverait le moyen de se sortir de cette impasse, mais la partie n'était pas gagnée d'avance. Elle inspira profondément et soupira. L'avion commençait à rouler vers la piste d'envol. Elle entendit vaguement le pilote qui faisait une annonce. Deux minutes plus tard, ils décollaient. Dora avait si souvent voyagé dans ce genre d'appareil pour son travail qu'elle ne songea même pas à regarder par le hublot.

Quand ils eurent atteint une altitude de trois mille mètres, elle se leva, se versa une demi-tasse de café, l'allongea d'eau et la passa au micro-ondes. Elle tendit une autre tasse à l'étranger qui la remercia distraitement. En d'autres circonstances, elle n'aurait pas supporté d'être traitée comme une domestique, mais ce petit rôle humiliant avait du moins l'avantage de lui faire oublier le chaos de sa propre vie.

Pourquoi n'avait-elle pas attendu pour envoyer les invitations ? se demanda-t-elle. Dans quel pétrin s'était-elle mise ! Elle aurait dû se douter que Gérald était un sale type, se dit-elle en regagnant sa place avec sa tasse fumante. Le pire dans cette histoire, songeait tristement Dora, c'est que, quelque part, elle l'avait toujours soupçonné d'être aussi rusé qu'un serpent et de se servir d'elle.

Perdue dans ses pensées, elle regardait sans rien voir à travers le hublot. Comme elle aurait aimé que ces deux semaines qui la séparaient du mariage, soient déjà derrière elle !

Ils volaient depuis une trentaine de minutes quand des éclats de voix la tirèrent de ses réflexions.

— Je vous avais demandé d'inscrire ces chiffres sur une même ligne, disait l'homme d'un ton irrité. Vous ne l'avez pas fait correctement.

— Ne soyez pas furieux, Khalil, susurra la jolie blonde. Je fais des efforts.

— Je me fiche de vos efforts ! Je veux ce rapport avant notre arrivée. D'ailleurs, c'est inutile. A New York, vous dégagez. Je ne veux plus vous voir.

Dora eut juste le temps de voir Khalil arracher l'ordinateur portable des mains de sa secrétaire. Au moins, il ne lui avait pas demandé de descendre de l'avion, pensa-t-elle en réprimant un sourire. Elle ne s'en sortait pas si mal.

Khalil se retourna pour regagner son siège et rencontra le regard de Dora. Il grimaça.

— Je suppose que vous me jugez cruel, lança-t-il.

Dora haussa les épaules.

— Pas si elle est censée se servir d'un tableur et qu'elle n'y connaît rien.

— On m'avait promis une secrétaire compétente et voilà ce qu'on m'a envoyé, dit-il avec mépris.

La blonde se leva à moitié et fit un signe à Dora.

— Je suis Bambi, dit-elle en souriant. Quant à lui, c'est un prince.

Un prince ? Dora ne serait pas allée jusque-là dans ses suppositions. Mais, après tout, il restait son sauveur.

— Sur quel programme travaillez-vous ? demanda-t-elle.

Il la regarda avec méfiance et finit par lâcher sa réponse. Dora, se décalant d'une place, tendit une main vers l'ordinateur portable.

— Faites-moi confiance, dit-elle. Si vous n'êtes pas satisfait de mon travail, vous pourrez toujours m'escorter personnellement jusqu'à la sortie.

Elle crut voir un léger sourire passer sur les lèvres de l'étranger quand il lui donna l'ordinateur. Elle réalisa alors à quel point il était bel homme. Son regard était profond et noir comme l'ébène. Son teint avait la couleur et l'éclat du bronze. Avec ses traits ciselés, son nez fin, ses mâchoires fortes et ses hautes pommettes, il donnait l'impression d'une statue vivante venue tout droit de l'Egypte Ancienne. Même la petite cicatrice sur sa joue gauche ne le rendait que plus attirant. Quant à son élégance, il n'y avait rien à redire. Le costume gris qu'il portait devait bien coûter ce qu'elle gagnait en un trimestre. Avec ses larges épaules et ses hanches étroites, il était le prototype même de la beauté masculine ! Et le genre d'hommes qui la faisait craquer.

Elle dut se rappeler qu'elle avait déjà trente ans, qu'elle n'était pas spécialement jolie et qu'elle avait quelques kilos de trop. Des hommes comme lui ne la remarquaient jamais, se dit-elle. Et, pour être tout à fait honnête, aucun homme ne la remarquait jamais. A part Gérald… Du moins l'avait-elle cru jusqu'à ce matin, pensa-t-elle en soupirant.

Elle pointa le curseur vers le haut du tableau et comprit ce que voulait Khalil.

— Où sont les données de base ? demanda-t-elle en réorganisant les colonnes.

Il chercha dans une chemise, l'invita à prendre place près de lui et lui remit une liasse de feuilles.

— Je suis en train de faire une étude comparative, dit-il. Nous avons l'intention d'acheter une des deux sociétés. Je veux un compte rendu précis de leur chiffre d'affaires.

Dora jeta un coup d'œil sur les documents et opina de la tête. Elle aurait pu faire ce travail les yeux fermés.

— Voulez-vous seulement le chiffre des ventes ou désirez-vous analyser les bénéfices séparément ?

Surpris, Khalil marqua un temps avant de lui donner sa réponse.

Deux heures plus tard, Dora remit son rapport à Khalil.

— J'en ai fait deux copies, dit-elle. Et voici la disquette.

Bambi était toujours assise à l'avant de l'appareil. Elle feuilletait un magazine, apparemment indifférente au fait qu'elle venait de perdre son emploi. Dora aurait bien aimé avoir son insouciance.

A ce moment, la voix du pilote les informa qu'ils étaient

sur le point d'atterrir. Dora reprit sa place à l'arrière de l'appareil et boucla sa ceinture. Elle regarda sa montre et étouffa un juron. Il était plus de 7 heures du soir, c'est-à-dire 4 heures à Los Angeles. A cette heure-ci, sa banque était fermée ! Elle se mordit la lèvre. Pourquoi n'avait-elle pas eu l'idée de téléphoner de l'avion ? Mais quelle idiote elle faisait ! Elle était bonne à présent pour passer la nuit sur un banc de l'aéroport. La série noire continuait, pensa-t-elle.

Quand ils eurent atterri, elle s'arrangea pour quitter l'avion la dernière. Elle pensait ainsi s'éclipser sans offrir le spectacle humiliant d'une robe de mariée qui ne fermait pas dans le dos. Mais elle vit en descendant les marches que Khalil et Bambi étaient toujours près de l'appareil.

— Je vous ai dit que vous étiez virée, disait Khalil.

— Je sais, répondit Bambi en souriant. Merci, Khalil. C'était si dur de travailler avec vous. Pas seulement à cause de vos affaires qui sont si ennuyeuses et si compliquées, mais parce que j'avais trop de mal à tenir mes distances.

Elle se pressa contre lui, la poitrine haletante.

— J'ai envie de vous, Khalil.

Malgré elle, Dora avait ralenti le pas pour suivre la scène. Encore une incorrigible sentimentale, pensa-t-elle.

— Mademoiselle Anderson, dit-il en s'écartant, vous ne m'intéressez pas. Sur aucun plan. Vous êtes virée. Vous comprenez ? Disparaissez de ma vue.

Bambi fit la moue, mettant en valeur ses lèvres rouges.

— Ne dites pas cela. Vous êtes riche, je suis belle. Vous savez très bien que nous sommes faits l'un pour l'autre.

Il se raidit soudain, comme piqué au vif.

— Je suis le prince Khalil Khan d'El Bahar et je ne tolérerai pas qu'on me tienne tête !

Dora n'en croyait pas ses oreilles. Bambi ne plaisantait donc pas. C'était un vrai prince ! Elle chercha frénétiquement dans sa mémoire tout ce qu'elle connaissait d'El Bahar. Mais, à part le fait qu'il s'agissait d'un pays situé quelque part dans la péninsule saoudienne, gouverné par un roi qui avait trois fils, et qui restait neutre, elle ne savait rien d'autre.

— Mais, Khalil, continua-t-elle en gémissant. J'ai été Miss plusieurs fois !

Le regard de Dora s'arrêta un moment sur le corps magnifique de Bambi. Nul doute sur ce qu'elle avançait. Khalil et elle auraient fait un beau couple princier.

Khalil se tourna vers Dora.

— Je ne connais même pas votre nom.

— Vous ne me l'avez pas demandé, précisa-t-elle en avançant d'un pas. Je suis Dora Nelson.

Khalil sembla un instant dérouté par la hardiesse de la jeune femme, puis il lui prit la main qu'elle lui tendait. En une fraction de seconde, Dora eut le pressentiment de jouer avec le feu, quand elle sentit le contact de sa main l'électriser de la tête aux pieds. Khalil, bien sûr, resta absolument impassible. Il relâcha sa main et fit un bref salut de la tête.

Ainsi s'achevait cette heureuse journée, pensa-t-elle, ne sachant si elle allait se mettre à rire ou à pleurer.

— Merci pour le trajet, dit-elle en s'efforçant de faire passer un sourire dans sa voix.

— Vous êtes vraiment bon prince, ajouta-t-elle.

Elle plaqua sa main contre sa bouche.

— Oh ! Excusez-moi ! Cela m'est sorti comme ça. Je suis si fatiguée… En tout cas, merci.

Et elle se retourna pour partir.

— Attendez ! Je voudrais vous parler, mademoiselle

Nelson. Comme vous savez, je suis sans assistant. Etant dans votre pays pour deux semaines encore, je me demandais si vous accepteriez de travailler pour moi jusqu'à mon départ.

— C'est ridicule, l'interrompit Bambi en frappant le sol de ses hauts talons. Je suis belle. Elle, non. En fait, elle est…

Dora se hérissa, prête à encaisser le coup, mais aucune insulte ne vint. Elle comprit que Khalil avait fait signe aux deux hommes postés à l'entrée du terminal. Ils fondirent immédiatement sur Bambi et la saisirent par les bras.

— Arrêtez ! cria-t-elle comme si elle était victime d'un enlèvement. Vous ne pouvez pas me faire ça. Khalil, vous savez que vous me désirez. Ensemble, nous serons des dieux. Khalil, non. Vous êtes la richesse et je suis…

La porte vitrée étouffa ses derniers mots. Dora poussa un soupir de soulagement. Khalil en fit de même.

— Un spectacle bien affligeant, conclut-il.

Et, se retournant vers Dora.

— Alors, que pensez-vous de ma proposition ? Le salaire est motivant. Cinq mille la semaine.

Dora cligna des yeux.

— Dollars ?

— Evidemment.

C'était plus que ce qu'elle avait gagné le mois dernier à Los Angeles, pensa-t-elle.

Elle laissa un moment ses yeux errer au hasard. Elle ne pouvait y croire. La proposition de Khalil était un vrai cadeau du ciel. Elle acquiesça de la tête.

— C'est d'accord. Mais à une condition : que vous me fassiez une avance pour que je m'achète des vêtements.

Il prit son portefeuille dans la poche de sa veste et commença à compter les billets.

— Voilà déjà pour vous, dit-il en lui tendant l'argent. En ce qui concerne les vêtements, nous téléphonerons de la voiture et vous pourrez vous faire livrer à l'hôtel.

Il lui adressa un grand sourire.

— Considérez cela comme une prime de bienvenue.

Dora crut sentir le sol se dérober sous ses pieds. Ce n'était pas à cause de l'argent ni parce que ses problèmes étaient momentanément résolus, mais à cause de son sourire ravageur. Ses dents blanches et ses fossettes au coin des lèvres le rendaient tout simplement irrésistible.

Une grande limousine noire s'approcha alors de l'avion. Les deux hommes revenaient juste à temps de leur mission pour ouvrir la portière arrière à Khalil et à elle-même.

En tant que secrétaire de direction, il lui était déjà arrivé une ou deux fois de voyager avec des personnalités, mais jamais encore en compagnie d'un prince. Elle se glissa jusqu'à l'autre bout de la banquette en cuir. Un des hommes de la suite du prince s'installa sur la banquette qui lui faisait face. Khalil prit place à côté d'elle. Le deuxième homme — peut-être un garde du corps ? — s'assit à l'avant, à côté du chauffeur.

Quelques secondes plus tard, ils étaient en route. Dora faillit partir d'un fou rire. Ce matin même, elle était encore dans son appartement à Los Angeles, planifiant sa journée, comptant les jours qui la séparaient de son mariage. A présent, elle se retrouvait à New York, dans une limousine, à côté du prince d'El Bahar. Elle avait perdu son sac à main, son fiancé et, surtout, sa dignité. Et une irrésistible envie de rire la prenait. Au moins, elle ne dormirait pas sur un banc de l'aéroport ! se dit-elle soulagée.

Khalil souleva la partie supérieure de son accoudoir et en sortit un téléphone cellulaire.

— Voici l'endroit où nous séjournerons, dit-il en lui

tendant le téléphone ainsi qu'une carte d'adresse luxueuse aux incrustations dorées. Appelez l'hôtel et demandez-leur de vous recommander une boutique qui puisse vous livrer des vêtements ce soir même. Contactez-la ensuite et commandez ce dont vous avez besoin. Dites-leur de mettre la note sur ma chambre d'hôtel.

Il lui donna une deuxième carte où elle put lire : Khalil Khan, ministre des Ressources pour le Développement, El Bahar. La petite couronne en haut de la carte indiquait clairement qu'il était un membre de la famille royale.

Elle considéra la situation. L'homme qui lui faisait face regardait d'un air absent par la vitre arrière, mais entendrait forcément ce qu'elle dirait. Il en allait de même pour Khalil et les deux hommes assis à l'avant. Elle avala sa salive. Quel grand moment ! Elle allait commander des vêtements pour une semaine, sans parler de la lingerie, au milieu de quatre inconnus dont un prince. Dora était aux anges. La chance semblait avoir tourné, se dit-elle.

- 2 -

Le hall d'entrée du palace avait des proportions pharaoniques. Dora retint un cri d'admiration devant le luxe et la magnificence du mobilier, des tapis et des lustres de cristal qui scintillaient.

C'était bien la première fois, pensa-t-elle un peu décontenancée, qu'elle faisait une entrée si remarquée. Etait-ce dû à la richesse de Khalil ou à la singularité de son accoutrement ? Dora ne sut le dire. Elle essaya de prendre un air dégagé tandis qu'ils se dirigeaient vers la réception, mais, au milieu de tout ce marbre, elle n'en menait pas large.

Ils n'avaient pas fait trois pas qu'un homme de petite taille, élégamment vêtu, s'inclina respectueusement devant Khalil en se désignant comme le responsable de nuit. Ils furent directement conduits vers l'ascenseur où le responsable se servit d'une clé avant de presser le bouton du dernier étage. Incroyable ! Les riches n'avaient donc pas à signer le registre, pensa Dora, un sourire au coin des lèvres. Ils pouvaient arriver les mains dans les poches.

Les portes de l'ascenseur s'ouvrirent. Sur le mur, une petite plaque de cuivre indiquait seulement trois numéros. Dora n'en revenait pas. L'étage ne comprenait en tout et pour tout que trois suites ! C'était impossible, se dit-elle. Elles ne pouvaient être aussi grandes ; il y avait sans doute un salon privé, une salle de réception ou quelque chose dans ce style.

Le responsable tourna à gauche, fit quelques pas et ouvrit une porte à deux battants. Khalil s'arrêta et fit signe à Dora d'entrer la première. Elle passa la porte en essayant d'ignorer l'effet provocant de son corsage ouvert sur son dos dénudé.

Tout à sa gêne, elle ne remarqua pas tout de suite les dimensions extraordinaires de la pièce principale et se planta, le souffle coupé, devant la baie vitrée panoramique qui embrassait la moitié de la ville et tout Central Park.

Le living, quant à lui, avait les proportions d'un court de tennis et était décoré comme une salle de palais : colonnes en marbre, divans profonds, peintures et sculptures dont un cheval de bronze grandeur nature. On y découvrait même, dans un angle, en retrait de la baie vitrée, un piano demi-queue. Deux corridors, de part et d'autre, conduisaient vers d'autres pièces. Le responsable indiqua celui de gauche.

— Vous trouverez la salle à manger à la première porte, précisa-t-il. A la suivante, une cuisine entièrement équipée. Faites-nous savoir, je vous prie, si vous désirez les services d'un chef cuisinier. Au fond, sont les bureaux. Nous les avons équipés tels que vous nous l'aviez demandé, y compris pour les lignes téléphoniques.

Il se tourna vers le couloir de droite.

— Quatre chambres dont la suite royale, continua-t-il. Un souper léger y a été servi. Nous avons aussi reçu les articles que vous aviez commandés à la boutique et les avons déposés dans l'une d'elles.

Khalil acquiesça de la tête.

— Merci, Jacques, fit-il sans lui prêter plus d'attention. Ce sera tout.

Le responsable s'inclina de nouveau.

— Tout le plaisir est pour nous, prince Khalil. Le personnel et moi-même sommes heureux de vous compter parmi nos hôtes.

— Bonne nuit, conclut Khalil.

Dora serra volontairement les lèvres pour ne pas rester bouche bée. Etait-elle en train de rêver ? Allait-elle vraiment passer une nuit dans cette suite merveilleuse ? Mais peut-être Khalil avait-il prévu pour elle une petite chambre ailleurs ? De toute façon, dans ce palace, n'importe quelle chambre devait être fabuleuse, se dit-elle en cachant son excitation.

Khalil échangea quelques mots avec ses deux hommes qui prirent alors congé. Il se tourna vers elle.

— Je me passerais bien de gardes du corps, déclara-t-il. Mais mon père insiste pour que mes deux frères et moi soyons protégés lorsque nous quittons El Bahar.

— Cela me semble être une sage précaution, avança-t-elle sans être sûre d'avoir été invitée à donner son avis.

— Je suppose. Ils séjourneront dans la suite et m'accompagneront à l'extérieur. Mais ils sont discrets et vous n'aurez pas à les croiser.

— J'apprécie, fit-elle, à la fois soulagée et surprise qu'il s'en soit inquiété.

— Comme vous l'avez entendu, vos vêtements sont dans votre chambre. J'ai commandé le dîner. Il vous attend dans votre chambre également. Je voudrais commencer à travailler dès demain à 8 heures. Le bureau est de ce côté, précisa-t-il en montrant le corridor de gauche.

— J'y serai, l'assura-t-elle. Si je me perds, je téléphonerai aux femmes de chambre pour qu'elles m'indiquent le chemin.

— Je ne me fais pas trop de souci pour vous, répondit-il en lui souriant.

Elle en eut le souffle à moitié coupé et dut s'éclaircir la voix avant de continuer.

— Je ferai de mon mieux, dit-elle.

Elle fit un pas en direction des chambres et s'arrêta.

— Comment faut-il vous appeler ? Votre Altesse ? prince Khalil ?

— Khalil suffira.

Elle fit un autre pas, s'arrêta de nouveau et se retourna vers lui. Il était là, grand, outrageusement beau. L'espace d'une seconde, Dora eut envie d'être aussi belle que toutes les Bambi du monde et aurait bien donné un peu de son intelligence pour avoir un joli minois et un corps de rêve. Mais son lot avait été d'être intelligente et c'était justement pour cette raison qu'elle n'aurait jamais accepté un tel sacrifice. Elle le savait.

— Merci, se contenta-t-elle de dire. Vous avez fait preuve de bonté à mon égard.

— Ma bonté, comme vous dites, a déjà été payée de retour, enchaîna-t-il. Je n'aurais pu survivre un jour de plus avec cette femme qui me harcelait. Bonne nuit, Dora.

Ces derniers mots mettaient clairement un terme à leur conversation. Dora prit congé et se dirigea vers les chambres.

Il ne lui fut pas difficile de deviner laquelle était la sienne. Deux portes étaient déjà fermées et une troisième s'ouvrait sur la grande suite royale. Elle eut juste le temps d'apercevoir l'immense lit à colonnes, assez vaste pour accueillir quatre personnes, un coin salon près de la cheminée et, au fond, une salle de bains invraisemblable. Elle continua jusqu'à la porte ouverte au bout du couloir.

Une chambre spacieuse, dans les tons bleu et or, l'accueillit. Le mobilier, probablement français, était d'une élégance irréprochable. Sur une petite table était dressé son couvert et plus d'une demi-douzaine de paquets s'alignaient devant un véritable lit de princesse.

Dora hésita à dîner tout de suite, mais elle sentit son estomac la tirailler. Elle se rendit compte qu'elle n'avait rien avalé depuis le matin, dans son appartement à Los Angeles. Elle s'assit et ne tarda pas à faire un sort à la salade et à l'assortiment de petits pains, puis s'attaqua au poulet, délicieusement préparé, que garnissaient de petits légumes et du riz safrané. Elle réserva le fondant au chocolat pour plus tard.

Tout en sirotant son verre de chardonnay, elle alla s'asseoir sur le lit quand elle aperçut son image dans le miroir de la coiffeuse. Elle étouffa un gémissement. Quel désastre ! Le peu de maquillage dont elle s'était fardée le matin avait tourné, donnant à son visage un teint plus que douteux. Son mascara avait coulé, creusant de larges cernes sous ses yeux. Ses cheveux bruns, qu'elle portait courts, étaient tout aplatis et sa robe de mariage étriquée gondolait autour d'elle de façon désolante.

Sa vie n'était qu'un désastre, jugea Dora, sans appel.

Douze heures plus tôt, elle nageait dans le bonheur, préparant son mariage et son voyage à Boston avec son « patron fiancé ». A présent, elle se retrouvait seule à New York, à la merci d'un parfait étranger. Certes, l'étranger était un prince, et peu de gens pouvaient se vanter d'avoir été sauvés par un homme de ce rang, mais il ne s'agissait guère que d'un répit provisoire. Après ces deux semaines, elle retrouverait le cours tumultueux de sa vie désastreuse.

Sans doute devrait-elle même affronter une nouvelle fois Gérald, pensa-t-elle en frissonnant.

Elle chassa ces horribles pensées et se pencha pour prendre un des paquets dont elle versa le contenu sur le lit. Elle fit de même avec le suivant et tous les autres jusqu'à se retrouver au milieu d'une montagne de vêtements de luxe au prix exorbitant. Il y avait des chaussures, des chemisiers, des jupes, des bustiers ; une trousse contenait du maquillage et des brosses ; et une autre, des articles de toilette.

Elle se leva, s'extirpa de sa robe de mariée qu'elle jeta en boule dans un coin, et enfila vite la première robe, un fourreau de soie bleu qui glissa sur ses hanches généreuses. Des roses d'un bleu plus soutenu étaient finement brodées sur les épaules et le haut du bustier, attirant le regard vers cette partie du corps et faisant oublier ses rondeurs.

Elle s'aperçut alors que tous les bustiers avaient des couleurs vives et lumineuses tandis que les jupes étaient dans des teintes plus douces, plus effacées. Elle s'étonna d'abord de l'intuition perspicace du directeur de la boutique, puis se souvint avoir donné ses deux tailles : une pour le haut et une pour le bas, avec une bonne taille de plus pour ce dernier.

Dora haussa les épaules et reporta son attention sur le miroir. Jamais elle n'avait été pareillement à son avantage. Le directeur était un maître en matière d'illusion. Un véritable trompe-l'œil ! Dora jeta alors un œil sur l'étiquette du prix qui pendait à sa manche et ouvrit grand la bouche en émettant une sorte de hoquet.

Mille deux cents dollars.

Elle battit des paupières. Mille deux cents dollars, se répéta-t-elle. Pour une robe qu'elle ne mettrait qu'au bureau ! Elle eut un regard pour sa robe de mariée toute froissée qu'elle avait achetée en solde, et considéra de nouveau le tas de vêtements qu'elle avait négligemment jetés sur le lit. Un peu écœurée, elle se demanda combien pouvait avoir coûté le tout. Elle préférait l'ignorer, suspendit les vêtements dans une armoire et alla se laver le visage. Puis elle se changea, passa une robe de nuit de coton uni qui, elle aussi, devait coûter plus cher que sa robe de mariée, et regagna son lit.

Une fois allongée confortablement, elle repensa à sa journée. Ce qui la ramena malheureusement à Gérald. Cet homme était vraiment un fourbe, se dit-elle. Un croisement entre la fouine et le serpent. Mieux valait être seule que vivre avec un menteur.

Elle avait beau en être convaincue, ces mots lui déchiraient le cœur. C'était déjà difficile à accepter en soi, mais il avait fallu qu'elle reçoive cette vérité en pleine figure. Elle roula sur le côté et replia ses genoux contre sa poitrine. Etait-ce sa faute ? Comment aurait-elle pu se douter d'une chose pareille ? plaida-t-elle en sa faveur. C'était la première fois qu'un homme l'aimait…

Gérald ne l'avait jamais aimée, rectifia-t-elle en sentant les larmes lui venir aux yeux. Il avait joué la comédie. Il…

Un rire étouffé de femme lui parvint à travers la porte. Dora se redressa, puis comprit en laissant retomber sa tête que son beau prince recevait de la compagnie. Quel genre de femme partageait la couche du prince Khalil Khan d'El Bahar ? se demanda-t-elle. Une créature de rêve, sans doute, mais avec de l'esprit. Dora se rappela en souriant comment Miss Bambi avait failli rendre fou Khalil. Khalil…, pensa-t-elle. Qui était cet inconnu qui, pour un temps, l'avait détournée de son triste destin ? Quel genre d'homme était-il ? Etait-il aussi menteur que

Gérald ? Etait-il comme tous les autres ou était-ce un homme d'honneur en qui l'on pouvait avoir confiance ?

Dora se sentit en terrain glissant. Il valait mieux pour son travail cesser de fantasmer autour de Khalil, se reprit-elle. Ses pensées retournèrent alors aux problèmes qu'elle aurait à résoudre à son retour à Los Angeles. Au moins, elle pourrait annuler le mariage à distance. Ce serait humiliant, mais moins dur que de le faire en personne, se consola-t-elle.

Elle lutta de nouveau contre les larmes qui lui montaient aux yeux. Etre en pleurs à cause de Gérald ! s'emporta-t-elle. Lui qui ne méritait pas une seule de ses larmes ! Tout au plus pouvait-elle pleurer de déception ou sur son triste sort, se dit-elle en remontant sa couverture jusqu'aux yeux.

— Oui, je comprends, monsieur Boulier, disait Dora. La carte des vins de votre restaurant est on ne peut plus impressionnante, mais le prince préfère choisir parmi ceux de sa cave personnelle. Ils sont arrivés d'El Bahar par bateau. Le prince serait heureux de payer le droit de bouchon pour que vous les serviez à table. Ceci dit, si cela représente une offense pour vous et votre personnel, nous chercherons un autre endroit pour organiser notre dîner.

Dora entendit bredouiller à l'autre bout du fil, mais toute son attention se concentra sur le fax arrivant sur l'autre ligne. Elle repéra l'information qu'elle attendait : « extension de la carte mémoire ».

— Je vous demande pardon, monsieur Boulier. Vous disiez ?

— Le choix du prince est tout à fait naturel et nous serons honorés d'accéder à sa demande.

Dora eut un petit sourire et continua d'une voix égale, tout en savourant sa victoire.

— Soyez assuré que je ne manquerai pas de lui faire part de votre coopération. Finalement, nous serons trente-cinq au total.

— Mais… vous avez réservé tout le restaurant et notre établissement peut recevoir deux fois plus de clients. Le prix que je vous ai indiqué était pour soixante-quinze couverts.

— Je comprends. Mais le prince tient énormément à son intimité. Aussi serez-vous payé pour soixante-quinze couverts au lieu de trente-cinq. Cela vous pose-t-il problème ?

Elle put l'entendre tapoter fébrilement sur sa calculette. Il faisait une affaire en or.

— Pas le moins du monde, répondit-il avec empressement. Nous serons prêts.

— Merci infiniment pour votre sollicitude. A demain soir, donc.

Elle raccrocha et reprit aussitôt le combiné du téléphone qui s'était remis à sonner. Une voix d'homme déclina son identité. Dora vérifia son nom sur une longue liste, consulta le calendrier sur l'écran de son ordinateur, fixa une date de rendez-vous et raccrocha de nouveau. Elle se dépêcha de mettre la ligne sur répondeur et quitta son bureau. En passant, elle saisit le fax qui attendait, trois chemises et un bloc-notes.

Le bureau de Khalil était dans la pièce voisine. Il laissait sa porte ouverte et lui avait dit de ne pas hésiter à l'interrompre si elle avait une information ou des questions. Durant les cinq dernières années, elle avait adopté une discipline personnelle de travail : s'en tenir à une mise au point le matin et une deuxième dans l'après-midi.

Elle s'engagea sur le moelleux tapis d'Orient et prit un siège face au bureau de Khalil. Celui-ci hocha simplement la tête.

— J'en ai pour une seconde, dit-il.

— Je vous en prie.

Elle laissa son regard se perdre à travers la fenêtre ouverte, orientée vers le sud. C'était un matin froid et ensoleillé de janvier et la lumière sur la ville hérissée de gratte-ciel était magnifique. Dora n'avait jamais été une fervente de New York, mais ces derniers jours l'avaient fait changer d'avis. Il y avait tant de choses à y faire. Elle se disait qu'après ces deux semaines, elle prolongerait peut-être son séjour de quelques jours. Dans un hôtel un peu moins luxueux, naturellement, pensa-t-elle en souriant.

Khalil continuait de taper sur son clavier en fixant farouchement l'écran. Comme toujours, il portait un costume élégant qui faisait ressortir la force et la grâce quasi animale de son corps. Troublée, elle s'obligea à lever les yeux, lesquels se posèrent sur ses cheveux de jais que Khalil portait plaqués en arrière de façon impeccable.

Il avait un profil autoritaire aux contours acérés. Lorsqu'il se tourna enfin vers elle, une expression d'intransigeance presque dure se dégagea de ses lèvres, de ses sourcils et de la fine cicatrice sur sa joue gauche.

S'il arrivait à Dora d'oublier qu'elle était au service d'un prince, la plupart du temps, tout le lui rappelait. Khalil gardait toujours ses distances. Il n'encourageait pas la familiarité et répondait rarement à son humour. Mais son intelligence d'une extrême subtilité le gardait de toute suffisance. Il émanait de sa personne un charme indéfinissable qui faisait battre chaque fois le cœur de Dora.

Sur plus d'un point, il était la personne la plus complexe qu'elle eût jamais rencontrée.

— Comment s'est déroulée votre matinée ? demanda-t-il poliment en lui accordant toute son attention.

Dora le connaissait déjà suffisamment pour savoir qu'il s'agissait vraiment d'une marque de courtoisie plus que d'une demande d'information.

— Les choses avancent, dit-elle en lui tendant le fax. Voici la mise à jour du microprocesseur du nouvel ordinateur. Elle patienta tandis qu'il examinait le document de ses grands yeux bruns tirant sur le noir. Parfois, elle se persuadait que ces yeux-là pouvaient sonder son âme, mais c'était prendre ses désirs pour des réalités, reconnut-elle. L'homme remarquait à peine qu'elle était vivante. Elle n'était pour lui qu'un élément efficace dans l'équipement de son bureau : un robot déguisé en femme.

Elle passa sa main sur la laine souple et soyeuse de sa jupe et sourit au contact de sa texture. Comme lors de sa première nuit, sa nouvelle garde-robe continuait à l'enchanter. Elle portait aujourd'hui une jupe droite brun foncé et un cardigan fauve coupé ample. Jamais elle n'aurait eu l'idée d'associer deux coupes aussi différentes. La jupe sombre l'allongeait tandis que la veste carrée masquait ses hanches. Vendredi dernier, elle était allée faire du shopping très tôt le matin et s'était offert une paire de bottes cavalières pour compléter l'ensemble. Pour la première fois de sa vie, Dora se sentait vaguement attirante.

Khalil reposa le fax.

— Quoi d'autre ? demanda-t-il.

Elle l'informa d'un rendez-vous pris pour le lendemain avec les scientifiques travaillant sur la récupération des eaux.

Khalil retourna à son clavier et en prit note. Dora s'acquittait de ses tâches de façon tout à fait remarquable.

— Parfait, lui dit-il. En tant que nation du désert, nous sommes particulièrement concernés par les problèmes d'irrigation et du manque d'eau pour notre population croissante. J'ai personnellement la conviction que nous arriverons un jour à faire reculer le désert, même si, j'en suis sûr, « elle » sera difficile à apprivoiser.

— « Elle ? » Voulez-vous dire que le désert est pour vous féminin ?

— Absolument. Tout ce qui est imprévisible est féminin. Les bateaux, les avions, la Mère Nature.

Dora se demanda si Khalil n'avait pas un problème avec les femmes. Apparemment, il n'avait pas reçu d'autre visite après la première nuit de leur arrivée. Le prince avait-il quelqu'un dans sa vie ? Pour autant qu'elle sache, il était marié.

Elle eut conscience d'entrer en eaux troubles et chassa ces pensées.

— Tout est arrangé pour le dîner de demain, dit-elle. Le vin sera livré dans la matinée.

— N'ont-ils pas contesté le fait que nous apportions le nôtre ?

— M. Boulier a un peu rechigné, dit-elle en souriant, mais n'y a plus vu aucun inconvénient par la suite.

— Je suis sûr que vous y êtes pour quelque chose, dit Khalil en lui passant trois enveloppes épaisses. Encore des invitations pour des organismes de charité. Je n'ai de temps que pour un seul. Lequel me conseillez-vous ?

Elle passa en revue les invitations luxueuses et haussa les épaules.

— C'est à vous de voir, dit-elle. Personnellement, je pencherai pour celui qui a fondé l'Unité Pédiatrique de recherche sur le SIDA, mais c'est vrai que c'est moins excitant qu'un défilé de mode au profit des sans-abris.

Elle le regarda du coin de l'œil, mais Khalil resta de marbre. Elle ne s'était pas attendue à un festival de tac au tac, mais avait-il seulement le sens de l'humour ? A part cela, elle n'avait pas à se plaindre, reconnut-elle. En cinq jours, elle était devenue sa principale collaboratrice aux Etats-Unis. Son travail ne se limitait pas à remettre des dossiers ou à apporter du café. Elle avait dîné la veille avec Khalil et deux sénateurs désirant s'entretenir sur les progrès d'El Bahar dans le domaine des cultures résistant à la sécheresse. Bien que sa fonction officielle ait été de prendre des notes et de garder à l'esprit l'information que Khalil souhaitait donner aux sénateurs, une fois l'entretien terminé, ce dernier était resté quelques minutes avec elle pour avoir son opinion sur la réunion.

On frappa discrètement à la porte restée ouverte. Dora se retourna et vit le garçon de service qui attendait avec une table roulante. Elle et Khalil partageait fréquemment leur déjeuner en travaillant.

— Dans la salle à manger, s'il vous plaît, dit-elle.

Elle ramassa les dossiers qu'elle avait apportés avec elle. Khalil en prit lui-même quelques-uns ainsi qu'un tampon officiel. Puis ils longèrent le corridor jusqu'à la salle à manger où le déjeuner était servi.

— Acceptez l'invitation de l'Unité Pédiatrique, dit-il. Refusez les autres.

— Entendu, répondit-elle, un peu surprise qu'il fasse ce qu'elle avait suggéré.

Ce n'était pas la première fois que Khalil la surprenait, d'ailleurs. Elle se souvint du premier jour où il l'avait invitée à déjeuner en tête à tête. Dora s'était sentie nerveuse, ne sachant trop quoi en penser. Elle n'avait pas tardé à comprendre que Khalil détestait tout simplement perdre son temps : puisqu'ils devaient manger, pourquoi ne pas le faire en travaillant ?

Elle tira la chaise et s'assit. Khalil en fit de même et ouvrit un premier dossier.

— Tout d'abord, la réception à l'ambassade, commença-t-il.

Deux heures plus tard, elle se retrouvait avec une pile de dossiers et du travail jusque tard dans la soirée. Elle ne s'en plaignait pas, du reste. Au moins, pendant ce temps, elle ne ruminerait pas ses propres problèmes, se dit-elle, même si elle ne pouvait éternellement y échapper. Quand il fut clair que leur réunion était terminée, elle toussota discrètement.

— Khalil, j'aurais besoin de prendre un petit moment dans l'après-midi, avança-t-elle timidement. Je pense qu'une heure suffira. J'ai quelques coups de fil à passer à Los Angeles. Comme je n'ai pas de carte téléphonique, je me demandais si vous pourriez déduire mes appels de…

Il l'arrêta d'un geste. Tant pis, se dit-elle. Elle aurait au moins essayé.

— Téléphoner n'est pas une solution, enchaîna-t-il. Rencontrez-vous des difficultés pour récupérer le contenu de votre portefeuille ?

— Pas vraiment. J'ai déjà reçu deux cartes de crédit et un ancien collègue m'a envoyé mon passeport par express. J'ai donc une pièce d'identité pour rentrer en avion en temps voulu. Il s'agit en fait de certains détails de ma vie privée que je dois régler.

Khalil se rendit compte qu'il ne s'était jamais posé la question de savoir si sa nouvelle assistante avait ou non une vie privée. Elle excellait tellement dans son travail qu'il la considérait à peine comme une personne. Il fronça les sourcils en se remémorant les circonstances de leur rencontre : son apparition à l'aérodrome de Salina, sa robe de mariée qu'elle n'avait pu boutonner, l'absence de bagages.

— Je suppose que cela a un rapport avec le fait que vous étiez seule à l'aérodrome de Salina.

Dora rougit légèrement. Elle croisa les bras et tritura nerveusement un coin de sa manche.

— C'est le cas, en effet, finit-elle par avouer.

Il était sur le point de lui dire qu'elle avait le droit de ne pas en parler, quand son désir d'en savoir plus l'emporta.

— Que s'est-il passé ? Avez-vous des ennuis ?

Dora lui apparut comme une biche effrayée. Ses yeux bruns lui rappelaient les femmes d'El Bahar, mais la ressemblance s'arrêtait là. Dora avait le teint clair et le visage plus arrondi, qualité indéniable, reconnut-il, propre aux femmes américaines.

— On peut le voir de cette façon, commença-t-elle prudemment.

Puis elle poussa un soupir et se lança.

— Pour résumer l'histoire, j'étais partie pour Boston avec mon patron, Gérald, qui était aussi mon fiancé. La robe de mariée avait été livrée le matin même et je voulais l'essayer pendant le vol. Il y a parfois quelques retouches à faire, ajouta-t-elle en se mordant les lèvres. Toujours est-il que je suis allée à l'arrière de l'appareil pour l'essayer. Lorsque je suis revenue, Gérald avait la main sous la jupe de Glenda et leur attitude à tous les deux ne prêtait à aucune équivoque.

Elle avait débité son histoire d'un ton neutre, mais Khalil pouvait lire sa souffrance dans ses yeux bruns.

— Au moins, je l'ai découvert avant notre mariage, conclut-elle.

Khalil ne sut par quel bout reprendre leur conversation. Il y avait l'outrage que son fiancé lui avait fait subir, le fait qu'elle était fiancée à son patron, l'identité de la mystérieuse Glenda ou encore les termes que Dora avait choisis pour parler de leur attitude. Il commença par le plus simple.

— Qui est Glenda ?

— Une des secrétaires de l'endroit où je travaillais. Glenda est une femme mariée, tout ce qu'il y a de plus respectable. Ce qui rend la chose encore plus sordide. Comme je la hais !

La commissure des lèvres de Dora, qui esquissait d'habitude un sourire, s'étira en ligne droite. Khalil se sentit touché par une vague de compassion. Dora avait tant de qualités, pensa-t-il. Elle était intelligente et travailleuse. Il appréciait — chose qu'elle était loin de deviner ! — son sens de l'humour. Elle était naturellement plus agressive et témoignait moins de déférence que les femmes de son pays, mais c'était uniquement parce qu'elle était américaine. Quoi qu'il en soit, elle était une excellente assistante, et il était contrarié que son ancien patron l'ait traitée de la sorte.

— Evidemment, nous avons eu une grande dispute, continua-t-elle en se tordant les mains sous la table. J'étais hors de moi, blessée et humiliée. Glenda s'est contentée de s'asseoir nonchalamment, souriant de son sourire béat de blonde. Ah ! Elle me dégoûte !

Dora haussa les épaules.

— Quand l'avion a atterri à Salina, je ne voulais qu'une chose : ne plus les voir. Je me suis échappée de l'avion en disant que je ne reviendrai pas. J'ai agi sans réfléchir.

— Cela ne vous ressemble pas, murmura Khalil.

— N'est-ce pas ? A ce moment-là, Gérald m'a demandé de le rejoindre et, comme je refusais, il a donné l'ordre au pilote de décoller. Je me suis retrouvée larguée, sans bagages, sans sac à main, sans argent, sans rien. Je ne l'aurais jamais cru capable de m'abandonner ainsi. C'est vrai que je n'avais rien vu pour Glenda non plus…

Sa voix sombra dans un soupir de résignation.

— Je crois que je n'ai jamais su qui il était vraiment.

L'opinion de Khalil sur Gérald était faite et il se souvint des temps anciens à El Bahar où la loi autorisait le prince à fouetter quiconque avait commis une offense.

— Maintenant, j'ai un mariage à annuler, reprit Dora. Trois cents invitations étaient parties la veille. J'avais tout fait dans les temps !

— Au moins, vous l'avez su à temps, également.

— C'est vrai.

Elle lui adressa un bref sourire comme pour lui faire croire qu'elle s'était remise depuis longtemps de la trahison de Gérald.

— Avez-vous parlé avec lui depuis ?

— Avec Gérald ? Non, et il n'est pas question que j'entre en contact avec lui. Tout ce qu'il ferait serait de me crier dessus. Je me demande comment il a pu expliquer ma disparition.

Elle avala sa salive.

— Je suis heureuse que ce soit terminé entre nous, reprit-elle d'une voix ferme. Je n'aurais jamais pu vivre avec un pareil menteur. En fait, tout est pour le mieux.

Elle disait vrai, pensa Khalil, mais en était-elle

complètement persuadée ? Il savait que cela viendrait avec le temps et qu'elle reconstruirait sa vie peu à peu. En attendant, le meilleur service à lui rendre était de la tenir occupée au maximum. Cela, au moins, c'était une chose dont il pouvait se charger à la perfection.

- 3 -

Dora compta les coups qu'égrenait l'horloge à balancier dans le coin du grand salon. Elle n'en revint pas : il était déjà minuit ! Cela faisait bien trois heures qu'elle discutait avec Khalil et elle n'avait pas vu le temps passer. La raison aurait exigé qu'elle aille se coucher. Mais le voulait-elle vraiment ? Car non seulement elle désirait entendre la fin de l'histoire, mais encore et surtout, elle se plaisait en sa compagnie et allait jusqu'à s'imaginer qu'il était peut-être un peu plus que son employeur.

— Ma grand-mère s'emporta devant la désobéissance de Malik, racontait-il. Elle fit saisir son pur-sang et le vendit. Malik eut à peine le temps de comprendre ce qui se passait que le pauvre animal était déjà castré. Fou de rage, il alla voir son père et exigea de faire fouetter Fatima pour son insolence.

— Erreur de jugement, commenta Dora en imaginant la colère d'un gamin de douze ans dont le rêve d'avoir un ranch venait d'être sabré par sa grand-mère et un vendeur zélé.

— Parfaitement, approuva-t-il. En fait, Malik fut sévèrement puni. Durant trois semaines, il n'eut le droit de quitter sa chambre que pour ses leçons particulières et encore dut-il s'excuser d'abord d'avoir permis à son étalon « d'importuner » la jument de sa grand-mère.

Khalil posa son verre de brandy sur la table basse et se renversa sur le dossier du grand sofa.

— Je me souviens qu'il m'avait dit, pendant qu'il purgeait sa peine, qu'une fois sacré roi, il promulguerait une loi qui mettrait les grand-mères sous l'autorité de leurs petits-fils, particulièrement lorsqu'ils étaient princes. Quand Fatima en eut vent, elle ne sembla pas du tout intimidée. Elle rappela à Malik qu'il était bien jeune pour prétendre à la couronne et que, s'il se conduisait ainsi, il ne monterait probablement jamais sur le trône.

Dora se mit à rire.

— Laissez-moi deviner. Je parie que Malik et sa grand-mère sont à présent inséparables.

— Bien entendu. Et nous l'adorons tous. Notre mère étant morte quand nous étions petits, c'est notre grand-mère qui nous a élevés. C'est une femme extraordinaire.

Ses grands yeux noirs prirent une expression lointaine. Dora sentit qu'il n'était plus ici, dans cet hôtel new-yorkais, mais à des milliers de kilomètres, dans ce pays de mystères et de légendes. El Bahar. A quoi pouvait ressembler ce pays ? se demanda-t-elle. Etait-il aussi fabuleux qu'elle l'imaginait ?

— Malik deviendra-t-il roi ? reprit-elle.

— A la mort de notre père. Malik fera un bon dirigeant malgré son air un peu dominateur.

— Ce doit être de famille, murmura-t-elle en prenant une petite gorgée de brandy.

Khalil la regarda dans les yeux et haussa les sourcils.

— J'espère que ce n'est pas de moi que vous parlez.

— Non, bien sûr, bredouilla-t-elle en s'efforçant de garder le sourire.

— J'attribue cela au fait que vous êtes occidentale, la prévint-il gravement. Vous avez trop pris l'habitude de n'en faire qu'à votre tête en toute circonstance. Si vous aviez reçu une bonne éducation, vous n'auriez pas dit de mal de moi.

— Une bonne éducation ?

Elle éclata de rire.

— Je ne m'attarderai pas là-dessus, mais je tiens à vous dire que je ne pense aucun mal de vous. Au contraire, j'ai été ravie de travailler avec vous et le temps a passé vite.

Dora n'arrivait pas à croire qu'il ne restait plus que deux jours avant le retour de Khalil à El Bahar.

— Je regretterai votre départ.

Elle avait parlé sans réfléchir et se demanda si elle n'était pas allée trop loin. Ces derniers jours, elle avait appris à mieux connaître son patron. Malgré ses airs de despote, c'était un homme juste, probe, équitable. S'il oubliait parfois qu'elle n'était ni un ordinateur ni un robot, il n'avait jamais été blessant comme pouvait l'être Gérald. Elle n'avait subi aucune remarque sur son habillement, aucun sarcasme, et jamais il ne l'avait traitée de haut. Il lui demandait son avis et faisait vraiment attention à ses réponses. Si le sujet abordé présentait un aspect typiquement américain, il s'en remettait presque toujours à ses conseils. Et en plus, il était prince, riche et d'une beauté à faire perdre la tête à toute la gent féminine ! Elle avait beau essayer de faire l'impasse sur ce dernier point, elle s'était retrouvée plus d'une fois le regard perdu dans ses yeux ou occupée à détailler la coupe parfaite de son costume.

— Vous avez été particulièrement performante, remarqua-t-il. J'ai la réputation d'être très exigeant envers mes employés, pourtant vous ne vous en êtes plainte à aucun moment, ce que j'apprécie autant que votre grande capacité de travail.

Dora rougit un peu devant ce compliment.

— Vous êtes surtout soulagé d'être débarrassé de Bambi, lança-t-elle d'un ton taquin.

— Je crois que j'aurais fini par l'étrangler, répliqua-t-il sans se dérider. Cela aurait créé un incident diplomatique.

Il se tourna sur le sofa pour lui faire face. Quelques abat-jour filtraient une chaude lumière, laissant dans l'ombre les angles de la pièce. Malgré l'heure tardive et le fait qu'ils étaient seuls, Dora ne ressentait aucune méfiance quant aux intentions de Khalil. Non parce que ce beau prince richissime la considérait comme un élément de son équipement informatique, mais parce qu'elle savait tout au fond de son cœur qu'il était totalement différent de Gérald. Il n'était pas du genre à lui sauter dessus pour satisfaire ses pulsions. Certes, elle avait lu des récits sur le tempérament passionné des hommes du désert et rien qu'en regardant Khalil, elle n'avait pas de mal à imaginer que son sang était bien plus chaud que celui de la plupart des Occidentaux. Mais elle avait confiance en lui. Jamais le prince ne se serait comporté de façon bestiale... comme Gérald.

— Que ferez-vous après mon départ ? demanda-t-il. J'espère que vous n'allez pas rejoindre Gérald.

— Ça, jamais, promit-elle d'une voix étranglée par une brusque déception.

Quelle folie d'avoir espéré, à deux jours de son départ, que Khalil lui demanderait de l'accompagner ! pensa-t-elle. Elle aurait tant aimé rencontrer son père, ses frères et sa grand-mère Fatima. Elle rêvait de découvrir El Bahar, le palais, les contrées arides et sauvages appartenant encore à un autre temps, telles qu'elle les avait vues sur une toile que Khalil avait peinte. Tout son être aspirait à une autre vie. Mais elle n'était rien de plus qu'une secrétaire. Les femmes comme elle ne changeaient pas de vie, songea-t-elle avec résignation.

Khalil se pencha vers la table et saisit son verre.

— Je connais la haute société américaine, dit-il. J'y réfléchirai demain. Vous méritez une meilleure situation, Dora, et si je puis faire quelque chose pour vous, j'en serai heureux.

— Merci.

Ses paroles lui faisaient l'effet d'un véritable baume. Il allait prendre le temps de l'aider ! Combien d'hommes en feraient autant au bout de trois semaines ? Elle se posait la question. Mais elle se ressaisit, consciente du danger qu'elle courait à considérer Khalil comme une sorte de dieu. Avant tout, c'était un homme. Et elle, une femme, sur le point de se brûler les ailes en plus ! Elle décida que la seule chose à faire était de s'écarter de toute tentation.

— Bonne nuit, Khalil, dit-elle en se levant. A demain matin, vers quelle heure ?

— Vers 8 heures. Bonne nuit, Dora.

Elle sourit et quitta la pièce. Une partie d'elle-même voulait croire que la voix chaleureuse et vibrante de l'homme s'était attardée avec douceur sur son nom, mais elle se souvint que cette même partie avait cru que Gérald était un homme de parole.

Elle regagna sa chambre et, n'ayant pas sommeil, décida de revoir où en était l'annulation du mariage. C'était tout à fait ce qu'il lui fallait, se dit-elle, pour méditer sur les pièges de l'amour et bien se persuader que tomber amoureuse de son patron la conduirait droit à la catastrophe.

Dix minutes plus tard, Dora imprimait sa liste. Elle avait déjà soigneusement rédigé le petit mot d'annulation à envoyer aux trois cents invités. Tout avait été annulé, l'église, les fleurs, les musiciens, la salle, le traiteur, tout. Seule la robe lui restait sur les bras. Elle jeta un coup d'œil vers la penderie, mais rien ne dépassait, pas le moindre lacet blanc : elle l'avait fourrée tout en bas. Lorsqu'elle quitterait l'hôtel, elle se débarrasserait de cette robe dans la première boutique de fripes venue. Elle ne voulait plus jamais la voir.

Elle quitta son bureau et alla s'affaler sur le matelas. Avec le recul, tout devenait clair pour elle. La solitude et le manque d'affection l'avaient aveuglée au point de lui faire prendre pour un parfait et séduisant gentleman, un homme monstrueusement égoïste au physique banal.

Gérald avait été son patron durant une année avant que débute leur idylle. A cette époque, elle rêvait de lui tout éveillée. Sans doute parce qu'elle n'avait rien d'autre que son travail dans la vie et un appartement aussi coquet que désespérément vide. Elle n'avait pas de distractions, peu d'amis, aucune vie sociale. Elle n'était pas le genre de femmes qui plaît aux hommes. Premièrement, elle était intelligente et beaucoup d'hommes n'apprécient pas qu'une femme soit plus brillante qu'eux. Ensuite, son visage était quelconque et son corps tout ce qu'on voudra sauf parfait. A cela s'ajoutait son caractère peu communicatif. A la trentaine, elle s'était retrouvée célibataire, sans espoir d'échapper à son destin de vieille fille.

Un soir, Gérald et elle avaient travaillé jusqu'à une heure tardive. Elle n'ignorait pas que son patron était un coureur de jupons et qu'on le voyait tous les deux mois avec une nouvelle conquête. Ce soir-là, ils s'étaient retrouvés dans la petite salle de la photocopieuse. Ils avaient commandé un repas chez un traiteur chinois et Gérald avait déniché quelque part une bouteille de vin. Grisée dès le premier verre, elle avait eu le fou rire et s'était amusée à croire qu'elle ne vivait pas un rêve, quand soudain tout était devenu très réel : Gérald l'avait prise dans ses bras et Dora s'était étonnée de répondre à ses baisers. Elle avait eu du mal à y croire. Elle aimait Gérald et il avait fini par lui avouer que lui aussi tenait à elle.

Maintenant, elle se rendait compte qu'au fond, elle non plus n'avait jamais été sincère, mais qu'elle s'était forcée à y croire, heureuse d'être enfin, à trente ans, dans les bras d'un homme.

Ils n'avaient pu aller plus loin. Le président de l'entreprise, avait soudain fait irruption dans la petite pièce et il avait été scandalisé. Le règlement de l'entreprise interdisait toute aventure entre les employés et des secrétaires avaient été renvoyées pour avoir flirté avec des collègues. Gérald avait alors raconté au président qu'ils étaient sur le point de se marier.

Dès lors, Dora avait vécu sur un petit nuage... jusqu'à la scène de l'avion. Gérald lui avait assuré que sa passion et son amour étaient réels ; elle l'avait laissé dire parce qu'elle voulait y croire. Ils s'étaient mis d'accord pour se marier en grande pompe moins de deux mois plus tard. Pour la première fois de sa vie, elle allait compter pour quelqu'un. Malgré tout, ses doutes persistaient. Jamais Gérald ne lui avait vraiment dit qu'il l'aimait. Ils n'avaient jamais fait l'amour, non plus. En fait, c'est à peine s'il l'avait touchée.

Ce qui s'était passé dans l'avion l'avait anéantie mais pas surprise. Elle avait simplement vu la réalité dans toute sa laideur impitoyable. Il s'était servi de sa faiblesse pour garder son emploi, rien de plus. Il ne s'était jamais soucié d'elle et ne l'avait jamais aimée. Quelle chance finalement de lui avoir échappé ! se dit-elle. Sauf qu'à présent, elle allait finir vieille fille.

Dora s'allongea sur le matelas et jura de ne pas pleurer. Beaucoup de femmes vivaient seules et heureuses. Peut-être n'aurait-elle jamais un mari et des enfants, mais elle était capable de réaliser ses ambitions. Son erreur avait été de vivre dans l'attente d'un époux. Cela devait changer, décida-t-elle. Elle apprendrait les joies du célibat. Elle était intelligente et ne craignait pas de travailler dur. Après tout, c'était sa vie, et c'était à elle d'en tirer le meilleur.

Sur ces bonnes résolutions, Dora se releva, chercha son bloc-notes et se mit à dresser une liste. Quand elle aurait trouvé un emploi, elle s'inscrirait à des cours de cuisine, de peinture, d'italien, de jardinage et finirait bien par trouver une activité qui la passionnerait. Elle recourrait à une agence de voyage pour femmes célibataires, non pour trouver un mari, mais pour se lier d'amitié avec d'autres femmes. Elle dressa une liste des endroits qu'elle aimerait découvrir, des livres qu'elle avait toujours eu envie de lire. Fermant les yeux un instant, elle se promit solennellement d'apprendre à être heureuse par elle-même. Oui, elle venait d'essuyer un coup dur, mais une seconde chance s'offrait à elle et elle était bien décidée à la saisir. Si elle avait des défauts, elle n'était pas une perdante. Baisser les bras, c'était laisser gagner Gérald. Elle était prête à tout pour remporter la victoire.

Un quart d'heure après le départ de Dora, Khalil tentait vainement de se concentrer sur un compte rendu technique concernant la réfection du revêtement des routes. Malgré l'heure tardive, il distinguait la faible rumeur de la circulation. Cela faisait presque trois semaines qu'il était ici et il lui tardait de rentrer. El Bahar lui manquait, avec ses villes bruyantes, son travail au palais et sa famille. S'il aimait voyager de temps à autre, il ressentait très vite le besoin de rentrer. Il s'était replongé dans sa lecture quand il entendit frapper doucement à la porte. Posant le rapport, Khalil consulta sa montre et fronça les sourcils. Il était minuit passé et il n'attendait aucune visite. A moins que Dora n'ait commandé quelque chose ? se dit-il.

Il alla ouvrir, s'attendant à voir un domestique en livrée, un plateau à la main, mais il se retrouva an face d'une jolie brune au visage d'ange qui le regardait droit dans les yeux.

— Salut, Khalil, ronronna-t-elle d'une voix d'alto.

Elle entra dans le living avec la grâce d'un félin. Sa robe d'un bleu profond parsemée de paillettes soulignait les courbes parfaites de son corps de sirène. Son maquillage mettait en valeur ses traits charmants et ses lèvres boudeuses. Khalil sentit les effluves sensuels de son parfum. Dans le clair-obscur du salon, les diamants qu'elle portait aux oreilles, au cou et aux poignets scintillaient de tous leurs feux. Ses mains étaient fines, ses ongles longs et soignés. Il admit que, physiquement, c'était en tout cas la plus belle créature à qui la nature avait donné le jour.

Elle s'approcha tout près de lui.

Khalil recula d'un pas de façon à ce qu'elle ne le touche pas. S'apercevant de son geste involontaire, elle sourit.

— Devons-nous recommencer notre petit jeu ? lui demanda-t-elle en traversant la pièce et en jetant son étole de vison sur le dossier d'une chaise.

— Serais-je cette fois-ci la chasseresse et toi la proie terrorisée ? continua-t-elle en se rapprochant encore de lui, le bloquant habilement contre un pilier. J'adore ce jeu-là.

Khalil vit dans ses yeux en amandes qu'elle le désirait. Elle prit appui sur son torse.

— Embrasse-moi, Khalil. Embrasse-moi et fais-moi l'amour.

Ravalant son dégoût, il la repoussa et marcha jusqu'à la fenêtre.

— Va-t'en, lâcha-t-il d'une voix d'outre-tombe en faisant un effort surhumain pour maîtriser son envie de la jeter par la fenêtre.

Elle alla refermer la porte de la suite et eut un petit rire de gorge.

— Tu oublies, mon chéri, que c'est moi qui suis très en colère contre toi. Voilà deux semaines que tu es à New York et tu ne m'as pas appelée une seule fois. Je suis vraiment très contrariée, dit-elle en avançant les lèvres en une moue aguicheuse qui fit sortir Khalil de ses gonds.

— Nous n'avons rien à nous dire, Ambre. Je ne t'ai pas appelée parce que je n'ai pas de temps à perdre avec toi.

Elle l'arrêta d'un geste de la main gauche. Le gros diamant qu'elle portait brillait comme un bijou de pacotille. Mais il savait bien que, malgré sa taille exceptionnelle, son solitaire était un vrai diamant. Il était bien placé pour le savoir : c'est lui qui le lui avait offert.

— Il va falloir réviser ton opinion à mon égard, mon cœur, lui dit-elle. Après tout, nous sommes fiancés.

Khalil lui tourna le dos et regarda par la fenêtre. Il ne pouvait pas faire abstraction de ce qu'elle venait de dire.

— Je ne veux pas me marier avec toi, dit-il d'un ton rogue. Je ne t'ai jamais aimée.

— Mais tu es un prince et un prince se marie par devoir et non pour des raisons sentimentales. Je suis ton devoir, Khalil. Je suis ta destinée.

Il fit volte-face, prêt à exploser de rage, de colère et aussi d'impuissance. Ambre s'abandonna langoureusement sur le sofa. Son petit sourire espiègle découvrait la blancheur de ses dents. Mais Khalil savait que sous ses traits adorables se cachaient le cœur et l'âme d'une vipère.

Il voyait clair dans son jeu : fille soumise à El Bahar et dévergondée dès qu'elle quittait son pays, Ambre ne vivait que pour le plaisir. Elle avait eu sa première liaison à treize ans. Depuis, ses conquêtes s'étaient multipliées. Khalil avait entendu dire qu'on la surnommait la belle putain et il n'était pas sûr de désapprouver cette rumeur.

Ambre se leva du sofa et s'approcha de lui.

— Je t'aurai, murmura-t-elle. Tu m'épouseras, tu me prendras dans ton lit. Je serai ta femme.

— Jamais.

— Tu briserais nos fiançailles ? persifla-t-elle. Je ne le crois pas. Il faudrait une raison. Que diras-tu ?

— La vérité.

— Ça alors…, s'esclaffa-t-elle. Tu irais voir mon père, le Premier ministre d'El Bahar ? Tu lui apporterais la preuve de ma vie dissolue ? Tu bafouerais sa réputation en lui disant que sa fille chérie, le joyau de sa vie, est une grande séductrice ?

Ses yeux bruns pétillaient d'insolence.

— Le pauvre ! continua-t-elle. Ce grand homme d'Etat, véritable guide et avocat du peuple, anéanti à cause d'une enfant rebelle.

Khalil grinça des dents. Il n'y avait aucune parade à ce que venait de dire Ambre. Elle avait raison : s'il racontait au père la vérité sur sa fille, sa vie serait brisée. Une ancienne coutume d'El Bahar voulait que le père soit responsable des fautes de ses enfants. Aleser devrait démissionner de ses fonctions et El Bahar perdrait un grand homme. En somme, c'était son silence contre l'avenir du pays.

— J'ai de l'argent, dit-il.

Elle l'éconduisit d'un geste.

— Moi aussi, j'ai de l'argent, Khalil. Ce qui me manque, c'est un titre. Je veux être princesse.

— Pourquoi pas reine ? demanda-t-il. J'aurais pensé que ce titre était plus à ton goût.

Elle le regarda pensivement.

— J'y ai déjà réfléchi, mais je ne pense pas que ce soit le bon choix. J'ai déjà couché avec ton frère, tu sais ?

Il devint blanc comme un linge — non de colère, car il n'en était plus à s'offusquer de ses coucheries, mais parce qu'il était choqué. Malik ?

— Cela s'est passé après la mort de sa femme, dit-elle en mettant ses mains sur sa taille de guêpe et en les laissant glisser sur ses hanches. Il était désespéré et s'était mis à boire. J'étais seule, à l'époque, et je pensais que nous pourrions nous faire du bien. Il m'a beaucoup impressionnée.

Elle lança un clin d'œil coquin à Khalil.

— J'espère que c'est un attribut de famille, fit-elle. Je suis curieuse de voir si nous serons aussi bien assortis.

Il en eut la nausée.

— Pourquoi attendre ? murmura-t-elle en s'approchant encore. Nous serons bientôt mariés. Et j'aurai des fils au moment voulu, Khalil. Tes fils. Alors, tu ne pourras plus rien me refuser.

Un frisson le parcourut et il se sentit glacé jusqu'à la moelle. Sa décision était prise : jamais il n'épouserait cette femme. D'une façon ou de l'autre, il trouverait le moyen de maintenir Aleser dans ses fonctions et de ne pas coucher avec cette sorcière.

— Va-t'en, fit-il. Je n'ai pas besoin d'une putain, ce soir.

L'expression enjouée de la jeune fille se durcit légèrement.

— Attention, Khalil, prévint-elle. Je suis une adversaire redoutable.

— Moi aussi, Ambre. Si tu t'imagines pouvoir dire ou faire ce qui te chante parce que tu me crois piégé, tu te trompes.

Il avança d'un pas.

— Quand bien même je devrais terrasser le démon lui-même, je ne t'épouserais pas.

— Peut-être, mais abandonneras-tu El Bahar ? répliqua-t-elle en récupérant son vison sur la chaise et en se dirigeant vers la porte. Vois-tu, Khalil, le démon n'est pas la question. Ton pire ennemi dans cette affaire, c'est toi-même. Tu es un prince dévoué. Tu adores ton peuple et ta patrie. Tu donnerais ta vie pour eux.

Elle éclata de rire.

— Pour eux, tu pourrais même m'épouser. Tu vois, je n'ai pas trop d'inquiétudes à avoir.

Elle lui adressa une petite moue moqueuse et prit la porte. Khalil l'entendit rire tandis qu'elle s'éloignait.

Il se mit à jurer à voix haute dans le silence du living. Explosant de rage, il arpenta la pièce et s'arrêta devant la fenêtre, serrant les poings d'impuissance et souhaitant être à des milliers de kilomètres.

Pour rien au monde il ne l'épouserait, se répétait-il.

Il jura sur l'honneur de sa lignée qu'il sortirait de cette impasse. Mais comment ? Le piège diabolique de cette fille était-il sans faille ?

Il arpenta de nouveau la pièce et se planta devant la fenêtre. Il se sentait comme un lion en cage. Et s'il parlait en privé à son père ? se demanda-t-il. Le roi le croirait-il sans preuve ? Khalil secoua la tête. S'il lui apportait une preuve, le roi se sentirait obligé d'aller trouver son vieil ami Aleser et de lui révéler la vérité sur sa fille. Il n'y avait pas d'issue.

Il faisait les cent pas depuis une heure quand la sonnerie du téléphone le fit sursauter. Il se dirigea vers le bureau et décrocha le combiné, mais Dora avait déjà pris l'appel de sa chambre.

— Allô ! dit-elle.

Khalil était sur le point de raccrocher quand une voix d'homme s'exclama à l'autre bout du fil :

— Dora, c'est Gérald. Mais, bon sang ! Où étais-tu passée ?

- 4 -

Khalil entendit la respiration haletante de Dora à l'autre bout du fil. Il faillit raccrocher, mais sa curiosité l'emporta sur sa discrétion. Gérald l'intriguait. Cet homme avait agi de façon absolument ignoble et inconsidérée. Si Dora n'était pas *une beauté* à proprement parler, en revanche, c'était une excellente secrétaire, pensa Khalil. Et il l'aimait bien.

— Comment m'as-tu retrouvée ? demanda-t-elle.

— Tu as laissé ton numéro en décommandant le traiteur, répondit Gérald. Bon sang ! Peux-tu me dire ce que tu es en train de fabriquer ? Annuler le mariage ! Comment as-tu osé le faire sans m'en parler ?

— Comment j'ai *osé* ? ironisa-t-elle. Je t'ai vu passer la main sous la jupe d'une femme mariée et tu me demandes comment j'ai *osé* ! Tu n'es qu'un mufle, Gérald. Sais-tu l'heure qu'il est ?

— 10 heures et des poussières, et après ?

— Il est plus d'1 heure du matin. Je suis à New York, vois-tu. Mais comme tu n'appelles jamais à la maison, j'imagine que tu n'auras même pas remarqué l'indicateur.

Elle soupira.

— De toute façon, cela n'a plus d'importance.

— Tu peux le dire, grommela-t-il. Je me fous pas mal que tu sois à New York ou au Zimbabwe ! Ce que je veux, c'est que tu rappliques avant la fin de la semaine. Tu m'entends ?

Khalil serra le poing autour du combiné. Malgré le silence qui s'ensuivit, il aurait juré *entendre* les sanglots de Dora.

— Non, parvint-elle à reprendre d'une voix tremblante. Nos fiançailles sont rompues. Je me demande comment j'ai pu être idiote à ce point. Tu n'es qu'un sale type, Gérald, un menteur, et moi, une imbécile pour l'avoir découvert si tard. Encore heureux que tu sois finalement sorti de ma vie.

— Je ne demanderais pas mieux, Dora, mais c'est impossible. Le patron veut absolument savoir où tu es passée. Autrement dit, nous sommes coincés.

— C'est là où tu te trompes, répliqua-t-elle en reniflant. J'en ai déjà fini avec toi.

— Ne sois pas stupide ! Qu'est-ce que je suis censé lui raconter ?

— Pourquoi pas la vérité ? Pourquoi ne pas lui dire que tu voulais m'épouser uniquement parce qu'il t'avait pris sur le fait ? Pourquoi ne pas lui dire qu'en plus d'avoir essayé de coucher avec moi, tu as couché avec Glenda et Dieu sait qui encore ?

— Je ne vais pas perdre ma situation à cause des caprices d'une vieille fille hystérique, rétorqua-t-il.

Khalil essaya d'imaginer à quoi ressemblerait Gérald après avoir tâté un bon moment de sa cravache.

— Tu as toujours su trouver les mots tendres, dit-elle d'un ton sarcastique. Va en enfer, Gérald ! Je n'ai plus rien à faire avec toi.

Khalil entendit un déclic et comprit que Dora venait de raccrocher. Il reposa lentement le combiné et resta immobile dans le silence du living-room. A travers la pénombre, lui parvenaient, presque palpables, les sanglots de Dora. Il remua, mal à l'aise. Jusqu'à présent, Khalil n'avait vu en elle qu'une secrétaire efficace, intelligente et pleine d'esprit. Il ne l'avait encore jamais considérée comme un être de chair ayant des sentiments, des rêves, des désirs et pouvant souffrir au plus profond de son âme.

— Cette nuit aura été décisive pour nous deux, murmura-t-il.

Il avait dû subir les menaces d'Ambre. Dora, les insultes de Gérald. Et tous deux se retrouvaient pris au piège. Un sourire sinistre étira ses lèvres. La solution serait peut-être de caser Ambre avec Gérald, se dit-il. Après tout, ils se valaient bien.

Khalil se dirigea vers le bar tout au fond du salon. Il avait besoin d'un remontant. Saisissant la bouteille de cognac, il allait s'en verser un verre quand il suspendit son geste. Une idée venait de germer dans son esprit. C'était ridicule et insensé de sa part, reconnut-il — mais cette idée ne cessait de s'imposer à lui comme une évidence. Il reposa la bouteille et se dirigea vers le corridor.

A mesure qu'il progressait dans la pénombre, les sanglots de Dora devenaient de plus en plus distincts. Gérald ne s'était pas contenté de la rejeter, pensa-t-il. Il l'avait blessée dans sa dignité de femme. Sans doute avait-il touché la corde sensible de toute vierge de trente ans : cette peur secrète de n'être pas assez belle, pas assez désirable ou Dieu sait quoi encore.

Il s'arrêta devant la porte de Dora. Etait-ce la solution ? se demanda-t-il. Il lui fallait trouver un moyen de rompre ses fiançailles et de maintenir la position du père d'Ambre au gouvernement. De plus, il tenait à épouser une vierge. Sa future épouse devrait se comporter en princesse et non comme un simple ornement de sa cour. Intelligente, elle aurait à s'impliquer dans le bon fonctionnement du royaume. Khalil désirait une personne de bon sens, respectueuse et d'humeur égale, quelqu'un dont il apprécierait la compagnie. Si la passion avait ses attraits, il était bien plus important de trouver une femme qui serait une bonne mère pour ses enfants.

Il revit le visage toujours souriant de Dora, la douceur de ses yeux bruns. Il eut plus de mal à se représenter son corps car, à vrai dire, il ne lui avait guère accordé d'attention. Ses hanches étaient larges, ce qui était un signe de fécondité. Contrairement à Ambre dont l'ossature était plus frêle, Dora semblait bâtie pour mettre au monde des fils pleins de vigueur.

Certes, elle manquait de déférence et ne se laissait pas marcher sur les pieds, mais il trouvait en elle toutes les autres qualités qu'il recherchait chez une femme. De plus, elle n'avait jamais appartenu à personne.

Il hésita devant la porte, essayant d'ordonner ses pensées. Son père serait furieux. Il lui avait déjà pardonné quelques incartades, mais il s'agissait là de rompre des fiançailles, ce qui déshonorerait pour un temps sa famille. Le roi ne l'oublierait jamais. Khalil prit une profonde inspiration. Peut-être un jour pourrait-il lui expliquer ? soupira-t-il. Dans l'immédiat, il devait se faire à l'idée de lui déplaire.

Il tourna la poignée et la porte s'ouvrit silencieusement. Dora s'était pelotonnée sur son lit comme un petit enfant, les genoux contre la poitrine et les mains se cachant le visage. Ses sanglots s'étaient calmés ; seules ses épaules secouées de spasmes trahissaient sa profonde douleur.

Khalil sentit de nouveau à quel point son âme avait été meurtrie.

Il avança vers le lit et s'assit sur le matelas. Dora se redressa d'un bond en poussant un cri et tira sa couverture sur elle.

— Khalil, qu'est-ce que… que faites-vous ici ?

Son visage était trempé de larmes. Les paupières et les lèvres toutes boursouflées, elle n'était certes pas à son avantage. Curieusement, Khalil se sentit attiré par elle. Il tendit la main, la posa sur sa joue et du pouce essuya ses larmes. Sa peau était douce, moite, d'une sensualité qui le surprit et le troubla.

— Je ne pouvais supporter de vous entendre pleurer, répondit-il. Douce, si douce Dora.

Il la prit dans ses bras et l'attira à lui. Encore sous le choc, elle se laissa faire sans résister. Khalil supposa qu'en d'autres circonstances, elle n'aurait jamais accepté d'être ainsi contre lui.

Elle restait raide comme un piquet. Au lieu de réagir à son étreinte, ses bras pendaient le long de son corps. Malgré tout, quelque chose en elle enregistra que le contact était bien agréable. Khalil découvrit son odeur de femme. Il sut d'instinct que cette senteur enivrante ne provenait pas d'une parfumerie de luxe, mais de son propre corps. Elle sentait bon le soleil et les contrées riantes, ce qui contrastait étrangement avec l'atmosphère douloureuse de cette nuit.

— Je ne… Vous ne pouvez…, balbutia-t-elle en reniflant. Khalil ?

— Je comprends, dit-il en lui reprenant le visage dans l'intention cette fois de l'embrasser.

A la faible clarté venant du corridor, il distingua la rondeur émouvante de ses seins sous le coton de sa chemise de nuit. Tant d'innocence ! s'émerveilla-t-il. Etait-il possible qu'aucun homme n'ait jamais apprécié ces courbes, ne les ait touchées, goûtées ?

Khalil sentit son désir s'éveiller, non pas tant à l'idée de son innocence, qu'à la sensation de son corps de femme pressé contre le sien. Un feu brûlant le parcourait déjà. Faire l'amour avec Dora allait être plus facile qu'il ne l'aurait cru. Ainsi résoudrait-il, par ce seul acte de possession, leurs problèmes respectifs.

Dora chercha à émerger du flot émotionnel qui brouillait son esprit. Elle était si abattue depuis le coup de fil de Gérald. Sans doute rêvait-elle déjà, à moins que ce ne soit un cauchemar ? Elle ne trouvait pas d'autre explication au fait que Khalil était assis sur son lit, la tenant serrée dans ses bras…

A ceci près que le rêve lui paraissait bien réel. Elle sentait la pression de son torse, la musculature de ses bras, la chaleur bouillonnante de son corps. Ses grandes mains caressaient son visage, essuyant les larmes qui continuaient de rouler sur ses joues.

— Khalil ?

— Chut ! Mon amour, chut !

Comment aurait-elle pu se taire ? Trop de questions affluaient en même temps dans sa tête.

— Que faites-vous ici ? insista-t-elle en essayant d'ignorer le fait qu'il l'avait appelée « mon amour ».

Elle le regarda dans les yeux.

— Seriez-vous ivre ? demanda-t-elle.

L'espace d'une seconde, une expression de passion farouche passa sur les traits de Khalil. Une étrange sensation envahit Dora. Elle sut qu'il ne dirait rien, qu'il se rapprocherait encore et l'embrasserait. Loin de s'en offenser, elle se surprit à se pencher vers lui, désirant ses lèvres, sans plus se soucier de savoir si elle rêvait ou non.

— Bien sûr que non, répondit-il.

Puis il se leva et se dirigea vers la porte. Dora ouvrit la bouche pour protester. Allait-il la laisser seule maintenant ? Mais Khalil ne sortit pas. Il referma la porte et alluma la lumière qui inonda soudain la chambre.

Dora ferma les yeux. Elle aurait voulu disparaître, ne plus exister. De quoi puis-je bien avoir l'air ? se demanda-t-elle horrifiée. Recroquevillée au fond de son lit, le visage rouge, enflé, et les cheveux tout ébouriffés, elle n'osait penser au spectacle désolant qu'elle devait lui offrir.

Elle reprit pourtant ses esprits. La présence de Khalil dans sa chambre en pleine nuit n'en demeurait pas moins une énigme.

— Khalil ?

Normalement, il aurait dû tourner les talons et s'en aller ou bien se mettre à lui parler… Elle avait même imaginé une conversation sur l'agriculture. Mais, en aucun cas, elle ne se serait attendue à ce qu'il s'approche de son lit, s'y laisse tomber et s'empare de ses mains pour les couvrir de baisers.

Elle battit des paupières. Son cerveau avait peut-être été endommagé par l'intensité de sa douleur, se dit-elle. Car il était impensable que le prince Khalil Khan d'El Bahar soit réellement là, sur son lit, en train de lui embrasser les mains avec passion.

Si elle n'en croyait pas ses yeux, elle ne pouvait mettre en doute ses autres sens. Des frissons brûlants remontaient le long de ses bras. De ses lèvres Khalil électrisait l'extrémité de ses doigts, mordillait la pulpe de ses pouces. La gorge nouée, Dora ne pouvait émettre aucun son. Haletante, submergée par le flot de sensations qui se succédaient, elle aspirait l'air par à-coups sans pouvoir l'expirer. Ses jambes s'agitèrent. Elle sentit entre ses cuisses une chaleur inconnue. Les bouts de ses seins distendus devinrent durs et douloureux. Que lui arrivait-il ? se demanda-t-elle.

— Je vais le réduire en pièces, murmura-t-il en laissant courir ses lèvres sur ses bras nus. Je vais le tuer.

— Quoi ? souffla-t-elle. Le tuer ? Qui donc ?

— Ce fils de chacal. Ce mangeur de bouses de chameau. Gérald, dit-il en crachant littéralement son nom.

Elle sursauta.

— Gérald ?

Elle le vit relever la tête, échevelé, le regard brillant de fureur et de désir. Elle battit des paupières. De désir ? Pour elle ? Impossible !

— J'ai écouté votre conversation au téléphone, expliqua-t-il. C'est écœurant ! Il n'y a pas d'excuse à cela. Comment a-t-il pu vous traiter si grossièrement ? Ce n'est qu'un imbécile, un vaurien. Alors que vous, Dora, vous êtes un trésor. Si douce, si intelligente : vous avez tout ce qu'un homme peut désirer chez une femme. Je jure de tuer cette vermine ou, si vous vous y opposez, de lui faire au moins tâter de ma cravache.

Le rêve se poursuivait sans doute, se dit-elle. Il n'y avait pas d'autre explication à cela. Une telle chose ne pouvait pas lui arriver. Aucun homme ne la comparerait à un trésor et encore moins quelqu'un comme Khalil.

— Je… je ne comprends pas, tenta-t-elle de dire d'une voix tremblante.

— C'est une chance que vous ne soyez plus avec lui, poursuivit-il. Cet homme ne vous mérite pas. Vous serez bien plus heureuse sans lui.

Il étreignit plus étroitement ses mains.

— Je vous désire, dit-il d'une voix rauque. Je vous ai désirée dès la première fois que je vous ai vue à l'aérodrome. J'ai souffert le martyre durant ces deux semaines à jouer le rôle du patron alors que je me languissais de vous.

Son regard de braise la retenait captive. Elle ne pouvait s'en détacher. Comme elle aurait aimé le croire ! se dit-elle. Mais Khalil n'éprouvait probablement qu'un sentiment de pitié à son égard après avoir entendu sa conversation avec Gérald. Le sentiment était louable, mais elle était fière et n'avait besoin de la pitié de personne.

— Je ne comprends pas les raisons de votre présence ici, commença-t-elle. C'est très gentil à vous de vous sentir concerné, mais je vais bien.

Elle essuya ses larmes qui coulaient encore et haussa les épaules.

— Soit, je ne vais pas si bien, mais disons que tout *ira* bien. Il ne faut pas vous sentir obligé de…

— Assez ! coupa-t-il brutalement.

Elle le regarda, bouche bée.

— Ne prenez pas ce ton condescendant avec moi. Cessez de penser à ma place et de dire ce que je veux ou ne veux pas. Acceptez que j'agisse sans pitié aucune. Je ne me sens en rien obligé vis-à-vis de vous.

Il se redressa prestement et commença à déboutonner sa chemise.

— Vous croyez les mensonges de ce fils de chacal. Pourquoi ? Pourquoi lui permettez-vous de vous insulter ? Que sait-il de vous ?

Khalil fit sauter les derniers boutons de sa chemise qu'il ôta et jeta sur le sol.

— Il a eu sa chance et l'a laissée passer. Maintenant, c'est mon tour et moi, je ne commettrai pas la même erreur.

A moitié redressée sur les coudes, Dora recula vers la tête du lit. Elle n'était pas sûre d'avoir peur, mais ne doutait plus que Khalil allait bel et bien se déshabiller devant elle.

Une partie d'elle-même se dit qu'il était encore temps de fuir, l'autre qu'elle survivrait au spectacle d'un homme nu. Ne soupirait-elle pas secrètement après cet instant depuis des années ? D'ailleurs, comment détourner les yeux de ce corps magnifique dont les muscles saillants faisaient jouer leurs ombres sous la lumière oblique ? Une toison noire et bouclée recouvrait son large torse en se rétrécissant vers le nombril. Khalil dégrafa la ceinture de son pantalon qui s'entrouvrit. Dora retint son souffle.

Mais il se garda de l'ôter encore. Il retira plutôt ses chaussures et ses chaussettes puis, se redressant de toute sa hauteur, il la regarda, les mains sur les hanches.

— Je vous désire, déclara-t-il. Vous seule. Je vous veux dans mon lit, dans mes bras. Je veux vous toucher partout, vous caresser partout, avec mes mains, avec mes lèvres. Vous êtes tout ce que mon cœur désire. Je n'agis ni par pitié ni pour vous remercier ni pour vous consoler. J'agis dans mon propre intérêt. Je suis ici parce que tout mon corps vous réclame.

Son regard devint plus aigu.

— Il y a des choses qu'un homme ne peut pas feindre. Le désir est visible chez un homme. Vous comprenez ?

Dora hocha lentement la tête. Elle ne comprenait que trop bien. Gérald l'avait profondément blessée dans sa féminité en lui laissant entendre qu'il n'aurait jamais pu lui faire l'amour. Elle savait qu'elle n'était pas la plus belle fille du monde, mais de là à n'être pas désirable… Elle était maintenant en face de Khalil qui faisait glisser son pantalon le long de ses cuisses.

Elle jeta un œil distrait sur le tissu de marque de son caleçon qui fronçait sous son bas-ventre. C'est alors qu'elle remarqua la bosse qui manifestement illustrait les propos de Khalil. Passant une main sous l'élastique, il libéra son érection. Son pantalon glissa sans entrave.

— Je vous désire, murmura-t-il.

— Oui, je le vois bien, lâcha-t-elle.

Elle porta sa main à la bouche.

— Oh ! Pardon ! marmonna-t-elle. Ce n'est pas ce que je voulais dire.

Loin de s'en offusquer, Khalil lui adressa un grand sourire.

— Vous êtes impressionnée ?

— Oui. Enfin, je veux dire…, balbutia-t-elle en regardant plus ou moins en direction de son… de son « membre ». Il est vraiment… très beau.

Il avança d'un pas.

— Vous me croyez à présent ?

Dora dut reconnaître que la preuve était convaincante. Malgré tout, elle ne pouvait se délivrer entièrement de ses doutes. Les insultes de Gérald la poursuivaient encore et elle avait bien du mal à imaginer qu'un homme comme Khalil puisse s'intéresser à elle.

— Ça suffit ! gronda-t-il en s'agenouillant près d'elle sur le lit. Chassez toutes ces voix qui encombrent votre esprit et écoutez-moi. Vous allez devenir ma femme. Vous serez à moi et à moi seul. Vous comprenez ?

Elle le regarda dans les yeux. Dans son regard farouche et possessif, elle crut voir un instant les contrées sauvages du désert d'El Bahar. Un frisson la parcourut de la tête aux pieds. Attente ? Désir ? Peut-être. Peur ? Sûrement. Mais peur de l'inconnu, pas de Khalil.

— Soyez mienne, dit-il dans un souffle en s'approchant plus près. Soyez mienne, Dora. Laissez-moi vous aimer.

Dora chercha en vain le mot d'esprit qu'il fallait dire dans ce genre de situation. Mais elle resta pétrifiée. Il la prit dans ses bras et l'étendit sur le lit. Toute idée de résistance éventuelle s'envola quand elle sentit ses lèvres sur les siennes.

Ce n'était pas la première fois qu'on l'embrassait... Cela s'était produit au moins deux fois à la fac, une fois à une boum du lycée et bien sûr avec Gérald. Mais les baisers de Gérald avaient plutôt ressemblé à une séance de travaux pratiques. Elle n'avait jamais été embrassée par un homme aussi fougueux, sensuel et séduisant que Khalil.

Elle s'attendait à un assaut, à ce qu'il la renverse, la terrasse et la *prenne*, mais il en alla tout autrement. Tout en se révélant expert, Khalil posa docilement sa bouche douce et ferme sur la sienne. Il explora les pourtours de ses lèvres, lentement, minutieusement. Chaque contact embrasait Dora. Il restait étendu près d'elle, imprimant délicieusement son poids sur la couverture qui l'enserrait.

Il lui saisit le visage comme s'il avait craint de la voir s'échapper. Pourquoi fuirait-elle ? lui aurait-elle demandé si elle avait été en état de parler. Ce n'était pas sa supériorité physique qui la tenait captive, mais plutôt le sentiment de n'avoir rien d'autre à quoi se raccrocher. Khalil ne lui faisait pas peur ; au fond d'elle-même, elle savait bien qu'il ne lui ferait pas de mal.

— Dora, murmura-t-il contre sa bouche. Je vous désire. Je vous désire, ma douce rose du désert ! Si douce, si chaude, comme la dune caressée par le vent.

Elle but à la coupe de ses lèvres. C'était donc vrai ! Il était possible de s'enivrer à la seule musique des mots. Elle se laissa entraîner vers les portes inconnues de son désir. Oui, elle *désirait* sans trop savoir ce qui la comblerait. Et son désir se fit souffrance sans qu'elle puisse se faire une idée de son heureuse délivrance.

— Touchez-moi, ordonna-t-il en laissant glisser sa langue sur sa lèvre inférieure.

Elle ne sut ce qui, de sa demande ou du contact humide de sa langue, la troubla le plus. Elle recula instinctivement, mais en même temps l'entoura de son bras libre et posa sa main sur son épaule nue. Tandis qu'elle le sentait franchir ses lèvres de sa langue, ses doigts, sa paume, buvaient la chaleur moite de sa peau musquée, toute tendue sous le jeu de ses muscles. Elle suffoqua de plaisir en renversant la tête.

Sa langue rencontra la sienne. Des étincelles jaillirent et l'inondèrent en un courant délicieux. Il inclina la tête pour changer d'angle et l'embrasser plus profondément. Un brasier se forma dans le ventre de Dora. Son souffle s'arrêta. Elle allait sans doute mourir, mais peu lui importait. Avoir été embrassée par un tel homme dépassait tout ce qu'elle pouvait souhaiter dans sa petite existence.

Il explora sa bouche, s'attardant sur chaque détail, chaque relief, chaque point sensible. Il la fit haleter et soupirer, la pressant contre lui. Elle se cramponna à son épaule, avide de le sentir plus près encore. Elle mêla sa langue à la sienne, faisant des cercles, l'enlaçant dans une danse érotique qui la laissa toute tremblante.

Ses hanches amorcèrent un mouvement cadencé. Une pulsation intense naquit entre ses cuisses. Elle se sentit humide et… prête. Quelque part, elle eut honte de l'effet que lui faisait cet homme, mais tout en elle exultait dans l'éveil de ses sens. Elle n'aurait jamais soupçonné l'existence de tels plaisirs.

Khalil quitta sa bouche pour embrasser sa nuque. Il mordilla et lécha cet endroit si sensible derrière les oreilles, et progressa vers sa gorge. Puis il roula sur le côté et tira la couverture qu'il jeta au pied du lit.

Dora porta instinctivement la main sur le bas de sa chemise de nuit qui s'était retroussée jusqu'à la taille. Elle n'eut pas le temps de la rabaisser qu'elle sentit un doigt caresser sa cuisse nue. Un seul doigt qui montait et descendait du creux de son genou au haut de sa cuisse. Elle se cabra et se mordit la lèvre, luttant contre l'envie de crier le nom de Khalil.

Son doigt cessa un instant le contact, la laissant dans une attente atroce, puis toucha délicatement un de ses mamelons dressés. En caressant le petit bouton rose et dur, il la regarda dans les yeux. Elle se trouva au bord d'un océan sans fond et s'étonna de s'y jeter sans peur.

— Dites mon nom, ordonna-t-il en touchant de nouveau le bout de son sein.

Le contact fut une goutte de feu l'électrisant de plaisir, de désir, de…

— Khalil ! gémit-elle.

Il sourit.

— Quel volcan se cache derrière ma brillante assistante ! Adorable Dora ! Je suis le plus chanceux des hommes.

Avant même qu'elle comprenne ce qui lui arrivait, il la redressa d'un seul bras et la débarrassa de sa chemise de nuit, dévoilant sa poitrine. Elle voulut protester ou au moins se couvrir. Mais elle eut à peine le temps de réagir que Khalil l'étendit de nouveau sur le lit, pressa ses lèvres sur son sein droit et d'une main recouvrit l'autre. Elle ne regretta pas plus longtemps d'avoir les seins nus.

Elle ferma les yeux et savoura le traitement délicieux dont elle était l'objet. Tour à tour, la langue, les doigts, les lèvres douces et humides de Khalil décrivaient des cercles, la frôlaient, la tétaient, la buvaient. Elle fondit de plaisir.

C'était donc ça, pensa-t-elle confusément, ce trésor qu'un homme et une femme partageaient ensemble ? Elle comprit alors pourquoi les amants soulevaient des montagnes pour se retrouver, pourquoi ils étaient prêts à affronter la mort. Elle même aurait fait n'importe quoi pour prolonger ce moment magique.

Il changea de position, mordillant et léchant à présent son sein gauche et taquinant de ses doigts le bout de son sein droit. Elle le regarda, incrédule, et se risqua à passer ses mains dans ses cheveux noirs et soyeux. C'était trop parfait, trop merveilleux, se dit-elle.

Elle sentit alors une pression contre sa jambe qui se répéta sur un rythme primitif. Il la désirait. Pour une raison qu'elle ne s'expliquait pas, cet homme riche, beau et charmant avait décidé de lui faire l'amour. Elle n'était pas sûre de compter pour lui, mais la preuve de son désir était manifeste. Ce frottement contre sa jambe était le plus beau cadeau qu'un homme lui ait jamais fait.

Des larmes se formèrent au coin de ses yeux. Ce n'était pas des larmes de chagrin ni de regret, mais de plaisir et de gratitude. Comment pourrait-elle jamais le remercier ? pensa-t-elle.

Khalil descendit le long de son corps. Ses doigts tirèrent sur son slip qui alla choir sur le sol comme un chiffon de soie. Il s'agenouilla entre ses jambes et la regarda dans les yeux.

— Vous m'avez contenté, lui dit-il. A présent, c'est à moi de vous faire plaisir.

Il ne la pénétra pourtant pas comme elle s'y était attendue. Il disparut entre ses cuisses et l'embrassa à l'endroit le plus secret de sa féminité. Elle en eut le souffle coupé. Il était impossible qu'il soit en train de l'embrasser *ici*, pensa-t-elle. Pourtant, c'était bien ce qu'il faisait. Il entrouvrit doucement les replis protecteurs de son intimité et toucha de sa langue le point sensible de son plaisir.

Dora se redressa d'un bond sur le lit, le corps tétanisé. Elle ne voulait pas lui dire d'arrêter, mais n'était pas sûre de survivre à cette expérience. Khalil, lui, ne sembla pas avoir remarqué sa réaction ou, en tout cas, ne s'arrêta pas pour autant. Il lécha, au contraire, doucement, tendrement, le petit bouton qui se dressait, intensifiant le mouvement ou accordant des pauses, si bien qu'elle se laissa retomber sur l'oreiller.

Ce qui arrivait ne pouvait être vrai, se répétait-elle tandis que sa poitrine se soulevait en cadence et qu'elle relevait les genoux en écartant les cuisses pour lui laisser le champ libre. Les hommes ne faisaient pas ce genre de choses, essaya-t-elle de se convaincre. Sauf qu'elle ne pouvait nier les vagues de plaisir qui venaient se briser en elle.

A chaque petit coup de langue, il la transportait plus haut, encore plus haut. Il la sentit sur le point d'atteindre le sommet. Il accéléra son jeu de langue. Plus vite, encore plus vite…

Elle prononça son nom dans un souffle et ne put le reprendre. Elle le supplia de continuer, lui ordonna d'arrêter, non, de continuer encore. Son corps frémit. Ses joues s'enflammèrent. Des rougeurs parsemèrent sa gorge et ses seins trempés de sueur. Elle s'arc-bouta, creusa le matelas de ses talons, se tordit, retardant la vague qui montait encore.

Elle perdit toute notion de temps. Elle était entrée dans un univers où n'existaient plus que la sensation de sa langue et la brûlure de son souffle. Elle hurla son nom, certaine qu'elle l'aurait vu sourire si elle avait pu ouvrir les yeux. Elle sentit chaque fibre de son corps se tendre vers ce sommet qu'elle ne connaissait pas. Il glissa alors tout doucement un doigt en elle. Tandis que sa langue continuait d'aller et venir, son doigt s'enfonça plus profondément et la caressa à la même cadence, dans un contrepoint parfait.

Ce fut une explosion. Elle allait sûrement mourir, se dit-elle. Mais quelle mort merveilleuse ! Elle n'avait jamais pensé que son corps connaîtrait un tel plaisir et vivrait cette délivrance primitive, la transportant au ciel pour la laisser pâmée entre des bras tendres et forts. Des spasmes la secouèrent, la brisèrent, l'emportèrent, la laissant à jamais transformée. Haletante, incapable de revenir à elle-même, elle entendit une voix douce l'appeler et se retrouva bercée entre les bras de Khalil. Ouvrant les yeux, elle vit son visage souriant au-dessus d'elle. Il lui caressa la joue.

— Ainsi la rose du désert peut-elle devenir un chat sauvage, murmura-t-il en l'embrassant. Tu me surprends beaucoup, ma douce.

Le cœur de Dora cognait contre sa poitrine.

— Est-il normal que ce soit aussi bon ? demanda-t-elle.

Il éclata de rire.

— Seulement quand deux êtres sont très heureux.

Son visage se fit plus grave.

— Nous sommes faits l'un pour l'autre, déclara-t-il.

Alors, lentement, il se plaça de nouveau entre ses cuisses, mais, cette fois, ce n'était pas pour l'embrasser, pressentit Dora. Il allait la posséder, la transformer. Après cela, elle ne serait plus jamais vierge.

Seule l'idée que cet instant était solennel, la retint de

le supplier de se hâter tant elle brûlait de le sentir en elle. Elle désirait connaître enfin ce que les femmes depuis l'aube des temps avaient connu et ne plus faire qu'un avec cet homme merveilleux.

— Dis-moi que tu en as envie, lui dit-il.

— Oui, j'ai envie de vous, Khalil, soupira-t-elle en se noyant dans la nuit noire de ses yeux. Je vous en prie, venez en moi, transformez-moi.

Elle sentit quelque chose tâtonner entre ses cuisses. Il s'étendit sur elle, se guidant d'une main. Elle écarta les jambes et essaya de se détendre. Alors, il commença à la pénétrer ; il força lentement le passage jusqu'au seuil de la douleur. Il poussa encore et s'arrêta.

— Voilà, dit-il, la preuve.

Son expression se tendit. Il relâcha ses hanches et poussa. Une douleur aiguë la déchira, lui arrachant un râle, mais il ne s'arrêta pas. Il s'enfonça profondément en elle sans la lâcher des yeux. Passion et possession la consumèrent en un unique brasier.

En revenant à elle un peu plus tard, elle se souvint avoir cru entendre le murmure feutré du vent du désert lorsque Khalil l'avait étreinte et lui avait dit en prenant le ciel à témoin : « Tu es mienne. »

- 5 -

Khalil était étendu dans l'obscurité. Bien qu'épuisé, après ce qui s'était passé, il ne parvenait pas à s'endormir.

Il tourna la tête vers la femme qui s'était pelotonnée près de lui. Il devinait à peine la forme de son corps, mais son parfum réveilla ses sens. Il réprima son envie de la serrer contre lui et de lui faire encore l'amour.

S'étant redressé et assis sur le bord du lit, il se dit que pour la première fois de sa vie il avait fait l'amour à une vierge. En entendant les sarcasmes de Gérald, il s'était demandé pendant un moment s'il y avait une part de vérité dans ses dires. Les réponses maladroites mais passionnées de Dora à ses caresses l'avaient amené à penser le contraire. Il en avait eu la confirmation quand son désir avait déchiré l'hymen de cette innocente.

Pour lui, le fait de déflorer une vierge avait été une expérience gratifiante. Il appréciait l'idée qu'aucun homme n'avait déposé sa semence en cette femme avant lui : elle était sienne au sens le plus ancestral du terme.

Un sourire joua sur ses lèvres, mais son expression était plutôt cynique. Comment lui, qui se vantait d'être le champion de la modernité dans son pays, pouvait-il se féliciter d'avoir couché avec une vierge ? s'indigna-t-il.

Il ne différait pas tant que cela de ses ancêtres barbares, comme il se plaisait à le croire.

Quoi qu'il en soit, cela ne répondait pas à la question. Il regarda par-dessus son épaule et considéra le corps endormi de Dora. Avait-il le droit de faire cela ? se demanda-t-il. N'avait-il pas mal agi ? Il chassa toutes ces questions. Après tout, il était Khalil Khan, prince d'El Bahar, et pouvait faire ce qui lui plaisait. De plus, les intérêts de l'Etat étaient plus importants que tout le reste. Il n'épouserait pas Ambre et épargnerait ainsi au royaume et à lui-même cette petite personne insignifiante. Toutefois, il devait se marier et assurer sa descendance. En tant que membre de la famille royale, il avait des obligations.

Du reste, qui était Dora Nelson ? Une secrétaire ? Une inconnue qui avait été maltraitée par son ancien patron ? Avec lui, elle connaîtrait un bien meilleur destin. En fait, sa proposition serait un honneur pour elle. Cet argument acheva de le convaincre.

Il s'allongea sur le lit. Dès les premiers rayons du matin, il passerait quelques coups de fil. Le temps que Dora se réveille, tout serait arrangé. Il ferma les yeux, mais ne put se détendre. Il revoyait les images de la nuit qu'il venait de passer avec elle.

Elle s'était montrée maladroite mais passionnée. L'intensité de son plaisir quand il l'avait embrassée à l'endroit le plus intime de sa féminité, les avait surpris l'un et l'autre. Elle s'était contorsionnée sous ses caresses comme un vrai chat sauvage. Il sourit à ce souvenir qui lui faisait revivre sa nuit d'amour. Elle s'était raidie quand il avait commencé à forcer le passage, mais s'était vite détendue, le laissant la pénétrer plus profondément. Il avait plongé encore et encore dans sa chair, encouragé par son abandon. Avec quelle fougue elle l'avait agrippé en le suppliant d'aller jusqu'au bout, de la prendre, de la transformer, de faire d'elle une femme. Quand il avait atteint l'orgasme, elle s'était accrochée à lui comme si elle avait désiré qu'ils ne se séparent plus jamais.

S'il avait songé à retourner dans sa chambre, il n'en avait rien fait. Il avait passé la nuit ici, à ses côtés, écoutant sa douce respiration, dans l'attente du matin. De nouveau excité, il l'attira contre lui et respira le parfum de ses cheveux. Elle remua un peu entre ses bras, sans se réveiller. Il dormirait plus tard, se dit-il. Pas cette nuit.

Dora bougea légèrement sous les couvertures qui lui semblaient particulièrement lourdes ce matin. Elle se retourna et rencontra quelque chose de… chaud.

Elle souleva les paupières. Khalil était étendu près d'elle et la regardait de ses yeux vifs en souriant.

— Bonjour, dit-il.

Les souvenirs de la nuit passée lui revinrent subitement : sa conversation avec Gérald, la déclaration de Khalil, ses caresses et la façon dont ils avaient fait… l'amour. Elle avala sa salive avec difficulté. Elle sentait encore ses caresses sur sa peau, ses baisers, son étreinte. Le visage empourpré, elle aurait voulu se cacher sous les couvertures et ne jamais reparaître.

— Je constate que tu n'as rien oublié de ce qui s'est passé cette nuit, dit Khalil d'une voix aussi chaude et douce que l'avaient été ses caresses. J'osais l'espérer.

Il posa sa main sur son épaule et câlina son bras.

— Je trouve que nous nous en sommes bien sortis tous les deux, dit-il en glissant une jambe entre ses cuisses.

Tellement bien que je n'ai pu dormir. Je n'avais qu'une idée en tête : te faire encore l'amour.

Elle le regarda, prise au dépourvu. Elle ne s'était jamais réveillée auprès d'un homme. Que convenait-il de répondre en pareille circonstance ? Surtout après une nuit aussi inattendue : la nuit de sa toute première fois.

— Merci, dit-il en pressant ses lèvres sur son cou.

Elle ne savait pas trop si elle allait se mettre à rire ou à hurler. Elle se trouvait entièrement nue dans le lit d'un beau prince qui avait passé sa jambe nue entre les siennes et *la* remerciait de leur nuit d'amour. Avait-elle perdu la tête ? Ou cherchait-il à se débarrasser d'elle en douceur ? Et si c'était le cas ? s'inquiéta-t-elle. S'il désirait lui faire comprendre poliment qu'elle ne devait pas s'attendre à plus.

— Ce fut un beau moment pour moi aussi, répondit-elle pour briser le silence.

Elle songea à ménager un petit espace entre eux, mais ne bougea pas, de peur de paraître grossière. Il n'était pas non plus question de se lever : son peignoir était dans la salle de bains et l'idée de traverser nue la chambre sous son regard ne l'enchantait guère. Elle ne jugeait pas nécessaire d'exposer ses formes imparfaites à la lumière du jour.

— J'avais espéré que cette nuit d'amour serait plus qu'un beau moment pour toi, la gronda-t-il. Quelque chose d'extraordinaire, de spectaculaire ou peut-être même de magique.

Elle s'aperçut au ton de sa voix qu'il la taquinait. Ce petit jeu lui redonna du courage. Si elle ne se faisait pas d'illusions quant à un suivi possible de leur relation, elle gardait l'espoir que cette histoire au moins ne se terminerait pas mal.

— Je pense que je m'en tiendrai à un beau moment, fit-elle d'un air pincé en attendant effrontément sa riposte.

Elle ne fut pas déçue. Il la fixa un instant comme un lynx immobile et s'élança sur elle, la chatouillant au ventre et à la taille. Elle hurla en se tortillant pour lui échapper lorsque, d'une seule main, il lui emprisonna les bras derrière la tête et exposa sa poitrine dénudée. Il se pencha alors et suçota le bout de ses seins. Elle frissonna.

Il la relâcha et s'assit.

— Nous sommes faits l'un pour l'autre, dit-il comme il l'avait déjà dit au cours de la nuit. Je ne me suis pas trompé en te choisissant.

— Que voulez-vous dire ? lui demanda-t-elle, ne comprenant pas le sens de ses paroles.

Il fronça les sourcils comme s'il s'était attendu à être compris à demi-mot.

— Ai-je besoin de le dire ? Nous allons nous marier cet après-midi. La cérémonie aura lieu à 17 heures. Je me suis déjà entendu avec le directeur de la boutique où tu as acheté tes vêtements. Un vendeur passera à 14 heures avec un choix de robes.

Tout en parlant, il se leva et tendit la main vers la robe de chambre, qu'elle n'avait pas remarquée, jetée sur le dossier d'une chaise. Elle l'écoutait, son cerveau enregistrait, mais elle ne trouvait aucun sens à ses paroles. Il aurait aussi bien pu lui parler de la composition de l'atmosphère sur Jupiter ou des micro-organismes vivant dans les profondeurs sous-marines !

— Nous marier ? répéta-t-elle, sûre et certaine d'avoir mal entendu.

— Oui. C'est bien ce que j'ai dit.

Les lèvres serrées, elle le regarda, incrédule. Se marier ? se répéta-t-elle. Se marier ? Elle et Khalil !

— Vous voulez m'épouser ? insista-t-elle.

— Bien sûr. En quoi cela t'étonne-t-il ?

Le visage de Dora s'assombrit. Il s'agissait probablement d'un de ces traits d'humour cruels et déplacés dont usaient les princes. Il est vrai qu'ils devaient tomber amoureux de leurs secrétaires tous les jours. L'épouser ! Elle ! La plaisanterie avait assez duré.

— Nous ne sommes pas dans une série télévisée pour mamies, répliqua-t-elle vertement.

Elle s'assit et replia les genoux contre sa poitrine en ayant soin de ramener sur elle le drap et la couverture.

— Je ne trouve pas ça drôle, continua-t-elle.

— Moi non plus, répondit froidement Khalil.

Elle sentit les larmes lui monter aux yeux. Elle aurait tant aimé le croire. Bien sûr, elle n'allait pas jusqu'à imaginer qu'elle comptait pour lui. C'était impensable. Tout ce qu'elle espérait, c'était qu'il ne jouait pas cruellement avec elle. Elle ne l'avait jamais vu agir avec cruauté. Pourquoi changerait-il subitement de comportement ?

— Je ne comprends pas, soupira-t-elle. A quel jeu jouez-vous avec moi ?

— Il ne s'agit pas d'un jeu, répliqua-t-il. Je t'ai désirée dès la première fois que je t'ai vue. Tu es intelligente, honnête, digne de confiance et bien portante. Tu as toutes les qualités que je recherche chez une épouse. Jusqu'à cette nuit, tu étais vierge et je ne déshonore pas les femmes : je suis le prince Khalil Khan.

Il devait avoir appris cette tirade par cœur, pensa-t-elle en essayant d'émerger du brouillard où elle était plongée.

— Vous ne parlez pas sérieusement. Vous ne pouvez vouloir réellement m'épouser, affirma-t-elle.

— Et pourquoi non ?

Il y avait sans doute des centaines de raisons à cela, mais elle ne parvint pas à en trouver une seule.

— Parce que, se contenta-t-elle de dire en haussant les épaules.

— Ah ! Voilà qui explique tout ! s'exclama-t-il en s'asseyant près d'elle et en lui prenant la main.

— De quoi as-tu peur ?

Elle le regarda dans les yeux, hésitant à lui confier la vérité. Ne sachant que dire d'autre, elle se décida.

— Que ce soit un jeu pour vous, avoua-t-elle enfin. Si tel est le cas, je n'en connais pas les règles et j'ai peur d'y laisser des plumes. Et cela, je ne le veux pas.

Ce qu'elle n'avait pas dit, c'est qu'elle ne survivrait pas à une nouvelle déception. Elle avait déjà donné ! Elle préférait de beaucoup se remettre de son chagrin toute seule.

Il tendit une main vers elle, ramena une mèche de cheveux derrière son oreille et lui caressa la joue.

— Je comprends, dit-il. Tu aimerais me croire, mais tu as peur. Où est passé mon adorable petit chat sauvage du désert ?

— Il a eu un empêchement et n'a pu nous rejoindre.

Il lui sourit. Il ne s'était pas encore rasé et une barbe rude ombrait ses joues, lui donnant un air vaguement inquiétant. Elle frissonna à l'idée qu'il pourrait de nouveau l'étreindre.

— Je t'adore, dit-il en lui serrant les doigts. Je sais bien que tout s'est déroulé très vite, mais cela ne change rien à ce que nous avons vécu. Fais-moi confiance. Mieux encore : fais-toi confiance, ma douce.

Il pencha sa tête tout près de la sienne.

— Je te veux dans mon lit et dans mon monde. Epouse-moi. Viens avec moi à El Bahar. Aide-moi dans ma tâche.

Aide-moi à changer ce monde qui est ma patrie. Je dois rentrer, comme tu le sais, mais je ne suis pas sûr d'en avoir la force si tu refuses de m'accompagner.

Ces mots sonnèrent comme une averse dans le désert. Elle en absorba chaque syllabe, but chaque son, les laissa couler en elle et s'épanouir au plus profond d'elle-même. Comme elle voulait le croire ! Se pouvait-il qu'une femme comme elle connaisse une telle chance ?

Elle scruta son beau visage comme pour y déceler la preuve de ce qu'il disait. Depuis le début, elle l'avait trouvé autoritaire et ennuyeux, et il l'avait fait travailler dur. Mais il n'avait jamais été cruel. Il n'avait jamais menti. Elle l'avait observé quand il traitait avec les clients et les fournisseurs. Il était dur mais honnête. Il avait des principes moraux. Contrairement à Gérald.

Car c'était bien ce qu'elle redoutait, qu'il se serve d'elle comme Gérald l'avait fait. A la différence près que Khalil était prince et qu'elle ne voyait pas du tout ce qu'elle pouvait lui apporter. Elle n'était rien qu'une femme seule, au chômage, plus très jeune, qui avait quelques compétences en matière de secrétariat et lui… il était Khalil Khan, prince d'El Bahar ! Si elle avait toujours su qu'au fond Gérald était au-dessous de tout ce qu'elle attendait, quelque chose lui disait que Khalil, quant à lui, était très au-dessus de ses espérances.

Avant qu'elle ait eu le temps de réagir, Khalil l'avait déjà prise dans ses bras et étendue sur le lit. Il passa sous les couvertures et commença à lui caresser le ventre.

— Epouse-moi, murmura-t-il dans son cou. Sois ma femme. Rentre avec moi. Donne-moi des fils. Je ferai de toi une princesse. Ma douce, mon adorable Dora.

Ses pensées se brouillèrent tandis qu'elle sentait ses doigts lui chatouiller les côtes et remonter vers ses seins. Il suivit leurs courbes pleines puis taquina ses mamelons. Elle poussa un soupir et se sentit humide entre les cuisses.

— Khalil, dit-elle en haletant.

— Oui, souffla-t-il. Désire-moi, aime-moi, comme je t'ai désirée et aimée. Fais-moi confiance Dora. Accepte ce cadeau de la vie. N'aie pas peur. Ne laisse pas passer cette chance cette fois-ci ; saisis-la à pleine main. Sans cela tu risques de le regretter toute ta vie.

Cette dernière phrase fit mouche. Des regrets, elle en avait connu toute sa vie. Elle regrettait son enfance malheureuse, sa première expérience au lycée, de ne pas avoir eu assez d'amis à vingt ans et sa première relation amoureuse — si elle pouvait appeler ainsi sa liaison avec Gérald. Elle avait tant de regrets. Et pas un seul concernant ce qu'elle avait pu faire, seulement ce qu'elle n'avait pas fait. Ses rêves allaient-ils enfin devenir réalité ?

— Epouse-moi, insista Khalil en couvrant sa nuque et sa gorge de baisers enfiévrés. Dis-moi oui.

Elle prit une profonde inspiration. Allait-elle continuer à vivre avec des regrets ou se donner une chance ? Elle se mordit la lèvre inférieure, ferma les yeux et, dans un soupir, lâcha enfin le mot fatidique :

— Oui.

Khalil s'assit.

— Je savais que tu ferais le bon choix. Parfait.

Il bondit sur ses pieds et l'aida à se lever. Avant même qu'elle ait eu le temps de se sentir gênée d'être nue, il passa derrière elle et la poussa vers la salle de bains.

— Va te doucher. Autant le faire avant le mariage. On se retrouve dans la salle à manger dans vingt minutes.

Sur ce, il s'en alla. Un peu déconcertée, Dora le suivit des yeux. Elle s'était attendue à une tout autre réaction de sa part en acceptant de l'épouser. L'épouser ? Elle secoua la tête. De toute évidence, elle devait encore rêver. A moins qu'elle ne se soit cogné la tête en dormant ? Quoi qu'il en soit, elle se dirigea vers la salle de bains : après une bonne douche, elle y verrait plus clair.

La cérémonie se déroula en petit comité. Y assistaient Khalil, Dora, un notaire et les deux gardes du corps à titre de témoins. Dora parcourut du regard le grand salon de la suite royale. Elle était stupéfaite de la rapidité avec laquelle tout avait été préparé. Des roses blanches et des gypsophiles étaient tressées sur un arceau de bois. Deux rangées de grands vases d'un rose pâle, garnis de roses, de lys et d'orchidées blanches, improvisaient une allée centrale. Dora s'y tenait avec Khalil, sous un dais formé par des tentures également blanches. Une musique douce s'échappait des enceintes sophistiquées du salon.

Dora serra plus fort son bouquet de fleurs exotiques et s'émerveilla de ce qu'on ait pu obtenir un tel décor en douze heures à peine. A 14 heures précises, la boutique lui avait livré une demi-douzaine de robes. Elle avait choisi une simple robe de dentelle ivoire, style années vingt. Ses cheveux avaient été rassemblés en un chignon à la française pour mettre en valeur les perles fines des boucles d'oreilles que Khalil lui avait offertes au déjeuner. Elle se trouvait plutôt jolie. Quant à Khalil, il était superbe et plein d'assurance dans son costume sombre. Ils cadraient tout à fait bien avec la situation, remarqua-t-elle. Et c'était cela qui la gênait car elle ne se sentait guère à l'aise dans cette situation et son esprit était dans la plus totale confusion. Même devant le notaire qui énonçait son discours sur les devoirs d'assistance des époux, elle n'avait pu s'empêcher de penser qu'elle allait se réveiller d'un instant à l'autre. Elle s'était même crue piégée par une émission télévisée ou atteinte d'une maladie mentale. « Et si tout cela était vrai ? »

Dora ne savait pas ce qui l'effrayait le plus. Etait-elle vraiment en train d'épouser Khalil Khan, prince d'El Bahar ? Elle secoua discrètement la tête pour essayer de reprendre ses esprits. Etait-ce le mariage en lui-même qui la perturbait ? Tout s'était passé si vite. Avec Gérald, ils avaient tout de même eu plus de deux mois pour l'organiser, envoyer les invitations, réserver l'église et la salle de réception, et elle avait eu une vraie robe de mariée.

Elle jeta un coup d'œil sur Khalil qui écoutait attentivement le notaire. A quoi pensait-il ? Elle voulait interrompre la cérémonie et le prendre à part, mais elle ne savait pas ce qu'elle aurait pu lui dire. Pour lui, cet événement n'avait peut-être rien d'extraordinaire ? En sortant de la douche, ne l'avait-elle pas trouvé en plein travail dans son bureau ?

Il l'avait saluée d'un air un peu moins absent que d'habitude, peut-être, mais avait poussé une pile de dossiers vers elle et s'était remis à son clavier. Elle s'était retrouvée, le matin de ses noces, en train de régler des problèmes financiers de dernière minute comme si de rien n'était.

— Dora ?

Elle écarquilla les yeux et s'aperçut que Khalil et le notaire était en train de la regarder.

— Quoi ? fit-elle.

Khalil sourit.

— Je crois que le notaire attend plutôt une réponse, lui dit-il.

« Une réponse ? »

— Oh ! Bien sûr ! Je veux dire… oui, bredouilla-t-elle en toussant légèrement pour s'éclaircir la voix.

— L'alliance, je vous prie, dit le notaire en lui prenant des mains le bouquet qu'il posa sur la table.

Khalil plongea la main dans sa poche et en sortit un anneau de diamant. Médusée, Dora contempla le bijou étincelant.

— Voilà qui est digne d'une princesse, murmura-t-il en lui passant l'alliance à la main gauche.

Elle ouvrit la bouche pour protester. C'était trop extraordinaire, trop beau, trop cher… Elle se rappela alors qu'elle ne s'unissait pas seulement à une famille royale, mais aussi à l'une des plus grandes fortunes du monde. Pour Khalil, l'acquisition de cette merveille ne devait pas peser plus lourd dans son budget que l'achat d'une jolie paire de bas.

Le notaire avait repris la parole. Mais, fascinée par l'anneau qui brillait à son doigt, Dora ne l'écoutait plus. La large bague — cerclée de diamants carrés, aussi larges que l'anneau — couvrait presque toute sa phalange. C'était une pièce extraordinaire ! Ce n'était pas le bijou qu'elle aurait choisi, se dit-elle, mais il était magnifique et semblait avoir été fait pour elle.

— Veuillez embrasser la mariée.

Elle aperçut à temps Khalil qui se penchait vers elle. Il déposa sur ses lèvres un baiser très tendre qu'elle trouva bien trop court. Puis il lui pressa la main.

— Quel effet cela te fait-il ? demanda-t-il.

— D'être mariée ?

— Oui, bien sûr, mais je pensais aussi au fait d'être princesse.

« Princesse Dora Khan d'El Bahar », se dit-elle en luttant pour ne pas rire comme une démente.

— Je ne réalise pas encore très bien ce qui m'arrive, répondit-elle en se demandant si elle le réaliserait un jour.

— Félicitations, Votre Altesse, dit un des gardes du corps en lui serrant la main.

Dora sourit machinalement, mais elle ne sentait plus son corps. Princesse ? Eh oui ! Elle était bel et bien princesse ! Qui pourrait croire à une histoire pareille, l'histoire d'une secrétaire de Los Angeles plongée dans la plus folle des aventures. Il fallait absolument qu'elle sorte avant de faire ou de dire quelque chose d'insensé, comme vomir ou pire… croire que tout cela était vrai !

Mais elle n'en fit rien et, sans même qu'elle s'en rende compte, le notaire et les gardes du corps disparurent, la laissant seule avec son mari. Elle le regarda remplir deux coupes de champagne.

Qui était cet homme ? pensa-t-elle avec méfiance en se calant à l'angle du sofa. Qu'avait-elle fait ? Elle commença à trembler nerveusement, concentrant toute son attention pour ne pas renverser sur sa robe de dentelle le contenu pétillant de la coupe qu'il lui tendait. Elle avala avec précaution une gorgée de champagne et trouvant cela tout à fait délicieux, vida sa coupe d'un trait. Khalil la resservit sans mot dire.

Il posa le seau à glace sur la table devant elle et s'installa à son côté sur le sofa.

— Est-ce que tout va bien ? demanda-t-il.

Il paraissait sincère et attentionné, pensa-t-elle au bord de la crise de nerfs. Aussi détendu que si ce genre de choses lui arrivait tous les jours. Sauf que cela ne pouvait pas être le cas.

— Ça ne vous rend pas fou ? laissa-t-elle échapper.

Il prit une petite gorgée de champagne.

— Quoi donc ? Le mariage ? Il me semble que tout s'est déroulé sans encombre.

— Ah ! Ça, c'est sûr ! C'est passé comme une lettre à la poste !

Elle se tut. Qu'avait-elle dit là ? « Comme les rimes d'un poème » aurait été plus de circonstance. Elle se frotta la tempe. Elle avait mal à l'estomac et se demandait si le champagne en était la cause. Pour vérifier, elle en reprit une gorgée. Elle n'avait rien mangé de la journée, mais elle se sentait assoiffée. Elle sentit le pétillement du champagne chatouiller sa gorge. Etait-ce le fruit de son imagination ? Tout à coup, sa tête était devenue vide.

— Je crois que je devrais manger quelque chose, marmonna-t-elle.

— Bien sûr, répondit Khalil. Le dîner t'attend quand tu veux.

— Formidable, dit-elle en s'apercevant soudain que ses jambes ne la soutiendraient pas. Peut-être dans un petit moment.

Elle admira son profil pur, anguleux comme celui d'une statue de granit. Il était d'une beauté sombre et inquiétante. Ainsi devait être le désert, la nuit, se dit-elle.

— Je sais que c'est inhabituel, dit-il en lui caressant le dos de la main. Nous avons besoin d'un peu de temps pour nous connaître. Pourquoi ne parlerions-nous pas de notre passé ? Nous irions ensuite dîner et ferions l'amour jusqu'à l'aube.

Faire l'amour, pensa-t-elle confusément. Ce ne serait pas mal maintenant. Pourquoi ne pas sauter les deux autres propositions ? Elle voulait le faire encore et encore jusqu'à tout savoir de l'amour. Elle voulait toucher Khalil, être touchée par lui. Elle voulait le voir nu. En fait, cette petite conversation sur leur passé deviendrait plus agréable s'il enlevait tout de suite ses vêtements, se dit-elle. Pourquoi ne pas joindre l'utile à l'agréable ?

— As-tu des frères et des sœurs ? demanda Khalil.

Sa question la tira de son rêve. Ils étaient là pour se connaître. Sage décision de sa part, admit-elle. C'était effectivement le seul moyen de sortir de cette étrange situation.

Elle vida sa coupe de champagne et s'apprêtait à la reposer quand Khalil la remplit de nouveau. Elle eut envie de refuser car sa tête tournait déjà, mais ne serait-ce pas impoli ? C'était son mariage après tout et… Quelle était la question ?

— Non. Je suis fille unique.

Elle se renversa contre le dossier du sofa.

— Ma mère ne l'a jamais dit, mais je pense que j'étais une erreur. Elle et mon père se sont mariés deux mois avant ma naissance. Après, mon père ne rentrait plus souvent à la maison. Ils ont divorcé quand j'avais sept ans.

— Je vois. Etant le dernier enfant, j'ai du mal à imaginer la vie d'un enfant unique.

— Une vie solitaire, lâcha-t-elle sans détour. Peut-être pas pour d'autres enfants, mais pour moi en tout cas. Ma mère trimait dur pour subvenir à nos besoins et mon père n'était jamais là. De plus, je n'étais pas très appréciée à l'école.

Elle haussa les épaules et laissa rouler sa tête en regardant Khalil.

— Trop intelligente. Je n'étais pas assez jolie pour entrer dans le clan des filles bien et je crois que je faisais fuir les garçons. Comme j'étais timide et ne savais jamais quoi dire à personne, je préférais me cacher dans les bibliothèques et je passais mon temps à lire.

Elle prit une petite gorgée de champagne qu'elle trouva

délicieusement acidulée et qui glissa toute seule. Le fourmillement de son ventre s'était étendu à son corps entier et sa tête se vida définitivement, de façon plutôt agréable. A présent, plus rien ne l'effrayait.

— Quand as-tu cessé d'être seule, demanda-t-il.

Elle pivota vers lui en ramenant ses jambes sous elle.

— Hier, je crois. Je ne me souviens plus très bien.

Elle vit les traits de Khalil se brouiller. Avait-elle trop bu ? Ou était-ce un effet de l'éclairage tamisé ? Elle sentit ses yeux papilloter puis se fermer, tandis qu'une main chaude lui caressait la joue.

— La fac n'avait pas trop mal commencé, continua-t-elle comme dans un rêve. J'avais obtenu une bourse pour couvrir mes frais. J'aimais ce lieu où on appréciait les gens intelligents et travailleurs. Mais je me suis vite aperçue que la vie au campus était chère et j'ai dû trouver un boulot pour subvenir à mes besoins.

Elle ouvrit les yeux et le regarda.

— Ma mère n'avait pas un sou de côté. Je suppose que vous n'avez jamais connu ce problème.

— Non, en effet.

— Quelle chance !

— C'est sûr, mais nous avons eu d'autres soucis.

— Qui n'en a pas ? Quoi qu'il en soit, je m'étais mise à donner des cours de soutien. Surtout à des sportifs. Sans doute parce qu'ils payaient bien. Mais ils se fichaient pas mal de leurs études. La seule chose qui comptait à leurs yeux, c'était de ne pas redoubler.

Elle cligna des yeux et s'aperçut que ses paupières étaient très lourdes. Elle but une autre gorgée de champagne pour rester éveillée.

— Un jour, je me suis aperçue qu'on avait dérobé mes

notes de cours. Je suis allée trouver deux types que je soupçonnais, mais ils ont nié me les avoir prises.

Elle poussa un soupir en repensant aux choses blessantes que ces garçons lui avaient dites.

— J'ai refusé de continuer à leur donner des cours. Environ trois semaines plus tard, un groupe de garçons a été pris sur le fait en train de tricher. Ils allaient être renvoyés quand ils ont prétendu qu'ils utilisaient un système de tricherie que j'avais mis au point et dont je les rendais responsables.

Ses mots s'étranglèrent dans sa gorge. Elle ne s'était pas doutée qu'après tout ce temps ce souvenir serait encore assez vif pour la blesser de nouveau. Elle se souvint de cette scène dans le bureau du principal où elle avait dû défendre sa parole contre la leur.

— Six garçons ont raconté la même histoire. Six, répéta-t-elle doucement. Personne n'a cru au vol de mes notes ni à mon refus de travailler avec eux non plus qu'à mon innocence dans l'histoire de la tricherie. J'ai été renvoyée en même temps qu'eux. Je suis donc rentrée chez moi. J'ai trouvé un autre travail et mis de l'argent de côté. Un an plus tard, j'entrais au centre universitaire de mon département et obtenais mon DEUG.

Elle pinça les lèvres.

— Ce n'est pas ce que vous vouliez savoir de moi, n'est-ce pas ?

— Je veux entendre ce que tu as envie de me dire, répondit Khalil.

Elle essaya de sourire, mais son visage était engourdi.

— Cela m'étonnerait, fit-elle. Je doute fort qu'il y ait quoi que ce soit d'intéressant dans ma vie.

— Ne dis pas cela, murmura-t-il en lui caressant encore

la joue. Pourquoi n'es-tu pas retournée à l'université pour terminer ta maîtrise ?

Elle haussa les épaules ou pensa le faire du moins, car elle ne sentait plus son corps.

— J'avais peur de ce qui aurait pu arriver. Je ne voulais plus être mêlée à tout cela. Mis à part le jour où Gérald m'a laissée tomber à l'aéroport du Kansas, c'est à l'université que j'ai connu le plus dur moment de solitude de toute mon existence.

Khalil se pencha vers elle et lui prit sa coupe des mains, ce qui n'était pas plus mal. Dora se demanda quand ses doigts étaient devenus aussi raides… C'est à peine si elle pouvait les plier.

— Ma rose du désert, voilà une bien triste histoire, murmura-t-il. Mais tout cela va bientôt changer.

Elle voulut désespérément le croire.

— Vous me le promettez ?

— Oui, dit-il en s'approchant d'elle et en la prenant dans ses bras. Plus personne ne te fera de mal désormais.

— Même pas vous ?

— Moi moins que quiconque au monde.

Puis il l'embrassa. Elle sentit la merveilleuse chaleur de ses lèvres fermes sur les siennes. Ses yeux peu à peu se fermèrent tandis qu'une torpeur envahissait son corps. Elle se sentit flotter, flotter, flotter… Puis tout devint noir.

- 6 -

Le mannequin à la chevelure flamboyante déambulait au centre du salon d'essayage. Son corps délié, d'une minceur effarante, semblait à peine bouger dans son fourreau de soie ocre. Dora concentra son attention sur la robe et s'efforça d'ignorer le corps gracile de dix-huit ans qui la portait. Elle adorait cette couleur, mais le style ne ferait sûrement pas le même effet sur elle. Mal à l'aise, elle se déplaça sur la petite chaise dorée du salon très chic où Khalil l'avait emmenée dans la matinée. Il avait décidé de lui offrir une nouvelle garde-robe avant leur départ pour El Bahar, plus tard dans l'après-midi.

Dora reconnut qu'elle était heureuse de sa générosité. Elle se dit qu'il était bon et attentionné, et elle-même était sur le point d'entrer dans sa propre histoire. La seule chose qui la chiffonnait, c'était de s'être réveillée seule dans son lit ce matin, car rien ne prouvait que Khalil l'y ait rejointe. Toutefois, elle n'était pas sûre d'avoir le droit d'en être contrariée car elle gardait un souvenir plutôt confus de la soirée précédente.

Elle se souvenait un peu du mariage ; elle se souvenait aussi d'elle et de Khalil assis, bavardant ensemble. Elle se souvenait du champagne ! Elle pressa deux doigts sur sa tempe. Encore maintenant son mal de tête lui rappelait de façon peu agréable que l'abus d'alcool n'était pas ce qui lui réussissait le mieux.

Elle avait dû sombrer dans le sommeil à un moment — elle n'osait penser au mot « s'évanouir » — et Khalil l'avait probablement mise au lit. Ce qui la tracassait, ce n'était pas que son mari n'ait pas fait l'amour avec elle alors qu'elle était inconsciente, non, c'était de s'être retrouvée seule à son réveil. Théoriquement, cela n'avait rien de mal. Mais elle avait quand même l'impression que quelque chose ne tournait pas rond. Elle avait passé sa nuit de noces toute seule, après tout.

Babette, la propriétaire du salon, palpa la soie délicate du fourreau. « Ce tissu est absolument extraordinaire, dit-elle, et la couleur sera fabuleuse sur madame. »

Oh, ça va, pensa Dora morose. « Et madame ne s'étonnera pas que ses hanches tirent sur les coutures et déforment complètement la ligne de la robe. » Elle le pensait mais ne le dit pas. Elle ne répondit rien. Dans cet établissement très chic, une telle remarque était déplacée. Toutes les vendeuses ressemblaient aux précédents mannequins. Babette elle-même était menue et incroyablement bien habillée. Bien qu'elle portât sa robe bleue préférée, Dora se sentait grosse et mal fagotée en comparaison.

Babette la regarda pensivement. « Néanmoins, je ne suis pas sûre que ce style avantage madame. »

Quelle perspicacité, songea Dora sarcastique. Elle mériterait une médaille. Puis, faisant son examen de conscience, elle comprit que son attitude défensive venait plus de la peur que du fait qu'elle se sentait froissée. Elle n'était pas à sa place ici. Elle ne l'était pas plus à Los Angeles, d'ailleurs. Elle était sans foyer, déboussolée et pour rendre les choses encore plus stressantes, elle venait d'épouser un prince !

Khalil s'était installé derrière la vitre de la pièce, près de l'entrée du salon. Dès que Dora s'était assise, il avait commencé à lancer des appels sur son téléphone cellulaire. Il rangea enfin son téléphone dans la poche de sa veste et traversa la pièce pour s'asseoir à côté d'elle. Il regarda attentivement le mannequin qui s'arrêta pour tourner devant lui. Ses lèvres boudeuses s'incurvaient en un sourire qui invitait à la regarder… et peut-être plus. Dora eut envie de gifler l'adolescente et de lui dire de retourner au lycée. Au lieu de quoi, elle se dit que cette course aux achats n'allait pas durer éternellement.

Khalil se tourna vers Babette.

— On dirait que cette fille n'a pas mangé depuis un mois. Ne payez-vous pas vos modèles ?

Le visage impeccablement maquillé de Babette devint blême.

— Votre Altesse, je vous assure…

Il l'interrompit d'un regard.

— Ma femme a un corps merveilleusement féminin. Non seulement je la désire, mais j'ai de la chance de l'avoir trouvée comme future mère de mes fils. C'est une princesse. Veuillez vous en souvenir.

Babette s'arrangea pour avoir l'air à la fois calme et étonné. Pourtant, Dora était sûre qu'elle était sous le choc. Khalil se pencha alors vers elle et pressa ses lèvres sur sa joue.

— J'ai encore des appels à passer. Te sens-tu mieux à présent ? lui demanda-t-il doucement, pendant que son souffle lui chatouillait l'oreille.

— Ça va, réussit-elle à répondre.

— Bien. Fais-moi savoir si elles t'ennuient encore.

Sur ce, il repartit dans l'autre sens et empoigna de nouveau son téléphone. Babette lui lança un regard appréciateur.

— Il vous aime vraiment beaucoup, Votre Altesse. Vous êtes une femme très chanceuse.

Ne sachant que répondre, Dora se contenta de sourire. Elle voulait bien admettre qu'elle avait de la chance, mais elle était *également* troublée. Khalil était-il amoureux d'elle, comme le suggérait Babette ? Elle ne demandait qu'à le croire, mais n'en était pas sûre. Tout s'était passé si vite.

Elle leva les yeux à temps pour voir disparaître le mannequin aux cheveux roux derrière un paravent. Trois autres apparurent alors, chacune portant une tenue de style différent. La première jeune femme portait une courte chemise de nuit qui effleurait à peine les genoux. La légère soie verte reflétait la lumière, tandis que sur les côtés, des fentes attiraient l'attention sur les cuisses, non sur les hanches. La deuxième déambulait dans une robe du soir en velours vert anglais, si belle que Dora en eut l'eau à la bouche. Les épaules étaient élargies et rembourrées, le décolleté plongeant, et le poids léger du velours flottait sur le bas du corps. Dora se dit qu'il lui suffirait d'enfiler cette robe pour avoir l'air présentable.

Dans sa tenue de marin galonné et à large col, le dernier modèle était à l'image du monde des affaires. Trois autres femmes surgirent derrière les modèles, chacune portant divers accessoires.

— Nous allons commencer par les basiques, dit Babette en tournant autour de Dora. Ces modèles correspondent tous à votre taille. Pourquoi ne pas examiner ce qui vous plaît ? Nous pourrons alors commencer les essayages.

Désignant du doigt une jeune femme blonde de haute taille, elle dit d'un ton autoritaire :

— Marie, il va nous falloir des chaussures.

Puis, elle se tourna vers Dora.

— Quelle est votre pointure, Altesse ? demanda-t-elle avant d'ajouter d'un ton confus : puis-je vous offrir un café ou peut-être un petit en-cas ?

Trois heures plus tard, tout ce que Dora désirait, c'était de se rouler en boule et de dormir pendant une semaine ! Elle n'aurait jamais cru qu'il était si fatigant d'essayer des vêtements. Elle se tenait debout au centre d'une grande cabine d'essayage où deux ouvrières travaillaient sur la robe qu'elle portait.

Elle ne savait plus combien d'accessoires elle avait déjà choisis. Babette contrôlait la liste, mais pour Dora tout était très confus. Il y avait eu les vêtements eux-mêmes et les chaussures. Babette avait choisi des chapeaux pour aller avec certaines robes, ainsi que des broches et des foulards. Il y avait des châles pour les robes du soir et une veste sport pour ses pantalons. Une employée avait apporté un plateau de bijoux fantaisie, mais Babette jeta un regard significatif sur l'impressionnante alliance de Dora tout en murmurant :

— Que Votre Altesse ne se soucie pas de ces pierres artificielles, et le plateau avait été aussitôt escamoté.

Les deux ouvrières ayant terminé leur travail, Dora profita de cet instant de liberté pour sortir de la pièce où l'on se changeait et elle se mit à la recherche de Khalil. Qu'avait-il fait pendant tout ce temps ?

Elle se dirigea vers le salon et l'aperçut en train de discuter avec une jeune femme. Dora la prit d'abord pour l'une des vendeuses, car elle était trop petite pour être un modèle. Puis, elle se rendit compte que leur conversation n'avait rien de fortuit.

Tandis qu'elle observait, son calme et élégant mari posa sa main sur l'épaule de la femme et la repoussa. La femme, sa longue chevelure noire balayant le milieu de son dos, le fusillait du regard et lui parlait. Dora était trop loin pour entendre ses paroles, mais elle lisait la colère dans l'attitude de cette femme. La rage l'enveloppait d'un nuage venimeux.

Khalil gesticulait. La femme secoua la tête, puis se figea et se retourna comme si elle percevait tout d'un coup une odeur déplaisante.

Instinctivement Dora fit un pas en arrière. Ce n'était pas suffisant. La jeune femme s'avança vers elle et s'arrêta. Elle était si belle que Dora en eut le souffle coupé. Pourtant, ses traits parfaits étaient enlaidis par un regard de pure haine dans ses grands yeux expressifs. Pendant un moment, Dora crut que sa vie était en danger. Au même instant, Khalil empoigna le bras de la femme et l'entraîna dehors. Elle se dirigea vers eux, mais avant qu'elle soit suffisamment proche pour demander à Khalil qui elle était, Babette l'appela.

— Votre Altesse devrait venir essayer les autres chaussures.

Dora acquiesça du chef, mais se promit de ne pas omettre de parler de tout cela avec Khalil plus tard.

— Khalil, qui était cette jeune femme dans la boutique ? lui demanda-t-elle tandis que la limousine les conduisait de l'hôtel à l'aéroport où le jet du prince les attendait. La jolie fille avec laquelle vous discutiez avec tant d'ardeur.

Khalil songea un instant à prétendre qu'il ne savait pas de quoi elle parlait, mais il la connaissait suffisamment à présent pour savoir qu'elle ne se serait pas contentée de cette réponse.

« La jolie fille » pensa-t-il avec une pointe d'humour.

Ambre se vexerait certainement en entendant pareil compliment. Elle n'était pas seulement « jolie », c'était une déesse… et une vipère.

— Aucune importance, répondit-il en souriant. C'est une amie de la famille. Son père travaille au gouvernement. Je lui ai annoncé notre mariage.

— Elle ne semblait pas s'en réjouir.

Khalil entendait encore les cris de rage et les menaces d'Ambre à leur encontre.

— Elle était surprise, voilà tout.

Son intention était de rassurer Dora. Son épouse n'avait nul besoin de savoir qu'Ambre avait été folle de lui avant de le couvrir des pires injures.

Son épouse. Il regarda cette inconnue silencieuse qu'il avait épousée. Elle n'était peut-être pas aussi jolie qu'Ambre, mais elle la surpassait sur bien des points. S'il lui restait des doutes, la chance — ou malchance — d'avoir croisé son ex-fiancée, les avait irrémédiablement chassés. Dora apprendrait vite les devoirs d'une princesse. Elle serait loyale, aimable et ne causerait jamais de scandale. Peut-être même deviendrait-elle plus docile avec le temps.

Il tendit le bras et lui prit la main.

— Je suis heureux de t'avoir épousée.

Elle lui adressa un pâle sourire.

— Moi aussi.

Il serra sa main dans la sienne avant de la relâcher.

Oui, il pouvait se féliciter d'être sorti de ce dilemme

et d'avoir trouvé une solution de remplacement si satisfaisante. Ce voyage avait été une réussite.

Dora regardait par le hublot pour tenter de se repérer, mais elle aurait pu tout aussi bien survoler la surface de la lune. Elle ne connaissait pas assez bien cette partie du monde pour savoir quand elle quittait un pays pour entrer dans un autre. Contrairement à ce qu'elle voyait dans l'atlas de son enfance, aucune couleur ne les différenciait. Elle regardait l'immense étendue en se demandant s'ils ne survolaient pas déjà El Bahar.

Le voyage n'en finissait pas. Dora essaya de ne pas céder à la panique. Elle avait eu trop le temps de penser, surtout quand Khalil avait mis les lumières en veilleuse et s'était étendu confortablement sur son siège pour aussitôt s'endormir. A présent, quelques minutes seulement les séparaient de l'atterrissage et elle devait à tout prix lui dire qu'elle avait changé d'avis.

Elle lança un coup d'œil sur sa gauche et vit Khalil absorbé dans un rapport sur le traitement des déchets. Il avait dormi durant une bonne partie des onze heures de vol, s'était réveillé à temps pour le petit déjeuner, s'était rasé et avait passé une chemise propre. Dora considéra sa robe toute froissée et regretta de n'avoir pas songé à une tenue de rechange. Tous ses bagages étaient dans la soute.

« Je vais bien », se dit-elle sans chercher à donner un sens à ses paroles. En fait, elle était terrorisée. Seigneur ! Que venait-elle faire ici ?

Prise de panique, elle agrippa le téléphone encastré dans son accoudoir, puis le relâcha. Qui allait-elle appeler ? Elle n'avait pas vu son père depuis des années et sa mère était morte depuis cinq ans. Elle n'avait pas d'autre famille. Quant à ses amis, il s'agissait plutôt de vagues connaissances auxquelles elle n'oserait pas se confier. Du reste, que leur dire ? Qu'au deuxième jour de son mariage, elle commençait à douter ? Qu'elle était terrifiée à l'idée de quitter son pays pour El Bahar ?

Elle laissa retomber sa main sur son genou et soupira. Elle devrait prendre garde, les jours prochains, de ne pas agir sur un coup de tête. Le moment viendrait où elle s'habituerait à sa situation et ne se sentirait plus aussi perdue.

Elle regarda Khalil et s'aperçut qu'il était resté sur la même page de son rapport. Avait-il du mal à se concentrer ? Doutait-il tout comme elle ? Elle brûlait de le questionner, mais sa réponse l'effrayait. Que ferait-elle s'il lui répondait que lui non plus n'était pas sûr ?

Si seulement ils étaient restés une nuit de plus à New York et si elle n'avait pas tant bu le soir de leur mariage, ils auraient discuté, ils auraient fait une nouvelle fois l'amour et il lui aurait dit qu'il tenait à elle. Elle se serait sentie plus rassurée. Mais ils avaient immédiatement embarqué dans le jet où deux stewards, sans compter les deux pilotes, avaient veillé continuellement à leur confort sans leur laisser un seul moment d'intimité.

Elle ressentit une pression sur les tympans et bâilla. Ils amorçaient leur descente. Dora jeta un œil par le hublot et vit qu'ils avaient laissé la vaste étendue du désert derrière eux. A la place, s'étendait une métropole tentaculaire aux larges avenues, hérissée de centaines de gratte-ciel et de tours de verre. Elle aperçut un éclat bleu.

« La mer d'Arabie », se dit-elle abasourdie. Avait-elle vraiment parcouru la moitié du globe ?

— Voilà le palais, dit Khalil en pointant son doigt vers le hublot. Sur la côte. On distingue aussi les anciens remparts de la ville.

Elle vit un immense édifice blanc crème comme suspendu au bord de l'eau. Le vaste domaine du palais constituait un patchwork de couleurs et les murs dont parlait Khalil, un carré entourant la majeure partie de la ville, sans toutefois inclure les tours qu'elle avait remarquées plus tôt.

Une vague d'excitation dissipa sa panique. Vu du ciel, El Bahar semblait exotique mais accueillant. Il n'y avait peut-être pas de quoi s'effrayer après tout.

Le jet fit un atterrissage en douceur et roula vers un petit bâtiment d'un étage au bout de la piste. En sortant de l'avion, Dora remarqua un plus grand terminal de l'autre côté de l'aire d'embarquement.

— C'est le terminal des vols commerciaux, dit Khalil qui avait suivi la direction de son regard. Le service des douanes et de l'immigration se trouve là-bas. Nous avons également réservé une zone importante aux compagnies de fret. Elles ont même leurs propres pistes d'envol.

— Très impressionnant.

Elle descendit les marches et respira pour la première fois l'air d'El Bahar. Il était frais mais agréable. Elle perçut un parfum indéfinissable de fleur sans voir pourtant aucune plantation autour d'elle. Le ciel était d'un bleu surprenant. Elle ne se souvenait pas d'en avoir vu d'aussi profond. Elle avait beau se dire qu'elle se trouvait sous le même ciel, celui-ci lui paraissait tout à fait différent.

Khalil l'entraîna vers la limousine qui les attendait. Celle-ci était blanche et arborait sur son capot deux petits fanions. L'emblème doré de la royauté flottait dans la brise légère. En s'approchant, elle remarqua le chauffeur en uniforme qui ouvrait la portière arrière. Elle allait se glisser sur la banquette quand Khalil lui toucha le bras.

— Dora, voici Roger, notre chauffeur préféré. Il est au service de la famille depuis aussi longtemps que je me souvienne.

Le chauffeur, un homme séduisant au teint clair, dans la cinquantaine, toucha le bord de sa casquette.

— Merci, prince Khalil, mais je me serais passé de votre « aussi longtemps que je me souvienne ». La jeune dame va penser que je suis un vieux croûton.

L'Anglais souriait en disant cela.

— Peut-être pas un vieux croûton, admit Khalil. Que dirais-tu de « aussi vieux que le temps » ?

Roger rit à belles dents.

— D'accord, Votre Altesse, si tel est votre bon plaisir.

Il fit un clin d'œil à Dora. Celle-ci se surprit à lui rendre son sourire. Au moins, la première personne qu'elle rencontrait à El Bahar ne la terrorisait pas.

Khalil empoigna l'épaule de Roger un bref instant.

— Je suis heureux que tu sois le seul à être venu à l'aéroport aujourd'hui. Je suis sûr que Dora est déjà moins inquiète de se trouver à El Bahar.

Elle lui lança un regard étonné.

— Comment avez-vous deviné ce que je ressentais ?

— Ne suis-je pas ton mari ? Comment aurais-je pu ne pas m'en rendre compte ?

Elle ne trouva rien à répondre. Oui, il était son mari, mais il ne la connaissait pas très bien. Elle ne le pensait pas en tout cas. L'aurait-elle mésestimé ? Peut-être avait-il dit la vérité en prétendant l'avoir remarquée dès l'instant où ils s'étaient rencontrés ? Cette idée lui réchauffa le cœur.

— Votre femme ? dit Roger d'une voix qui trahissait son incrédulité. Pardonnez-moi, prince, je l'ignorais.

Il retira sa casquette et salua profondément Dora.

Stupéfaite de cet acte de déférence, elle fixa les cheveux blonds de Roger, avant de lancer un regard désarmé à son mari. Mais celui-ci ne semblait pas le moins du monde embarrassé par l'attitude de son chauffeur. Il est vrai que Khalil était prince de naissance et trouvait la chose naturelle.

— Votre Altesse, commença Roger. Je ne voulais pas vous manquer de respect. Si j'avais su…

Dora ne savait peut-être pas grand-chose de l'état de princesse, mais savait s'entendre avec les gens.

— Je ne m'attendais pas à ce que l'on soit aussi aimable avec moi, l'interrompit-elle gentiment. Le prince a vu juste. C'est la première fois que je viens à El Bahar et je suis un peu nerveuse. Votre accueil m'a réconfortée.

— Merci.

Roger inclina la tête tout en lui montrant la portière ouverte.

— S'il plaît à Votre Altesse…

Dora se glissa sur la banquette. Khalil s'assit auprès d'elle tandis que Roger lui murmurait :

— Bien joué, prince. Celle-ci au moins est une vraie dame.

Khalil ne répondit pas. Dora savait qu'elle n'était pas censée avoir entendu, mais la remarque l'avait tranquillisée. Peut-être avait-elle une chance de bien s'en tirer après tout ? Si seulement la famille royale était aussi aimable que Roger !

Après avoir chargé les bagages dans le coffre, Roger se mit au volant et démarra. Ils laissèrent bientôt l'aéroport derrière eux et se dirigèrent vers la ville. Dora laissait aller son regard de fenêtre en fenêtre pour admirer toutes les facettes de son nouveau pays.

Ils prirent la route nationale longeant la côte vers le sud puis bifurquèrent vers l'est en direction de la ville. Les routes étaient larges et bien entretenues. Des automobiles s'y croisaient tant modernes qu'anciennes. Le ciel bleu attirait constamment le regard de Dora qui fut prise d'une envie irrésistible de baisser la vitre pour respirer toutes les senteurs de l'air.

— Vous permettez ? demanda-t-elle posant le doigt sur le bouton de commande.

— Je t'en prie.

Khalil se cala sur le dossier de la banquette.

— Tu vas découvrir ta nouvelle demeure. J'espère que tu t'y sentiras bien.

Elle songea à lui dire qu'elle se serait sentie mille fois mieux s'il lui avait caressé le bras ou pris la main, mais n'en eut pas le courage. Si, théoriquement, ils étaient mariés, il lui semblait qu'elle n'avait pas le droit de jouir du moindre des privilèges d'une épouse.

Elle appuya sur le levier de la fenêtre et la vitre descendit sans bruit. Immédiatement, une brise fraîche souffla sur son visage. Elle sentit la chaleur du soleil et la fraîche odeur saline de la mer, ainsi qu'un étrange et délicat parfum.

Ils roulaient à toute allure sur la voie rapide de l'autoroute. Regardant la rangée de palmiers qui la bordait, Dora demanda :

— Ce sont des dattiers ?

— Oui. Il n'y a pas si longtemps, les dattes constituaient la base de l'alimentation durant les longs mois d'été. Aujourd'hui, elles sont surtout destinées à l'exportation, bien qu'elles entrent encore pour une bonne part dans notre régime alimentaire. Regarde.

Il pointa le doigt sur la gauche de Dora.

Tournant la tête, elle vit un homme habillé en nomade qui conduisait deux chameaux chargés de sacs de toile.

— Il se dirige vers le *souk* — la place du marché. L'un des plus grands et des plus anciens de la ville est proche du palais. Je t'y emmènerai.

Malgré sa nervosité, Dora se sentie tout excitée à l'idée de toutes ces aventures exotiques qui l'attendaient.

Ils continuèrent à rouler en direction de la ville. Lorsqu'ils traversèrent le quartier des affaires, elle tendit le cou pour essayer de voir le sommet des tours de verre. Elle reconnut sur les enseignes plusieurs noms de compagnies qu'elle connaissait.

— Jamal, mon deuxième frère, s'occupe des finances du pays ainsi que de la fortune de la famille.

Khalil désigna de la tête le groupe de gratte-ciel à l'architecture occidentale.

— Jamal a su concrétiser l'idée de mon père de faire d'El Bahar le centre financier du monde arabe. C'est lui qui a conçu ces ensembles pour attirer les grosses banques et les compagnies financières. Bien sûr, nos billions n'égalent pas toutes les ressources de la Bahanie.

— D'où ?

— De la Bahanie — notre voisin du nord-est. Entre nous et le Yémen. Mon père dit toujours que ses problèmes ne sont rien comparés à ceux du roi de Bahanie. Car ce dernier a quatre fils et une fille, alors qu'ici nous sommes trois frères.

Khalil secoua la tête.

— Les deux rois sont bons amis et à une époque, mes frères et moi pensions que des mariages seraient arrangés entre les deux pays. Mais ma grand-mère est originaire de Bahanie, ce qui posait un problème de consanguinité.

Dora le regarda, oubliant pour un moment son intérêt pour la ville.

— Votre père a arrangé le mariage de ses fils ?

— Naturellement. Nous sommes une famille royale.

Comme si cela expliquait tout !

— Mais il n'a pas arrangé de mariage pour vous.

Soudain, l'horreur s'empara d'elle.

— Vous avez… vous avez d'autres femmes ?

Son estomac se noua tandis qu'un frisson glacial la parcourait. El Bahar n'était-il pas un pays musulman ? Les hommes n'avaient-ils pas le droit ici d'avoir quatre épouses ? Seigneur ! Elle avait commis une terrible, une effroyable erreur et elle devait…

Khalil se mit à rire.

— Je ne sais pas exactement ce que tu es en train de penser, mais tu as l'air aussi terrorisée qu'une souris entre les serres d'un faucon. Je n'ai pas d'autre épouse que toi, Dora. El Bahar laisse son peuple pratiquer de nombreuses religions, mais les hommes n'ont droit qu'à une seule épouse. Mon père affirme que, pour certains, une seule c'est déjà beaucoup !

Elle passa la langue sur ses lèvres soudain desséchées.

— En êtes-vous sûr ?

Khalil la regarda avec indulgence.

— Absolument. J'ai passé toute ma vie ici et j'en connais très bien les coutumes. Maintenant, plus de question : regarde ! Nous approchons du palais.

Elle se rendit compte alors qu'ils avaient quitté la route du bord de mer et roulaient dans une large avenue. Cette rue était lisse tandis que les ruelles conduisant aux habitations étaient pavées. Des échoppes et des petites maisons se dressaient de part et d'autre d'un grand immeuble où du linge bariolé pendait aux balcons. Dans une grande cour, quelques enfants jouaient au football. Apercevant la limousine, l'un d'eux, un garçon d'environ huit ou neuf ans, ameuta ses camarades. Aussitôt, tous se mirent à courir à la voiture, agitant la main et lançant des acclamations. Khalil baissa sa vitre et leur rendit leur salut.

« Prince Khalil ! Prince Khalil ! Bienvenue chez vous ! »

Une des petites filles se baissa, cueillit une fleur et la lança vers la limousine qui roulait au pas.

Dora se crut en plein casting pour un film des années soixante.

— Ils parlent l'anglais, dit-elle.

— Comme la plupart des gens du pays, dit Khalil. L'anglais est obligatoire à l'école et nous encourageons sa pratique dans les transactions d'affaires.

— Je vois.

Dora continuait à observer ce qui se passait quand, après un virage, la voiture se mit à longer une large rue bordée d'arbres. Tout ce qu'elle avait vu jusqu'ici l'avait rassurée sur sa situation et elle pensait que le pire était passé.

— Regarde, voilà l'entrée du palais, dit Khalil en pointant le doigt devant lui.

Ils passèrent les immenses portes devant lesquelles une douzaine de gardes étaient de faction. A l'intérieur du mur d'enceinte, la voie privée zigzaguait au milieu de luxuriants jardins. A travers leur feuillage touffu, Dora entrevit des bâtiments, des bassins, des courts de tennis et une armée de jardiniers.

— L'enceinte du palais est ouverte au public deux jours

par semaine, dit Khalil. Il y a un petit zoo, des jardins, des sentiers pour se promener. Des divertissements de toute sorte sont organisés en période de vacances et de festivals. Ces derniers sont gratuits pour la population. Seuls les touristes étrangers versent une modeste cotisation.

Le parfum se fit plus intense. Dora le huma, puis sentit sa gorge se serrer lorsqu'ils s'arrêtèrent, après une dernière courbe, devant un immense édifice de couleur crème.

Le palais semblait avoir des kilomètres de large et se composait de trois étages élevés, surmontés d'un superbe toit de tuiles qui luisait sous le soleil de midi. Les balcons, serrés les uns contre les autres, avaient des balustrades en fer forgé noir qui contrastaient avec les lignes épurées du palais.

Un grand porche menait à l'intérieur. Tandis que Roger ouvrait la portière arrière et l'aidait à descendre, Dora admira la place circulaire pavée de petits carreaux bleu cobalt qui composaient une mosaïque représentant l'océan, ses poissons et ses navires. C'était splendide et apaisant, et elle se sentit immédiatement chez elle.

— Soyez la bienvenue, princesse Dora, dit Roger.

Puis il lui fit un clin d'œil.

— Prête à rencontrer tout le monde ?

— Je l'espère.

Elle jeta un coup d'œil vers Khalil qui se tenait derrière elle. Roger avait été surpris d'apprendre que le prince s'était marié. Qu'en serait-il de sa famille — et de son père en particulier ?

— Sont-ils au courant pour moi ?

— Mon père l'est. Il était enchanté quand je lui ai appris la nouvelle.

Rien n'était plus faux, mais Khalil était sûr que c'était cela que Dora souhaitait entendre. Il n'avait pas besoin de la connaître pour sentir qu'elle était nerveuse et il la comprenait. On ne rencontrait pas sa belle-famille tous les jours. D'autant plus qu'il s'agissait là d'une famille royale qui, de surcroît, n'aurait jamais jeté son dévolu sur elle.

Il repensa à sa conversation avec son père le jour précédent. Le roi Givon Khan avait tempêté et refusé d'entendre un mot de plus. Khalil doutait qu'il se soit calmé depuis.

Ils traversèrent la cour aux nombreuses fontaines où des gardes étaient postés tous les dix mètres. El Bahar était un pays pacifique et les hommes paradaient plus qu'autre chose. Néanmoins, la vue des armes automatiques et des munitions dont ils étaient bardés, était impressionnante et Dora se colla à son mari.

Khalil aperçut toute sa famille qui s'était réunie sur les marches pour l'accueillir. Ses deux frères s'appuyaient nonchalamment contre les larges colonnes devant les doubles-portes ouvertes du palais. Comme lui, Malik et Jamal avaient les yeux et les cheveux noirs. Tous trois mesuraient plus d'un mètre quatre-vingt, Malik dépassait ses frères d'un bon centimètre et tous avaient hérité de la même beauté, bien qu'en son for intérieur Khalil se considérât comme le plus beau des trois.

Sa grand-mère attendait sur la marche la plus basse. Son corps mince, presque frêle, donnait la fausse impression d'une femme fragile et faible, mais Fatima Khan savait tromper son monde. Khalil se mit à espérer qu'elle se prendrait de sympathie pour sa nouvelle épouse. Son approbation améliorerait considérablement la vie de Dora au palais.

Son regard se posa enfin sur son père. Givon Khan avait presque soixante ans, mais sa force et cette manière bien à lui de se tenir droit le faisaient passer pour un homme de quarante ans. Bien que préférant s'habiller à l'occidental, le roi se montrait souvent très conventionnel. Il gouvernait El Bahar avec sagesse et patience… une patience qu'il montrait rarement à l'égard de ses fils. Khalil lut dans ses yeux sa déception et sa colère, et comprit que les choses allaient être difficiles.

Khalil et Dora s'arrêtèrent devant le groupe. Personne ne dit mot. Sa grand-mère lança à son fils un regard noir qui en disait long sur les échanges qu'ils avaient dû avoir à propos du mariage. Fatima pourtant ne s'approcha pas d'eux. Khalil enlaça l'épaule de Dora et la sentit trembler. Il la serra légèrement contre lui pour lui redonner courage.

— Père, j'aimerais vous présenter la princesse Dora Khan. Dora, voici mon père, le roi Givon Khan d'El Bahar.

A sa grande surprise, Dora avança d'un pas et s'inclina devant son père en une gracieuse révérence.

— Votre Majesté, je vous remercie de m'accueillir dans votre pays si merveilleux.

Givon la foudroya du regard, hocha la tête et reporta son attention sur son fils.

— Khalil, il m'est déjà arrivé d'être contrarié et en colère contre toi, mais c'est la première fois que je regrette de t'avoir pour fils.

Atterrée, Dora se retourna vers son mari. Khalil ne demandait qu'à la rassurer, mais ce n'était pas le moment. Il songea à essayer de lui expliquer la situation, mais là encore il devait attendre. Au pire, il dirait la vérité à son père en ce qui concernait Ambre, mais pas maintenant. Il devait avant tout affermir sa position — et celle de Dora — au palais.

Il entoura son épouse de ses bras protecteurs et fit face au roi.

— Dites-moi ce que vous attendez de moi, père, mais traitez mon épouse avec le respect qu'elle mérite. Veuillez l'accueillir comme votre nouvelle belle-fille.

Le regard du fils soutint celui du père. Une tension terrible emplit l'espace. Leurs deux volontés s'opposaient, lutte dont jamais Khalil n'était sorti vainqueur. Mais cette fois-ci rien ne lui semblait plus important. Il attendit. Dora tremblait toujours.

Le roi avança de trois pas jusqu'à se retrouver devant la jeune femme. Puis, posant ses mains sur ses épaules, il se pencha et l'embrassa sur les deux joues.

— Bienvenue au sein de votre nouvelle famille, ma fille. Que Dieu vous bénisse et vous accorde de nombreux fils ainsi qu'une vie paisible jusqu'à la fin de vos jours.

Dora sourit au roi.

— Rien sur l'amour ?

Le roi tomba des nues tout comme Khalil. Ce dernier ne s'était pas attendu à ce qu'elle « parle ».

— Je crains que votre nouvel époux ne reste pas avec vous assez longtemps pour que dure votre amour.

— Si vous êtes en colère au point de le tuer, j'imagine que je peux faire une croix sur les fils qu'il m'a promis.

Au grand étonnement de Khalil, la bouche sévère de son père esquissa un sourire.

— Peut-être ne sera-t-il que fouetté.

Elle se pencha vers le roi et baissa la voix sur un ton confidentiel.

— Je comprends très bien ce que vous ressentez, dit-elle.

Givon, roi d'El Bahar, partit d'un éclat de rire et la prit chaleureusement dans ses bras.

— Voilà qui me fait comprendre ce qui a poussé mon fils à délaisser la tradition et à vous épouser. Bon, mettons ma colère de côté pour l'instant. Venez, princesse Dora. Venez visiter votre nouvelle demeure.

- 7 -

La suite des présentations se déroula comme dans un brouillard. Dora eut à peine le temps de mettre un nom sur chaque visage qu'elle fut menée par une jeune servante le long d'un corridor puis introduite dans une somptueuse suite. Dora n'en croyait pas ses yeux. Elle n'entendait même pas ce que lui disait la jeune fille. Sidérée, elle ne pouvait que contempler le grand salon aux dimensions impressionnantes.

Le marbre recouvrant le sol apportait sa fraîcheur à la pièce tandis que le ton crème des murs s'approchait de la couleur du palais lui-même. A sa gauche, une grande fresque représentait une chamelle et son petit dans une oasis tandis que le mur de droite était tendu de riches tapisseries.

Un mobilier de style occidental tentait de garnir cet espace immense où il restait encore assez de place pour ouvrir un cours d'aérobic. Mais le plus spectaculaire était l'incroyable baie vitrée qui donnait sur une terrasse dominant la mer d'Arabie.

Dora ne put résister à l'envie de sortir sur la terrasse. La douceur de l'air marin l'enveloppa aussitôt. Elle huma la brise parfumée et sentit tous ses nerfs se détendre. Des tables basses et des chaises longues étaient disposées le long de la terrasse qui se poursuivait sur tout l'étage, alors que chaque fenêtre de l'étage inférieur était nantie d'un balcon à la balustrade en fer forgé.

Tout comme à sa descente de l'avion, Dora se sentit envahie par le sentiment de pénétrer un monde totalement étranger. S'il lui semblait avoir fait bonne impression sur le roi, les présentations n'avaient pas traîné en longueur. Le roi s'était montré impatient de se débarrasser d'elle, sans doute pour pouvoir parler à son fils rebelle. Si la famille royale ne se réjouissait pas de son mariage avec Khalil, c'est probablement parce qu'elle avait nourri d'autres projets pour lui, tenta de raisonner Dora. Normal : Khalil était un prince, après tout. Il n'était pas issu d'un milieu où l'on pouvait choisir librement sa future épouse.

« Oh ! Khalil, qu'avez-vous fait ? » gémit-elle en prenant son visage à deux mains. Pourquoi n'y avait-elle pas songé ? Khalil n'était pas un homme ordinaire. Il appartenait à une famille royale où le mariage était une affaire d'Etat. N'était-ce pas le cas en Angleterre ? Elle jeta un coup d'œil à sa lourde bague de diamant. Peut-être n'étaient-ils même pas mariés après tout ?

— Votre Altesse ?

Dora se redressa, puis se tourna vers la servante qui patientait dans le salon.

— Oui ?

La jeune fille devait avoir à peine vingt ans. Très belle, avec de grands yeux noirs et des cheveux bruns magnifiques enroulés en chignon, elle portait une robe grise à manches courtes et des souliers plats.

— Vos bagages sont arrivés. J'attends vos ordres pour commencer à les défaire.

Dora se sentit soudain obligée de tenir le rôle de la

touriste américaine un peu candide confrontée à une situation délicate. Elle était sûre que cette affaire prendrait des heures.

— Quel est ton nom ?

— Rihana, pour vous servir, Votre Altesse, répondit la jeune fille en esquissant une révérence.

Dora la regarda faire en se demandant si elle s'y habituerait un jour.

— Es-tu autorisée à m'appeler autrement que « Votre Altesse » ?

Rihana sourit.

— Bien sûr. Princesse Dora est un titre acceptable.

— Alors, appelle-moi plutôt ainsi. En entendant mon nom, j'aurai davantage l'impression que c'est vraiment à moi que l'on s'adresse.

Le regard de Dora s'arrêta sur la double-porte monumentale.

— C'est la chambre, n'est-ce pas ? demanda-t-elle.

— Oui.

— Alors pourquoi ne déferai-je pas mes bagages moi-même. Comme ça, je saurai où se trouvent mes affaires.

Rihana fronça les sourcils.

— Princesse Dora, mon travail est de prendre soin de vous.

Dora inspira profondément.

— J'ignore tout des us et coutumes de ce pays et de ce palais ; il me faudra un moment avant de m'y adapter. En attendant, laisse-moi m'occuper moi-même de mes bagages. Je te promets que demain tu pourras me servir comme tu l'entends.

Rihana hésita. Dora sourit et lui indiqua la porte.

— Ça ira, Rihana.

La jeune fille se dirigea vers la sortie.

— Si vous changez d'avis, vous n'avez qu'à décrocher le téléphone et me demander.

— Promis. Je te remercie.

Une fois seule, Dora entra dans la chambre. Elle était un peu plus petite que le salon, mais n'en était pas moins impressionnante. Un lit à colonnes trônait sur une estrade au milieu de la pièce, le mur d'en face était vitré et les portes-fenêtres s'ouvraient sur la grande terrasse. Sur les autres murs, des carreaux de faïence bleus, verts et or composaient une mosaïque bariolée et exotique.

Le mobilier était davantage dans le goût oriental, tout de bois laqué noir avec, en guise de poignées de tiroir, des caractères chinois en or. Dora traversa la pièce dallée de marbre et ouvrit les portes de bois du boudoir. Stupéfaite, elle cligna des yeux devant l'espace inoccupé.

Ce n'était pas la suite de Khalil ; on ne l'avait pas installée avec son mari mais dans les appartements réservés aux invités. Dieu sait à quelle distance logeait la famille royale !

L'inquiétude et la peur lui nouèrent l'estomac. Qu'est-ce que cela voulait dire ? Etait-ce une erreur ? En s'apercevant qu'elle ne partageait pas sa chambre, Khalil allait-il venir la chercher ? Peut-être était-ce une coutume royale de ce pays ? Si seulement elle s'était documentée avant de quitter New York !

Sa peur tourna à la panique quand elle prit conscience que, hormis Khalil et sa famille, personne au monde ne savait où elle était. Tout s'était déroulé si vite. Elle n'avait pas eu un instant pour téléphoner à ses proches. De toute façon, si elle disparaissait, personne ne s'en inquiéterait.

Dora marcha de long en large et s'arrêta devant l'entrée.

Etait-elle prisonnière ici ? Elle revit des scènes de vieux films où des femmes prises au piège étaient enlevées puis assassinées. La bouche sèche, elle se demanda si elle reverrait un jour le pays qui l'avait vue naître. Le plus triste dans cette histoire, c'est qu'elle seule était à blâmer, songea-t-elle. Il avait suffi qu'un homme s'intéresse à elle, qu'un prince entre dans sa misérable vie et lui propose le mariage pour qu'elle fonce tête baissée sans se soucier des conséquences.

Elle devait partir d'ici. Tout de suite !

Dora ouvrit la porte de sa suite et s'engagea dans le couloir. Sa première surprise fut de pouvoir ouvrir si facilement la porte ; la deuxième, de ne trouver aucun garde posté dehors. Elle avait encore à l'esprit l'image de ces hommes armés à l'air féroce devant l'entrée du palais.

Elle regarda à droite et à gauche, essayant de se souvenir de l'orientation du palais. Si sa suite donnait sur la mer, c'est-à-dire vers le sud, cela signifiait que l'entrée du palais…

— Princesse Dora, puis-je vous être utile à quelque chose ?

— Quoi ?

Elle leva les yeux et vit un homme d'un certain âge qui se tenait devant elle. Il portait une pile de serviettes épaisses sur ses bras maigres et bruns. Dora n'avait encore jamais vu un pareil habillement. Il portait une sorte de robe ouverte sur un pantalon bouffant aux couleurs vives et une large chemise. Son expression était amicale et bienveillante.

— Avez-vous faim, Votre Altesse ? Désirez-vous une petite collation ? Ou préférez-vous que j'appelle Rihana ?

Elle ouvrit la bouche comme pour dire quelque chose

puis la referma. Si elle voulait s'enfuir, de toute évidence, il lui faudrait une stratégie.

— Tout va bien. Merci.

Elle se retira dans ses appartements. Son cœur battait la chamade. Une chose après l'autre, se dit-elle en refermant la porte. Primo, se calmer. Secundo, dresser un plan.

Elle saisit sur le bureau un bloc de papier vélin et s'installa sur le sofa. Après avoir esquissé dans les grandes lignes les contours du palais, tel qu'elle s'en souvenait pour l'avoir survolé à son arrivée, elle commença à dessiner l'intérieur, ce qui se limitait à l'entrée principale, le couloir qu'elle avait traversé et sa suite. Rien d'autre. Elle se dit qu'elle ferait peut-être bien de demander à Rihana de l'emmener faire une petite visite des lieux.

Se calant confortablement sur les coussins, Dora se demanda si elle ne dramatisait pas. Peut-être devrait-elle décrocher le téléphone et demander à parler à Khalil, tout simplement ? Après tout, il était son époux. Si elle arrivait à discuter avec lui ou au moins à le « voir », tout finirait par s'arranger. Elle ferma les yeux une minute. Elle n'avait pu dormir la nuit précédente dans l'avion. Elle était trop énervée et préoccupée. Elle pensa somnoler une seconde. Juste une seconde…

— Je suis désolée, mon enfant, mais nous n'avons pas beaucoup de temps…

Dora battit des paupières en remuant et s'aperçut qu'elle était sur un coin du sofa dans une position peu stable. Elle leva les yeux et vit près d'elle une femme grande et svelte à l'épaisse chevelure grisonnante. Elle portait un élégant tailleur saphir assorti aux pierreries de ses boucles d'oreilles, qui lui donnait un air majestueux. Mais ce fut surtout son visage qui attira l'attention de Dora. Malgré son âge évident et les petites rides qui couraient sur sa peau fine, elle était d'une beauté stupéfiante.

— Fatima, prononça-t-elle dans un souffle en s'asseyant pour se lever.

Elle se rendit compte alors qu'elle s'adressait à la mère du roi qui avait elle-même été reine.

— Votre Altesse, se reprit-elle en faisant une révérence un peu bancale.

Fatima tapota la surface lisse de son chignon et l'arrêta d'un geste.

— Oh ! Je vous en prie. Nous sommes de la famille, ma chère. Si grand-mère vous semble trop familier, appelez-moi Fatima. Ou « l'Excentrique ». J'ai toujours adoré ce surnom. Il me fut donné il y a quarante ans par un chef d'Etat en visite au palais. L'homme en question avait glissé sa main sur l'intérieur de ma cuisse, comme il disait. Je l'informai que j'étais plus que disposée à devenir sa maîtresse, mais lorsque mon époux eut vent de notre affaire — et j'étais nulle pour garder les secrets — il fit en sorte que ce dignitaire perde à jamais toute possibilité d'honorer une femme. Si vous voyez ce que je veux dire.

Fatima lui fit un clin d'œil, puis une expression un peu triste se peignit sur son visage.

— Il me manque. Je veux dire mon mari. Malgré ma malice, je fus une bonne et fidèle épouse pendant près de quarante ans. Nous avons eu un mariage heureux.

Elle toucha le col de son tailleur.

— C'est un Chanel. Ne trouvez-vous pas le style Chanel tout simplement extraordinaire ? J'ai connu Coco, savez-vous ? Il est vrai qu'à mon âge on a connu tout le monde. Ainsi vous êtes la toute nouvelle épouse de Khalil. J'imagine que tout cela doit vous rendre perplexe, dit-elle en désignant d'un geste circulaire le salon.

— Maintenant plus que jamais, répondit Dora sans réfléchir.

Elle porta sa main à la bouche.

— Je suis désolée. Ce n'est pas ce que je voulais dire.

A sa grande surprise, Fatima éclata de rire.

— Oui, mais vous l'avez pensé.

La vieille dame s'assit à l'autre bout du sofa et, tapotant un coussin, l'invita à s'installer près d'elle. Dora s'exécuta avec reconnaissance.

— Je suis un peu bizarre, poursuivit Fatima. En partie à cause de l'âge, mais surtout parce que telle est ma nature. J'ai eu plus de soixante-dix années pour parfaire ma différence et je prends grand plaisir à agir et à me comporter de façon tout à fait imprévisible.

Elle se pencha en avant et baissa la voix.

— Nous sommes entourées d'hommes, ma chère. Si vous ne l'avez pas remarqué, il serait temps de vous en rendre compte. Cela fait des années que la douce épouse de Givon est décédée, et je n'ai pu obtenir de lui qu'il se remarie. Il a eu trois fils. De même, le roi de Bahania, notre voisin à l'est, où je suis moi-même née, a eu quatre fils et seulement une fille. Nous les femmes, nous devons nous entraider.

Dora resta silencieuse, ne sachant que dire à la reine. Elle avait encore l'étrange impression de vivre un rêve. Un rêve qui avait commencé la nuit où Khalil était venu dans sa chambre lui dire qu'il la désirait.

— Le palais est sens dessus dessous, dit Fatima. En

partie à cause du mariage civil, dans un pays étranger, du plus jeune fils du roi avec une parfaite inconnue.

Elle se pencha de nouveau en avant et tapota le dos de la main de Dora.

— Ne le prenez pas mal, ma chère, mais nous ne savons rien de vous, n'est-ce pas ?

— Je m'en doute, dit faiblement Dora en guise de réponse.

— Enfin, il reste la question du comportement de Khalil. Cela ne lui ressemble pas du tout. Je ne dirai pas qu'il est le plus arrogant des trois frères, car sur ce point ils se valent bien, mais jamais je ne l'ai vu agir sur une impulsion. Que Malik ait débarqué au palais un beau jour avec une nouvelle épouse, aurait été plus compréhensible. Mais venant de Khalil…

Fatima fronça pensivement les sourcils.

— Comment avez-vous connu mon petit-fils ?

Dora avala sa salive.

— J'ai… euh… travaillé pour lui durant son séjour aux Etats-Unis. J'étais sa secrétaire.

Fatima haussa imperceptiblement les sourcils. Elle devait pourtant bien savoir, se disait Dora, que Khalil avait voyagé ces trois dernières semaines.

— Une impulsion, commenta la douairière plus pour elle-même. Vous a-t-il parlé de sa cicatrice ?

La question inattendue déconcerta la jeune femme.

— Celle qu'il a sur la joue ?

— C'est la seule que je lui connaisse, à moins que vous ne me révéliez l'histoire d'une cicatrice plus intéressante.

Les choses prenaient soudain une tournure désagréable et Dora se sentit perdre pied.

— J'ignore comment il s'est fait cette cicatrice sur son visage et ne lui en connais pas d'autre, répliqua-t-elle.

— Dommage.

Fatima se croisa les doigts autour du genou.

— Demandez-lui qu'il vous le dise. Cette cicatrice lui a appris beaucoup de choses telles que, par exemple, ne jamais parler sans réfléchir. Je n'y comprends vraiment rien. Je ne doute pas que vous soyez une fille tout à fait charmante, mais vous êtes à l'opposé d'Ambre. Est-ce pour cela qu'il vous a épousée ?

De nouveau, Dora crut entrer dans un tunnel glacial et obscur.

— Qui est Ambre ?

Fatima la considéra un bon moment. Dora ignorait ce qu'elle pensait, mais ne voulait rien savoir. Elle pressentait que cela ne ferait qu'empirer les choses.

— Avant votre mariage, Khalil était fiancé à la fille cadette du Premier ministre d'El Bahar. Si je comprends bien, il ne vous en a jamais parlé ?

Sans un mot, Dora secoua la tête. Fiancé ? Il avait été fiancé ? Elle avala sa salive sans parvenir à dénouer son estomac. Pourquoi s'était-il marié avec « elle » alors ? Il lui avait dit, cette fameuse nuit, qu'elle l'attirait irrésistiblement. Etait-ce vrai ? Etait-il réellement tombé amoureux d'elle ? Elle voulait croire que c'était la raison pour laquelle il avait agi si hâtivement, même si une telle chance lui semblait impensable.

— Quand auraient-ils dû se marier, demanda la jeune femme.

— Khalil n'a jamais fixé de date, reconnut pensivement Fatima. Je viens seulement de m'en rendre compte. Cela explique tout ! Il attendait le grand amour. Quel romantisme !

Dora tenta de paraître impressionnée comme il se devait, mais craignit de ne pouvoir se départir de son air de novice un peu gauche. Khalil transi d'amour pour elle ? Elle aurait aimé y croire. Plus que tout au monde ! Mais était-ce possible ?

— Voilà la voie à suivre, lui dit Fatima. El Bahar se modernise rapidement, mais reste encore prisonnier de ses traditions. Le peuple n'approuvera pas que le fils cadet du roi se soit marié avec une étrangère. Cela semble…

Ses yeux s'écarquillèrent.

— Oh, mon Dieu ! Vous ne vous êtes pas mariés parce que vous étiez enceinte, n'est-ce pas ?

— Je le connais depuis un mois à peine, lâcha Dora tout en admettant que, si on ignorait qu'ils n'avaient pas couché ensemble dès le premier jour, l'argument n'était pas très solide.

— Je vois. Mais, afin de dissiper une éventuelle rumeur, je suggère que vous ayez une seconde cérémonie de mariage, un peu plus traditionnelle, cette fois. Disons dans deux semaines. Entre-temps, nous entamerons nos réconciliations avec le Premier ministre et sa famille.

— Je ne sais que dire, avoua Dora en toute franchise. Si vous pensez que cela peut être utile, je serais heureuse de coopérer.

— Parfait.

Fatima se leva.

— C'est l'heure de dîner à présent. J'imagine que Khalil ne vous a rien acheté de chez Chanel, n'est-ce pas ? Les garçons n'ont pas hérité de mon sens de l'esthétisme.

Elle entra dans la chambre et se dirigea vers le lit où les valises étaient ouvertes. Dora la suivit. Elle l'avait à peine rejointe que la vieille femme avait déjà sorti la plupart de ses affaires et en faisait deux piles. Ce qu'elle jugeait bon à garder ou à mettre au rebut.

— La bleue ira très bien, dit Fatima en saisissant la

robe préférée de Dora. La couleur est assez claire pour que nous n'ayons pas l'air d'avoir voulu nous habiller de la même manière.

Elle lui adressa un sourire espiègle.

— A moins que vous ne désiriez accueillir votre nouvel époux en portant un habit traditionnel ?

— Je ne pense pas que nous soyons prêts pour cela.

— Je me doutais de la justesse de votre jugement sur ce sujet.

Fatima lui tendit la robe et lui toucha le bras.

— Ne vous laissez pas intimider, Dora. Ou du moins, ne le montrez pas. Nous respectons la force et la détermination à El Bahar, même chez nos femmes. Pour le moment, mon fils est en colère et très déçu, mais cela ne vise que Khalil et non vous. Par conséquent, s'il se montre sec, il ne doit pas voir que vous en êtes affectée. Vous devez être forte. Laissez un seul homme du clan Khan vous dominer, et vous vous engagerez dans une vie de servitude. Comprenez-vous ?

— Je crois que oui, répondit Dora sans en être bien certaine.

Fatima la poussa légèrement en direction de la salle de bains.

— Habillez-vous. Je vous attends pour aller dîner. J'ai reçu de mon fils un message assez indélicat m'informant que le repas se déroulerait entre hommes. Notre arrivée va donc les prendre au dépourvu. C'est toujours une bonne chose. Et maintenant, dépêchez-vous.

Une demi-heure plus tard, Dora suivait Fatima à travers un dédale de couloirs interminables. Elle entraperçut de vastes salles meublées tant à l'orientale qu'à l'occidentale. Elle traversa de fabuleux jardins illuminés, découvrant à chaque détour une niche abritant une fontaine. Bien que nerveuse et confuse, elle ne pouvait nier son excitation à l'idée d'explorer un si beau palais et ses jardins.

Elles bifurquèrent à un moment donné et se retrouvèrent dans l'intimité d'une petite salle à manger. Seules quatre personnes étaient installées autour d'une table assez grande pour dix ou douze convives. Le roi présidait avec deux de ses fils à sa droite et Khalil à sa gauche. Les quatre hommes levèrent les yeux à leur entrée.

— Sommes-nous en retard ? demanda Fatima en feignant d'ignorer l'expression de mécontentement du roi. J'étais juste en train de dire à Dora que nous avions ce soir un dîner de famille où nous discuterions des moyens de sortir de la crise, dit-elle. Le moment est mal choisi. Après tout, c'est sa première nuit à El Bahar. Néanmoins, j'avais pensé qu'il était préférable de l'avoir parmi nous plutôt que de la laisser seule dans sa chambre.

De toute évidence, Khalil avait du mal à retenir son envie de rire tandis que sa grand-mère fusillait le roi d'un regard glacial. Givon Khan avait beau être l'un des cinq ou six hommes les plus riches de la planète et un monarque puissant et vénéré, il n'en restait pas moins un homme qui devait composer avec une mère redoutable. Malgré ses soixante-dix ans passés, Fatima n'était pas genre de femme à se laisser dominer.

Khalil s'attendait à ce que son père mette le feu aux poudres, mais ne fut pas surpris de le voir faire un signe en direction d'un des serviteurs qui attendaient patiemment au fond de la pièce. L'heure de la confrontation n'était pas venue : deux couverts supplémentaires apparurent.

— Mère, votre disposition à penser aux autres a fait de vous la grande dame que vous êtes, dit Givon en levant les bras. Comme toujours, votre sagesse surpasse votre âge.

Fatima alla vers lui et lui pinça la joue.

— J'ai soixante-treize ans, Givon. Il serait peut-être temps d'arrêter de dire que ma sagesse surpasse mon âge, tu ne crois pas ?

Puis elle porta son attention sur la tablée.

— Dora, asseyez-vous près de votre mari. Toi, Jamal, change de place. Je m'assiérai entre toi et ton frère.

En un clin d'œil, Fatima avait replacé son petit monde à sa convenance. Elle s'assit entre les aînés de ses petits-fils tout en décochant à Khalil un regard qui l'avertissait qu'il aurait à répondre à ses questions plus tard. Ce dernier n'attendait justement que cet entretien. Il avait échappé au mariage avec Ambre. C'était la seule chose qui comptait.

Khalil jeta un coup d'œil à son épouse. Celle-ci tenta de lui sourire, mais ses lèvres ne purent que frémir légèrement. Il n'ignorait pas que son père l'avait installée dans une aile éloignée du palais. Une preuve supplémentaire de la désapprobation du monarque. Khalil s'arma de courage pour une nouvelle vague de remontrances sur son comportement irréfléchi et irresponsable. Il se disait que son père pouvait dire ce qu'il voulait ; on ne pouvait pas revenir sur le mariage.

— Je ne sais pas encore ce que je vais dire à Aleser, dit Givon tandis que l'on servait une salade de petits légumes verts au fromage de chèvre. Il a été mon plus fidèle conseiller pendant plus de trente ans. Nous avons grandi ensemble. Nous étions convenus de longue date que sa fille aînée épouserait l'un des princes de Bahania pour sceller l'entente entre nos deux pays.

— A qui la faute ? demanda Fatima d'un ton sucré. Tu es celui qui n'a pas eu de fille. En plus, sa fille aînée est « déjà » mariée à l'un des princes.

Givon ignora sa mère et continua de concentrer son attention sur Khalil.

— En retour, sa fille cadette devait s'unir à notre lignée. Elle était *ta* fiancée, Khalil. Nous étions tous d'accord.

— Pas vraiment tous, semblerait-il, dit Fatima en piquant un morceau d'arugala. Dora me plaît beaucoup et je pense que Khalil forme avec elle un bien meilleur couple qu'avec Ambre. Elle est intelligente et elle a du tempérament. Mes petits-fils sont trop têtus. Ils ont besoin d'une femme ayant du caractère.

Khalil se retint de rire ou de regarder son père. Il pouvait néanmoins imaginer la fureur de ce dernier après la remarque outrageante de sa mère. Mais il n'y avait rien que Givon puisse faire. Il ne pouvait pas forcer Khalil à divorcer. L'accord de Fatima n'avait pas été donné à la légère et c'était une chose que le roi ne pouvait ignorer.

Khalil lança un coup d'œil à sa grand-mère. Pourquoi la vieille dame avait-elle pris son parti ? Savait-elle quelque chose au sujet des frasques d'Ambre ?

Il remarqua que Dora n'avait pas touché à son assiette. Il avait envie de lui dire de se détendre, que tout allait s'arranger, mais il s'y refusait devant sa famille. Il glissa sa main sous la table, trouva la sienne et la serra. Elle le remercia d'un sourire.

— Le problème est réglé, dit Fatima. Dans deux semaines, nous aurons une cérémonie traditionnelle et le peuple sera apaisé.

— Et Aleser ? demanda le roi. Comment allons-nous l'apaiser, lui ?

— L'homme a lui-même des enfants et comprendra qu'ils sont parfois difficiles.

Les yeux bruns de Fatima pétillaient de malice.

— Entre-temps, Dora peut venir avec moi au harem.

Je lui enseignerai tout ce qu'elle doit savoir pour être l'épouse parfaite d'un prince.

Khalil fronça les sourcils. Même si Dora avait été installée à l'écart, à l'autre bout du palais, il avait la ferme intention de partager sa couche. D'une part, il désirait avoir des fils ; de l'autre, il avait apprécié leur première nuit d'amour et entendait bien recommencer. Si Dora entrait au harem, elle serait hors d'atteinte.

— Ce n'est pas possible, dit brusquement Khalil. Dora et moi sommes mariés. Nous vivrons ensemble.

Fatima haussa les sourcils.

— Tu n'étais pas si pressé cet après-midi, me semble-t-il.

— J'étais avec mon père.

Lequel lui avait passé un savon, pensa-t-il avec humeur.

— Peu importe, continua-t-elle. Si je t'enlève ton épouse pour deux semaines, tu n'en mourras pas.

— Comme je viens de le dire, ce n'est pas possible. D'ailleurs, Dora travaille pour moi.

— Plus maintenant, Khalil, l'informa Fatima avec un sourire triomphant. C'est une princesse à présent, plus une secrétaire. Il faudra te débrouiller sans elle désormais.

Le dîner terminé, Khalil accompagna silencieusement Dora à la porte du harem. Il était revenu à la charge par deux fois, mais Fatima était restée inflexible. Dora passerait ces deux semaines avec elle, afin d'apprendre son rôle de bonne épouse. Il ignorait le contenu exact de ces leçons, mais doutait que la jeune femme les trouvent à son goût. Elle était tellement occidentale.

— Je suis désolé, dit-il en s'arrêtant devant une porte en or sur laquelle était gravé le dessin d'un jardin exquis. Je pensais que nous resterions ensemble. Ces deux semaines passeront vite.

Il prononçait ces mots pour lui-même autant que pour elle. Pour une raison qu'il ignorait, un besoin d'elle avait mûri en lui et le faisait souffrir. Il la désirait comme il n'avait pas désiré depuis longtemps.

Dora se tourna vers lui.

— Il y a un problème bien plus grave, Khalil. Pourquoi ne m'avez-vous pas dit que vous étiez fiancé ?

Il remua, mal à l'aise.

— Oui, en effet, j'aurais peut-être dû t'informer.

— Peut-être ? C'était la moindre des choses ! Comment imaginiez-vous que j'allais réagir en découvrant que vous deviez épouser quelqu'un d'autre ?

— Quelle importance ? C'est toi que j'ai épousée.

— C'est bien ce qui soulève une foule de questions.

Elle se retourna et laissa glisser ses doigts sur la porte.

— C'est de l'or ?

Sa question n'avait pas de sens pour lui.

— Oui, bien sûr.

Elle se mit à rire d'une voix étranglée.

— Portes en or et fiançailles rompues… Pourquoi vous êtes-vous marié avec moi plutôt qu'avec elle ? Quel est son nom déjà ? Ambre ?

Khalil ne s'était pas attendu à des questions sur son ex-fiancée. Pris de court, il ne savait que répondre. Dire la vérité était hors de question. Elle ne pourrait jamais comprendre. Il avait envie de frapper le mur de son poing et de hurler d'impuissance. Ce qui lui avait semblé un plan judicieux à New York, tournait au désastre. Pourquoi s'acharnait-on sur lui ? Il était marié et si son épouse n'était pas convenable à leurs yeux, elle apprendrait vite à le devenir.

— Je ne l'aimais pas, dit-il enfin.

Dora le regarda, attendant la suite, mais il n'avait plus rien à dire. Il imagina un instant à quel point la situation devait lui paraître étrange. Un nouveau pays, une belle-famille, un palais.

— Tu n'auras pas à rester ici deux semaines, lui promit-il. Je parlerai à mon père et ferai transférer tes affaires dans ma chambre.

Tout en l'observant, Khalil se remémorait leur première nuit. Le contact de sa peau douce, de son corps hésitant qui avait fini par s'abandonner. Il sentit s'allumer son désir et s'approcha d'elle.

— C'était bien entre nous, murmura-t-il en déposant ses lèvres sur les siennes. J'ai envie de toi.

Elle recula.

— Je ne savais que penser, dit-elle. Vous n'avez plus manifesté votre désir de… disons d'être avec moi depuis cette première fois. Je me demandais si vous voyiez notre mariage comme une erreur.

Il lut son incertitude dans ses yeux bruns. Son incertitude et son interrogation. Il lui avait été plus facile de lui mentir à New York. Etait-ce à cause du lieu ou parce qu'il la connaissait mieux à présent ? Dora n'était plus une employée mais une personne.

Il passa sa main autour de sa nuque et l'attira à lui.

— Ce n'était pas une erreur.

— Vous m'aimez donc toujours, dit-elle en soupirant de soulagement et en fermant les yeux.

— Pas de ça ici ! trancha une voix perçante dans le silence.

Khalil fit un bond en arrière et vit sa grand-mère qui se tenait près de lui. Fatima prit le bras de Dora et l'entraîna dans le harem. Khalil fit un pas pour les rejoindre, mais il savait depuis sa tendre enfance que cette porte d'or marquait un point de non-retour pour les hommes. Jamais il n'avait mis les pieds dans le harem et ce n'était pas ce soir qu'il braverait l'interdit. Retenant un juron, il traversa furieusement le couloir et sortit sur la terrasse. Là, il huma la brise de l'océan et ce parfum si particulier à El Bahar.

— Je n'aurais pas été content non plus, dit derrière lui une voix qu'il connaissait bien.

Khalil leva les yeux et vit Malik, son frère aîné, accoudé à la balustrade.

— Voilà trois jours que vous êtes mariés, et tu as déjà perdu ton épouse.

— Je sais. J'irai parler à père.

— Economise ta salive, dit Malik. Il ne s'opposera pas à grand-mère. Pas sur ce point.

Khalil savait que son frère avait raison et cela ne l'enchantait pas.

Malik s'approcha de lui et posa une main sur son épaule. Ses yeux, aussi grands et noirs que les siens, le regardaient intensément.

— Mon avis vaut ce qu'il vaut, mais je pense que tu as fait le bon choix. Ambre n'était pas faite pour mener la vie d'une princesse.

Khalil le regarda partir et se demanda si son frère n'avait pas gardé de sa nuit avec Ambre plus de souvenirs que celle-ci ne le croyait.

- 8 -

Dora étudiait la fiche sur laquelle on avait dressé la liste des postes du gouvernement d'El Bahar sans mentionner le nom des fonctionnaires en exercice. Elle la parcourut de gauche à droite et rajouta un nom pour chacun des postes.

Un sourire radieux illumina le visage de Fatima.

— Tu apprends vite. J'avais toujours espéré une femme intelligente pour mes petits-fils, mais avec des princes, on peut s'attendre à tout.

— Merci.

Dora regarda la grand-mère de Khalil. Comme toujours, sa coiffure et son maquillage étaient impeccables. Elle portait aujourd'hui un chemisier cintré, une jupe et des ballerines libérant de fines chevilles. Malgré les signes discrets de son âge, elle aurait pu passer pour une femme de cinquante ans.

Elles s'assirent sur un des sofas très bas du harem. Dora vivait à l'abri de ses murs depuis onze jours. Il n'en restait plus que trois avant le mariage. Tout était si nouveau, si étrange autour d'elle et en même temps si familier qu'elle avait la curieuse sensation d'avoir été tirée en arrière dans le temps.

— Maintenant, un peu d'histoire, lui dit Fatima. Te souviens-tu…

Elle s'interrompit car Rihana, la jeune servante, apportait du thé et des petits sandwichs sur un grand plateau.

— Il est déjà 4 heures ? demanda Fatima en consultant son élégante montre en or. Je n'ai pas vu l'après-midi passer.

Rihana s'arrêta.

— Préférez-vous que je revienne plus tard, Altesse ?

— Non. Bien sûr que non, dit la vieille dame en reniflant. Ah ! Du thé à la cannelle. Mon préféré. Tu me gâtes, ma petite.

Rihana posa le plateau et commença à disposer les tasses sur la petite table en face du sofa. Dora avait assisté chaque après-midi à ce rituel. Elle se leva et se dirigea vers le balcon à l'autre bout de la pièce.

Contrairement à l'ensemble des suites ou aux principaux bureaux du palais, le harem ne donnait pas sur la mer mais sur les jardins. Le premier soir, Fatima lui avait fait visiter cette ruche complexe de pièces, conçue pour le confort des femmes mais aussi pour leur réclusion. On y trouvait des dizaines de chambres petites ou grandes. Leur grandeur indiquait l'importance de l'occupante aux yeux du roi. Véritable chef-d'œuvre, la salle où les femmes prenaient leur bain était couverte de mosaïques représentant des scènes érotiques de sirènes et de marins en train de s'accoupler. Les robinets étaient en or et le dos des miroirs constellé de grosses et véritables pierres précieuses.

Bien que rares, les portes en arceau conféraient aux pièces communes un sentiment d'ouverture. Fatima lui avait fait découvrir, en haut d'un escalier dérobé, une petite pièce où jadis les femmes, surveillées de près par le chef des eunuques, attendaient d'être choisies par le roi pour la nuit.

Le harem comportait ses jardins privés, luxuriants et ornés de plantes tropicales, ainsi qu'un jardin à la française. Quelques vieux perroquets survivaient dans les arbres de ces cours couvertes de treilles. Fatima lui avait raconté qu'ils avaient été apportés un jour par dizaines pour couvrir les voix des femmes afin d'éviter aux hommes toute tentation. Elle avait ajouté tout bas qu'ils avaient servi aussi à couvrir le cri des femmes quand elles étaient battues pour avoir commis une faute.

Dora se vit dans ce même jardin. Elle, une femme du XXIe siècle, si différente de ces femmes du passé dont le seul but était de satisfaire un roi, et pourtant si proche. Sa vie ne dépendait-elle pas du bon vouloir d'un prince ? Cet homme si vite épousé qu'elle n'avait pas revu depuis ce fameux dîner, il y avait onze jours.

Elle frissonna au souvenir du regard brûlant de Khalil, à la porte du harem. Bouleversée, étonnée, elle s'était laissée perdre dans ses yeux noirs. Comment avait-elle pu douter de son amour ? Tout, ses yeux, sa voix, ses mains, ses lèvres, tout disait à quel point il la désirait. Restait à savoir s'il l'aimait ou non, se dit-elle. Pour l'heure, elle se contenterait de son désir. Seuls trois jours les séparaient de la cérémonie du mariage. Une cérémonie traditionnelle, avec ses rituels et ses mystères, comme dans les temps anciens.

Dora entendit le faible clic de la porte extérieure du harem qui se refermait et regagna le centre de la pièce. Fatima avait déjà rempli leurs tasses et répartissait les sandwichs.

— Vous n'avez jamais connu l'occupation britannique,

dit la jeune femme en retrouvant sa place sur le sofa. Alors, pourquoi prendre le thé à l'anglaise ?

— C'est très civilisé. Nous n'avons pas été occupés par les Américains non plus, pourtant nous utilisons l'électricité qui, me semble-t-il, a été inventée par votre Thomas Edison.

— Un point pour vous, dit Dora en remuant le lait qu'elle avait rajouté avant de siroter le breuvage fort et bouillant.

Fatima tapota son chignon impeccable.

— Tu as beaucoup appris sur notre histoire ces derniers jours.

— Les livres que vous m'avez prêtés étaient très intéressants. Je veux apprendre le plus possible sur mon nouveau pays.

Les yeux noirs et rusés de la vieille dame la scrutaient pensivement.

— J'ai voyagé un peu partout dans le monde, Dora. Et j'ai passé pas mal de temps dans ton pays natal. Je connais un peu la vie américaine. Tu es intelligente, tu sais t'exprimer, tu es organisée et tu as l'âme d'une dirigeante. Le monde des affaires offre de nombreuses perspectives à des femmes de ta trempe. Comment se fait-il donc que tu aies travaillé pour Khalil en tant que secrétaire ?

Dora posa sa tasse et lissa le devant de sa jupe.

— Vous me demandez pourquoi je n'étais pas cadre supérieur dans une grande société ?

— Exactement.

— Je n'ai pas les diplômes. J'ai dû malheureusement interrompre mes études et n'ai obtenu qu'un DEUG.

Dora n'était pas sûre de vouloir entrer dans les détails sordides de son passé. Fatima était chaleureuse et amicale, mais c'était aussi une femme de la haute société. Il était peu probable qu'elle comprenne comment on pouvait se mettre dans un pareil pétrin.

— Vous n'avez jamais voulu reprendre vos études ?

Dora pinça les lèvres. Elle l'avait envisagé. Après une période suffisante pour qu'on oublie le scandale, et elle, son humiliation, elle avait pensé s'inscrire à une des nombreuses facultés de l'agglomération de Los Angeles.

— Le temps m'a filé entre les doigts, dit-elle seulement.

Fatima l'observait toujours. Dora eut l'impression que la vieille dame pouvait lire dans ses pensées et fut à peine surprise quand celle-ci devina la source de ses problèmes.

— Les hommes sont de bien curieuses créatures, dit la grand-mère de Khalil. Il y a les faibles qui fuient devant leurs responsabilités en accusant le monde et les forts qui les acceptent mais ont aussi leurs défauts. Ils refusent d'admettre qu'ils ont besoin de quelqu'un d'autre et ne désirent que ce qu'ils peuvent obtenir. Il leur faut parfois perdre quelque chose pour en apprécier le prix.

Dora sourit.

— C'est pour ça que vous m'avez emmenée au harem ?

— Possible. Khalil a-t-il besoin de ça pour se rendre compte qu'il a épousé une perle ?

Autant le compliment comblait la jeune femme, autant la question la mettait mal à l'aise.

— J'espère que non.

Fatima mordilla dans un sandwich au cresson. Elle s'essuya ensuite les doigts sur une serviette en lin.

— J'ai apprécié de t'avoir avec moi au harem.

Dora jeta un regard circulaire sur le salon luxueux.

— C'est encore plus beau que je ne l'imaginais. Et mon

éducation comportait de sérieuses lacunes, ajouta-t-elle en souriant.

Fatima l'interrompit d'un geste.

— Si tu penses à la discussion que tu sollicitais sur l'art d'aimer, rien ne presse. La première année de mariage laisse libre cours à la passion et à tous ses débordements. Après la naissance du premier enfant, nous commençons à parler aux époux de la manière de faire l'amour. C'est à ce moment-là que tu seras prête à étudier nos secrets séculaires.

Dora devint écarlate devant la franchise de son aînée. Existait-il réellement des secrets qu'elle pourrait utiliser pour garder Khalil dans son lit ? Elle repensa à leur unique nuit d'amour, si passionnée, si merveilleuse. Elle n'imaginait rien pouvant surpasser ce moment où elle s'était abandonnée à lui…

— Pourquoi as-tu épousé Khalil ? demanda brusquement Fatima en la tirant de sa rêverie.

Dora se raidit et la regarda. Son expression était indéchiffrable.

— Il m'a tourné la tête, lâcha-t-elle sans réfléchir. Il m'a tout de suite impressionnée, mais je ne pensais pas qu'il lèverait les yeux sur moi. Je croyais n'être pour lui qu'un robot performant. Je me trompais. Lorsqu'il m'a dit qu'il tenait à moi et me désirait, je n'ai pas résisté.

— Je vois.

Le regard de Fatima resta inexpressif.

— Ce n'est pas un homme facile, continua-t-elle. Il a de qui tenir ; ses frères et son père sont pareils : ils ne comprennent rien aux femmes. Il faut que tu sois comme le frêle roseau qui plie sous la tempête.

Elle soupira.

— Dieu sait que je déteste les clichés, reprit-elle. Mais

dans ce cas, l'image est à prendre à la lettre. Les hommes de la famille Khan sont de grands dirigeants, honorables et justes, mais ils sont aussi arrogants et intransigeants. Combien de fois ma poêle à frire a failli atterrir sur la tête de mon entêté de mari !

Dora ne sut que dire devant la confession de Fatima. Elle s'imaginait la mince et élégante reine d'El Bahar trimballant de pièce en pièce une énorme casserole, à la recherche de son ennuyeux mari.

— Khalil fera un bon époux, à condition que sa femme se sente digne de lui, continua-t-elle. Tu dois acquérir ces qualités, ma chère, si ce n'est déjà fait.

Dora avala sa salive sans dire mot. Comment cette vieille femme avisée avait-elle deviné qu'elle… ne se sentait pas digne de Khalil ?

Fatima changea de sujet et l'informa qu'à la fin du mois, elles assisteraient à un défilé de mode au profit d'une œuvre charitable. Dora l'écouta avec soulagement. Elle avait craint une question difficile du style… pourquoi Khalil l'avait-il épousée ? Elle ne savait qu'une chose : cela avait eu lieu. C'était un fait. Son contrat de mariage et son alliance l'attestaient. Elle avait vu briller dans les yeux de Khalil le feu d'une passion dévorante. Mais rien de tout cela ne répondait à la question : pourquoi l'avait-il choisie ?

Dora regardait les entrelacs au henné qui décoraient ses paumes et s'enroulaient autour de ses doigts. Fatima effleura le dos de sa main.

— La tradition veut qu'une mariée ne travaille pas tant que le henné ne s'est pas effacé. C'est la période de sa lune de miel. Tu peux imaginer combien de jeunes mariées ont dû éviter de toucher l'eau pour que le henné ne s'efface pas trop vite.

Fatima sourit tendrement.

— Mais toi, tu n'as pas à t'en inquiéter. Tu es une princesse dans ce palais et il y a peu de chance pour qu'on te fasse travailler dans la cuisine.

— Allez savoir ! plaisanta Dora. J'épluche très bien les pommes de terre.

Fatima ne lui rendit pas son sourire.

— Je peux imaginer que rien ne t'arrête quand tu as quelque chose en tête. Conserve cela, ma petite. N'abandonne pas trop facilement.

Elle se mit debout.

— Ecoute les radotages de la vieille femme que je suis. Lève-toi à présent et laisse-moi te voir.

Dora s'exécuta. Tout comme Fatima, elle portait un habit traditionnel pour la cérémonie. Sur une simple chemise de soie faisant office de sous-vêtement, une robe de dentelle à manches longues, entièrement brodée, l'enlaçait à la taille pour s'évaser en ondulant jusqu'au sol. Rihana avait fait des miracles avec ses cheveux, les ramenant en arrière sous une tiare de diamants. A l'exception des fils d'or des broderies, Dora était entièrement vêtue de blanc.

Fatima dont la silhouette élancée était drapée dans une robe bleue et verte, tournait autour d'elle.

— Absolument parfaite. Cette robe de mariage a plus de cent ans. Je l'ai moi-même portée à mon mariage.

Dora lança un œil par-dessus son épaule pour apprécier l'ensemble dans le miroir. La tradition voulait que chaque épouse ajoute quelque chose à sa robe. L'image d'un symbole propre à elle seule. Dans la famille royale, le symbole était choisi par le futur époux et cousu par une femme de la famille de ce dernier. Fatima y avait passé de nombreuses soirées.

La vieille dame toucha le dessin d'un arbre pourvu de nombreuses branches, juste au-dessus de la hanche droite de Dora.

— Voici le symbole de ma maison natale en Bahanie. On a beaucoup discuté sur le choix du tien.

— Et qu'a choisi Khalil ?

— Ceci.

Fatima passa le doigt sur une petite fleur près de l'ourlet.

— Khalil a dit qu'il voulait une rose du désert, dit-elle en souriant. Mais il a précisé qu'un des pétales devrait ressembler à l'empreinte d'un chat du désert. Etrange requête à vrai dire car nous n'avons pas ce genre de créatures dans nos contrées.

Dora se sentit devenir écarlate. Elle se souvint de sa nuit d'amour où Khalil l'avait comparée à une rose du désert, puis, un peu plus tard… à un chat sauvage.

— Très intéressant, dit-elle en évitant le regard de Fatima.

La vieille dame vint se mettre devant elle et l'embrassa sur la joue.

— Ne crains rien. J'ai consulté les astres au-dessus de l'eau, et ton avenir m'a été révélé. Tu dois être forte, mais si tu écoutes ton cœur et restes dans le droit chemin, alors le désir de ton âme sera exaucé.

Puis elle fixa le voile blanc sur le bas du visage de la jeune femme et quitta la pièce.

Dora se retrouva seule entre les murs protecteurs du harem. Elle se demanda si elle n'avait pas rêvé tout ce qui lui était arrivé en l'espace d'un mois. Sa vie avait changé de manière si spectaculaire. Par une ironie du sort, la cérémonie de son mariage avec Khalil allait se dérouler le lendemain du jour où elle aurait dû se marier avec Gérald.

Elle pivota lentement de manière à se voir dans le grand miroir. Mais au lieu d'une jeune femme de trente ans dans sa robe de mariée, elle se retrouva nez à nez avec une étrangère. Sous son voile et ses lourds vêtements, dissimulée de la tête aux pieds, elle semblait venir d'un autre monde, lointain et exotique. A des milliers de kilomètres de la timide jeune femme qu'elle était un mois plus tôt.

Fatima lui avait promis que si elle était forte et écoutait son cœur elle réaliserait son vœu le plus cher. Elle croisa ses doigts cerclés de henné jusqu'à s'enfoncer les ongles dans la chair. Ce qu'elle désirait le plus au monde était de rencontrer le véritable amour. D'être aimée et d'aimer en retour ; d'avoir des enfants, de les élever et de vieillir au côté d'un homme merveilleux. Peu importe la richesse, les titres ou le pouvoir — juste la joie de partager la chaleur et l'amour d'un foyer.

Après tout, c'était le rêve de toute jeune mariée, se dit-elle. Elle ne demandait pas la lune.

— Un peu nerveuse ?

Dora tourna la tête et vit une belle jeune femme qui se tenait derrière elle. Brune, menue, elle portait une robe étincelante dans les tons blanc et or qui soulignait les formes incroyables de son corps de déesse. Les traits parfaits de son joli minois lui semblèrent étonnamment familiers. Tout en l'observant, Dora essaya de se souvenir. Mais oui, bien sûr ! C'était la femme avec qui Khalil s'était disputé dans le magasin de vêtements à New York.

— Nous ne nous connaissons pas, dit la jeune femme en s'approchant de Dora sans toutefois lui tendre la main. Je m'appelle Ambre. Je suis la fiancée de Khalil.

Elle marqua un temps puis porta ses longs doigts manucurés sur ses lèvres boudeuses.

— Mon Dieu ! Quel lapsus ! Je devrais dire « l'ex-fiancée » de Khalil.

Sa lourde robe de soie avait beau dissimuler ses formes, Dora était consciente que son corps ne pouvait rivaliser avec celui de la jeune beauté qui se trouvait devant elle. Ambre était tout ce qu'elle avait toujours voulu être — tout ce qu'elle avait toujours admiré. Comment Khalil avait-il pu détourner ses yeux de cette créature de rêve pour l'épouser « elle » ?

— Auriez-vous avalé votre langue ? demanda Ambre d'une voix grave.

— Non, bien sûr. Je suis juste étonnée de vous voir.

— Je peux l'imaginer.

Ambre la gratifia d'un demi-sourire et commença à tourner lentement autour d'elle.

— Ouais, ouais, ouais. Je ne vous imaginais pas du tout comme ça. J'avais espéré qu'il aurait au moins choisi quelqu'un de plus...

Elle leva sa main droite en l'agitant.

Ses cheveux longs et épais s'enroulaient sur le sommet de sa tête où de gros diamants scintillaient parmi ses boucles folles. Ainsi coiffée, elle gagnait quelques centimètres et donnait l'illusion d'être aussi grande que Dora. C'est à ce moment que cette dernière se rendit compte que la robe de la jeune femme ressemblait à la sienne, en plus moulant. En fait, toute son apparence était une imitation caricaturale de sa robe de mariée. Son cœur se serra.

— Que faites-vous ici ?

— Au mariage ? demanda Ambre innocemment. Je suis la fille du Premier ministre et une amie proche de la famille. Cela suffit à faire de moi une invitée de marque, n'est-ce pas ? Il est vrai que j'avais espéré assister à ce mariage dans des conditions quelque peu différentes.

Une lueur traversa ses yeux bruns tandis qu'elle continuait à tourner autour de Dora.

— C'est un désastre pour nous tous, poursuivit-elle. Je suis la première à blâmer d'ailleurs. Si je ne m'étais pas disputée avec Khalil à New York, nous n'en serions pas là.

Elle s'interrompit et baissa les yeux.

— Une scène entre amoureux. Nous nous sommes conduits comme des enfants. Khalil passait son temps à diriger ma vie et je n'en pouvais plus. Je lui ai dit que cette fois c'en était trop.

Elle regarda Dora dans les yeux.

— Il est devenu fou furieux. Alors je suis partie. Mais au lieu de revenir à moi, il s'est précipité dans votre lit virginal.

Dora se raidit. Comment savait-elle qu'elle n'avait jamais…

— Il me l'a dit, répondit Ambre en lisant dans ses pensées. Il me raconte tout. Vous pouvez imaginer son désarroi en découvrant votre innocence. C'est avant tout un homme d'honneur. Comment pouvait-il réparer ce qu'il avait fait ? C'est alors qu'il vous a proposé le mariage. Bien entendu, nous ne nous attendions pas à ce que vous acceptiez.

Dora eut un haut-le-cœur et sa gorge se noua. Cette fabuleuse créature était en train de lui mentir. C'était obligé. Les choses n'avaient pu se passer de la sorte.

— Il a insisté, murmura-t-elle en forçant les mots à franchir ses lèvres sèches.

— Vraiment ? demanda Ambre d'un ton nonchalant.

Elle s'arrêta devant le grand miroir et tapota sa coiffure impeccable.

— Il sait être très convaincant. En tout cas, vous nous avez mis dans de beaux draps en acceptant. Mon père est désespéré ainsi que tout le pays. Je suis sa fille préférée, comprenez-vous ? Alors que vous n'êtes… rien.

Dora recula d'un pas. Elle ne savait que penser, que ressentir. Elle n'avait qu'une envie : battre en retraite.

Ambre sourit tristement.

— Il y a aussi le fait que nous nous aimons toujours. Je ne sais vraiment pas quoi faire.

Leurs regards se croisèrent dans le miroir.

— Il ne vous aime pas, dit Dora d'une voix tremblante.

Elle ne pouvait croire une chose pareille. C'était impossible. Absolument impossible. Elle devait vivre un cauchemar. Sauf que son corps était trop glacé et douloureux pour être endormi.

Ambre se posta devant elle. Son air de compassion la rendait encore plus belle.

— Dora, Khalil vous a-t-il fait l'amour depuis cette première nuit ?

Dora ouvrit la bouche mais ne put émettre aucun son. Elle secoua la tête en silence.

— Et depuis que vous êtes dans « mon » pays, a-t-il seulement été seul avec vous ?

— J'étais dans le harem, parvint-elle à murmurer.

Ambre haussa les épaules.

— Khalil s'est débrouillé pour me retrouver dans la maison de mon père qui est à mi-chemin de la ville et aussi bien gardée que le palais. Ne pensez-vous pas, s'il avait voulu, qu'il vous aurait rejointe ?

Dora sentit son visage s'enflammer puis pâlir. Ses yeux

la brûlaient sans qu'elle puisse verser la moindre larme. Ambre disait-elle la vérité ? Dora se refusait à le croire, mais la jeune femme connaissait trop de détails. Les tenait-elle de Khalil ? L'humiliation lui souleva le cœur.

— Il m'a rejointe chaque nuit, continua Ambre d'une voix sereine. Nous nous sommes donnés furieusement l'un à l'autre. Ce qui est défendu est encore plus excitant, je suppose.

Elle soupira.

— Il était si passionné que, même rassasié, ses yeux me suppliaient encore.

Un sanglot comprima la poitrine de Dora. Comment réfuter ce qui semblait irréfutable ? En admettant que Khalil n'ait pas rejoint Ambre chaque nuit, comment expliquer que cette dernière savait qu'il n'était pas non plus avec elle ? Pourquoi ne lui avait-il plus fait l'amour depuis leur première nuit ? Ses pensées allaient-elles vers Ambre tandis qu'il la tenait passionnément dans ses bras ?

Si seulement elle avait passé plus de temps avec Khalil, elle aurait pu aujourd'hui démêler le vrai du faux. Mais elle ne l'avait pas revu depuis ce dîner de famille. Etait-ce le fait d'un homme transi d'amour pour sa nouvelle épouse ?

Il y avait pire : une part d'elle-même ne l'avait jamais cru. Elle s'était toujours demandé pourquoi il était tombé fou amoureux d'elle. Elle n'était pas femme à inspirer ce genre de passion. Elle n'était qu'une femme ordinaire… à la différence d'Ambre.

Dora désigna d'un geste sa tenue.

— C'est quoi tout ça alors ? Je veux dire, ce mariage.

— Avait-il le choix ? demanda Ambre avec amertume. Lui avez-vous laissé une autre issue ? Vous est-il d'ailleurs arrivé de penser à quelqu'un d'autre qu'à vous-même ?

Bien sûr que non. Vous l'avez épousé avant même qu'il puisse envisager une autre solution. Vous avez profité de lui. Vous êtes avide et égoïste.

Dora recula d'un autre pas.

— Cela ne s'est pas passé comme ça, dit-elle d'un ton atone. Je n'ai jamais…

Ambre la dédaigna d'un geste.

— Pensez-vous que nous ne connaissons pas la vérité ? Le lendemain même de votre mariage, vous êtes allée faire du shopping et vous avez dépensé des milliers de dollars pour votre garde-robe. Sans parler de cette bague et de ces bijoux.

— Il n'y a eu aucun bijou, protesta-t-elle faiblement. Cette tiare de diamants appartient à Fatima et, en ce qui concerne les vêtements, je n'avais rien demandé.

— Non, mais vous les avez acceptés, n'est-ce pas ? Vous ne refusez jamais rien.

Le ton de sa voix devenait terrifiant. Dora s'accrocha à ce qui lui restait de dignité pour ne pas pleurer. Khalil avait insisté pour les vêtements. Elle n'avait pas demandé à faire du shopping. De cela, au moins, elle était certaine.

— Vous vous trompez, dit-elle.

Ambre la défia du regard.

— Nous verrons cela. Vous avez réussi à piéger Khalil, mais la partie n'est pas finie. Avec le temps, sa passion pour moi l'emportera sur son devoir et il vous quittera. El Bahar a fait de grands progrès ces cinquante dernières années et il est étonnamment facile pour un homme de divorcer… même pour un prince. Je ne m'habituerais pas trop à la vie de château si j'étais à votre place.

— Il ne le fera pas, murmura Dora tout en sachant qu'il pouvait *très bien* le faire.

— N'y comptez pas. Je connais Khalil. Je sais lire dans

son âme. Et je sais que son cœur m'appartient. Pouvez-vous en dire autant ?

Sur ces mots, elle tourna les talons et sortit aussi silencieusement qu'elle était arrivée. Dora la suivit du regard. Elle sentit la douleur fondre sur elle, la briser, emportant toutes ses illusions. Tout ce qu'elle avait désiré, espéré, n'était qu'un leurre. Khalil ne la désirait pas — ne l'avait jamais désirée. Elle avait agi par impulsion et s'était fourvoyée. Il n'avait pas voulu l'épouser. Comment ne s'en était-elle pas rendu compte ?

— Princesse Dora ?

Dora leva les yeux et vit Rihana debout dans l'embrasure de la porte du harem. La jeune et jolie servante lui souriait.

— Venez, le moment de vous marier est arrivé.

- 9 -

Le vieil homme qui leur faisait face discourait dans une langue ancienne. Tout autour, des dizaines de convives écoutaient, assis sur de grands coussins dans l'immense salle éclairée par des bougies. Mais pour Dora, le monde s'était réduit à une écharde douloureuse, une blessure indélébile et la fin d'un rêve.

Lorsque Khalil s'était emparé de ses mains et avait commencé à lui parler, elle entendait encore les paroles horribles de cette femme. Que de mensonges ! Ambre n'avait pu dire la vérité. C'était impossible. Khalil lui avait bien affirmé qu'il n'était pas sûr de pouvoir quitter New York sans elle, non ? Elle pressa deux doigts sur sa tempe en essayant de se rappeler ce qui s'était vraiment passé la nuit où ils avaient fait l'amour… et le matin suivant. Un détail lui aurait-il échappé ? Etait-il possible qu'il ne lui ait proposé le mariage que par convenance ?

Non, pensa-t-elle désespérément. Il avait insisté. Elle avait pensé qu'il s'agissait d'un jeu, mais il avait persisté. Jusqu'à la convaincre totalement. Elle le revit ôtant ses vêtements pour lui montrer la preuve de son désir. Elle ne pouvait l'avoir imaginé — après tout, elle n'avait jamais vu d'homme nu auparavant. Donc, cela avait eu lieu. Et il n'aurait jamais pu lui prouver son désir s'il n'avait pas eu envie d'elle. A moins que… Connaissait-elle assez les hommes ? Pouvait-il y avoir une autre raison à son excitation ? Ne s'était-il pas imaginé dans les bras d'Ambre ? Mais alors, s'il pensait à sa fiancée, pourquoi était-il venu dans son lit ?

Le saint homme continuait à parler. Des volutes d'encens emplissaient le vaste espace. Au moment où Khalil souleva le voile de Dora et pressa ses lèvres sur les siennes, les murs de la salle se mirent à tanguer.

Ce doux contact la prit au dépourvu. Elle tressaillit de surprise et s'efforça de rester insensible. Mais, en dépit de sa douleur et de sa confusion, le seul frôlement de ses lèvres suffit à diffuser un courant de chaleur dans ses veines. S'il avait continué ou s'il l'avait touchée, elle n'aurait pas eu le courage de lui résister.

L'envie qu'elle avait de cet homme la terrifiait. Ils n'avaient couché ensemble qu'une fois. Comment pouvait-elle avoir changé en si peu de temps et surtout, comment pourrait-elle revenir à sa vie d'antan ? Elle se ressaisit. Il ne fallait pas se montrer vulnérable devant lui : elle devait être forte.

Lorsque Khalil releva la tête, l'assemblée l'acclama. Il sourit et remit en place le voile de Dora.

— A présent, tu es officiellement ma femme, petite rose du désert. Que dis-tu de ça ?

Elle chercha désespérément sur son visage un indice, un signe attestant qu'il était heureux et que c'était ce qu'il voulait. Mais elle ne le connaissait pas encore assez bien. Elle ne pouvait que deviner. Parmi toutes les questions qui la hantaient, une seule lui vint aux lèvres.

— Khalil ?

Mais, avant qu'il puisse répondre, on le sépara d'elle.

Un groupe d'hommes l'entraînait, tandis qu'une dizaine de femmes emmenaient Dora dans la direction opposée. En quelques minutes, Khalil et elle furent ainsi conduits à travers le hall jusqu'à une salle encore plus grande où de larges tables étaient dressées par dizaines. On les installa l'un à côté de l'autre au centre de la table d'honneur du banquet. Un festin s'étalait devant eux, mais à la seule idée de manger, l'estomac de Dora se révulsa.

Elle essaya de se concentrer sur ce qui l'entourait. La beauté de la salle et des tapisseries anciennes, la vue des balcons donnant sur la mer et cette explosion de fleurs tropicales qui envahissaient les tables. Toutes ces merveilles attiraient ses regards, mais ne la captivaient pas.

Conversations et rires résonnaient autour d'elle. Mais elle ne se sentait pas concernée. La musique du désert lui martelait le crâne. Elle ne touchait pas à la nourriture que lui servait Khalil et c'est à peine si elle trempa ses lèvres dans son verre.

— Tu es bien silencieuse, dit Khalil en se penchant vers elle pour être entendu au milieu du brouhaha. Es-tu déçue par la cérémonie ?

— Pas du tout, dit-elle en s'éclaircissant la voix.

Ce n'était pas le moment de lui rapporter ce qu'Ambre lui avait dit.

— J'ai une légère migraine.

Les yeux noirs de Khalil se mirent à briller.

— J'espère que ça passera vite. Mon petit chat du désert m'a manqué. Et je compte bien lui rendre visite cette nuit.

Il posa une main sur la cuisse de Dora et la glissa entre ses jambes en la caressant un bref instant.

— C'était si long, dit-il.

Elle le regarda sans trop savoir que croire. D'ailleurs,

elle aurait été bien en peine de penser tandis que ses doigts la frôlaient. Une vague de frissons l'envahit. Elle sentit sa poitrine se tendre. Oui, elle avait beau se dire qu'il lui avait probablement menti d'un bout à l'autre, l'emprise sexuelle qu'il exerçait sur elle restait intacte. La situation était intolérable… Le pire était qu'elle ne pouvait l'éviter.

Elle souffrit le martyre durant tout le repas, feignant de sourire et lui assurant que tout allait bien. Quand les plateaux des desserts furent apportés, Khalil se pencha de nouveau vers elle.

— Tout le monde comprendra si nous nous éclipsons maintenant. Rihana a préparé ton bagage pour la nuit.

Elle cligna des yeux.

— Quel bagage ? Quelle nuit ?

Un sourire nonchalant s'attarda sur ses lèvres.

— Tu as passé deux semaines dans le harem. Ma grand-mère ne t'a-t-elle pas parlé des nuits de noces dans notre tradition ?

Sans un mot, Dora secoua la tête.

— Alors je pense que tu vas adorer cela. Je me réjouis de partager cette surprise avec toi.

Comme il se levait, la musique augmenta de volume et le rythme s'accéléra. Ils devinrent soudain la cible de tous les regards.

— Vous vous éclipsez déjà ? s'exclama Malik à l'autre bout de la table. C'est vrai que mon petit frère a toujours été impatient !

Khalil fit mine de le repousser.

— Il se fait tard. Nous avons de la route à faire.

— C'est surtout que tu dois l'emmener dans un lieu d'où elle ne pourra pas s'enfuir, blagua Jamal.

Dora supposa qu'il s'agissait d'une plaisanterie, mais personne ne rit ouvertement.

Khalil ignora ce commentaire et ceux qui suivirent. Il prit la main de Dora et ils se dirigèrent vers la sortie. Mais des dizaines de convives les arrêtèrent. Les hommes félicitaient Khalil, les femmes souriaient à Dora avec gentillesse ou envie. Celle-ci se sentait engourdie et suivait difficilement le déroulement des événements.

Alors qu'ils réussissaient enfin à s'échapper, Ambre surgit devant eux. Dora sentit son mari se raidir comme s'il avait percuté un mur. Elle en était sûre à présent. Cette femme faisait sur lui une très forte impression.

Ambre, aussi belle qu'une déesse, les regardait en silence. Des larmes perlaient sur son visage. Ses lèvres frémissaient. Elle était l'image même de la tristesse.

— Khalil, dit-elle dans un souffle. Je t'aime.

Pour Dora, cette confession fut un coup de poignard. Elle se fit violence pour garder le silence et ne pas hurler. Pourquoi une telle chose lui arrivait-elle ? Pourquoi avait-elle été aussi naïve ?

Khalil, sans dire un mot, repoussa Ambre hors de son passage et entraîna Dora hors du palais.

Quelques minutes plus tard, installée à l'avant du 4x4 qui l'emportait vers une destination inconnue, Dora murmura :

— Khalil ?

Il était au volant et conduisait avec assurance.

— Détends-toi. Nous n'allons pas bien loin. La tradition veut que l'on chevauche jusqu'à cette destination, mais je ne pense pas que tu sois prête pour cela.

Le cerveau de Dora était engourdi. Elle mit un moment à comprendre qu'il était d'usage que les époux partent à cheval.

— Où allons-nous ?

— Tu verras. C'est juste après la montée.

Les habitations se raréfièrent bientôt. Devant eux ne s'étendait plus que le désert.

— Nous voici sur les terres royales, lui dit Khalil.

Il ôta sa coiffe traditionnelle et la jeta sur le siège arrière. Elle se sentit légèrement vulnérable, confuse et prête à tout.

— Une grande partie de la ville est bâtie sur les terres de la famille royale, mais nous n'exigeons aucun loyer, car voilà cent ans qu'elles ont été cédées au gouvernement. Toutefois cette zone reste privée et inexploitée.

Dora regarda autour d'elle en essayant de s'intéresser au paysage. Une beauté sauvage se dégageait de l'immensité aride du désert. En moins de dix minutes, ils avaient laissé la ville et le palais derrière eux ; à présent, c'était comme s'ils se trouvaient à des dizaines de kilomètres de toute civilisation.

Ils atteignirent le sommet de la colline. Derrière elle s'ouvrait une vallée peu profonde abritant une oasis en son centre. Dora n'avait jamais vu d'oasis à part dans les livres ou au cinéma. Elle reconnut ce surprenant îlot verdoyant qui survivait au milieu de l'étendue brune et aride du désert. Les silhouettes graciles des palmiers formaient un demi-cercle autour d'une eau d'un bleu profond. Des buissons et des plantes luxuriantes croissaient partout. De l'autre côté du point d'eau, tout au long des berges boueuses, convergeaient des pistes d'animaux. Une grande tente beige se dressait sur la gauche.

— Le palais de votre nuit de noces, madame, dit Khalil d'une voix taquine.

Dora regarda interdite. Un des rabats avait été relevé en signe de bienvenue. Tandis que Khalil la conduisait plus près, elle aperçut plusieurs jeeps garées derrière la tente ainsi qu'une patrouille d'hommes armés.

— Qui sont ces gens ? demanda-t-elle avec raideur.

— Ils sont les tristes rappels de la réalité. La tradition veut que mari et femme passent leur première nuit dans le désert. Dans ma famille, cela se fait depuis des générations. Malheureusement, les temps ont changé et il n'est plus aussi facile pour un prince d'emmener son épouse passer la nuit dehors. Voilà pourquoi ces gardes nous accompagnent. Rassure-toi. Ils se tiendront à distance.

Une tente, le désert, des gardes ? Jusqu'où irait cette folie ? Mais où avait-elle la tête quand elle avait accepté de l'épouser ? se demanda Dora. Elle n'avait donc pas réfléchi ? Le problème était là, bien sûr. Elle voulait tellement y croire qu'elle avait refusé de voir l'évidence... Un homme comme lui ne pouvait pas désirer une femme comme elle.

Khalil se gara près de la tente et sortit pour lui ouvrir la portière. Les dés étaient jetés. Pour l'instant, il n'y avait rien d'autre à faire que de le suivre. Elle descendit de la jeep.

Un des gardes s'approcha et souleva le rabat ouvert de la tente. Son expression était fermée et menaçante. Lorsqu'ils entrèrent, il laissa retomber le rabat derrière eux.

— Ne te rendent-ils pas nerveux ? demanda Dora.

— Au contraire. Ils me rassurent.

Elle se rendit à ses raisons : mieux valait être protégés. Elle se retourna et considéra l'intérieur de la tente, savourant ce moment de répit où ses pensées ne la harcelaient plus. Après tout, pourquoi ne pas se fondre dans la magie de cette oasis ? pensa-t-elle.

Une autre tente plus petite se dressait à l'intérieur. Dora pénétra dans cette alcôve féerique couverte d'épais tapis or et crème, de tentures et d'une multitude de coussins d'un rouge soutenu. Dans le coin se trouvait un lit posé sur une estrade, dont les couvertures étaient ouvertes et laissaient voir d'accueillants draps de lin.

A droite, une table était couverte de plats sous des cloches d'argent. Du champagne — car la famille Khalil n'était pas musulmane — attendait au frais dans un seau à glace. Les tapis trompèrent ses pieds et les tentures ses regards. Si elle n'avait vu la tente de ses propres yeux, elle se serait crue dans une luxueuse demeure.

— C'est magnifique, dit-elle à Khalil.

— Nous savons voyager avec style, dit-il d'un ton léger. Un savoir qui remonte à des siècles.

Il se plaça derrière elle en posant ses mains sur ses épaules. Dora se donna l'ordre de rester impassible ou du moins de ne pas trop réagir. Mais c'était impossible. Sans pouvoir se contrôler, elle tressaillit de tout son corps, puis s'arracha des mains de Khalil et fit volte-face.

— Non ! ordonna-t-elle. Ne me touchez pas.

Khalil recula de surprise.

— Qu'est-ce qui ne va pas ?

Ses yeux noirs la scrutèrent.

— Ce n'est pas la nervosité du mariage, n'est-ce pas ? Il s'est passé quelque chose.

— Que vous êtes perspicace ! dit-elle d'un ton sarcastique. Je me demande comment vous avez pu deviner.

Il fronça les sourcils.

— Qu'y a-t-il Dora ? Pourquoi agis-tu ainsi ? Ce n'est pas dans ta nature d'être mesquine. Tu es si raisonnable d'habitude. Parle.

Elle regarda Khalil, cet homme qu'elle avait épousé deux fois, sur deux continents différents.

— Vous ne me connaissez pas du tout, dit-elle doucement.

Nous sommes quittes d'ailleurs, car je ne vous connais pas non plus.

Il fit un geste d'impatience. Dans sa tenue traditionnelle, il apparaissait vraiment comme un prince d'un royaume du désert.

— Tu n'as pas répondu à la question, dit-il. Qu'est-ce qui ne va pas ?

— Ambre est venue me voir aujourd'hui. Juste avant la cérémonie.

Il resta impassible. Elle aurait pu tout aussi bien lui parler de la pluie et du beau temps.

— Tu ne dois pas te fier à elle, dit-il. Oublie ce qu'elle a pu dire.

— Ce n'est pas si facile. Ne voulez-vous pas savoir ce qu'elle m'a dit ?

— Pas vraiment.

Elle voulut rire, mais sa gorge était serrée.

— J'espérais pouvoir oublier. Mais ses paroles se sont gravées dans ma chair.

Elle respira un grand coup.

— Khalil, elle m'a dit que vous aviez eu une dispute à New York et que c'était pour cette raison que vous étiez venu… Je veux dire que vous vous étiez rapproché de moi. Pour la reconquérir. Que cela n'avait rien à voir avec moi.

Tout en parlant, Dora espérait voir sur son visage qu'elle se trompait. Le voir s'enflammer de colère, s'approcher d'elle et lui dire qu'Ambre avait le cœur d'un scorpion et qu'il l'aimait, elle, Dora. Oui, elle avait tant besoin d'être rassurée, consolée entre ses bras, d'entendre des mots doux et qu'il lui fasse tendrement l'amour.

Mais Khalil lui tourna le dos et empoigna un pan de tissu près de l'entrée.

— Je vois, dit-il.

Ces deux mots la glacèrent jusqu'aux os. Un sanglot se forma dans sa poitrine.

Un silence pesant s'installa entre eux. Il fallait aller jusqu'au bout.

— Elle a dit que vous aviez été choqué de découvrir que j'étais vierge. Choqué et… horrifié.

Elle refoula les larmes qui lui montaient aux yeux.

— Elle a dit que vous vous étiez senti obligé de me demander en mariage, mais que vous ne vous attendiez pas à me voir accepter.

Sa voix devenait un murmure presque inaudible.

— Elle a dit que vous divorceriez pour pouvoir l'épouser.

— Assez ! gronda Khalil. Tout cela n'est qu'un tissu de mensonges. Cela ne vaut même pas la peine d'en parler.

Jamais Dora ne s'était sentie aussi glacée. Ses larmes coulèrent sans qu'elle puisse les retenir.

— Ce n'est pas suffisant, dit-elle. Je veux savoir la vérité.

— Pourquoi ? demanda-t-il en se retournant vers elle, le visage empreint de colère. Qu'est-ce que ça changera ? Tu es *ma femme* et tu le resteras.

Elle émit un son étranglé et se laissa choir sur un des coussins. Ainsi Ambre avait dit vrai, songea-t-elle désespérée.

— Il paraît que vous vous faufilez chaque nuit dans la maison de son père pour la rejoindre dans son lit. Que c'était la raison pour laquelle vous ne veniez pas me voir au harem.

Khalil s'approcha de Dora puis s'arrêta au-dessus d'elle.

— Je ne t'ai pas rejointe parce que je respecte les vœux

de mon père et de ma grand-mère. Le sanctuaire du harem est sacré. Nul homme n'y entre. J'ai passé toute ma vie au palais et pas une fois je n'ai franchi la porte d'or.

Il mit ses mains sur ses hanches et lui lança un regard noir.

— Je te croyais différente. Je pensais que tu aurais été capable de raisonner intelligemment. Je vois que ce n'est pas le cas.

Dora n'écoutait plus. Trop de mensonges pesaient dans la balance. Elle se prit le visage à deux mains sans pouvoir arrêter ses larmes. Il fallait partir d'ici, se dit-elle. Elle devait retourner à... à quoi ? Où ? Elle n'avait plus de vie nulle part. Elle ne connaissait plus personne.

— Je veux juste connaître la vérité, murmura-t-elle.

Khalil soupira.

— C'est entendu. Je vais tout te dire.

Il se pencha et prit le menton de Dora pour l'obliger à le regarder dans les yeux.

— Absolument tout, dit-il. Je veux que ce soit clair entre nous. Que nous puissions commencer notre vie commune sans aucune ombre.

Il lâcha son visage et se mit à arpenter la tente.

Dora essuya ses larmes qui aussitôt se remirent à couler. Elle se disait que c'était mieux ainsi, que même si elle devait en souffrir, elle préférait cela à l'incertitude. Mais son corps transi tremblait dans l'attente d'un nouveau coup.

— Ambre et moi avons été fiancés dès notre enfance. Telle était la volonté de nos parents.

Il s'interrompit un instant comme s'il cherchait ses mots.

— Nous nous sommes disputés à New York parce que je lui avais dit que je ne voulais pas me marier avec elle.

Dora leva la tête.

— Quoi ?

— Je ne voulais pas l'épouser. Ambre n'est pas…

Il hésita.

— Elle ne ferait pas une bonne épouse ni une bonne mère. Je ne savais pas comment rompre les fiançailles en évitant le scandale. Puis, j'ai entendu ta conversation téléphonique avec Gérald. J'ai pensé que tu étais peut-être la solution à mon dilemme. Tu es intelligente et d'humeur égale. Je savais que tu apprendrais vite les devoirs d'une princesse et serais une bonne mère. De plus, tu étais vierge.

Il marqua un temps.

— Il fallait que je me marie et tu semblais une bonne candidate.

Dora en avait assez entendu. Elle aurait voulu se trouver à des milliers de kilomètres de là. Comment son cœur pouvait-il battre encore ? Pourquoi son souffle ne s'arrêtait-il pas ? Mais elle comprit que son heure n'était pas venue, que son destin était de survivre à cette lente agonie. Sans espoir d'échapper à cette tempête inhumaine.

— Ainsi, tout n'était que mensonge, dit-elle sourdement. Vous mentiez quand vous m'avez dit que vous me désiriez.

Elle parlait avec difficulté, poussée uniquement par sa volonté de dire la vérité. De la regarder en face. Alors pourrait-elle patiemment replacer une à une les pièces de sa vie chaotique… si cela était encore possible.

— Vous avez menti sur tout, sur votre passion, sur le fait que vous ne pouviez pas quitter New York sans moi. Vous m'avez fait croire que je sortais de l'ordinaire. Tout était faux.

La vie était devenue une farce cruelle — aussi cruelle que son nouvel époux.

Khalil s'arrêta devant elle.

— Ce qui est fait est fait, dit-il. On ne va pas revenir sur le passé. C'est vrai, j'ai forcé la vérité pour que tu prennes mieux les choses. Avant cette nuit où je t'avais entendue parler avec Gérald, je te considérais comme une brillante secrétaire, rien de plus. Mais tu es ma femme à présent et je crois que nous avons toutes les chances de réussir cette union.

— Réussir ? Avez-vous perdu la tête ? demanda-t-elle en se mettant debout.

— Pas du tout. Je t'ai fait des promesses et j'ai la ferme intention de les tenir.

— Mais rien n'est vrai, protesta-t-elle. Vous avez menti sur toute la ligne.

— Tu t'arrêtes trop à ça.

— Et vous pas assez. Vous vous êtes joué de moi. Vous m'avez fait croire en vous.

Il eut un rictus.

— Tu ne demandais que cela. Croire qu'un prince sorti tout droit d'un conte de fées allait t'enlever à ta triste vie, ta petite vie. Tu t'es plus menti à toi-même que je ne t'ai menti.

Elle le fusilla du regard.

— Mais *moi*, je ne vous ai jamais menti. Vous n'avez pas le droit de rejeter la faute sur moi.

— Et comment expliques-tu que tu m'aies dit que tu m'aimais alors que tu ne me connaissais même pas ?

— Je ne vous ai jamais dit que je vous aimais.

Il rencontra son regard et remua, mal à l'aise. Un silence de plomb fondit sur eux. Certes, elle ne l'avait pas *dit*, pensa-t-il. Ces mots l'effrayaient trop pour qu'il y ait eu une chance qu'elle les ait prononcés. De plus, pouvait-il la condamner pour avoir voulu croire ce qu'il disait ?

— Qu'attends-tu de moi ? demanda-t-il. Bon, j'ai menti. J'ai usé de faux prétextes pour que tu acceptes de m'épouser. Mais à présent, nous sommes mariés. Alors oublions tout cela.

Il s'approcha d'elle.

— Dora, je ne t'ai pas menti sur tout. Je pense sincèrement que tu feras une bonne épouse et une bonne mère pour mes fils. Tu as le corps idéal pour mettre au monde des fils vigoureux.

Dora reprit son souffle. Ce n'était pas assez de lui déchirer le cœur, il fallait à présent qu'il lui parle de ses hanches !

— Non. Je ne veux pas être votre épouse. Je veux rentrer chez moi.

— C'est où chez toi ? Chez Gérald ?

Elle tressaillit mais ne flancha pas.

— N'importe où, sauf ici.

— Tu n'as pas le choix, dit-il en s'approchant et en tendant le bras pour la toucher.

Malgré son désir de lui tenir tête, elle recula rapidement, sachant que s'il parvenait à la toucher, elle serait perdue.

— Arrêtez, dit-elle en croisant les bras.

Elle avait besoin de temps pour réfléchir. Mais Khalil comptait bien ne pas lui en laisser. Il avança. Dora retourna frénétiquement ses pensées en tout sens. Elle fit un pas en arrière, puis un autre. Son cœur souffrait encore. Elle ne savait que penser. Il ne l'avait pas désirée. Il n'avait pas soupiré après elle. Il l'avait choisie parce qu'elle était une vierge convenable. Voilà l'unique gage du succès de leur mariage.

Mais une chose la blessait plus que tout : le sentiment d'avoir été elle-même l'artisan de sa propre perte. Une fois de plus, elle s'était comportée comme une enfant ! D'abord avec Gérald, et maintenant avec Khalil. Il est vrai que si la solitude l'avait poussée à auréoler le premier de qualités imaginaires, en ce qui concernait Khalil, elle n'avait à se reprocher que d'avoir cru à ses phrases ensorcelantes. Maigre consolation, pensa-t-elle.

— Dora.

Elle sentit la chaleur de sa main sur son épaule. Poussant un cri aigu, elle se précipita vers l'entrée de la tente. Mais une fois dehors, elle se retrouva face au désert, sans savoir quelle direction prendre. Où était sa place ? El Bahar ? Los Angeles ? Elle se rendit compte qu'elle n'avait plus nulle part où aller.

Khalil empoigna son bras et la tira vers l'intérieur.

— Ne t'avise plus de m'échapper, grommela-t-il.

— Sinon ? Vous allez me séquestrer et pourquoi pas me battre ? Je me doutais que vous étiez un vrai despote.

Il la fusilla du regard.

— Je ne t'ai jamais tyrannisée.

Elle lui en voulait de dire la vérité.

— Vous avez abusé de moi.

— Tu t'es laissé abuser. Tu m'as invité dans ton lit.

Son visage s'empourpra. Elle ravala sa honte.

— Si vous vous imaginez que cela pourrait se reproduire, détrompez-vous. Je veux divorcer. Je veux vous quitter, vous et ce pays.

Il approcha son visage tout près du sien.

— Jamais.

— Je ne vous laisserai pas me détruire.

Il eut un rire cruel.

— Détruire quoi ? ironisa-t-il. Tu étais une vagabonde

quand je t'ai rencontrée à l'aérodrome. Tu n'avais plus rien. Ton fiancé t'avait abandonnée. Tu n'avais plus de travail, plus d'argent. Je t'ai sauvée. Je t'ai épousée et emmenée dans mon pays où s'offrait pour toi une vie au-delà de tes espérances. Ici, tu auras la richesse, le pouvoir, un titre. Tu es un membre honorable de la famille Khan. Ne l'oublie jamais. Tu seras ma femme et tu me donneras de nombreux fils.

— Je préfère encore être la femme d'un moins que rien que de vous appartenir, tout prince que vous êtes. Et je ne porterai jamais vos enfants parce que vous n'aurez plus l'occasion de me toucher. Je demande le divorce.

— Jamais, tu entends ? Tu m'appartiens.

— Je ne suis pas un objet.

— Tu es mon épouse, ma femme. Je te conseille de ne pas me défier car je gagne toujours à ce jeu-là.

— Pas cette fois — pas avec moi.

— Ma petite femme, tu te trompes.

Elle devina son intention mais recula trop tard. Il lui prit le bras et l'attira contre lui.

Colère, douleur, tristesse, solitude, trahison se fondirent en un seul brasier où s'anéantit le peu de force et de volonté qui lui restait.

— J'ai envie de toi, dit-il, sa bouche à quelques millimètres de la sienne. Je vais te faire l'amour.

— Alors il faudra user de violence car je n'ai pas l'intention de me laisser faire.

Une lueur traversa ses yeux noirs.

— Ne t'ai-je pas avertie de ne pas me défier ?

Et il l'embrassa. Mais cette fois, ce n'était pas le doux et délicat contact de leur premier baiser. Ses lèvres l'embrassèrent avec fougue exigeant une réponse pour la récompenser et l'embrasser encore.

— Non ! cria-t-elle en essayant de le repousser.

Il se mit à rire sans la quitter des lèvres.

— Sors tes griffes, mon chat du désert. Sors tes griffes et fais de moi ton légitime amant.

— Jamais !

Mais tandis qu'elle se débattait, elle sentit monter en elle les premières vagues du désir. La réchauffant peu à peu de l'intérieur, comme une aube naissante, chassant le froid de ses os glacés, faisant baisser sa garde.

Sa langue léchait sa lèvre inférieure, lentement, dans l'attente de sa reddition. Elle voulait résister. Elle s'exhorta à être forte — se rappelant qu'elle le haïssait, qu'il était odieux, qu'il avait abusé d'elle et qu'il… qu'il…

Il dénoua les fins lacets de sa robe et passa sa main sous l'épaisse étoffe. Tout en se jurant de ne pas fléchir, elle sentit ses doigts caresser le bout dressé de ses seins. Au même instant, sa langue glissa entre ses lèvres entrouvertes.

Elle le repoussa une dernière fois et pleura sa défaite. Le haïssant et se haïssant encore plus, elle passa ses bras autour de sa nuque et l'attira à elle.

Dora ferma les yeux pour ne pas voir l'expression triomphante de son visage, mais au lieu de jubiler, Khalil interrompit son baiser juste assez pour lui dire dans un tendre soupir :

— Tu es ma femme, mon petit chat du désert. Je prendrai toujours soin de toi.

Sans doute était-il sincère. Mais ce qu'il refusait de voir, c'était que, pour Dora, le plus grand danger c'était lui.

- 10 -

— Ne me résiste pas, murmura Khalil contre ses lèvres. Désire-moi. Avoue que tu as envie de moi.

Frissonnant sous son étreinte à laquelle son corps répondait de toutes ses fibres, Dora tentait vaillamment de couper son esprit de ce qui se passait.

Les bras passés autour du cou de son mari, les yeux bien fermés, elle le laissait dégrafer un à un les petits boutons qui ornaient le devant de sa robe et même lorsque, lui dénouant les bras, il fit descendre lentement la robe de ses épaules, elle s'interdit de le regarder.

La lourde soie glissa à ses pieds. Elle portait en dessous une autre robe de dentelle recouvrant une fine chemise de soie. Ce costume traditionnel ne comportait pas de soutien-gorge ni même de culotte et elle se sentit soudain étrangement vulnérable devant Khalil.

— Dora, rends-toi de bonne grâce, dit-il en lui caressant la joue. Pourquoi tiens-tu tant à remporter cette bataille ? Qu'espères-tu y gagner ?

— Ma dignité, répondit-elle les yeux toujours fermés.

— Et ton lit froid… C'est cela que tu veux ?

Tout ce qu'elle voulait, c'était un vrai mariage avec

un homme qui prendrait soin d'elle. En ce cas, elle lui accorderait respect et affection dans l'espoir que leur amour grandisse. Au lieu de quoi, elle n'avait droit qu'à des mensonges.

— Je ne vous désire pas.

Du bout du doigt, il effleura ses mamelons durcis.

— Ton corps dit tout autre chose.

Involontairement, elle frissonna et ouvrit les yeux.

— Je suis sans défense devant vous, mais cela ne signifie rien ; ce n'est qu'un réflexe nerveux, comme lorsqu'un médecin vous frappe le genou et que votre jambe tressaille. Cela n'a rien à voir avec la volonté. Ma faiblesse apparente est une réaction purement sexuelle, mon cœur et mon âme ne sont en rien concernés.

Deux grands yeux noirs la dévisagèrent pensivement…

— Joli petit discours. Et si nous testions ta théorie ?

— Que voulez-vous dire ?

— Tu prétends me répondre sexuellement quand nous faisons l'amour sans que cela t'émeuve le moins du monde par ailleurs, c'est bien cela ?

— Exactement.

Elle était sincère — espérant toutefois qu'elle ne se racontait pas d'histoires.

Prenant sa main, il retroussa jusqu'au coude la longue et large manche de dentelle, exposant la face interne de son avant-bras.

— Tu prétends que lorsque je te touche comme ça…

Il traça du doigt une ligne de son poignet au creux de son coude.

— ta réaction est aussi automatique que lorsque tu recules devant un plat brûlant ?

— Oui.

Elle refusait de tenir compte du tremblement qui s'était emparé d'elle et de la chair de poule qui hérissait sa peau. Du simple fait d'être si près de Khalil, il lui était difficile de penser… que dire alors de badiner !

Il examinait maintenant les fines lignes de henné tracées sur le dos de sa main.

— Sais-tu que mon nom est inscrit quelque part dans ce lacis décoratif ?

Dora cilla. Elle avait conscience qu'il parlait… Elle entendait ses paroles, mais… Dieu ! Qu'il était difficile de se concentrer lorsqu'il la touchait ! Le seul signal réussissant à percer le brouillard qui lui embrumait le cerveau, était la sensation du doigt de Khalil glissant sur sa peau. Tout le reste pouvait attendre… tout, y compris la conversation.

— Votre nom ? répéta-t-elle d'un air absent tandis qu'il traçait cercles sur cercles sur le dos de sa main, puis frôlait les dessins de chacun de ses doigts.

— Oui. La tradition veut que le nom du mari soit caché dans les dessins au henné. Où est mon nom, Dora ?

Disant cela, il la couvait d'un regard lourd, plein de désir.

— Je ne sais pas, répondit-elle d'une voix tremblante. Je n'ai pas fait attention quand Rihana traçait ces dessins.

— Bon. Je vais le chercher. Dommage quand même qu'elle n'ait peint que tes pieds et tes mains !

Vraiment dommage, pensa vaguement Dora. Si seulement on l'avait peinte tout entière… la recherche de Khalil aurait eu lieu en bien plus d'endroits.

Ses cuisses frémirent à la pensée de ses mains et peut-être de sa langue sur son corps. Elle se souvenait à quel point elle avait aimé cela la première fois… Elle se souvenait du poids de Khalil sur elle et de la passion avec laquelle elle s'était donnée à lui. Elle se souvenait de tout et elle avait beau savoir que ce n'était pas bien et que cela la rendait faible, elle avait envie de recommencer.

Il l'entraîna vers le lit. Là, ils firent une pause, le temps que Khalil lui enlève sa robe de dentelle, lui laissant sa longue chemise de soie et rien d'autre. Dora frissonna de nouveau… et certes, ce n'était pas de froid !

Dans sa djellaba, ses yeux de braise brillant de passion, Khalil était pour elle un étranger inquiétant. Elle était si loin de tout ce qu'elle connaissait et elle était mariée à cet homme mystérieux qui se dressait devant elle et qui avait, pour autant qu'elle le sache, droit de vie et de mort sur elle. Elle n'était pas plus sûre des sentiments qu'elle lui portait, qu'elle ne savait pourquoi il l'avait épousée. Elle s'était juré de lui résister par tous les moyens, y compris physiquement. Mais jamais elle n'aurait imaginé qu'on pouvait éprouver un désir aussi incroyable.

Comment rester immobile et continuer à respirer alors qu'elle désirait Khalil avec tant de force ? Douloureuse, tremblante, elle fondait et le suppliait intérieurement de la prendre. Bien qu'elle sache qu'elle lui résisterait et bien qu'elle se haïsse pour sa faiblesse… elle avait envie de lui.

Il l'aida à s'asseoir sur le bord du lit. Les orteils de Dora se recroquevillèrent sur le tissu des tentures recouvrant le dais. Khalil s'assit près d'elle et saisit sa main gauche qu'il retourna pour étudier le tracé brun orangé du henné. Fatima l'avait prévenue qu'il deviendrait d'un rouge de plus en plus terne et finirait par s'effacer avec le temps. Sur sa peau blanche, l'effet était des plus exotiques et lui rappela qu'elle n'était pas à sa place dans ce pays étranger.

Il gratta légèrement sa paume du bout de ses doigts.

— Je ne vois pas mon nom ici, et toi ?

Elle voulait lui dire qu'elle ne pouvait rien voir puisqu'il tenait sa main hors de sa vue, mais les fourmillements qui lui picotaient le bras la troublaient tant qu'il lui était difficile de parler. Il retourna sa main et en caressa le dos.

— Ici non plus, murmura-t-il avant de lui baiser les doigts et d'effleurer de sa langue leur pulpe sensible.

Si elle n'avait pas été assise, elle serait tombée par terre ! Elle tremblait de tous ses membres et avait envie de se serrer contre lui, de soupirer, de gémir. Au lieu de quoi, elle se mordit la langue et endura avec délices l'exquise torture qu'il lui infligeait.

Il la léchait et mordillait en remontant sa paume, son poignet, son bras, en ne cessant de parler de son nom et du sien, des temps présents et futurs, disant et redisant qu'elle était à lui. Dora ne l'écoutait pas. Ils n'avaient pas d'avenir, elle ne lui appartenait pas, elle ne se souciait de rien d'autre que de la manière dont Khalil la touchait.

Et en ce moment, il pressait ses lèvres au creux de son coude et plaçait ses mains puissantes de part et d'autre de son dos comme s'il s'apprêtait à la renverser sur les coussins qui s'empilaient sur le lit. Elle voulut protester, mais il était un peu tard pour penser à sa fierté. N'était-elle pas là parce qu'elle ne s'imaginait pas survivre sans faire encore une fois l'amour avec lui ? Elle serait peut-être idiote, mais pas hypocrite.

Quand elle s'étendit sur le lit, Khalil, penché sur elle, murmura son nom d'une voix si enrouée de passion qu'elle en eut mal. Son sexe était déjà humide et gonflé, prêt à l'accueillir. Elle voulait encore sentir son corps, son poids sur elle, son membre en elle.

Elle s'attendait à un baiser, mais au lieu de l'embrasser, il lui mordilla l'épaule et se déplaça lentement pour prendre son mamelon dans sa bouche.

Elle était toujours revêtue de sa chemise dont il mouillait la fine étoffe en la léchant. Quand il redressa la tête, elle s'aperçut que la soie de son vêtement était devenue totalement transparente et qu'elle pouvait voir le bouton de son mamelon rose pêche à travers le tissu. Il le voyait aussi. Comprenant aussitôt le regard de Dora, il effleura de sa langue la cime hypersensible. Son art de la séduction était tel qu'elle ne put en supporter davantage. Elle se redressa, empoigna la tête de Khalil et l'attira vers elle pour l'embrasser.

Leurs lèvres s'unirent dans un véritable tourbillon de passion. Elle le voulait totalement. Près d'elle, en elle, sur elle. Encore et toujours plus. Elle tira sur les vêtements de Khalil, cherchant fébrilement les boutons. D'un mouvement d'épaules, celui-ci se dégagea rapidement de sa longue djellaba, puis s'écarta du lit pour ôter le reste de ses vêtements. En le sentant s'éloigner, elle se surprit à gémir.

Il était là, devant elle, immobile, nu et si incroyablement beau. Elle contemplait son torse puissant, le relief de ses muscles, la touffe noire qui couronnait son sexe dressé.

— Dis-le-moi, ordonna-t-il tout en restant toujours à distance. Dis-le haut et fort. Dis-moi que tu me désires.

Elle secoua la tête.

— Je ne peux pas.

— Me désirer ou le dire ?

Les deux, pensa silencieusement Dora. Khalil vint plus près du lit… assez près pour qu'elle puisse tendre la main et caresser son membre érigé. Elle l'encercla de ses doigts et entama un mouvement de va-et-vient, se délectant de la sensation. Doux comme une peau de bébé, le membre raidi de Khalil palpitait de désir. Levant les yeux, elle surprit son regard impénétrable. Seule la crispation de ses mâchoires indiquait que ses soins ne le laissaient pas insensible.

Lentement, doucement, elle se baissa et fit glisser sa main sur ses cuisses fermes. Le dur poil de ses jambes lui chatouillait la paume. Sa main allait et venait, découvrant chaque texture de son corps, ce qui ne faisait qu'augmenter sa propre excitation.

Sans avertissement, Khalil se pencha et lui attrapa le pied gauche. Il se mit à en étudier les dessins au henné, suivant les lignes et les courbes du bout du doigt. Chatouilleuse, Dora se tortillait, riait et tentait vainement de lui échapper. Il se déplaça sur le lit et s'installa entre ses chevilles.

— Dis-le-moi ! Dis-moi que tu me désires.

Muette, elle tourna la tête de droite à gauche et ferma les yeux lorsqu'il retroussa sa chemise pour embrasser l'intérieur de ses cuisses. Elle sentit ses jambes s'ouvrir d'elles-mêmes et ses genoux s'écarter. Plus rien n'arrêtait Khalil à présent : elle voulait qu'il la touche là, qu'il l'embrasse là. Elle voulait connaître encore la passion et l'orgasme.

Il passa sous sa chemise et écarta les plis secrets de sa chair. Elle ne pouvait pas voir ce qu'il faisait, mais sentait la première caresse, lente et chaude, de ses lèvres et de sa langue à l'endroit le plus secret, le plus sensible de son corps. Il le taquinait, l'effleurait légèrement, s'en éloignait et revenait.

C'était encore plus intense que la première fois, sans doute parce qu'elle savait maintenant à quoi s'attendre. Tout son corps tendait vers cette merveilleuse explosion libératrice et elle s'élança vers le paradis.

Ses hanches se mirent à remuer au rythme des caresses de Khalil. Son souffle s'accéléra, son corps s'embrasa. Toute froideur disparut de même que sa colère et sa peine. Seul comptait le désir, le besoin qu'elle avait de cet homme. Khalil. Son mari.

Celui-ci accélérait le mouvement, l'amenant au bord de l'explosion, puis ralentissait et la rendait folle. Il glissa un doigt en elle et le fit aller et venir, imitant l'acte d'amour qui allait suivre.

La pression augmentait. Le désir de Dora augmentait. Elle aspirait désespérément à sa délivrance. Enfonçant ses talons dans le matelas, elle souleva ses hanches, en gémissant son nom. Il allait de plus en plus vite, délicatement, délicieusement, plus près, de plus en plus près.

Puis, d'un seul mouvement, il se releva et la fit s'asseoir. Stupéfaite, elle le regarda, incapable de croire qu'il allait en rester là. Ne comprenait-il pas qu'elle était sur le point de mourir ?

Le désir qui ne cessait de grandir en elle, s'était changé en une bête affamée et la dévorait. Elle en voulait encore, toujours plus, et cherchait désespérément à atteindre Khalil.

Il négligea ses mains suppliantes qui le pressaient de revenir en place. Au lieu de quoi, il tira brusquement sur sa chemise, la fit passer par-dessus sa tête et la jeta au loin. Ses yeux erraient sur ses seins et brillaient de plaisir.

— Très joli, dit-il en se penchant sur elle et en prenant dans sa bouche le bout d'un de ses seins.

C'était comme si celui-ci avait été relié directement à son ventre : chaque traction des lèvres de Khalil se répercutait entre ses jambes. Et tandis qu'il la suçait et que ses mains parcouraient son dos, elle sentit la spirale du plaisir l'aspirer davantage, plus haut, toujours plus haut. Elle suffoqua.

— Khalil, je t'en prie.

Il redressa la tête. Ses cheveux retombaient sur son

front. Ses traits tirés par un désir farouche ne laissaient planer aucun doute dans l'esprit de Dora sur ses ancêtres : c'étaient bien ces sauvages du désert, ces hommes sans peur qui imposaient leur loi. Pensait-elle vraiment réussir à lui tenir tête et à le vaincre ?

Au même instant, Khalil glissa sa main entre leurs corps et recommença à caresser son bourgeon tumescent jusqu'à ce qu'elle gémisse, mais s'arrêta avant le point culminant.

— Dis-le-moi.

C'était le diable et le prix qu'il demandait était son âme. Pourquoi n'avait-elle pas compris plus tôt ce qu'il voulait ?

— Je ne peux pas.

— Pourtant tu me désires.

Ils s'affrontaient du regard. Dora sentait leurs cœurs battre à l'unisson. Il pressa son sexe contre son ventre, la renversa sur le dos et posa ses mains en coupe autour de ses seins, taquinant leurs bouts dressés du doigt et de la langue. De son membre de nouveau contre son ventre brûlant, il la torturait en l'amenant au sommet du plaisir sans lui permettre de le satisfaire.

Elle attrapa la tête de Khalil et l'embrassa à pleine bouche. Ses lèvres et sa langue lui avouèrent son désir, mais elle-même ne dirait pas les mots qu'il attendait.

— Ta volonté n'est pas aussi forte que la mienne, gronda-t-il contre sa bouche.

— Elle l'est.

— Non !

Il se redressa et entra en elle. Alors qu'il la pénétrait profondément, la faisant crier de plaisir, il chercha son petit point magique et recommença à le caresser.

C'en était trop ! Elle sentit son corps se tendre, se cabrer, se soulever jusqu'à ce que cette tension insoutenable explose en un véritable feu d'artifice.

Khalil perçut le spasme de Dora dont les muscles convulsés, se contractaient et se relâchaient sur un rythme parfait. Il se maudit et résista, en pure perte d'ailleurs : lui aussi entrait dans la danse. Dans son effort pour obliger Dora à se soumettre, il avait omis de se surveiller et voilà que, pris dans le tourbillon du plaisir de sa femme, il se sentait partir dans la même tornade. Il avait beau tenter de se retirer et de garder le contrôle, il était déjà beaucoup trop tard. Il étreignit Dora et passa le point de non-retour en criant son nom.

Son plaisir s'intensifia. Il s'activa, la pénétrant plus profondément. Aussi incroyable que cela puisse paraître, une deuxième vague de contractions emporta Dora. Elle jeta ses bras autour de lui, se cramponna à lui, le pressant davantage ! Elle se convulsait toujours plus, jusqu'à ce qu'il n'ait d'autre choix que de laisser jaillir sa semence en elle. Tous deux frissonnèrent comme deux êtres perdus dans une tempête.

Quand sa respiration redevint enfin normale, Khalil se redressa sur ses coudes et regarda Dora. Etendue sur le lit, elle gardait les yeux clos et les lèvres serrées. Des larmes coulaient sur ses tempes et ses cheveux.

— Dora ?

— Va-t'en. Tu as gagné.

— Nous avons tous les deux gagné, dit-il tout en sachant qu'en fait elle était le seul vrai vainqueur.

Il n'avait pas réussi à lui faire dire qu'elle le désirait.

Elle repoussa son épaule. Il se dégagea d'elle, se sentant soudain aussi gauche qu'un adolescent. Qu'avait-il fait de mal ?

Une fois libérée, Dora s'assit.

— Y a-t-il une salle de bains ? demanda-t-elle.

Il lui montra du doigt plusieurs tapis suspendus au fond de la tente.

— Là-bas. Il n'y a pas beaucoup d'eau. Vas-y doucement.

Elle opina, mais ne dit mot. Puis elle sortit du lit, chercha sa chemise et s'en couvrit. Khalil remarqua qu'elle se déplaçait lentement comme si elle avait de la peine. Lui avait-il fait du mal ? Il secoua la tête. Ce n'était pas possible. A la fin, elle s'était cramponnée à lui en le désirant autant qu'il l'a désirait. Ah ! Les femmes… Quelles créatures capricieuses !

Lorsque Dora vint se recoucher, il s'était glissé sous les couvertures et avait redressé les coussins. Il vit qu'elle avait effacé toute trace de ses larmes. Elle s'allongea près de lui, mais au lieu de s'y blottir, elle se roula en boule en lui tournant le dos.

— Tu te conduis comme une enfant, dit-il.

— Laissez-moi tranquille. Vous avez eu ce que vous vouliez. Le reste n'a pas d'importance.

Il la dévisagea pendant quelques minutes, puis se laissa tomber sur le dos. Parfait. Si elle voulait aller dans ce sens, il n'en avait cure. Elle avait raison. Il avait eu ce qu'il voulait ; il avait fait l'amour avec elle. Le reste n'avait pas de sens.

Sauf qu'il mourait d'envie de la serrer dans ses bras. Plus la nuit s'avançait, plus il avait l'impression que son côté du lit s'élargissait jusqu'à ce qu'il se sente séparé d'elle par une distance infinie. Une fois sûr qu'elle s'était profondément endormie, il bougea doucement et passa son bras autour d'elle… mais même dans son sommeil, elle s'écarta de lui si bien qu'il retourna de son côté.

Quelque chose de froid et noir lui pesait sur le cœur.

Il détestait cette impression d'avoir manqué de prudence et commis une erreur qu'il ne pourrait plus corriger. Involontairement, il porta la main à son visage et effleura la fine cicatrice sur sa joue. L'histoire n'allait pas se répéter, pensa-t-il d'un air grave. Il était sûr que les choses étaient différentes. Bien sûr qu'elles étaient différentes. Les situations n'avaient rien de commun.

Et pourtant, tard dans la nuit, il se le demandait encore.

Dora s'éveilla dans les bras de Khalil. Encore à moitié endormie, elle s'agita, sentant une chaleur sous sa joue et quelque chose de pesant autour de sa taille. Elle ouvrit les yeux et s'aperçut qu'à un moment quelconque de la nuit, elle s'était retournée et lovée dans les bras de Khalil.

Elle se raidit et chercha à s'éloigner quand la main posée sur sa taille se resserra. Levant les yeux, elle vit qu'il était éveillé.

— Bonjour, dit-il d'une voix douce et enrouée.

Elle le détesta, car le son de sa voix avait suffi à la faire frissonner et lui donner envie de se fondre à lui. N'était-ce pas assez de l'avoir humiliée en la tentant jusqu'à ce qu'elle renie ses convictions et se soumette ? La vie conjugale allait-elle se changer en une guerre permanente entre eux ?

Un lent sourire étira les lèvres de Khalil.

— Tu me résistes et tu me désires dans la même mesure, mon petit chat du désert. Quelle partie de toi va l'emporter ?

Disant cela, il s'était retourné pour lui faire face, avait glissé son genou entre ses jambes et l'appuyait contre son Mont de Vénus. Il ne restait plus une once de force à Dora pour se rebiffer. Son désir fut aussi instantané que puissant. Comment son corps pouvait-il pareillement la trahir ?

— Je ne me soumettrai jamais de mon plein gré, dit-elle comme une promesse en le regardant dans les yeux. Vous êtes capable de faire réagir mon corps, c'est vrai, mais jamais vous ne toucherez mon cœur.

— C'est un défi, Dora ? Ne t'ai-je pas mise en garde contre les défis ? Tu cours à ta perte ! De la façon la plus délicieuse, bien sûr. De plus, la chasse a aussi son charme.

Elle faillit hurler de rage. Comment des choses pareilles pouvaient-elles lui arriver ? Comment avait-elle pu accepter une telle situation — au sens propre et au figuré ? Alors qu'elle était allongée près de lui, elle sentait grandir son excitation contre sa hanche. Elle-même était prête à l'accueillir. Qu'importe qu'il lui fasse mal, qu'il lui mente et abuse d'elle ! Chaque cellule de son corps souffrait dans l'attente qu'il la possède de nouveau.

— Tu seras mienne, dit Khalil avec confiance.

— Jamais. Je me battrai jusqu'au bout.

Il éclata de rire.

— Et nuit après nuit, je te séduirai ! Si tu cherches à me punir, Dora, il va falloir trouver quelque chose de mieux.

Puis, d'un ton dont tout humour avait disparu, il ajouta :

— Le jour viendra où tu m'aimeras comme doit aimer toute épouse dévouée.

Elle ne savait pas s'il la taquinait ou non, mais peu importait. Elle sentait croître en elle le grand vide froid qui l'avait saisie la nuit dernière. Elle savait trop bien qu'il venait de dire la vérité. Il la séduirait aussi souvent que ça l'amuserait, sans se soucier de sa résistance et, finalement, elle se soumettrait. Ses assauts broieraient impitoyablement sa volonté.

— Je ne serai jamais à vous, promit-elle.

— C'est ce que tu dis pour le moment, mais je ne serais pas étonné que tu sois déjà un peu amoureuse de moi. Ne suis-je pas un de tes fantasmes ? Ne suis-je pas celui dont tu rêvais dans la solitude de ton lit virginal ?

Elle se libéra brutalement de lui et sauta hors du lit. Tandis qu'elle le fusillait du regard, il se contenta de lui sourire et de rejeter les couvertures pour lui montrer à quel point il était dur et prêt.

Elle lui tourna le dos en s'efforçant de garder un minimum de contrôle. Elle devait apprendre à se protéger de lui. Elle devait être forte. Sinon, les paroles de Khalil se changeraient en prophétie : elle courrait bel et bien à sa perte. Ce n'était qu'un arrogant, un sale prétentieux… mais il avait dit vrai. Il *était* le genre d'homme dont elle avait rêvé dans sa solitude. Pas le prince égocentrique qui exerçait sa volonté sur son épouse récalcitrante, bien sûr ! Mais le prince charmant qui l'avait séduite la première nuit.

Elle rêvait de l'homme compatissant qui l'avait secourue au Kansas et de l'homme d'affaires intelligent pour qui elle avait travaillé à New York. Voilà le genre d'homme qui avait captivé son attention et peut-être aussi un peu de son cœur. Mais elle n'aimait pas le prince d'El Bahar.

Elle se leva, ramassa sa robe de dentelle, l'enfila, puis la recouvrit de sa lourde robe de soie. Ainsi vêtue, et alors seulement, elle lui fit face.

— Sans même parler d'amour, lui dit-elle calmement, je n'aurai jamais ni affection ni respect pour vous. Si vous insistez pour me garder, vous devrez vous contenter de mon devoir.

— Une épouse dévouée le jour et un chat sauvage dans mon lit la nuit ? Mais c'est mon rêve, ma chérie !

Dora sentait les larmes s'accumuler sous ses paupières et les refoula vaillamment.

— Vous avez de la chance Khalil. Pour moi, vous êtes un cauchemar et je ne peux que prier pour me réveiller.

Elle continuait à le regarder, mais pas un des cils de Khalil ne trembla. Puis, sentant sa propre douleur monter, elle se détourna, bien résolue à ne plus jamais pleurer devant lui.

- 11 -

Ils roulaient en silence vers le palais. Khalil s'attendait à ce que Dora lui parle de la beauté du matin ou des gardes qui les escortaient dans la jeep, mais, impassible sur son siège, regardant droit devant elle, elle ne lui adressa pas une fois la parole. Bon, se dit-il avec colère. Si elle voulait jouer à ce petit jeu-là, il saurait lui rendre la monnaie de sa pièce… sinon plus.

Ce qui n'avait été au départ qu'une solution toute simple au problème que lui avait posé Ambre, devenait à son tour un problème… très compliqué. Pourquoi fallait-il qu'elle soit aussi sentimentale ? Oui, il l'avait bernée en lui parlant d'amour, mais pourquoi y attachait-elle tant d'importance ? Il l'avait épousée, non ? Et il était bien décidé à la traiter avec tout le respect et la considération qu'elle méritait. Ils vivraient ensemble au palais et elle lui donnerait des fils. Leur mariage lui permettait de vivre dans l'aisance et de bénéficier de nombreux privilèges. Alors qu'est-ce qui la mettait dans un état pareil ?

Ses mains se crispèrent sur le volant. Décidément, il ne comprendrait jamais rien aux femmes ! Ces créatures étaient si compliquées et versatiles qu'il valait mieux les laisser se débrouiller entre elles. Avec le temps, elle comprendrait que ce mariage était la meilleure chose qui pouvait lui arriver et elle changerait d'attitude.

Il l'espérait du moins… car de toutes les femmes qui avaient partagé sa couche, Dora était de loin la plus intelligente et la plus indépendante. Il la regarda un instant, puis se concentra sur la voie défoncée qui cédait la place à une route bien pavée aux abords du palais. Elle ne se laissait pas manipuler et il l'estimait pour cela, mais il se serait bien passé de ces ennuis supplémentaires et il lui en voulait.

Il allait la négliger pendant un moment, voilà tout. Cela lui donnerait à réfléchir. Quoique… des images érotiques de la nuit dernière se mirent à défiler devant ses yeux. Il revoyait la façon dont il l'avait caressée et celle dont elle avait si joliment répondu à ses caresses. Mais elle avait tenu bon jusqu'au bout, refusant obstinément d'avouer qu'elle le désirait. Il n'avait pas eu besoin qu'elle le lui dise pour en être convaincu ! Son corps avait parlé pour elle lorsqu'elle s'était cramponnée à lui en le suppliant d'aller plus vite, plus fort, plus profond.

Il s'arracha au flot d'images torrides qui l'envahissait et dut faire un effort pour se contrôler et retrouver son souffle. Peut-être avait-il décidé un peu vite de délaisser Dora ? Il y avait sûrement un autre moyen de l'atteindre. Si elle était aussi intelligente qu'il le croyait, elle finirait bien par comprendre que ce mariage était la meilleure solution pour eux deux, et par lui être reconnaissante d'avoir agi aussi dans son propre intérêt.

Aux abords du palais, il la regarda de nouveau du coin de l'œil. Le costume traditionnel du mariage avait été soigneusement déposé sur le siège arrière et Dora portait aujourd'hui une robe à manches longues que Rihana avait mise dans son sac la veille au soir. Elle dégagea soudain son visage en passant la main dans ses courts cheveux noirs, exposant son profil.

Elle n'était pas aussi belle qu'Ambre, mais elle avait un charme bien à elle. Il aimait l'éclat de ses yeux quand elle était en colère contre lui, il aimait la moue de ses lèvres qui la trahissait quand elle essayait de ne pas lui sourire. Il aimait discuter avec elle et attendait ces discussions avec impatience, pour écouter ce qu'elle disait, bien sûr, mais aussi pour le plaisir d'entendre le son de sa voix. Il aimait la douceur de sa peau contre son corps, sa toison brûlante, son sexe humide et accueillant. Il n'aurait sans doute pas choisi Dora, au premier abord, mais elle possédait toutes les qualités qu'un homme recherchait chez une femme.

Lorsque Khalil arrêta la voiture dans la cour du palais et coupa le moteur, il cherchait encore ce qu'il pourrait bien dire pour que leur mariage connaisse un meilleur départ. Par exemple, sans aller jusqu'à s'excuser, il pouvait au moins être plus conciliant, lui dire qu'il ne comprenait pas son attitude et la désapprouvait, mais supposait qu'elle avait de bonnes raisons pour se conduire ainsi et qu'il les respectait.

Dora ouvrit la portière et sortit de la voiture. Aussitôt, l'un des serviteurs se précipita pour l'aider. Elle le remercia et avança d'un pas rapide vers l'entrée du palais.

Stupéfait, Khalil la suivait des yeux. Elle ne l'avait même pas attendu ! Comment osait-elle s'en aller comme ça, sans plus s'occuper de lui que d'un simple chauffeur ?

Ouvrant précipitamment la portière, il descendit et l'appela :

— Dora !

Ecartant le serviteur qui le saluait, il pressa le pas pour la rejoindre.

— Dora, où comptes-tu aller ?

Elle s'arrêta et le regarda par-dessus son épaule.

— Je pensais que cela allait de soi : je regagne mes appartements.

Il la rattrapa dans le grand vestibule où le ruissellement du jet d'eau d'une grande fontaine de marbre, faisait entendre sa douce musique. Il lui caressa la joue.

— Tu ne vis plus au harem à présent, mon petit chat sauvage. Tu vis avec moi.

Les yeux noirs de Dora s'agrandirent et lancèrent des éclairs. Khalil perçut la vague de colère qui montait en elle et réprima un sourire. Ils allaient de nouveau croiser le fer et feraient la paix après. Il attendait les deux avec autant d'impatience !

Rihana surgit de la pénombre et s'inclina très bas.

— Bienvenus au palais.

Elle sourit timidement à Dora.

— J'ai porté vos affaires dans les appartements de votre époux. Puis-je vous montrer le chemin ?

— Non, dit sèchement Dora, les yeux plantés dans ceux de Khalil. Apporte-les dans la suite réservée aux invités, s'il te plaît, celle où tu m'as conduite à mon arrivée au palais. Je m'installerai là-bas.

Khalil fronça les sourcils.

— Dora, c'est ridicule. Qu'espères-tu gagner à ce jeu-là ? Tu es ma femme.

Le regard de la jeune femme devint glacé.

— En effet, je le suis. Cela fait de moi une princesse, n'est-ce pas ? Comme telle, je présume avoir le droit de donner des ordres aux domestiques et de m'attendre à ce qu'on les suive. Je me trompe ?

Elle l'avait mis sur la touche. Elle était princesse et les domestiques devaient lui obéir. Si, en tant qu'époux, il lui retirait son pouvoir dès le premier jour, cela affecterait la vie de Dora au palais pour le restant de ses jours.

Il serra les dents et lui lança un regard noir. Ils régleraient cela ensemble plus tard.

— Rihana, faites ce que vous demande madame, dit-il avec raideur.

Rihana parut troublée, puis hocha lentement la tête.

— Par ici, princesse, je vous en prie, dit-elle en se détournant du couloir qui menait aux appartements de Khalil.

Dora le gratifia d'un regard satisfait, puis le laissa là et suivit la jeune fille. Se retrouvant seul, Khalil se demanda comment les choses avaient pu si mal tourner et ce qu'il était censé faire à présent.

Dora était sur la terrasse et contemplait la mer. Dans la solitude de sa suite, elle avait essayé des heures durant de savourer sa victoire. Mais celle-ci était trop amère. Après s'être volontairement séparée de Khalil, alors qu'elle le désirait toujours autant, la journée lui avait paru bien longue. Elle s'était retrouvée seule face à elle-même et pensait qu'elle le serait aussi les jours suivants. Qu'allait-elle faire pendant ce temps-là ?

Elle se détourna du panorama splendide et regagna l'intérieur. Combien de temps encore Khalil la garderait-il à El Bahar avant de comprendre que leur mariage était une erreur ? Elle pensait que c'était une simple question de temps et qu'il se rangerait à son avis et divorcerait. Alors elle serait libre. Jusque-là, elle devait faire contre mauvaise fortune bon cœur et endurer sa solitude. Elle chercha comment passer le temps. Peut-être…

On frappa doucement à la porte. Elle traversa en hâte le grand salon et l'ouvrit. Ce n'était pas Rihana ni Khalil qui lui rendaient visite, mais Fatima.

Elle sourit à la vieille dame.

— Quelle bonne surprise ! Je vous en prie, entrez.

Fatima franchit la porte. Elle jeta un regard circulaire sur la suite comme si elle découvrait ce lieu pour la première fois et s'installa sur un des sofas faisant face à la baie vitrée.

— J'ai appris que tu avais choisi de vivre ici plutôt qu'avec Khalil. J'ignorais que tu tenais tant à ton indépendance. Je suis confuse de t'avoir mise mal à l'aise en te demandant de vivre avec moi au harem.

Dora sentit ses joues s'enflammer tandis qu'elle s'asseyait en face de sa visiteuse. Elle posa ses mains sur les genoux.

— Vous désapprouvez ce que je fais.

L'épaisse chevelure de Fatima était ramenée en chignon sur le bas de sa nuque. La coupe élégante de sa robe rose vif et sa veste cintrée soulignaient sa mince silhouette. Elle donnait l'impression d'une opulente femme d'affaires sur le point d'assister à une réunion importante.

— Ce n'est pas à moi d'approuver ou de désapprouver. Le mariage est une affaire privée.

Fatima pinça les lèvres.

— J'ai appris ce qui s'était passé avec Rihana et de quelle façon tu as forcé Khalil à choisir entre ton obéissance ou ton pouvoir au palais. Bien que le stratagème soit imparable, cela me rappelle une vieille expression, britannique je crois. Tu dois la connaître. C'est quelque chose comme… gagner la bataille et perdre la guerre.

— Nous ne sommes pas en guerre, dit Dora posément.

— Ah non ? Quand des époux choisissent de vivre séparément, cela signifie rarement que tout va bien. Enfin, je suis d'une autre génération.

Dora baissa la tête. Elle n'aimait pas mentir à Fatima. La grand-mère de Khalil avait été si généreuse envers elle.

— Nous avons un petit problème à régler Khalil et moi, ajouta-t-elle.

En fait, c'était surtout elle qui avait un problème à régler. Elle se sentait toujours aussi confuse et meurtrie par ce qui lui était arrivé.

— Si vous attendez que mon petit-fils s'incline, vous resterez longtemps ici. Khalil ne cède jamais.

— Il est peut-être temps qu'il apprenne à le faire.

Dora releva la tête et redressa le dos.

— Je n'ai pas oublié votre conseil sur le roseau qui plie pour ne pas rompre, Fatima, mais il y a des moments où il faut rester ferme. Ce moment est venu.

La vieille dame la sonda du regard.

— Allez-vous me dire ce qu'a fait mon petit-fils ?

— Je ne peux pas.

Elle ne pourrait en parler à personne sans se sentir humiliée, et encore moins à une personne aussi gentille que Fatima. De plus, elle savait qu'au moment crucial la vieille dame se rangerait du côté de sa famille et non du sien.

— Je fais de mon mieux dans une situation difficile.

Les yeux noirs de Fatima semblaient plonger en elle.

— Et s'il ne change pas ? Que se passera-t-il alors ?

— Je ne sais pas.

Alors, elle partirait, se dit-elle. Elle trouverait le moyen de pousser Khalil à divorcer et elle serait libre. Qu'importe qu'elle ne sache pas où aller ! Elle ne resterait pas dans un endroit où elle n'était ni désirée ni respectée.

— Je pensais que tu l'aimais, dit Fatima en se levant. Je regrette de m'être trompée.

Dora se sentit comme une petite fille grondée pour sa maladresse.

— Je tiens beaucoup à lui, avança-t-elle.

— Mais tu ne l'aimes pas. Ou pas assez pour te battre et le garder.

Fatima se dirigea vers la porte.

— Au revoir, dit-elle en regagnant le couloir.

Pour Dora, ces mots sonnèrent comme un glas, un adieu définitif.

Elle était de nouveau seule au centre de sa suite et avait envie de crier que ce n'était pas juste. Khalil lui avait menti, il l'avait trompée, et c'était elle que l'on mettait en pénitence ! Elle l'avait épousé avec les meilleures intentions du monde, elle avait voulu que leur mariage soit heureux, elle n'avait demandé qu'à l'aimer et à vivre près de lui, et il l'avait trahie. Pire, il refusait d'assumer la responsabilité de ses actes. Il s'attendait tout simplement à ce qu'elle soit compréhensive et ferme les yeux sur le passé. Il était absolument hors de question de vivre avec un homme qui ne la jugeait pas digne de respect !

Elle traversa le grand salon pour retourner sur la terrasse. Le bleu magique de la mer apaisa sa douleur, mais ne réussit pas à calmer son esprit. Les questions y défilaient les unes après les autres. Qu'allait-il se passer ? Resterait-elle à jamais enfermée dans cette suite ? Khalil accepterait-il de divorcer ? Que faire s'il débarquait avec l'intention de lui faire l'amour ? Elle craignait d'être incapable de lui résister. Autant elle voulait rester inflexible, autant son corps la trahissait.

Dora se laissa choir dans un fauteuil et plongea son visage dans ses mains. Qu'allait-il se passer à présent ?

Elle l'ignorait et resta sur la terrasse jusqu'au coucher du soleil. Le soir, elle n'eut d'autre visite que celle de Rihana venue lui apporter son dîner. Elle alla se coucher et resta seule cette nuit-là, ainsi que le jour suivant.

Deux nuits plus tard, Khalil fit irruption dans le salon de Dora. Il n'y avait pas d'autre mot pour qualifier son apparition. Le temps qu'elle ouvre un livre et il était là, devant elle.

— Bonsoir, dit-il en s'asseyant près d'elle sur le sofa.

Une partie d'elle-même avait envie de se mettre en colère et de lui demander de sortir, non sans avoir d'abord régler les détails de son retour aux Etats-Unis. L'autre était si contente d'avoir enfin quelqu'un à qui parler, qu'elle en pleurait presque de soulagement. Depuis la visite de Fatima, elle n'avait vu que Rihana et pas eu le courage de se mettre elle-même en quête de compagnie.

— Khalil, dit-elle.

Elle le salua d'un simple mouvement de tête.

Il portait un pantalon noir et une chemise blanche dont il avait retroussé les manches jusqu'aux coudes. Ses cheveux décoiffés et ses traits tirés incitèrent Dora à penser qu'il avait travaillé toute la journée. Comme il lui tardait à elle de reprendre son travail d'assistante ou tout autre travail pour lui du moment qu'elle sortait de ses appartements et avait quelque chose à faire !

— J'ai respecté tes volontés, dit-il sèchement.

— Ah oui ? Lesquelles ?

— Celle de te laisser seule. As-tu bien profité de ton isolement ?

Elle referma son livre et le posa devant elle sur la table.

— Je n'ai jamais demandé à être seule mais simplement à avoir mes propres appartements. Et vous en avez profité pour me couper du monde. Vous sentez-vous plus puissant en me traitant de la sorte ? Si c'est le cas, je vous signale que vous ne jouez qu'avec vous-même. Je n'aime pas les bras de fer.

Il la regarda pendant quelques secondes.

— Il semblerait que tu sois décidée à m'attribuer les pires intentions, quoi que je fasse. Tu es ma femme et comme telle, tu es libre de sortir de ta suite et de partager nos repas, si tu le désires. Ceci est un palais, Dora, pas une prison.

Elle ne savait que penser de ces belles paroles. Disait-il la vérité ou lui dissimulait-il encore quelque chose ? Elle scruta son beau visage et dut se contrôler pour résister à la tentation de passer ses doigts sur la fine cicatrice de sa joue gauche.

— Très bien, dit-elle enfin. Merci.

— Tu peux également reprendre ton travail, annonça-t-il. Je t'attendrai dans mon bureau demain matin à 8 heures.

S'il lui avait demandé de reprendre le travail… s'il avait simplement suggéré qu'elle avait le choix, que la décision lui appartenait, elle aurait sans doute accepté. Mais avoir le culot de lui donner la permission de l'aider… Elle aspira une gorgée d'air et sentit monter sa colère.

— Je n'ai pas l'intention de venir, dit-elle en se levant.

Elle franchit la porte-fenêtre et sortit sur la terrasse. Le soleil avait depuis longtemps disparu sous l'horizon, laissant la mer dans une mystérieuse obscurité. Elle leva les yeux vers le ciel et feignit d'être fascinée par les étoiles.

— Je t'y autorise, dit Khalil en la suivant sur le balcon.

— Oui, je sais.

Elle lui adressa un joli sourire.

— Mais je veux que tu travailles pour moi, insista-t-il.

Elle haussa les épaules.

— Et moi que vous vous excusiez de m'avoir menti à New York et d'avoir manœuvré pour m'épouser. Je veux que vous reconnaissiez votre erreur et ensuite que vous me disiez que vous tenez à moi. Je doute fort que nous puissions obtenir ce que nous attendons l'un de l'autre.

Elle l'entendit faire un pas vers elle.

— Ne joue pas avec moi, Dora.

Elle lui fit face enfin.

— Moi qui pensais que c'était ce que vous vouliez.

L'expression de son époux se durcit.

— Je suis Khalil Khan, prince…

Elle l'interrompit d'un geste.

— Prince d'El Bahar. Oui, je sais. J'ai entendu cette rengaine des centaines de fois. Que voulez-vous exactement, prince ?

Sa réplique l'avait littéralement stupéfié et Dora ne fut pas peu surprise et satisfaite de l'effet de son insolence. Avec le temps, elle ne craindrait plus de lui tenir tête. Elle ne savait si cela arrangerait les choses, mais c'était le seul moyen pour les faire bouger. Elle avait beau se dire qu'elle voulait divorcer, elle était obligée d'admettre en son for intérieur qu'elle préférait rester ici — à condition d'être vraiment son épouse.

— Etre prince ne vous donne pas le droit d'utiliser les

gens, poursuivit-elle en priant pour avoir encore le courage de lui tenir tête jusqu'au bout. Vous avez été cruel. Vous avez profité de ma naïveté.

— Je t'ai épousée.

— C'est vrai. La belle affaire ! Comme si le fait de vivre avec vous était une partie de plaisir.

Khalil se rapprocha encore d'un pas. Elle était à sa portée à présent… et lui de la sienne. Il lui prit la main et caressa sa paume de son pouce. Aussitôt, des étincelles de feu parcoururent son corps et le ramenèrent à la vie. Elle se dégagea à grand-peine et se réfugia contre la balustrade.

— Travaille pour moi.

Ignorant les frissons qui la traversaient, elle lui sourit.

— Je suis la princesse d'El Bahar et une princesse ne travaille pas. Du reste…

Elle leva ses mains.

— Mon henné ne s'est pas effacé. La tradition veut…

Cette fois, c'était à lui de l'interrompre, se dit-il.

— Je connais la tradition. Je suis né ici.

Il la poignardait du regard.

— Si c'est ce que tu veux, soit. Tu peux rester dans tes appartements, mais n'espère plus en sortir. Ton existence se limitera à ces murs et je me moque que tu t'y morfondes.

Il tourna les talons et se dirigea vers la porte.

Dora avala sa salive. La phrase de Fatima lui revint à l'esprit — avait-elle une fois de plus gagné la bataille et perdu la guerre ? A vivre selon ses principes, sa fierté était mise au pied du mur. Voulait-elle vraiment rester seule dans sa suite toute sa vie ?

— Khalil ? s'entendit-elle appeler. Je travaillerai pour vous mais pas en tant que secrétaire.

Il s'arrêta à mi-chemin.

— Je suppose que tu veux diriger le pays, rétorqua-t-il.

Elle ignora le sarcasme.

— Non, dit-elle en se plantant devant lui. Je veux travailler avec les compagnies occidentales qui se sont installées ici. J'ai passé mon temps à étudier la question durant ces deux derniers jours.

Elle lui montra du doigt la pile de revues et de livres près du sofa.

— Il n'existe aucun organisme pour faciliter leur implantation à El Bahar. J'aimerais servir d'intermédiaire entre le gouvernement et les sociétés privées de l'Ouest. J'ai une grande expérience des entreprises américaines et j'en apprends chaque jour davantage sur El Bahar.

Il la dévisagea sans rien dire.

— C'est tout à fait possible, enchaîna-t-elle rapidement tant qu'il lui restait encore assez de courage. En tant que membre de la famille royale, on m'appréciera davantage dans ce rôle que dans celui de responsable politique. Cela rassurera les membres du gouvernement. Quant aux sociétés désireuses de s'installer ici, elles seront impressionnées qu'El Bahar ait placé une femme à un poste aussi important.

Il ouvrit la bouche et la referma.

— Tu es ma femme, dit-il enfin.

— Je sais.

Il lui tourna le dos. Dora retint son souffle et le relâcha lentement. Cette idée lui était venue au cours de la nuit, mais elle n'avait pas su à qui en parler. Elle doutait fort que les membres de la famille lui prêtent une oreille attentive ! Aussi avait-elle décidé d'attendre qu'une occasion se présente. Pourquoi en avoir parlé à Khalil tout de suite ? N'aurait-il pas été plus sage d'être sa secrétaire pendant quelques semaines, avant de lui exposer son idée ?

Il était trop tard de toute façon et elle n'avait pas la moindre idée de ce qu'elle ferait s'il refusait.

— Tu devras travailler sous le contrôle de mon département, dit-il sans la regarder.

Il semblait regarder sans le voir le portrait d'un vieil homme sur le mur du fond.

Le cœur de Dora battait la chamade. Khalil allait-il dire oui ?

— Ce n'est pas un problème, glissa-t-elle.

— Tu ne seras pas autorisée à rencontrer seule les autres hommes et tu seras obligée de t'habiller de façon très stricte. Il y va de ma réputation.

— Je comprends. Je ne tiens pas à rencontrer seule d'autres hommes, et m'habiller de façon conformiste me convient très bien.

Il la regarda. Elle essaya vainement de lire son expression. A quoi pensait-il ? Pourquoi avait-il accepté ?

— Nous devons donner l'image d'un couple heureux pour sauver les apparences, poursuivit-il. Tu devras déjeuner avec moi tous les jours.

Dora commença à se détendre et une étincelle d'espoir se ralluma en elle. Elle se souvenait de leurs déjeuners de travail à New York. Les affaires avaient occupé la majeure partie de leur temps, bien sûr, mais il leur était arrivé d'échanger des propos plus personnels. C'est ainsi qu'ils avaient parlé de politique, de musique et de littérature. Elle se souvenait de leurs débats houleux, de leurs éclats de rire, de leurs plaisanteries. Tout cela lui manquait tellement ! En était-il de même pour Khalil ?

— J'en serais très heureuse, dit-elle.

— Parfait. Alors nous sommes d'accord.

Il lui sourit de ce sourire satisfait du mâle qui est parvenu à ses fins. La joie de Dora s'en trouva quelque peu refroidie. « Seigneur ! Qu'il n'en profite pas pour en demander plus ! » Mais sa prière resta vaine car son époux prit son visage entre ses mains et lui fit baisser les yeux.

— J'ai envie de toi, murmura-t-il.

Elle reçut cette phrase comme une gifle. Quelle folie d'avoir cru que quelque chose avait changé ! Elle se raidit et voulut s'écarter, mais il était déjà trop tard. Le seul contact de ses mains sur ses joues suffit à amollir son corps et sa résolution avec. Elle était prise à son propre piège — voulant un homme qu'elle désirait et haïssait en même temps.

— Non, dit-elle en se dégageant enfin de la douceur de ses mains. Je ne me sens pas bien.

Khalil la saisit par les bras et l'attira contre lui.

— Insulte-moi, dit-il en grognant. Bats-moi, frappe-moi, hais-moi, refuse-moi, mais ne me mens pas.

Elle se sentit sur le point de pleurer et de faiblir.

— Bien sûr. Le mensonge, c'est votre affaire.

Contre toute attente, il sourit.

— Je pensais avoir épousé une personne raisonnable et un peu ennuyeuse. Au lieu de quoi, je me retrouve avec un courageux petit chat sauvage plein d'ardeur sexuelle. Est-ce que tu mords mon chaton ? Je sais que tu t'entraînes à griffer même si tes griffes ne sont pas encore très aiguisées.

— Je vous hais, cria-t-elle en luttant pour se libérer. Et je ne veux plus vous voir.

Mais l'étau de ses mains se resserra. Finalement, elle

abandonna ses efforts infructueux pour se dégager et lui lança un regard meurtrier.

— Je ne céderai pas.

— Tant d'absolutisme, murmura-t-il en penchant la tête pour effleurer ses lèvres des siennes. Que de promesses. Tu gaspilles ton énergie ! Et moi qui espérais que tu serais plus agressive au lit.

Elle essaya de lever la main pour le gifler, mais il maintint fermement ses bras le long de son corps et rit.

— Je suppose que ta colère signifie que tu vas mieux ? demanda-t-il.

— Je ne suis pas malade, je veux juste qu'il n'y ait plus d'histoire de sexe entre nous.

Il libéra un de ses bras et remonta lentement sa robe. Elle comprit ce qu'il avait l'intention de faire et voulut s'enfuir pour sauver au moins son amour-propre. Mais elle ne pouvait bouger ni dans un sens ni dans l'autre. Elle ne pouvait que le regarder dans les yeux tandis que sa main glissait sous son slip, descendant tout doucement, jusqu'à trouver son sexe humide qui attendait. Elle tressaillit lorsqu'il en caressa le cœur gonflé de désir.

— Qui est en train de mentir à présent ? demanda-t-il avec un sourire.

Dora ne répondit pas. Non parce qu'elle était trop occupée à l'embrasser, mais parce qu'elle ne savait pas quoi dire. Elle ne pouvait nier la réaction de son corps. Et, plus tard, quand ils se retrouvèrent nus et que sa langue la caressait partout, elle ne put taire ses gémissements de plaisir.

Une fois de plus, son époux avait été victorieux.

- 12 -

Dora s'arrêta devant l'entrée de l'aile du palais réservée aux bureaux et passa ses paumes moites sur sa jupe. Khalil avait bel et bien relevé son défi. Elle avait à présent un bureau à elle, un titre officiel et même une assistante. Le seul problème, c'est qu'elle ignorait encore comment elle allait faire pour assumer son poste.

Elle résista à l'envie de regagner ses appartements en courant et d'écrire à Khalil qu'elle avait dit cela en plaisantant. C'était risible, en effet ! Croyait-elle vraiment avoir la formation et l'expérience requises pour jouer les intermédiaires entre le gouvernement et les cinq cents plus grosses entreprises américaines qui cherchaient à implanter leurs bureaux ou leurs usines à El Bahar ? Ce pays pacifique avait la réputation d'être la Suisse du Moyen-Orient et la plupart des sociétés qui s'étaient développées dans cette partie du monde y avaient fait leurs premiers pas. Dire qu'elle allait bientôt jongler avec des millions et des millions de dollars… sans avoir la moindre idée de la façon dont elle s'y prendrait.

Elle avait quand même pris le temps de lire quantité d'ouvrages et de revues spécialisés et remarqué que, dans leur expansion à l'étranger, toutes les sociétés rencontraient la même difficulté. Elle-même s'y était heurtée quand elle travaillait pour Gérald. Cet incapable ne s'était pas gêné pour lui faire endosser ses responsabilités. Mais son bagage était-il vraiment suffisant ? Elle respira un grand coup et poussa la porte conduisant aux bureaux, en se disant qu'elle apprendrait sur le terrain, voilà tout.

La double-porte de verre dépoli s'ouvrit sur une salle d'attente spacieuse richement décorée de sofas en cuir et de tableaux impressionnistes. Dora comprit de suite que tous étaient des originaux. Elle s'arrêta un instant, puis se rappela qu'elle n'était pas là pour les admirer, mais pour travailler et s'avança vers le bureau imposant derrière lequel était assis un homme entre deux âges qui la regardait en souriant.

— Bonjour, Altesse. Je suis Martin Wingbird. Le prince Khalil m'a prévenu que vous arriveriez ce matin. Puis-je avoir l'honneur de vous montrer votre bureau ?

M. Wingbird était d'une rare élégance et parlait avec l'accent anglais. Pour ce qu'en savait Dora, la plupart des membres du personnel était d'origine étrangère. Durant son séjour au harem, Fatima l'avait beaucoup divertie en lui racontant les formidables disputes entre deux directeurs dont l'un était français et l'autre… américain. Il s'en était fallu de peu qu'ils n'en viennent aux mains, mais apparemment les assiettes volaient toujours aussi bas entre eux.

— Je vous en prie, monsieur Wingbird.

Martin avait emprunté l'un des couloirs partant de la réception et avançait à pas rapides sur l'épaisse moquette du hall. Dora s'efforçait tant bien que mal de le suivre, mais sa longue jupe droite, très classique, lui arrivait pratiquement à la cheville et, si elle avait l'avantage de répondre aux critères les plus stricts, en revanche, elle ne lui permettait pas de faire d'aussi longues enjambées.

Ils traversèrent plusieurs grands bureaux équipés d'ordinateurs, de fax et de photocopieuses. Le désert avait beau se trouver aux portes de la ville, ici, dans le palais, le personnel vivait depuis longtemps à l'ère technologique.

Arrivés au bout du couloir, ils dépassèrent deux portes massives et pénétrèrent dans une pièce où travaillaient trois assistants, dont une femme, devant la porte de deux autres bureaux.

— Voici le service dirigé par le prince Khalil, dit Martin. Votre bureau est là, à gauche.

Il lui présenta l'équipe et Dora apprit que la seule femme présente, une belle asiatique du nom d'Eva, était précisément son assistante. Dora ne put s'empêcher de sourire.

— Je m'interroge sur les critères de recrutement, dit-elle à Martin. Ai-je une assistante parce qu'aucun homme n'oserait travailler sous les ordres d'une femme ou est-ce une simple question de bienséance ? Dans ce dernier cas, comment empêcher le personnel de franchir la ligne de séparation ?

Martin ne se départit pas de son air sérieux, mais une étincelle d'humour s'alluma dans ses yeux bleus.

— Je n'en sais vraiment rien, madame.

— Bonne réponse. A votre place, je ne le saurais pas non plus. Merci pour votre aide, Martin.

— Tout le plaisir est pour moi, Altesse.

Il s'inclina brièvement et sortit.

Eva avait déjà ouvert les portes du bureau et Dora la suivit dans une grande pièce luxueuse garnie de meubles rustiques de style français, qu'égayaient des peintures florales et un grand bouquet de roses sur la table à café du coin repos. Elle admira autour d'elle les coloris vifs des tapis orientaux et les fines dentelles recouvrant les coussins jetés çà et là sur le sofa. Les fenêtres donnaient sur un magnifique jardin classique à la française.

— C'est à croire que tout a été décoré spécialement pour moi, dit-elle pour elle-même plus que pour Eva. Tout est si parfait.

Mais elle savait bien que c'était impossible. C'est à peine s'il s'était écoulé quarante-huit heures, depuis qu'elle avait discuté avec Khalil de son projet de travail. Elle ne voyait pas comment ce bureau aurait pu être aménagé en si peu de temps.

— Le prince Khalil s'est occupé de tout lui-même, dit Eva. Il a passé la journée d'hier à tout superviser.

La jeune assistante sourit.

— Votre époux attachait beaucoup d'importance au choix du mobilier, et bien des articles sont repartis comme ils étaient venus avant qu'il ne soit pleinement satisfait.

Khalil ? Son époux ? L'homme qui imposait partout sa loi et exigeait sa soumission ? Elle ne l'imaginait vraiment pas en train de s'occuper de la décoration de son bureau, de choisir lui-même le mobilier et les housses de ses coussins.

Eva se dirigea vers le bureau et pressa quelques touches sur le clavier de l'ordinateur.

— J'ai commencé à établir votre emploi du temps, dit-elle. Vous avez deux réunions prévues pour cet après-midi. Vous y ferez la connaissance des présidents locaux des deux plus importantes banques étrangères.

La jeune femme continuait à parler, mais Dora n'entendait plus un mot. Prise de panique, elle se demandait ce qu'elle avait bien pu avoir dans la tête quand elle avait dit à Khalil qu'elle voulait faire ce travail. Elle allait se ridiculiser et la chose serait rendue publique…

— Votre Altesse ? s'inquiéta Eva. Est-ce que tout va bien ?

La jeune femme était d'une beauté remarquable. Ses épais cheveux noirs étaient coiffés à la dernière mode et une veste et une jupe longues soulignaient sa gracieuse silhouette.

— Ça va très bien, l'assura Dora. Vous seriez aimable de télécharger les fichiers de ces deux directeurs et ceux de leurs banques, Eva. Je veux leur dernier bilan, leurs chiffres d'affaires des vingt-cinq dernières années ainsi que la copie de tout article des journaux locaux les concernant. Je désire connaître le genre de presse qu'ils reçoivent ici, à El Bahar. Oh ! Et puis le maximum d'informations sur la banque en général. Le nombre des banques locales par rapport aux étrangères, le pourcentage de citoyens qui ont ouvert un compte dans ces dernières et une estimation sur les placements effectués sur les comptes d'El Bahar.

Eva se dépêchait de tout noter.

— Autre chose, Altesse ?

Dora poussa un soupir.

— Je sais l'importance que vous attachez à l'étiquette, Eva, mais il va falloir trouver quelque chose de plus simple que « Votre Altesse ».

Eva sourit.

— Je n'y vois aucun inconvénient, madame.

— Parfait. Faites-moi savoir quand vous commencerez à télécharger les fichiers sur mon ordinateur.

Eva s'inclina et allait sortir lorsque Khalil fit irruption dans le bureau.

Sa stature et sa présence étaient telles que la pièce sembla se rétrécir autour de lui. Dora regarda son époux, à la fois ravie et furieuse de sentir son cœur sauter de joie. Bien qu'il la rende folle, elle ne pouvait nier que son mari était très beau.

Il portait aujourd'hui un costume cintré qui soulignait les muscles de son corps… ce corps magnifique qu'elle avait caressé et savouré la nuit dernière jusqu'à l'épuisement. Elle s'entêtait pourtant à tenir parole et lui résistait chaque fois qu'il essayait de lui faire l'amour. Mais lui aussi tenait chaque fois sa promesse de la séduire nuit après nuit. C'était un jeu stupide et elle doutait qu'il y ait un gagnant à la fin de la partie. Tout ce qu'elle savait, c'est qu'elle était absurdement heureuse de le voir et faisait de son mieux pour le lui cacher.

— Cela te plaît ? demanda-t-il en déambulant dans la pièce. Mon bureau est juste à côté du tien. Je sais que tu aurais préféré un bureau plus éloigné, mais nous devons respecter les convenances. Le roi ne voyait pas d'un très bon œil que l'épouse d'un de ses fils se mette à travailler, même comme simple intermédiaire.

Dora n'y avait pas pensé.

— Aurais-je été une cause de dispute entre vous et votre père ?

Khalil haussa les épaules.

— Il a fini par le permettre.

Il s'arrêta devant son bureau et pianota sur la surface lisse du bois sombre si bien ciré qu'il reflétait la lampe de cuivre posée près du sous-main. Il se dirigea ensuite vers l'armoire qui était près de la porte du bureau et en ouvrit les battants.

— L'imprimante et le fax sont là. Tu travailleras plus au calme. Il y a un petit voyant sur ton bureau qui te signalera l'arrivée des fax.

Il revint vers le bureau et posa sa main sur le téléphone.

— Mon numéro est mémorisé, il suffit de composer le un pour avoir ma ligne directe, le deux pour Malik et le trois pour Jamal.

— En quoi aurais-je besoin d'appeler vos frères ?

Khalil se redressa et la regarda.

— Parce que tu seras amenée à discuter des projets de chacun d'entre nous. Je suis responsable de l'exploitation des ressources, sauf le pétrole, et chargé de soutenir l'essor des nouvelles industries. Jamal s'occupe des finances du pays. Malik gère nos intérêts pétroliers et, en tant que prince héritier, il représente El Bahar à l'étranger. Tes responsabilités te mettront régulièrement en contact avec nous trois.

Dora avala sa salive et s'efforça de ne pas montrer sa nervosité. Elle se rendait compte, une fois de plus, de la prétention dont elle avait fait preuve en réclamant ce poste. Elle n'avait tout simplement pas pensé à l'ampleur de la tâche qui l'attendait.

— J'ai demandé à Eva de prendre les premiers rendez-vous pour les prochains jours, ajouta-t-il. Cela te mettra tout de suite dans le bain. Comme tu es mon épouse, c'est à moi que tu devras faire ton rapport.

— Oui, bien sûr, dit-elle encore sous le choc, sans trop savoir si elle pourrait y arriver.

— Cela ne te fait pas peur, n'est-ce pas ?

Dora leva les yeux et redressa la tête.

— Bien sûr que non. J'en suis parfaitement capable.

Khalil la regardait fixement, comme s'il savait qu'elle était terrifiée. Dora voyait bien qu'il la laisserait s'enferrer jusqu'au bout. Elle allait lui montrer ce dont elle était capable ! Elle réussirait ! Il y allait de sa fierté.

Elle se dirigea vers le bureau et prit un siège.

— Au fait, serai-je payée ?

Elle l'avait dit sur le ton de la plaisanterie, mais cela ne fit pas du tout sourire son mari.

— Pourquoi aurais-tu besoin d'argent ?

A vrai dire, elle n'avait guère songé au problème.

— Je ne sais pas.

Il s'appuya des deux mains sur le bureau et se pencha en avant.

— Ne te méprends pas sur ta position, Dora. Tu es ma femme et tu resteras ma femme.

Son regard brûlant transperçait Dora jusqu'au cœur. Elle ne savait plus que penser. Jusqu'alors, elle s'était imaginé que Khalil trouverait une bonne raison pour se débarrasser d'elle. Les circonstances de leur mariage lui échappaient encore. Entre ce qu'elle avait cru et ce qu'Ambre lui avait dit, la vérité restait un mystère. Envisageait-il réellement de la garder près de lui toute sa vie ?

— Je ne te laisserai pas partir, poursuivit-il. El Bahar ne permet pas à une épouse royale de divorcer sans le consentement de son époux et je n'y consentirai jamais.

Curieusement, ses paroles la réconfortèrent. Malgré leurs divergences — ou peut-être à cause d'elles — elle ne voulait pas le quitter. Une partie d'elle-même rêvait encore d'un prince charmant qui l'aimerait à jamais. Ce qui prouvait qu'elle n'avait tiré aucune leçon du fait que deux hommes se soient amusés à lui briser le cœur au cours de ces deux mois.

— Tu as été sensationnelle cette nuit, lui dit Khalil en changeant brusquement de sujet.

Il continuait à la dévisager d'un regard de feu qui embrasa instantanément l'endroit le plus intime de sa féminité.

Elle s'était montrée plus audacieuse la nuit dernière.

Dès qu'il était venu à bout de sa réserve habituelle, elle s'était jetée sur lui, elle l'avait caressé, pris dans ses mains et glissé dans sa bouche. Elle entendait encore les cris rauques et saccadés du plaisir de son mari.

Ce souvenir la fit se trémousser sur son siège. Son slip était déjà trempé et ses seins gonflés.

— Khalil…

Il sourit d'un sourire paisible et satisfait de mâle triomphant.

— Je savais que tu en arriverais là. Tu me désires. Admets-le.

La passion de Dora s'envola aussi vite qu'elle était arrivée. Elle se redressa et le considéra avec froideur.

— Ce n'est pas parce que je suis votre femme que cela vous autorise à me harceler sexuellement, Khalil. Passé cette porte, j'entends parler de travail et de rien d'autre.

Il se raidit et lui lança un regard furieux.

— Comment peux-tu te conduire ainsi ? Comment peux-tu me désirer et me repousser une minute après ? Pourquoi ne pas te rendre ? Tu sais bien que je finirai par gagner.

— Vraiment ? Il se trouve que moi aussi j'ai la ferme intention de gagner. Et je suis très entêtée.

— Je sais. Ce n'est pas ce que je préfère en toi d'ailleurs.

— Voulez-vous une liste de vos propres défauts ?

Son air surpris la fit presque sourire.

— Je n'ai pas de défaut.

Elle se renversa sur son dossier.

— Chéri, la liste est si longue que j'attraperais la crampe de l'écrivain si j'essayais de la dresser !

— Ce n'est pas vrai, dit-il. Je te rappelle que je suis ton époux et que tu me dois le respect.

Bon, c'était déjà mieux que son « Je suis le prince Khalil, etc. » dont il lui rebattait les oreilles depuis le premier jour.

— De 9 heures à 17 heures, nous travaillons. Je ne veux aucune allusion au sexe. J'insiste là-dessus, Khalil.

— Quoi ? Crois-tu pouvoir me parler sur ce ton et n'en faire qu'à ta tête ?

Elle réfléchit un moment, puis lui fit un grand sourire.

— Absolument.

Les yeux de Khalil brillaient de colère.

— Tu es une femme impossible.

— Oui, mais je suis *votre* femme impossible. A présent, retournez travailler et laissez-moi seule.

— Nous déjeunons ensemble à 12 h 30, lui rappela-t-il en se dirigeant vers la porte. Et si je pars, c'est uniquement parce que j'ai des choses à faire.

— Bien sûr. Du moment que vous partez…

Il s'arrêta et la regarda dans les yeux.

— Ne te figure pas avoir plus de pouvoir que tu n'en as, mon petit chat sauvage. Je reste encore celui qui te soumettra ce soir.

— Je ne me soumettrai jamais.

Il haussa les épaules.

— Tu as beau t'amuser à me résister au début, nous savons bien tous deux qu'une fois dans mes bras, tu me supplieras de te caresser et de t'expédier au septième ciel.

Sur ce, il quitta la pièce, laissant à Dora la certitude pénible qu'il venait de dire la plus stricte vérité.

***

Fatima accepta la tasse de thé que lui tendait l'assistant de Khalil et attendit que le jeune homme les laisse seuls. Khalil déplia ses jambes devant lui. Sa grand-mère avait demandé à le rencontrer dans son bureau et rien ne pouvait l'arrêter quand elle avait une chose en tête.

Elle n'y alla pas par quatre chemins.

— Ton père se résout enfin à parler de Dora en termes plus respectueux, ce qui signifie, je présume, qu'elle fait du très bon travail.

Khalil ne put s'empêcher de sourire d'un air satisfait en lui répondant :

— Actuellement, elle croise le fer avec les représentants d'une compagnie qui fabrique des ordinateurs et, au lieu de lui imposer leurs conditions comme ils le prévoyaient, ils sont en train de céder sur tous les points qu'elle contestait !

— Tu es donc content d'elle, toi aussi ?

Content ? Le mot était faible pour dire ce qu'il en pensait. Au début, Dora s'était montrée circonspecte et avait rarement exprimé son opinion. Khalil en avait déduit à tort qu'elle se laisserait intimider et serait peu brillante face aux hommes d'affaires qu'elle devait rencontrer. Mais, au bout d'une semaine, elle s'était permis d'exiger d'eux plus qu'ils ne proposaient et leur tenait tête jusqu'à ce qu'elle obtienne ce qu'elle voulait.

— Dora est un excellent atout pour nous, dit-il enfin. Malgré son manque de formation, c'est une habile négociatrice. Je l'ai vue jouer de sa familiarité américaine pour désarmer ses clients récalcitrants et tout à coup s'exprimer sur le ton hautain d'une princesse royale pour les intimider.

— Et votre couple évolue-t-il aussi bien ? demanda Fatima en prenant une petite gorgée de thé.

Avec sa coiffure impeccable dégageant son beau visage et toutes les bagues qui ornaient ses mains, elle était l'image de la mère de famille élégante posant une question de politesse. Mais Khalil ne s'y fia pas. Contrairement aux clients de Dora, il avait appris à ne pas sous-estimer le pouvoir des femmes de sa royale famille.

— Dora et moi sommes très heureux, dit-il.

Fatima ne fit aucun commentaire. Elle mordilla un biscuit et tapota ses lèvres avec une petite serviette en lin.

Khalil voulait se lever et arpenter la pièce, mais il refusait de se laisser intimider par sa grand-mère dans son propre bureau. Il garda le silence. Fatima fit de même. L'horloge dans le coin égrenait les secondes. La tension devint insupportable. Mais Khalil jura de ne pas céder le premier.

Finalement, n'y tenant plus, il bondit sur ses pieds et marcha rageusement vers la fenêtre.

— Elle est obstinée et contrariante, grommela-t-il le dos tourné.

Fixant les jardins aux plantes luxuriantes, il n'avait à l'esprit qu'une seule image : celle de Dora se refusant à lui, l'obligeant à la forcer jusqu'à ce que son corps cède, supplie et dise ce que sa bouche taisait.

— Au moins, elle est intelligente, dit Fatima calmement. C'est déjà quelque chose.

— Pas quand cette intelligence se dirige contre moi, dit-il en se retournant face à sa grand-mère. Deux semaines dans le harem ne lui ont rien appris sur les devoirs d'une épouse.

— Oh ! C'est ce que nous étions supposées faire ? Quelle bêtise de ma part ! Dire que j'ai consacré tout ce temps à lui apprendre les coutumes et l'histoire d'El Bahar. Peut-être devrais-tu me la confier de nouveau ?

Je pourrais lui enseigner tout ce qu'elle doit savoir pour cuisiner, laver et raccommoder le linge. Est-ce que le jeune prince se sentira mieux après ?

Il jeta un regard noir vers la reine Fatima et se souvint que son grand-père l'avait toujours respectée… et avec raison.

— Je n'ai pas besoin d'une servante. Je veux une épouse.

Khalil se raidit. Il ne tolérait pas que Dora refuse de s'installer dans ses appartements. Il trouvait affreusement humiliant de devoir traverser la moitié du palais en rasant les murs simplement pour passer la nuit dans le lit de sa femme.

— Elle refuse de vivre chez moi.

— Vraiment ? dit Fatima en reposant sa tasse et en levant les yeux sur lui. Qu'as-tu fait de mal ?

Le sang de Khalil ne fit qu'un tour.

— Qu'est-ce qui vous fait supposer que c'est ma faute ? C'est elle qui ne tient pas ses engagements.

— Je vois.

Ces deux mots en disaient long. Khalil détestait cette manie qu'avait sa grand-mère de le faire se sentir comme un petit garçon et il faillit lui rappeler qu'il était le prince Khalil Khan d'El Bahar. Mais il doutait fort que cela l'impressionne beaucoup.

— Je pensais que tu avais tiré une leçon du passé, Khalil.

Elle se toucha la joue gauche et Khalil saisit tout de suite l'allusion à la petite cicatrice qui marquait la sienne.

— Je pensais que tu avais compris que certaines paroles se payent très cher.

— La situation est totalement différente, objecta-t-il.

— Tu n'as vraiment rien dit à Dora que tu puisses regretter ?

Il ne répondit pas et se tourna de nouveau vers la fenêtre. Il refusait de se souvenir de ce qu'il avait dit à Dora au cours de cette première nuit à New York. Mais sa grand-mère avait vu juste et sa cicatrice lui donnait raison.

Dora lui avait dit qu'elle ne le croirait jamais aussi longtemps qu'il ne lui présenterait pas ses excuses. Tel était le prix de sa tendresse.

— Tu n'as aucune raison de t'inquiéter, dit calmement Fatima. Ta femme est intelligente, robuste et bien élevée. Et bientôt, elle te donnera des fils vigoureux.

Quelque chose dans le ton de sa voix incita Khalil à se demander où elle voulait en venir. Il la regarda.

— Vous avez raison. Il n'y a pas de problème.

Fatima prit une nouvelle gorgée de thé.

— Avec le temps, bien sûr, elle finira par te haïr comme c'est toujours le cas dans ce genre d'union.

— Non ! ne put s'empêcher de crier Khalil. Je ne veux pas qu'elle me haïsse.

Fatima haussa les sourcils.

— Khalil, tu ne vas pas me dire que tu tiens à cette fille, tout de même ?

— Bien sûr que non.

Mais ses paroles manquaient de conviction. Il ne voulait pas l'admettre, mais en réalité, il tenait à elle. Il détestait devoir la séduire nuit après nuit pour qu'elle le désire. Combien de fois, après l'amour, lui avait-elle tourné le dos pour pleurer en silence ?

Il regarda la vieille dame qui avait été pour lui une seconde mère.

— Que puis-je faire ?

— Oh, Khalil ! Pourquoi les hommes compliquent-ils

toujours les choses ? répondit-elle en lui souriant tendrement. Fais-lui la cour. Sois le genre d'homme qu'elle admire. Sois tendre et attentif, et surtout, excuse-toi pour tout ce qui aurait pu la blesser. Fais-toi pardonner. Assouplis-toi un peu. Pour la première fois de ta vie, souviens-toi que tu es homme avant d'être prince.

— Jamais. Votre suggestion est inacceptable.

— En ce cas, continue à errer chaque nuit dans les couloirs du palais.

Il n'acceptait pas davantage cette perspective.

— Je vais l'obliger à s'installer dans mes appartements.

Fatima le regarda comme s'il n'avait été qu'un petit enfant.

— Ma foi, je t'ai indiqué le moyen de reconquérir Dora, mais si tu n'écoutes pas mes conseils, à quoi bon me demander ce que tu dois faire ?

— J'ai écouté. Votre conseil ne me convient pas. Je ne m'abaisserai jamais à courtiser une femme.

— Tu n'es qu'un enfant obstiné, Khalil, qui risque de se sentir très seul sa vie durant.

Une fois que sa grand-mère eut quitté la pièce, il se mit à arpenter son bureau en cherchant les solutions qui lui auraient échappé. Non, il ne ferait pas la cour à sa femme. C'était trop dégradant. En même temps… il en avait assez de cet affrontement sans issue dans lequel ils se trouvaient. Et à cela s'ajoutait le fait que Dora, un jour ou l'autre, risquait de le haïr.

- 13 -

Dora se servit un autre verre de thé glacé et regarda Khalil assis en face d'elle.

— J'aurais dû te laisser traiter avec les scientifiques américains, dit-il en posant sa fourchette à côté de son assiette. Ils étaient très difficiles.

— Et maintenant vous allez me refiler votre sale travail ? dit-elle en souriant.

Le chaud regard de Khalil s'arrêta sur son visage. Elle ne savait pas vraiment ce qu'il pensait, mais son expression affectueuse suffit à accélérer les battements de son cœur. Le mois d'avril venait de commencer. Voilà presque trois mois qu'elle était à El Bahar, presque trois mois que son mari la rejoignait chaque nuit dans son lit… et il avait encore le pouvoir de la faire défaillir au moindre regard.

— Ce n'est pas mon sale travail, dit-il. Tu te débrouilles mieux que moi, c'est tout. Je crois que cela vient de ce que tu es une femme.

Elle jeta un œil sur sa longue jupe qui touchait presque le parquet. Selon la coutume du pays et à la demande de son mari, elle portait une tenue très conventionnelle qui cachait ses bras jusqu'aux poignets et lui arrivait presque à la cheville. Mais il lui arrivait de se défouler en passant un de ses vieux blue-jeans dans l'intimité de ses appartements.

— C'est juste une question de jeu de jambes, dit-elle en souriant.

Elle ne faisait que le taquiner, mais Khalil fronça les sourcils.

— Je ne veux pas que tu t'exhibes devant les autres hommes.

Elle considéra l'homme qu'elle avait épousé, près de qui elle vivait et travaillait depuis déjà trois mois. Elle avait appris à deviner ses moindres pensées, mais chaque fois que le prince d'El Bahar refaisait surface, elle se rendait compte qu'elle le connaissait très mal.

— C'était une plaisanterie, Khalil.

— Elle ne me fait pas rire.

— Je ne comprends pas comment vous pouvez être aussi possessif par moments et aussi insensible à d'autres.

Elle n'alla pas plus loin. Elle ne voulait pas gâcher leur déjeuner quotidien, c'était son heure préférée.

— Je suis désolée. Je n'aurais pas dû dire cela. Je ne cherche pas la bagarre.

Il posa ses coudes sur leur petite table dressée dans un coin de son bureau.

— Ce n'est pas une dispute, lui dit-il. C'est une discussion.

— Quelle est la différence ?

— Tu ne t'énerves jamais, dit-il en étirant les lèvres. Tu es bien une occidentale, la retenue et le sens des convenances coulent dans tes veines.

Dora ne pouvait croire qu'il parlât sérieusement.

— Vous aimeriez que je vous lance des assiettes à la figure ?

— Ce serait préférable au silence. Es-tu une passionnée ?

Il fit un geste de dédain.

— Je ne veux pas dire au lit, mais dans la vie. T'arrive-t-il de combattre ?

— Bien sûr. Quand cela en vaut la peine.

Elle jeta un regard circulaire sur la pièce parfaitement équipée dont le bureau de bois précieux sculpté à la main datait du XVIIe siècle. Elle oubliait parfois qu'ils étaient au centre du palais, dans la capitale d'El Bahar où la vie était différente, où les gens étaient différents.

— Nos styles de vie diffèrent sur bien des points, dit-elle. Mais cela ne signifie pas que le mien est mauvais.

— Peut-être. Mais pour quoi t'es-tu déjà battue dans la vie ? Pas pour notre union en tous les cas.

Elle se redressa et leva le menton.

— Qu'entendez-vous par là ?

— Que cela fait des semaines que tu vis à l'autre bout du palais. Que tu n'es jamais venue dans ma chambre, que tu ne m'as jamais caressé la première. Toutes les nuits, je suis obligé de faire le trajet jusqu'à ta chambre et de te prendre dans mes bras et de te caresser pour que tu t'abandonnes enfin à moi.

— C'est vous-même qui l'avez décidé, dit-elle froidement. Je jure de ne pas céder tant que vous ne vous serez pas excusé pour tout le mal que vous m'avez fait et tant que je n'aurai pas reconnu que vous tenez à moi. Vous avez dit que peu vous importait d'être obligé chaque nuit de me séduire. C'est le prix à payer.

Il la dévisagea. Il avait beau porter costume et cravate, il n'était pas semblable aux autres hommes avec qui elle avait travaillé. Khalil était un prince et un homme d'affaires richissime. Si, dès les premières semaines, elle avait apprécié l'homme d'affaires et tout juste toléré le prince, plus elle le connaissait, plus elle commençait à s'attacher à toute sa personne. Mais il était difficile, refusait de reconnaître ses torts et, même si elle en mourait d'envie, elle ne commettrait pas l'erreur de s'abandonner à lui. Elle devait lui faire comprendre qu'elle avait des sentiments, qu'elle avait droit à son affection et à son respect.

— Tu es vraiment obstinée, se plaignit-il.

Elle haussa les épaules.

— Vous aussi. C'est sans doute là que le bât blesse.

Elle prit une profonde inspiration.

— Est-il si difficile de demander pardon ? demanda-t-elle. La seule chose que je veux vous entendre dire c'est que vous regrettez de m'avoir menti la première nuit. Si vous m'aviez expliqué la situation, j'aurais peut-être été conciliante.

— Tu m'aurais pris pour un fou, répondit-il avec dédain. Ou tu aurais mis des conditions à ce mariage. Non, j'ai agi au mieux.

— Et que faites-vous de mes sentiments ? Du fait que vous m'avez menti pour me mettre en confiance ? Je ne sais toujours pas pourquoi vous m'avez épousée à la place d'Ambre. Tout ce que vous m'avez dit c'est qu'elle n'aurait pas été une bonne épouse ni une bonne mère. Que dois-je comprendre de tout cela ? Pourquoi tant de mystères ?

Il lui lança un regard furieux.

— Je suis très soucieux de tes sentiments. Ne t'ai-je pas donné ce poste ? Ne t'ai-je pas permis de travailler ?

— Permis ? Permis ? Vous plaisantez, n'est-ce pas ?

Elle se mit debout et le domina du regard.

— Si vous avez tellement envie de me voir vous dire ce que je pense, Khalil, vous allez être servi !

Elle mit ses poings sur les hanches.

— Vous dites que vous m'avez *permis* de travailler, Khalil ? Dites aussi que depuis, *je* vous permets de faire de sacrés bénéfices, à vous et à votre pays ! Si vous m'avez donné ma chance, reconnaissez que j'ai plus que mérité ma place. J'ai fait mes preuves. J'ai amendé une bonne douzaine de nos contrats avec des compagnies étrangères. Ne songez pas un instant à dédaigner ma contribution.

— Je ne critique pas ton travail, Dora, protesta-t-il. Mais je ne comprends pas pourquoi tu compliques tout. Tu es en train de détruire notre couple.

Elle n'en croyait pas ses oreilles.

— N'essayez pas de me faire porter le chapeau ! Vous oubliez un peu vite le mensonge abominable sur lequel vous l'avez construit, Khalil. Aussi longtemps que vous n'aurez pas éclairci les choses et que nous ne serons pas repartis sur des bases saines, tout ce que nous tenterons de construire est voué à l'échec.

Elle laissa retomber ses bras.

— Je veux bien faire un peu plus de la moitié du chemin vers vous, mais c'est tout. A vous d'assumer la responsabilités de vos actes. Est-ce si terrible de reconnaître vos torts ?

Khalil bondit sur ses pieds et regarda sa montre.

— J'ai une réunion.

Découragée, Dora secoua la tête. Il était clair qu'elle n'en obtiendrait rien. Elle tourna les talons et quitta la pièce.

Arrivée dans son bureau, elle alla à la fenêtre et regarda le jardin. Avait-elle tort ? Demandait-elle la lune ? Une partie d'elle-même souhaitait capituler, tout simplement. Après tout, Khalil n'était pas un homme comme les autres. Il était fort, obstiné, borné, difficile, c'est vrai, mais il était prince. Les règles ordinaires s'appliquaient-elles à lui ?

Dora appuya son front contre la fraîcheur de la vitre. La température extérieure avait déjà atteint les trente-cinq degrés. L'été se rapprochait jour après jour et elle espérait que l'air conditionné ne tomberait pas en panne.

Devait-elle tirer un trait sur le passé ? Elle aimerait tant pouvoir dire oui. Son cœur de femme sensible et tendre aspirait à un vrai mariage. Elle voulait le rejoindre dans ses appartements, dormir avec lui, vivre avec lui, rire avec lui, le voir à son réveil, sentir son corps près du sien, pas seulement lorsqu'ils faisaient l'amour, mais à tout moment. Elle voulait être libre de le caresser et de lui dire combien elle le désirait. Elle voulait un vrai mariage.

Mais si elle cédait… Dora n'avait pas la moindre idée de ce que cela donnerait. Si elle cédait… pourrait-elle encore se respecter ? Il ne lui suffisait pas qu'il se montre aimable par moments, elle le sentait bien. Elle voulait qu'il comprenne qu'elle n'était pas un objet, qu'elle avait des sentiments et qu'il se devait à lui-même de les respecter. La désinvolture dont il avait fait preuve en se servant d'elle sans se soucier de ses sentiments, l'avait profondément blessée. Et sa blessure était toujours ouverte.

Si elle cédait, il ne changerait jamais d'attitude. Elle ne ferait que le conforter dans l'idée qu'en étant encore plus obstiné qu'elle, il en obtiendrait tout ce qu'il voulait. Elle désirait entretenir des relations d'égal à égal avec son mari, dans la mesure où son titre princier le permettait. Pour y arriver, elle devait être forte.

Sinon ? souffla une petite voix dans sa tête. Là encore, elle n'avait pas de réponse. Sinon, elle devrait informer le roi qu'elle quittait El Bahar, car si Khalil ne changeait pas d'attitude, elle demanderait le divorce.

*
* *

Après la chaleur de la journée, Khalil apprécia la brise nocturne de la mer tandis qu'il marchait sur la terrasse. Il allait et venait, les mains dans les poches, l'esprit tourmenté par le flot de pensées qui le mettait face à la réalité de sa vie actuelle : ce qu'il avait fait de sa vie.

— Que le diable l'emporte, grogna-t-il.

Puis il s'arrêta et sourit. Oui, il maudissait sa femme et voulait la mater d'une façon ou d'une autre, mais il la respectait aussi, comme il n'aurait jamais cru possible de respecter une femme. Elle était travailleuse, intelligente, ingénieuse, engagée. Comme elle le lui avait rappelé ce matin au petit déjeuner, elle avait accompli des prouesses pour El Bahar. Il était fier de sa femme. Mais pourquoi refusait-elle de se soumettre à lui ? S'imaginait-elle qu'elle réussirait à le plier à sa volonté ? C'était risible, mais…

Mais le plus agaçant, c'est que le siège que Dora soutenait commençait à le miner. Et voilà que lui, le prince d'El Bahar, se demandait s'il ne ferait pas mieux de suivre le conseil de sa grand-mère. Cela faisait déjà quelques semaines qu'il avait eu cette discussion avec Fatima, mais ses paroles ne s'étaient pas effacées de sa mémoire. Lui faire la cour. Courtiser Dora. Etre tout ce qu'elle attend d'un homme. L'adorer, la respecter, l'admirer.

Khalil roulait des yeux furieux dans l'obscurité. Enfin, voyons, pourquoi devrait-il courtiser sa femme ? Il l'avait déjà fait ! Il avait un grand respect pour elle et une immense admiration. Il l'adorait vraiment et si elle doutait de lui, elle ne valait pas la peine qu'il se tracasse à son sujet.

Tout était clair pour lui… en théorie. En réalité, cette comédie commençait à lui peser. Il voulait qu'elle le désire.

Il la voulait dans sa vie, dans son lit, sans avoir à la forcer. Il voulait son consentement et son amour.

Il se figea sur place. Son amour ? Désirait-il que Dora l'aime ? Il recula en chancelant. Non, pas son amour. Il n'avait que faire de l'amour d'une femme. Il était le prince Khalil Khan d'El…

— Khalil ?

Il se retourna en entendant son nom et vit son frère Malik et son père sur la terrasse. Il se dirigea vers eux.

Givon lui prit les bras et les serra.

— Mon fils, j'ai eu tort d'avoir été si dur avec toi.

Khalil les regarda l'un et l'autre.

— De quoi parlez-vous ?

Malik s'accouda à la balustrade.

— Je suis allé voir père et je lui ai dit ce qui s'était passé avec Ambre. Mes souvenirs de cette nuit sont assez vagues. Cela remonte loin et j'étais ivre. A mon réveil, j'ai d'abord cru qu'il ne s'agissait que d'un rêve. Il était impossible que la fiancée de mon propre frère ait été là, dans mon lit, dans mes bras. Je me suis efforcé d'oublier tout cela, mais… le parfum d'Ambre imprégnait l'oreiller.

Il haussa les épaules.

— Ne sachant que faire, j'ai attendu.

Khalil savait que Malik n'était pas responsable du comportement d'Ambre, mais il ne put s'empêcher de se sentir honteux.

— J'aurais dû te le dire plus tôt, reconnut Malik. Mais je ne savais comment faire. Rien ne me prouvait qu'il s'agissait vraiment d'elle.

Il plongea son regard dans la nuit.

— Comment aurais-je pu me faire pardonner ?

Givon tapota le dos de Malik.

— Il est venu me voir un peu plus tôt dans la journée et m'a tout raconté.

Khalil regarda son frère.

— Pourquoi maintenant ?

— Parce que maintenant j'en suis sûr. Ambre est venue me voir lors de mon séjour à Paris. Je l'ai invitée à dîner. En sortant de l'hôtel, elle m'a proposé « de renouer avec elle ». C'est alors que j'ai su que je n'avais pas rêvé.

Le roi approuva de la tête.

— Tout s'expliquait. J'ai enfin compris, Khalil, que tu avais essayé de protéger à la fois le royaume et Aleser. Tu pensais, et avec raison, que s'il apprenait la vérité sur sa fille, il serait contraint de renoncer à ses fonctions.

Il secoua la tête.

— J'aurais dû comprendre que quelque chose n'allait pas pour que tu te sois marié si rapidement.

— Et maintenant ? demanda Malik. Je ne pense pas qu'il faille révéler à Aleser la véritable nature de sa fille. Il l'adore et il aurait le cœur brisé.

— Moi aussi j'ai le cœur brisé, avoua Givon. Elle était comme une fille pour moi. C'est pour cela que j'étais si heureux de ces fiançailles.

Il soupira.

— Mais tu as raison. Nous garderons cela pour nous. Fatima ira trouver Ambre et lui fera comprendre qu'elle n'est plus la bienvenue à El Bahar, sauf pour rendre visite à sa famille. Elle a toujours voyagé, je pense donc que son père ne se posera pas de questions sur ses absences prolongées.

Malik jeta un coup d'œil à son père et hocha la tête. Khalil avait le sentiment que tout n'avait pas encore été dit, mais cette discussion ne concernait pas son frère.

— Je suis navré, Khalil, dit celui-ci en lui tendant la main.

Khalil la serra.

— Tes excuses me touchent, mais tu es la première victime de cette triste histoire. Ambre changera peut-être avec le temps, mais pour l'instant, nous avons intérêt à nous en débarrasser avant qu'elle ne nous cause de nouveaux ennuis.

Malik sortit, laissant son frère cadet en tête à tête avec leur père.

Khalil attendait dans la pénombre que son père parle. En un moment pareil, il jugeait préférable de ne pas le bousculer.

— Tu as été très habile, dit Givon quelques minutes plus tard. Tu as trouvé le moyen d'éviter de te marier avec Ambre sans déshonorer Aleser et sa famille. Le seul prix à payer a été ma colère.

— Je savais que vous changeriez d'attitude, dit Khalil.

Il s'appuya contre la balustrade et regarda l'obscurité. Bien que tardives, ces excuses le rendaient heureux. Son père le rejoignit.

— Dora nous a tous surpris. Elle excelle dans son travail. J'avoue que j'étais sceptique au départ. Il m'était difficile d'imaginer une femme négociant avec les compagnies étrangères. A plus forte raison, une princesse royale.

— Vous auriez dû nous entendre débattre de son salaire, dit fièrement Khalil. Non qu'elle veuille garder l'argent — elle en a fait don à un hôpital pour enfants — mais elle n'entend pas me laisser tout décider sous prétexte que nous sommes mariés.

— Si tu veux annuler votre mariage, je le comprendrai, dit doucement le roi. Dora aura le choix entre garder son poste à El Bahar ou rentrer aux Etats-Unis. Elle ne manquerait de rien. Tu serais alors libre de chercher une autre épouse. Je te promets de ne pas arranger ton mariage, cette fois-ci.

Khalil le regarda. Annuler le mariage ? Que Dora quitte El Bahar ? Il se souvint de ce qu'elle lui avait dit aujourd'hui même. Aussi longtemps qu'ils ne repartiraient pas sur des bases saines, leur mariage était voué à l'échec.

— Non, dit-il brusquement. Dora et moi sommes mariés et nous resterons mariés. Elle est ma femme, quoi que l'on dise, et quoi qu'elle dise elle-même.

Le lendemain matin très tôt, Khalil entra comme un ouragan dans la chambre de Dora. Il alluma la lumière et jeta un paquet de vêtements sur son lit.

— Que se passe-t-il ? demanda-t-elle en jetant un coup d'œil au réveil. Il est 5 heures du matin. Tout va bien ?

Il montra les vêtements.

— Ce sont des vêtements d'équitation. Lève-toi et habille-toi vite.

C'est alors seulement qu'elle remarqua la tenue de son mari. Il portait un pantalon aux couleurs vives, une chemise ample et des bottes d'équitation brillantes qui lui arrivaient aux genoux. Il ressemblait à un cheikh prêt à partir à cheval pour inspecter son royaume. Malgré ses efforts pour se maîtriser, elle ne put s'empêcher de frissonner de plaisir.

— Pourquoi ?

Il la regarda dans les yeux.

— Je m'entraîne à te faire la cour, dit-il. C'est très romantique les promenades à cheval ! Cela devrait te plaire et tu constateras que je suis un compagnon très agréable.

Il avait l'air de parler sérieusement. Lui faire la cour ? Qui avait bien pu lui donner cette idée-là ? Khalil n'était pas du genre à courtiser une femme de son propre chef.

— Vous ne vous attendez tout de même pas à ce que je vous suive comme ça, sur-le-champ, simplement parce que vous avez décidé de cette promenade ?

— Bien sûr que si. Je suis le prince…

Elle lui fit signe de se taire.

— Oui, oui, je sais tout cela par cœur. Vous êtes bien le prince Khalil Khan d'El Bahar, mais les poules auront des dents avant que je vous obéisse. D'ailleurs, je ne sais pas monter à cheval.

— Pas de problème. Je t'apprendrai.

Il la fixa des yeux.

— Et tu vas m'obéir, Dora ! Je t'ai déjà dit de ne pas me défier. Tu es ma femme. Tu vas voir, tu seras si impressionnée que tu en tomberas éperdument amoureuse de moi.

Il tourna les talons et se dirigea vers la porte.

— Rejoins-moi aux écuries dans vingt minutes.

— Allez-vous-en, cria-t-elle en lui jetant un oreiller.

Il éclata de rire en refermant la porte derrière lui.

Dora redressa les genoux contre sa poitrine et les entoura de ses bras. Son mari avait-il bien dit qu'il lui faisait la cour ? Etait-il possible qu'il commence réellement à se préoccuper de leur mariage ? Elle ne demandait qu'à y croire, désespérément même, mais n'osait l'espérer tant elle redoutait d'être de nouveau déçue. Elle regarda la tenue d'équitation étalée près d'elle et jeta un coup d'œil au réveil. Comment cet homme pourrait-il la faire tomber éperdument amoureuse de lui avec sa conception de la galanterie ?

Dora se leva et attrapa les vêtements. Elle avait une folle envie d'aller se promener à cheval avec son mari. En fait, elle serait heureuse de faire n'importe quoi avec lui. Si elle avait craint durant les deux derniers mois qu'il la soumette sans changer lui-même d'attitude, à choisir, elle préférait de beaucoup rester au palais et se battre pour sauver son mariage plutôt que de fuir et de divorcer.

Elle retira sa chemise de nuit et se dirigea vers la salle de bains. Quant à son projet de la faire tomber éperdument amoureuse de lui… Dieu merci ! Il ignorait à quel point elle en était déjà proche !

- 14 -

Le souffle chaud du désert caressait le visage de Dora. Sa monture, un gentil hongre, aussi patient que Job, trottait près du puissant étalon de Khalil. Il était très tôt, à peine quinze minutes après le lever du soleil, mais ils étaient déjà loin du palais.

Dora se surprit à rire tout haut tant elle prenait plaisir à savourer la beauté du matin. En quelques semaines, elle s'était prise de passion pour l'équitation et adorait ces promenades avec son mari. Khalil avait fait preuve d'une patience surprenante et elle avait très vite appris à se tenir en selle. Il l'y avait entraînée en lui faisant faire des tours de pistes matinaux dans un manège, avant de l'emmener dans le désert. Et, dès la première sortie dans le silence de l'aube qui se levait sur cette immensité, elle avait décidé d'inclure cette promenade dans son emploi du temps quotidien.

Elle repéra devant elle la petite oasis où ils avaient coutume de faire halte. Les domestiques avaient dû mettre dans leurs sacoches une Thermos du meilleur café d'El Bahar et quelques pâtisseries fraîches. Le plus souvent possible, Khalil et elle partageaient leur petit déjeuner au cours de ces promenades à cheval.

Quand son mari lui avait dit qu'il s'apprêtait à lui faire la cour, elle s'était demandé de quelle manière il allait s'y prendre. Elle s'était attendue à des compliments fleuris, peut-être à trouver des fleurs dans son bureau et, bien sûr, à leurs promenades épisodiques dans le désert. Mais il avait fait preuve de plus d'ingéniosité qu'elle ne s'y attendait et avait tenté de la conquérir à travers de longues conversations sur l'état de la nation et les moyens qu'ils pourraient trouver ensemble pour y remédier. Il l'avait emmenée faire un tour dans les quartiers pauvres de la ville et avait écouté ses suggestions avec la plus grande attention. Quand le parlement s'était réuni au début de la nouvelle session, il l'avait invitée pour qu'elle puisse observer et étudier. Et il lui avait offert un adorable petit chat blanc, un persan aux grands yeux bleus, doté d'un sacré caractère, en lui disant que les sautes d'humeur de cette petite boule de poils lui feraient penser à lui plus souvent.

Ils atteignirent l'oasis. Des dattiers bordaient la source fraîche alimentée par une rivière souterraine. Un tapis d'herbe tendre descendait jusqu'au bas de la rive. Dora tira sur le mors de son cheval et attendit Khalil pour descendre. Il mettait toujours pied à terre pour l'aider et elle le laissait faire. Tous deux savaient très bien qu'elle pouvait descendre de cheval toute seule, mais elle aimait le sentir si proche quand il la soutenait. C'était l'un des rares moments d'intimité entre eux, en dehors de sa chambre à coucher.

— Tu as l'air préoccupé, dit Khalil d'un ton léger en prenant la Thermos dans sa sacoche.

— Pas vraiment. J'étais en train de penser à quel point j'aimais mon nouveau pays. Il est vraiment fantastique, d'un équilibre parfait entre l'histoire et l'avenir. Vous êtes même plutôt progressistes avec les femmes.

— Tu crois ? J'ai entendu dire qu'une femme du palais travaille pour le gouvernement. Elle est responsable de la coordination entre El Bahar et les compagnies étrangères. Peux-tu seulement imaginer une chose pareille ?

Dora étendit une couverture sur le sol.

— C'est vraiment choquant, enchaîna-t-elle. Moi aussi, j'ai entendu courir ce bruit. On m'a dit qu'elle était très brillante.

— Ah bon ? Tous ceux avec qui j'ai parlé, pensent que c'est son mari qui est brillant.

Dora lui adressa un regard moqueur.

— Je suis certaine que c'est ce dernier point de vue que vous avez retenu.

— En effet.

Elle prit deux gobelets dans une de ses sacoches et les posa sur la couverture. Khalil s'assit à côté d'elle. La lumière du soleil illuminait la partie gauche de son visage et les yeux de Dora se posèrent sur sa fine cicatrice.

Elle la connaissait déjà bien sûr. C'était même la première chose qu'elle avait remarquée. Elle et l'incroyable beauté de Khalil. Un prince charmant et, dans ce cas précis, ces mots étaient à prendre à la lettre.

— Parlez-moi de votre cicatrice, dit-elle impulsivement sans résister à lui toucher la fine ligne sur sa joue. Sauf si vous n'aimez pas en parler.

Khalil versa le café et lui tendit un gobelet.

— Il n'y a pas grand-chose à dire. J'étais jeune et irréfléchi.

Il haussa les épaules.

— J'avais quinze ans et faisais de l'escrime avec un ami. Chacun de nous se croyait plus fort que tout le monde, sinon invincible, et nous nous sommes battus en duel pour déterminer qui était le meilleur.

— Je ne savais pas qu'on pouvait se blesser à l'escrime.

— Normalement c'est impossible, car la pointe est protégée par un embout. Mais comme je le disais, nous étions jeunes et stupides. Nous avons retiré les embouts protecteurs. Le duel a été acharné et mon adversaire a réussi à me blesser au visage.

Il leva les yeux vers l'horizon.

— C'est curieux. Je n'avais plus pensé à cet incident depuis des années et voilà qu'en l'espace de quelques semaines on me le rappelle pour la seconde fois. Ma grand-mère l'a fait, elle aussi, peu après ton arrivée au palais.

— Pourquoi ?

— A cause de toi, dit-il bien que sa réponse n'ait aucun sens.

— J'ai été conduit en hâte à l'hôpital. J'avais peur et je souffrais beaucoup, mais en même temps, je ne voulais l'avouer à personne.

Dora lui toucha le bras.

— Si cela vous ennuie d'en parler…

— Ça va, lui dit-il. Quelques heures plus tard, on m'avait fait des points de suture et je me sentais déjà mieux. J'ai eu tout le temps de regretter de m'être pareillement emporté contre mon ami et d'avoir dit à mon père que je ne voulais plus le voir.

Sa bouche se tordit en un rictus sévère.

— Mais un prince n'a qu'une parole, on doit lui obéir. Aussi, en attendant que je guérisse et le rappelle à la cour, on avait renvoyé mon ami dans les montagnes où vivait sa famille. Je ne l'ai jamais revu : il est mort en chemin dans un accident de voiture.

Dora le regarda en silence pendant un moment.

— Il me semble parfois que nous ne sommes pas nés

sur la même planète, dit-elle enfin. Comment puis-je établir un pont entre nous ?

— Tu ne le peux pas. Mais tu peux t'entendre avec l'homme avec lequel tu vis, répondit-il en lui faisant face. Est-ce si difficile pour toi d'imaginer cela ?

— Non.

Elle le sentit très près d'elle, trop près d'elle. Elle ne savait pas s'il l'était déjà ou si elle venait seulement de s'en rendre compte, mais elle eut soudain l'impression que la température augmentait d'instant en instant.

Se rapprochant encore un peu, Khalil enlaça ses épaules et lui effleura les lèvres.

— Embrasse-moi, demanda-t-il.

Elle regarda ce prince tentateur qui cherchait à abattre son ultime résistance pour lui voler son âme et se dit qu'elle ferait mieux de choisir dans les dunes un bon endroit pour mourir.

— Je ne peux pas.

— Tu ne *veux* pas, c'est différent. Ton obstination n'a aucun sens. Me repousseras-tu encore quand mes enfants joueront autour de toi ?

Elle détourna son visage pour cacher sa panique. Des enfants. Doux Jésus ! Elle avait fait de son mieux pour ne pas y penser, mais au rythme où ils faisaient l'amour, tôt ou tard, Khalil la mettrait enceinte. C'était un amant insatiable qui lui avait rendu visite toutes les nuits ou presque, et elle n'avait pris aucune précaution. Elle avait d'ailleurs du mal à imaginer une princesse d'El Bahar courant acheter des préservatifs à la pharmacie du coin !

Elle avait bien songé à en parler à Fatima, mais elle se doutait bien que, maintenant qu'elle était réconciliée avec son petit-fils, la reine mère lui interdirait d'éviter d'avoir un enfant… quel que soit le moyen employé.

Bien que tous deux soient assis au cœur du désert, Dora se sentit subitement entourée par des murs invisibles. Elle avait froid et chaud en même temps et frissonna, comprenant enfin qu'elle ne contrôlait pas la situation.

— Nous devrions rentrer, s'empressa-t-elle de dire en essayant de s'écarter de lui.

Mais Khalil ne relâcha pas son étreinte.

— Attends. Reste encore un peu.

Elle pinça ses lèvres. Comment lui résister lorsqu'il se montrait si conciliant et tendre ?

— Dora, ma douce, tu es ma femme. Ce que je te demande est-il si difficile à accepter ?

Il poussa un soupir.

— Tu es têtue et intraitable et, pourtant, je ne peux pas imaginer toute une journée sans te voir. J'ai même prévenu le roi que je ne voyagerai plus sans toi.

Dora le regarda. N'y résistant plus, elle tendit le bras et toucha sa fine cicatrice. Les grands yeux noirs de son mari s'emplirent alors d'une émotion qu'elle n'y avait encore jamais vue. Etait-ce de l'affection ? Il semblait si vulnérable… Se pouvait-il que Khalil soit en train de changer ?

Au plus profond d'elle-même, elle voulait croire à son rêve, son conte de fées. Oui, elle voulait que son mari soit amoureux d'elle comme elle l'était déjà de lui. Elle désirait tant que tous deux baissent les armes et connaissent enfin un vrai mariage. Toutefois, alors même qu'elle voulait se rendre, sa conscience lui conseillait de ne pas le laisser remporter la victoire et de rester ferme à tout prix. Elle devait lui faire comprendre qu'on ne jouait pas avec les sentiments. Il fallait qu'il reconnaisse ses torts.

— Embrasse-moi.

Ses paroles ne sonnaient pas comme un ordre, cette

fois, mais comme une prière et Dora se sentit fondre. Elle voulait l'embrasser, se blottir contre lui, sentir son corps tout près du sien. Il était son mari et il lui en coûtait de le repousser. Il le fallait pourtant.

Mais sa main effleura de nouveau la cicatrice de Khalil et, tout en suivant la fine marque sur sa joue, elle se souvint qu'il avait reconnu ses torts envers son ami. Devait-elle y voir un semblant d'humilité ? Avait-il voulu lui faire comprendre qu'il regrettait aussi d'avoir prononcé d'autres paroles ?

Elle détailla son visage, la beauté de ses traits, la forme de sa bouche. Qui était réellement son mari ? Que savait-elle de la profondeur de son âme ?

Alors, elle pressa ses lèvres sur les siennes. Non parce qu'il le lui avait demandé, mais parce qu'il lui avait fait partagé un peu de sa propre vie. Parce qu'il avait accepté, ne serait-ce qu'un instant, de retirer le masque de son arrogance. Mais aussi, et surtout, parce qu'elle languissait de sentir se déverser en elle le feu de sa passion.

Elle passa sa main dans les cheveux de Khalil et sentit la caresse des mèches sur sa peau. Elle s'inclina vers lui pour le sentir plus proche, sans toutefois se presser contre lui. Gardant les lèvres fermées, elle lui offrait un baiser chaste, mais le donnait librement et cette sensation était aussi nouvelle pour lui que pour elle.

Elle posa sa main libre sur son épaule et l'éloigna lentement de ses lèvres. Comme il ne réagissait pas, elle caressa sa lèvre inférieure de la langue et la glissa dans la bouche qui s'ouvrait. Dès que leurs langues se touchèrent, Khalil frissonna, comme s'il ne pouvait soutenir l'intensité de ce contact — et le fait qu'elle s'abandonnait à lui pour la première fois.

Dora se préparait à un de ses assauts passionnés, mais

il n'en fut rien et il n'essaya même pas de lui faire l'amour. Au lieu de cela, il interrompit leur baiser et se reculant, il lui prit le visage entre ses mains et la regarda au fond des yeux.

— Merci, murmura-t-il d'une voix faible et contenue.

Elle s'attendait à une pique de sa part ou à un cri de victoire, mais rien, rien. Il l'aida à se lever, puis à se remettre en selle et ils chevauchèrent en silence jusqu'au palais. Quand ils furents arrivés là, Khalil la quitta sans dire mot.

— Je ne sous-estime pas tout ce que Sa Majesté a déjà réalisé, disait Dora patiemment. Mais la tâche est loin d'être terminée et il nous reste beaucoup à faire.

La passion de ses propos enflammés faisait étinceler ses yeux et rosir ses joues et Khalil fit de son mieux pour rester assis et l'écouter calmement. Il aurait voulu bondir sur ses pieds et crier à la ronde que cette femme était son épouse et l'entraîner dans sa chambre pour lui faire l'amour jusqu'au soir.

Mais Dora, ses frères et lui-même étaient autour d'une table avec le roi pour un déjeuner d'affaires. Khalil doutait fort que l'un d'eux apprécie un acte aussi impulsif. Dora peut-être, mais elle ne le reconnaîtrait jamais. D'autant moins qu'elle s'obstinait à passer ses nuits dans ses propres appartements à l'autre bout du palais. Malgré le baiser qu'elle lui avait offert la semaine précédente, elle n'était pas plus venue le retrouver d'elle-même qu'elle n'avait fait les premiers pas durant leurs nuits d'amour. Elle l'agaçait tellement qu'il en venait à regretter que son pays soit en paix depuis des générations, sans quoi, il serait parti combattre sur-le-champ, c'est sûr.

Il tempéra donc son ardeur pendant que Dora argumentait avec son père. Le roi Givon l'avait bien cherché. C'était lui qui avait eu l'idée d'organiser pour Dora un petit circuit à travers le pays. Elle venait de passer trois jours à visiter les villes et les villages des alentours et, chaque soir, elle était rentrée avec un tas d'idées nouvelles.

— Les universités sont ouvertes à tous, dit le roi en prenant une cuillerée de sorbet. Même aux femmes.

— Oui, et j'imagine qu'elles doivent apprécier vos idées progressistes.

Elle avait dit cela d'un ton égal, mais Khalil perçut une pointe d'ironie dans sa voix. Elle était vraiment formidable quand elle était inspirée, pensa-t-il soudain. Comment n'avait-il pas remarqué cela plus tôt ? La première fois qu'il l'avait vue, c'est à peine s'il avait levé les yeux sur elle. Puis, tout s'était enchaîné très vite, sa colère, son impuissance devant Ambre, le mariage avec Dora et le fait qu'elle lui résistait. Malgré ces événements — ou peut-être à cause d'eux — il avait appris à connaître qui était réellement sa femme, Dora Khan, princesse d'El Bahar et s'était rendu compte que, dans ces circonstances pour le moins inhabituelles, le hasard lui avait fait rencontrer une véritable perle.

— Majesté, dit-elle, écartant son dessert et se penchant en avant. Ouvrir les universités aux femmes n'est pas suffisant. Malgré les progrès dus aux réformes de votre illustre règne, de nombreuses familles pensent encore qu'instruire les femmes est un gaspillage. Ces familles ne se donnent pas la peine de les envoyer à l'école plus de six ans et le font uniquement parce que la loi les y obligent. Songez aux centaines de femmes brillantes et éloquentes dont le potentiel est gaspillé.

Le roi haussa ses sourcils gris et broussailleux.

— Elles se marient et font des enfants. Ce n'est pas du gaspillage.

— Oh, je suis tout à fait d'accord avec vous, si vous considérez que le peuple est la plus grande ressource d'El Bahar.

Khalil observait son père qui réfléchissait à ce que venait de dire Dora, et vit tout de suite le piège qu'elle lui tendait. Mais il avait l'avantage de connaître l'agilité d'esprit de son épouse et Givon n'avait pas cette chance.

— Bien sûr. Le peuple est notre avenir.

— Si telle est votre pensée, je ne comprends pas votre volonté d'ignorer et de gâcher près de cinquante pour cent de vos ressources disponibles. Des femmes instruites peuvent aussi se marier et avoir des enfants, alors que celles qui ne le sont pas auront du mal à améliorer la technologie, enseigner dans les écoles, devenir médecins, avocats ou femmes d'affaires.

Elle fixa le roi dans les yeux.

— Ces femmes méritent qu'on leur donne une chance de se réaliser. Pas seulement pour elles, mais pour le pays. Tout ce que je demande, c'est que vous envisagiez d'ouvrir des écoles privées pour préparer l'entrée des jeunes filles à l'université.

Givon la regarda d'un air courroucé.

— Des écoles ? Cela suppose des locaux et des enseignants, c'est-à-dire un lourd investissement financier.

— Sans parler des bourses d'étude, lui rappela Khalil. Peu de familles ont les moyens d'envoyer à la fois leurs fils et leurs filles à l'université.

Le roi fronça les sourcils.

— Vous m'en demandez beaucoup trop.

— Est-il possible d'avoir trop de rêves, Majesté, surtout quand ces rêves reflètent ce qu'il y a de mieux pour El Bahar ? demanda innocemment Dora.

— Oh ! Alors maintenant vous entendez me dire comment gouverner mon pays ?

Khalil se mordit la lèvre pour ne pas sourire. Si le roi pensait pouvoir intimider Dora, il allait tomber de haut. Khalil savait depuis longtemps que son épouse avait son propre caractère. Il jeta un coup d'œil sur ses frères qui étaient restés prudemment en dehors de la discussion. Leurs regards allaient et venaient de Dora à Givon et il remarqua leur expression teintée d'admiration quand ils l'arrêtaient sur sa femme. Il n'en fut pas peu fier. S'il l'avait choisie par la force des choses et parce qu'elle correspondait à ses critères, à présent, il voulait la garder parce que jamais il ne trouverait une autre femme s'adaptant si bien à lui et à son pays.

Dora sourit au roi.

— Votre Majesté est un souverain avisé et bienveillant. Jamais je ne me permettrais aucune remarque sur la façon dont vous dirigez votre royaume. Je veux simplement dire que chercher à avancer en traînant le poids de cette tradition désuète est peine perdue.

Le roi lança un regard plein de reproche à Jamal et Malik.

— Vous n'avez rien à dire ?

Les deux frères échangèrent un regard. Malik haussa les épaules.

— Nous ne voulons pas nous prononcer.

— Ils ont peur, commenta Dora.

Malik la regarda comme s'il allait protester, puis finit par sourire.

— Dites plutôt que Jamal et moi ne voulons pas avoir affaire à vous, princesse Dora. Vous devez être un redoutable adversaire.

— Et un très bon allié, ajouta Jamal.

Le roi émit un grognement sourd et se tourna vers Khalil.

— Et toi, n'as-tu rien à dire ou préfères-tu laisser ton épouse parler à ta place ?

— En tant que l'époux d'une de ces femmes brillantes et éloquentes dont Dora vient de nous parler, je préfère laisser ma femme parler pour deux, dans ce domaine.

Le roi ne sembla pas apprécier sa réponse et reporta son attention sur la jeune femme.

— Je tiendrai compte de ce dont nous avons discuté et l'exposerai devant les membres du Conseil. Il ne s'agit là, ni d'une promesse ni d'un engagement, Dora, mais j'ai dit que je ne négligerai pas vos idées, et je tiendrai parole. Vous êtes une femme de cœur.

Puis il ajouta avec un sourire en coin :

— Même si vous restez une femme occidentale gagnée par la folie de l'égalité des sexes.

— Qui est le plus fou, demanda-t-elle, celle qui parle ou celui qui écoute ?

Givon éclata de rire.

— Je vous laisse, dit-il. Du travail m'attend cet après-midi.

Tout le monde se leva et quitta la salle à manger privée du roi. Tandis que Malik et Jamal regagnaient leurs bureaux, Khalil prit la main de Dora et l'arrêta.

— Allons marcher un moment sur la terrasse, lui dit-il. Cela te détendra.

— Je ne suis pas énervée, répliqua-t-elle tout en se laissant conduire vers le balcon.

Il faisait presque aussi chaud qu'en été. A midi, la température grimpait déjà jusqu'à cinquante-cinq degrés. Même à l'ombre, ils devaient marcher lentement pour éviter de trop souffrir de la chaleur.

— J'ai aimé ce que vous avez dit, Khalil, commença Dora en glissant sa main dans la sienne. Quand vous avez répondu au roi que j'étais brillante et éloquente et que cela ne vous gênait pas que je parle pour vous. Cela a beaucoup d'importance pour moi.

— Je n'ai fait que dire la vérité, dit-il négligemment bien que touché par le compliment. Tu *es* brillante et éloquente et, dans ce domaine, je suis vraiment ravi que tu aies parlé à ma place.

— Oh, je vois. Dans ce domaine, et pas dans d'autres.

Il s'arrêta et se tourna pour lui faire face.

— Dans bien des domaines, dit-il. Comme tu serais toi-même contente de me laisser parler pour toi sur certains sujets et pas sur d'autres. C'est tout ce que je voulais dire, Dora. Pourquoi chercher la bagarre ?

Elle garda les yeux fermés pendant un moment et les rouvrit en exhalant. Une partie de sa tension quitta son corps.

— Vous avez raison, Khalil. Je suis un peu nerveuse. Je suppose que cette conversation avec le roi m'a agacée. Il y a tant à faire et tout semble avancer si lentement.

— Peut-être, mais ça viendra. Ton engagement envers mon peuple a plus d'importance à mes yeux et à ceux de mon père que tu ne l'imagines. Il t'écoutera. Mon père est un homme sage.

— Je sais. Je me comporte comme une petite fille qui trépigne pour obtenir tout de suite ce qu'elle veut.

Khalil comprit très bien son impatience : lui-même

voulait qu'elle se range à son avis, et le voulait tout de suite.

Ils se remirent à marcher et se dirigèrent vers leurs bureaux.

— Il y a tant de possibilités ici, dit-elle encore. Je veux retrousser mes manches et me mettre au travail.

— C'est bien ce que tu fais.

Alors qu'il désirait poursuivre leur discussion, il fut distrait par la sensation de ses doigts enlacés aux siens. Depuis leur baiser de la semaine dernière, ce genre de contacts avait été plus fréquents. Dora s'y était mise d'elle-même, spontanément, et l'espoir qu'il en retirait le rendait encore plus impatient que leur problème personnel soit vite réglé. Seulement, si elle était brillante et éloquente, elle était encore plus têtue !

Ils empruntèrent le grand couloir menant à leur service et se retrouvèrent face à une équipe en pleine effervescence. Martin marchait à toute allure dans leur direction et, voyant Dora, il s'arrêta et lui sourit.

— Bon après-midi, princesse, dit-il en continuant à sourire de façon énigmatique. Le déjeuner a-t-il été agréable ?

— Très agréable, je vous remercie, répondit-elle étonnée.

— Etes-vous retournée dans votre bureau depuis ? demanda Martin.

Dora fronça les sourcils.

— Pourquoi ?

— Une surprise vous y attend.

Khalil tressaillit. Une surprise ? S'il y en avait une, elle ne venait pas de lui. Gérald serait-il réapparu à l'improviste ? Un éclair de jalousie le transperça comme un poignard. Dora et lui avaient peut-être certaines choses à régler, mais il ne laisserait jamais son épouse retourner avec ce mangeur de bouses de chameau. D'autre part, il avait fait discrètement sa petite enquête à leur arrivée à El Bahar. Gérald avait été licencié, ce qui l'avait obligé à retourner vivre chez ses parents. Il ignorait où se trouvait Dora et n'avait jamais essayé de la contacter depuis leur dernière conversation téléphonique.

Khalil avait beau se dire qu'il n'avait pas à s'en soucier, il n'en pressa pas moins le pas, entraînant son épouse. Qui d'autre que lui avait bien pu lui faire une surprise ?

Quand ils arrivèrent devant le bureau de Dora, ils virent que la grande pièce était encombrée de meubles. Eva les reçut à la porte. Elle avait le même sourire que Martin.

— Par ici, Altesse, dit-elle en les conduisant à l'autre bout de leur service.

Là, près du bureau du Premier ministre et du ministre adjoint des Finances, un homme fixait une plaque sur une double-porte imposante.

Khalil la lut. Une fierté farouche s'empara de lui lorsqu'il vit Dora en déchiffrer l'inscription. Une avalanche d'émotions colora successivement le visage de sa femme, d'abord la stupeur, puis l'étonnement, la confusion, la compréhension et, enfin, la joie.

« Princesse Dora Khan, Ministre Adjoint de la Cause Féminine. »

— Je ne comprends pas, balbutia Dora en se tournant vers Khalil. Le roi n'a pas pu faire tout cela en si peu de temps, nous venons à peine de le quitter.

Eva se mit à rire.

— Non, Altesse. Le roi avait formé ce projet il y a plusieurs jours. C'est pourquoi le déjeuner a duré si longtemps. Il voulait être sûr que nous aurions le temps de tout transférer dans votre nouveau bureau. Oh ! Le roi m'a également chargée de vous dire qu'il souhaite que vous continuiez quand même à négocier avec les compagnies occidentales et, comme vous serez également très prise par le projet qui vous tient à cœur, il va demander au Parlement de vous accorder une demi-douzaine d'assistants.

Toujours abasourdie, Dora se tourna vers son mari.

— Etiez-vous au courant ?

— Non. Et je n'en ai pas parlé à mon père non plus. Vous ne le devez qu'à vous-même, Dora.

Elle se jeta autour de son cou et Khalil la serra contre lui.

— Merci pour tout, murmura-t-elle avec passion.

Du coin de l'œil, Khalil vit Eva entrer discrètement dans le bureau pour les laisser seuls. Il étreignit son épouse et huma sa douce odeur de femme.

— Je t'ai déjà dit que je n'ai rien à voir avec tout cela, dit-il. Tu n'as donc pas à me remercier.

Elle se redressa et le dévisagea, les larmes aux yeux. Elle les essuya d'un geste impatient.

— Bien sûr que si. Vous n'êtes peut-être pas directement responsable, mais vous avez tout fait pour que cela soit réalisable.

Elle se dressa sur la pointe des pieds et l'embrassa.

— Maintenant, je dois filer travailler, dit-elle.

Khalil la regarda disparaître derrière les lourdes portes. En moins de temps qu'il n'en faut pour le dire, Dora avait accompli des merveilles pour son pays — comme pour lui. Il ne pouvait plus imaginer de vivre sans elle, mais... bien qu'il désire faire sienne cette femme merveilleuse, il ne savait pas comment la conquérir. Il savait ce qu'elle-même attendait de lui, mais n'était pas sûr de pouvoir le lui donner, elle lui en demandait vraiment beaucoup — à l'homme comme au prince. Apprendrait-il à plier ? Avait-il le choix ? S'il ne le faisait pas, il la perdrait.

Pris à son propre piège, il ne lui restait plus qu'à attendre que les choses se dénouent : il verrait bien ce qui arriverait.

- 15 -

En pans de chemise, pieds nus, Khalil écumait de rage au centre de la chambre de Dora. Celle-ci était en petite tenue et ne portait plus que son chemisier, son slip et son soutien-gorge. Lorsqu'au beau milieu d'un baiser, Khalil lui avait ordonné de le déshabiller, au lieu de répondre à sa passion, elle avait eu une sorte de recul et, instinctivement, elle avait dit non.

— Tu vas m'obéir, femme, et m'expliquer en vitesse pourquoi tu te refuses à moi ! hurla-t-il.

— Vous le savez bien, répondit-elle calmement.

Et voilà ! se dit-elle. Une fois de plus, il préférait chercher la bagarre plutôt que d'admettre qu'elle avait une bonne raison de ne pas s'abandonner totalement quand il lui faisait l'amour. Elle n'avait jamais cédé sur ce point et elle ne céderait jamais. Sa vie était déjà assez compliquée comme ça, elle n'allait pas la compliquer encore plus en se souciant d'un possible changement de statut au sein de sa famille. Avant d'être parents, ils devaient apprendre à mener une vie de couple équilibrée. Dora se répétait cela avec conviction, ne serait-ce que pour se donner du courage.

— Non, je ne le sais pas, poursuivit Khalil. Je n'y

comprends rien. Nous vivons ensemble depuis près de quatre mois et je ne comprends pas pourquoi tu refuses de dire que tu m'aimes.

Sa question lui coupa littéralement le souffle et elle dut faire un effort pour se ressaisir avant de lui répondre.

— Vous voulez que je vous aime et que je fasse vos quatre volontés, mais le mariage ne consiste pas à faire d'une femme une humble servante. Tout ce que je veux, c'est une relation d'égal à égal. Je veux vivre avec vous dans le partage et la confiance. On dirait que vous ne comprenez pas cela.

— Mais si, je comprends, je t'assure. Je ne cherche pas à t'asservir. Je veux simplement que tu exprimes ton amour pour moi.

Lui dire qu'elle l'aimait ? Elle ne pouvait pas continuer à vivre avec Khalil, travailler avec lui, se promener à cheval avec lui et partager l'acte le plus intime qui soit entre une femme et un homme, sans l'aimer, naturellement, mais elle serait morte plutôt que de céder la première.

S'il s'était agi d'une simple question d'amour-propre, elle aurait pu surmonter l'obstacle. Mais la vérité n'était pas si simple. La vérité était que, tout en aimant Khalil, elle ne lui faisait pas entièrement confiance. Elle voulait être sûre qu'il tenait à elle autant qu'elle tenait à lui. Sûre que leurs futurs enfants seraient attendus et élevés par des parents aimants. Sûre qu'ils formeraient une famille solide et unie. Et surtout, surtout… elle voulait être sûre qu'il ne se lasserait jamais d'elle, qu'il ne la quitterait jamais. Elle voulait être seule gardienne du cœur de son mari et qu'il garde à jamais la clé du sien.

— Pourquoi ne reconnaissez-vous pas d'abord vos propres sentiments ? demanda-t-elle. Vous êtes aussi têtu que moi. Dites-moi que vous m'aimez, que vous regrettez ce que vous m'avez fait, et tout ira bien.

Il la fit taire d'un geste dédaigneux.

— Pendant combien de temps as-tu l'intention de jouer cette comédie ?

— Toute ma vie, s'il le faut.

Mains aux hanches, elle le défia du regard.

— Vous connaissez mes conditions, Khalil. Vous avez beau refuser, les négliger ou vouloir les changer, rien n'est différent depuis le premier jour de mon arrivée ici. Vous m'avez menti. Vous avez profité de mon manque de chance dans la vie pour me dire que vous teniez à moi. Je croyais vraiment que vous m'aimiez et vous ne m'avez pas détrompée, au contraire ! Vous m'avez épousée et emmenée ici sans me laisser le temps de réfléchir.

Les yeux noirs de Khalil brillaient de fureur.

— Je t'ai épousée. Tu sembles oublier ce détail important. Je t'ai fait honneur en te prenant pour femme.

— Oh ! Si j'ai bien compris, cela veut dire que vous n'avez vous-même pas été honoré par mon consentement, c'est bien cela ?

— C'est bien cela. Voyons, Dora, regarde un peu ce qu'était ta vie avant notre rencontre. Si petite, si pitoyable. Tu n'étais rien et je t'ai offert le monde entier. Je suis le prince Khalil Khan…

Elle fit un pas vers lui.

— Ne recommencez pas, Khalil. Sinon je vous jette dehors et ne vous ouvrirai plus ma porte.

Elle serra les dents pour ne pas hurler. Ses paroles blessantes lui avaient déchiré le cœur. Rien ? Pensait-il réellement qu'elle n'était rien avant qu'il daigne l'épouser, comme il venait de le dire ? Avait-il au moins un peu pensé à elle dans les premiers jours de leur mariage ? Elle ferma les yeux et se força à respirer lentement. La réponse sautait aux yeux. Elle était aussi évidente que la riposte de son mari avait été prompte : non ! Pas un instant il n'avait pensé à elle, pas un instant il n'avait pensé à leur couple. Pour une raison qu'elle ignorait toujours, Khalil s'était trouvé dans une situation difficile et elle était arrivée au bon moment pour le tirer d'affaire. Voilà tout.

Un souffle chaud effleura sa joue. Ouvrant les yeux, elle vit que son mari était près d'elle. Il lui prit le menton.

— J'ai parlé sans réfléchir, dit-il en esquissant un sourire contrit qu'elle aurait bien voulu croire affectueux.

— A l'époque, je ne te connaissais pas assez bien pour me sentir honoré de t'avoir pour épouse. Je le suis à présent. Tu es une femme formidable et j'ai de la chance que tu aies accepté de partager ma vie.

Dora avait de plus en plus envie de s'abandonner à lui. Elle voulait que tous deux se déshabillent, s'étendent sur le grand lit et fassent l'amour jusqu'au matin. Elle voulait se blottir dans ses bras, l'entendre chuchoter des mots d'amour et oser enfin lui dire qu'il se pourrait bien qu'elle porte depuis peu le fruit de leurs étreintes.

Elle n'en ferait rien, bien sûr. Elle ne lui céderait pas ce soir, sans cela Khalil ne changerait jamais. Il était si obstiné ! Presque aussi obstiné qu'elle-même, au fond, se dit Dora en essayant de voir le côté comique de la situation.

— Dites-moi que vous avez eu tort, murmura-t-elle en l'entourant de ses bras. Dites-moi que vous le regrettez sincèrement et que vous tenez à moi.

Il la repoussa brutalement.

— Tu me demandes encore la lune. Cesse de courir après tes rêves, Dora. Je suis Khalil Khan, prince d'El Bahar et je ne permettrai jamais à une femme de me donner des ordres. Contente-toi de ce que tu as et sois reconnaissante de ce qui existe entre nous.

Elle se raidit sur-le-champ. Elle en avait plus qu'assez de l'entendre décliner son nom et son titre chaque fois qu'ils n'étaient pas d'accord, comme si ces mots avaient le pouvoir de clore toute discussion.

— Peut-être avez-vous raison, prince Khalil, mais vous oubliez une chose importante.

Il haussa les sourcils avec impatience.

— Quoi encore ?

— Je suis Dora Khan, princesse d'El Bahar et je ne partage pas ma couche avec des menteurs.

Sur ce, elle se dirigea vers la porte de ses appartements et la maintint grande ouverte. Khalil la rejoignit lentement.

— C'est à cela que nous aboutissons ? demanda-t-il. A ce duel entre nos deux volontés ?

— C'est un duel depuis le début de nos relations. La seule différence, c'est que, pour une fois, vous n'avez pas gagné.

Il la fusilla du regard.

— Tu ne gagneras pas cette fois-ci. Ne me pousse pas à bout, femme, ou tu le regretteras.

Dora se souvint de tous ses rêves, tous ses espoirs. Si certains s'étaient réalisés d'un côté, de l'autre, rien n'avait changé : leur vie privée en était toujours au même point.

— Je le regrette déjà, Khalil. Tu crois que c'est par obstination ou pour te punir que je te résiste, alors qu'en réalité, j'écoute simplement ce que me dicte mon cœur qui est profondément blessé.

Et ne sachant que dire de plus, elle referma doucement la porte sur son mari et se sentit plus seule que jamais.

*
* *

Khalil resta figé dans le couloir, pestant contre le sort, les circonstances ou tout ce qui avait contribué à le mettre dans une situation aussi humiliante. Comment avait-il pu, lui, Khalil Khan, être chassé du lit de son épouse ! Comment Dora avait-elle pu lui faire ça ? Il ne l'avait pas mérité. Ne le comprenait-elle pas ?

Il regarda la porte close avec colère et songea à lui ordonner de rouvrir sa porte. L'ennui était que, dans son obstination sans bornes, Dora était capable de refuser de lui obéir. Elle était aussi inflexible dans la vie privée qu'elle était brillante et performante dans son travail. Elle avait vu en un clin d'œil toutes les possibilités d'expansion qui s'offraient à El Bahar, auxquelles personne n'avaient songé avant elle.

Si seulement elle voulait bien céder sur ce point qui avait tant d'importance pour lui… Comment, mais comment osait-elle exiger qu'il s'excuse de ce qu'il avait fait ? S'il l'avait privée d'une vie qui la comblait en agissant ainsi, il pourrait comprendre, mais non : elle était très seule quand il l'avait rencontrée, seule, sans travail, brutalement abandonnée par son fiancé. Elle avait été…

Une pensée inquiétante lui traversa l'esprit. Pour la chasser de sa tête, il se décida enfin à avancer et pressa le pas le long des couloirs familiers jusqu'à arriver à ses propres appartements. Mais, au lieu d'y entrer, il resta planté là, devant la porte, totalement plongé dans ses pensées.

Le fait est qu'il ne l'avait pas vue comme un être humain ayant des droits et des sentiments. C'était là qu'il avait commis une erreur, là qu'il reconnaissait avoir des torts envers elle. Même si elle n'était qu'une femme. Mais de là à reconnaître qu'il l'aimait, c'était grotesque !

Il ouvrit la porte d'un geste rageur et entra dans ses appartements. Mais dans l'obscurité, il se sentit bien seul. Il mourait d'envie de retrouver Dora, car si la flamme qu'ils avaient attisée s'était transformée en un véritable brasier, ils n'avaient pas pris le temps d'éteindre l'incendie qui les habitait, et son corps le tourmentait. Ses bras voulaient la tenir contre lui, ses lèvres prononcer son nom…

Il lui offrait un royaume, la fortune, le pouvoir et elle attendait de lui des mots d'amour et de folles excuses ! Cela aussi c'était de la folie, mais en attendant, ils se battaient comme des enragés pour remporter la victoire. Sa grand-mère lui avait conseillé de la courtiser, mais son orgueil lui dictait de la soumettre auparavant. L'un d'eux devrait courber l'échine, pensa-t-il tristement. Autrement, ils se condamneraient tous deux à l'échec.

La fête battait son plein quand Dora pénétra dans la salle de réception. Elle s'arrêta devant l'entrée latérale et admira un instant le décor somptueux, la foule élégante, les femmes étincelantes de bijoux fabuleux. Le roi avait organisé une « petite réception intime » pour l'anniversaire de son cher vieil ami et Premier ministre, Aleser. Mais ce que l'on appelait petit et intime dans l'univers des rois ne ressemblait en rien aux réunions entre amis que Dora avait connues autrefois : il y avait plus de cent personnes dans la salle !

Elle poussa un grand soupir et essaya de se détendre. Elle s'était habillée et maquillée avec soin pour assister à cette soirée. Un superbe chignon à la française, torsadé au sommet de sa tête, élançait sa silhouette et elle se félicitait d'avoir laissé pousser ses cheveux dès son arrivée à El Bahar. Lors d'un récent voyage d'affaires à Paris, en compagnie de son mari, elle avait mis à profit les conseils de la reine mère et passé tout un après-midi dans le grand institut de beauté dont Fatima lui avait parlé. Elle s'y était fait bichonner de la tête aux pieds et avant de quitter l'institut, une virtuose du maquillage lui avait même confié quelques-uns de ses petits secrets de beauté.

Elle était satisfaite du résultat. Le fait d'avoir perdu cinq kilos entre ses randonnées à cheval et les kilomètres qu'elle parcourait chaque jour dans les longs couloirs du palais, y était aussi pour beaucoup ! Elle n'aurait jamais la ligne mannequin, mais cela ne l'empêchait pas d'être une femme séduisante et débordante d'énergie. Elle était jolie et au mieux de sa forme. Elle se l'était dit en se regardant dans la psyché de sa chambre avant de sortir.

Elle aurait dû se le dire et se le redire pour s'en convaincre et franchir le seuil de la salle d'un pas assuré, au lieu de rester plantée là, cachée dans l'encoignure de la porte comme une petite fille apeurée !

Si seulement Khalil avait été là… Alors qu'ils étaient prêts à partir, elle avait été prise de nausées et s'était précipitée dans la salle de bains. Ne sachant comment lui annoncer qu'elle était enceinte, elle avait préféré dire à travers la porte qu'elle venait de découvrir une tache sur sa robe, ce qui l'obligeait à se changer, mais qu'il ferait mieux de ne pas l'attendre, car il devait accueillir les invités de son père. Dora soupira et se dit qu'elle ne pouvait s'en prendre qu'à elle-même, si elle arrivait seule : c'était le juste prix de son mensonge.

Elle osa se lancer et traversa la foule pour aller au bar. Elle demanda un grand verre d'eau gazeuse, après quoi, cramponnée à son verre, elle s'obligea à sourire et se prépara à plonger dans cette folle soirée.

Les choses avaient bien changé, se dit-elle. Il y a six mois, elle n'aurait pas même pu imaginer qu'elle évoluerait un jour dans un monde comme celui-ci.

Elle commença à circuler à travers la salle, saluant les invités qu'elle connaissait. Les mondanités n'étaient pas son fort, mais avec le temps et l'expérience, elle avait fait de grands progrès. Pour le moment, elle cherchait toujours Khalil et ne le voyait nulle part. Où était-il passé ?

En arrivant près d'une des petites alcôves qui bordaient la salle de réception, Dora aperçut brièvement quelque chose qui lui parut familier. Elle se figea sur place et fit face au silence très relatif de l'alcôve, laissant derrière elle le brouhaha de la fête et attendit un instant. Elle capta de nouveau le mouvement qui l'avait alertée. Ce n'était rien de plus que le geste d'une femme relevant la traîne de sa robe du soir. Mais elle avait perçu autre chose, quelque chose de familier… et de dangereux.

Dora s'approcha lentement de l'alcôve où deux personnes parlaient dans l'ombre. Elle reconnut immédiatement l'homme, malgré sa ressemblance avec ses frères — comment aurait-elle pu confondre Khalil avec un autre, en effet ? Et, malgré les jeux de lumière qui l'empêchaient de bien voir la femme, elle avait tout de suite compris qui elle était. Ambre, cette femme d'une beauté fabuleuse qui avait été la fiancée de Khalil. Comment avait-elle pu oublier qu'elle était la fille d'Aleser ! Rien de plus normal que cette tentatrice assiste à cette soirée donnée en l'honneur de son père…

Elle n'était pas encore dans leur champ de vision et luttait courageusement contre la vague de douleur et de jalousie qui lui broyait le cœur… comme le jour de son mariage et pour la même raison.

Malgré sa jolie robe, ses bijoux, son maquillage, elle ne pouvait rivaliser avec cette jeune femme éblouissante drapée dans une robe de soie rouge qui épousait son corps de déesse. Ambre aussi avait tordu son épaisse chevelure en chignon au sommet de la tête, dégageant ainsi sa nuque fine et délicate. Toutes deux portaient une longue robe bustier qui rehaussait la poitrine et découvrait les épaules. Celle d'Ambre était rouge, la sienne était bleue, mais le style était à peu près le même, ce qui n'allait pas manquer d'attirer les commentaires. Elle s'en moquait, ce qui la chiffonnait, c'était de constater une fois de plus que la robe d'Ambre la moulait jusqu'aux genoux comme une seconde peau… tandis que les plis soyeux de la sienne faisaient ce qu'ils pouvaient pour camoufler ses rondeurs. Toute la différence était là.

Toute sa confiance, tout son bonheur, s'évaporèrent comme une goutte d'eau sous le soleil du désert. Khalil avait raison : elle n'était rien.

Cette constatation lui pesait si lourdement sur le cœur qu'elle décida de fuir pour panser ses plaies dans sa chambre et s'obligea à faire calmement demi-tour pour quitter la fête sans se faire remarquer. A ce moment précis, la musique s'arrêta et la salle devint relativement silencieuse. Si les convives étaient trop loin pour entendre ce qui se disait dans l'alcôve privée, elle-même ne l'était pas.

— Je te désire, Khalil, murmurait Ambre de sa voix sensuelle. C'est moi qui te suis destinée. A quoi pensais-tu quand tu m'as remplacée par cette femme ? Je sais que tu ne l'aimes pas. Je veux bien admettre que j'ai fait des bêtises, mais je veux vivre avec toi. Je veux porter tes fils.

C'en était trop, pensa Dora aveuglée par les larmes. Elle s'éloigna sans bruit et marcha rapidement vers une porte latérale. Le chagrin la ravageait. Comment était-elle censée rivaliser avec une femme comme Ambre ? Il n'était pas étonnant que son mari n'ait jamais reconnu qu'il tenait à elle : il en aimait une autre. Elle, Dora, n'avait été pour lui qu'un accident de parcours.

Un sanglot la secoua. Elle ouvrit la porte et s'enfonça dans la nuit. Mais au lieu de l'apaiser, le parfum doux et léger de l'air lui retourna l'estomac. Une insoutenable nausée la fit se précipiter vers une immense jarre. Elle croyait pourtant avoir touché le fond quand Gérald l'avait abandonnée, mais ce n'était rien en comparaison de ce qu'elle endurait ce soir.

— Allons, allons, tout n'est pas si noir, mon enfant, murmura une voix douce, tandis que l'on glissait doucement un mouchoir dans sa main.

Dora l'accepta avec gratitude et s'essuya la bouche. Puis elle leva les yeux et vit Fatima debout à ses côtés.

— Si tu cessais de te cacher la vérité, mon petit, tout irait beaucoup mieux.

Dora essaya de sourire mais n'y parvint pas.

— Ce n'est pas aussi simple que vous le pensez, Fatima.

Fatima, vêtue de son tailleur préféré, un Chanel bien sûr, comme d'habitude, s'approcha d'elle et lui tapota la main.

— J'en sais plus que tu ne crois. Je vois beaucoup de choses qui échappent aux autres. Et ce que je ne vois pas, mes espions me le disent.

Dora ouvrit la bouche, interloquée. Fatima avait-elle des espions ? Elle esquissa un sourire. Pourquoi pas, après tout ? Le monde était tellement fou. N'était-elle pas elle-même piégée à El Bahar ?

— Je ne peux me résoudre à me séparer de lui, dit la jeune femme d'un ton absent, comme si elle se parlait à elle-même. Pas seulement parce que je l'aime. S'il n'y avait que cela, je me déciderais probablement à quitter le pays.

— J'en doute, mais soit, admettons-le, dit gentiment Fatima.

La vieille dame se pencha par-dessus la balustrade et contempla le ciel.

— Regarde comme c'est beau, toutes ces étoiles qui scintillent, dit-elle avant de pousser un soupir. Evidemment, maintenant que tu es enceinte, tu es piégée. Tu connais la loi d'El Bahar. Elle interdit à une femme de quitter son mari avant d'avoir accouché.

Dora ne le savait que trop bien.

— A moins que le mari ou un de ses enfants ne la maltraite, récita-t-elle. Oui, j'ai eu tout le temps de connaître vos lois depuis que je suis ici.

Dora caressa son ventre. Une vie poussait en elle. Une vie qui serait bientôt visible pour tout le monde. Qu'arriverait-il alors ?

— Combien de personnes savent que je suis enceinte ? demanda-t-elle.

Fatima se mit à rire.

— Les hommes le sauront quand tu le leur diras, ma chère, pas avant.

C'était déjà ça, pensa Dora. Cela lui laissait le temps. Mais le temps de faire quoi ?

— Cela n'y changera rien.

Dans la douce obscurité, la brise nocturne les enveloppait. Les bruits de la fête leur parvenaient étouffés par les vitres des portes-fenêtres. Elles étaient seules sur cette petite terrasse et Dora aurait voulu rester toujours ainsi et ne plus être obligée de rencontrer son mari.

— Que voudrais-tu changer ? demanda Fatima.

— Tout, répondit la jeune femme en soupirant. Aimer Khalil est déjà difficile en soi, mais son enfant me liera à lui pour toujours.

La loi d'El Bahar l'autoriserait à partir après la naissance de l'enfant, mais pour aller où ? Que ferait-elle de sa liberté ? La famille royale ne la laisserait pas emmener son bébé et elle doutait fort que Khalil accepte une garde alternée. De plus, elle n'avait pas envie de partir. Ce qu'elle voulait, c'était être aimée de son mari.

— Pas tout, corrigea Fatima. C'est une question de priorité.

— Que voulez-vous dire ?

— Que tu dois te débrouiller pour obtenir ce que tu désires le plus au monde, répondit Fatima en se retournant pour lui faire face. Tu es enceinte du premier enfant de Khalil. Cela te donne un pouvoir comme n'en possède aucune autre femme. Mais tu dois utiliser ce pouvoir avec sagesse. Il vaut mieux pour toi vaincre ton mari par toi-même.

Les yeux de Dora s'emplirent de larmes.

— Est-il si clair pour tout le monde que Khalil ne m'aime pas ?

Fatima posa une main sur son bras nu.

— Ce qui est clair, c'est que vous vous êtes mariés pour un tas de bonnes raisons mais pas par amour. C'est le cas pour la plupart des unions royales, d'ailleurs. Seuls les plus chanceux et les plus déterminés, connaissent finalement l'amour. N'est-ce pas cela que tu désires le plus, l'amour de Khalil ?

Dora approuva de la tête et essuya les larmes qui coulaient sur son visage.

— Je le veux de toute mon âme. Je ne peux continuer à vivre à moitié. Je le fais depuis déjà trop longtemps.

Elle renifla.

— Mais il est trop tard. Il est amoureux d'Ambre et je ne vois pas comment je pourrais rivaliser avec elle. Elle est tellement plus belle que moi.

Fatima l'interrompit d'un geste dédaigneux.

— Elle n'est rien. Toi, tu es une princesse… Tu es toujours sa femme. Ambre n'est pas du tout celle que tu imagines. Elle a beau briller en public, une fois la représentation finie, elle n'existe plus.

Fatima dévisagea Dora avec attention.

— Khalil est allé au devant de nombreux problèmes en t'épousant. Il a rompu ses fiançailles et tourné le dos aux traditions familiales, ce qui lui a valu la colère de son père. Sais-tu seulement pourquoi ?

Dora essaya de se souvenir de ce que Khalil lui en avait dit.

— Il ne pensait pas qu'Ambre serait une bonne mère pour ses enfants, répondit-elle en se frottant les tempes qui commençaient à la faire souffrir. Mais elle est si belle…

— Qu'est-ce que la beauté ? La vraie beauté vient d'un cœur généreux et non de longues jambes et d'un joli visage.

Fatima se redressa la tête.

— Quand j'ai épousé mon mari, le harem n'était pas comme aujourd'hui. A l'époque, il était rempli de femmes magnifiques venant du monde entier. J'étais sa femme, mais il me délaissait. Qui voudrait d'un morceau de pain au milieu d'un bel étalage de pâtisseries appétissantes ?

Dora ne sut que dire. Des femmes dans le harem ? Elle, au moins, n'avait pas à lutter contre autant de rivales.

— Qu'avez-vous fait ?

— Je me suis dit qu'il ne me suffisait pas de porter son nom. Je devais conquérir son cœur et je l'ai fait. A toi de faire la même chose.

Oh, bien sûr, rien de plus simple en effet ! pensa Dora, morose.

— Et comment suis-je censée le faire, moi ?

Fatima sourit.

— Donne-lui ce qu'il attend le plus, ce que nulle autre femme ne peut lui donner. Et tu obtiendras ce que ton cœur désire.

- 16 -

— Donne-lui ce qu'il attend le plus… Tu obtiendras ce que ton cœur désire, murmura Dora, après le départ de Fatima. Que signifiaient ces mots ?

Bien qu'elle l'ait prononcée à haute voix, la question resta sans réponse. Le silence même semblait se moquer d'elle et elle avait du mal à retenir ses larmes. Elle ne voulait pas pleurer. Elle voulait être heureuse ! Elle devait trouver un moyen de construire son mariage, sinon elle partirait. Elle en avait assez de cette comédie avec Khalil.

Oui mais, par où commencer ? Devait-elle changer d'attitude ou mettre son époux obstiné face à lui-même… sans que ni l'un ni l'autre perde la face ? Fatima avait peut-être raison, mais comment pourrait-elle satisfaire le désir de son mari ? Elle ne savait pas ce qu'il attendait vraiment d'elle au fond de son cœur.

Que des questions… et pas l'ombre d'une réponse. Tout ce qu'elle voulait, elle, c'était vivre avec son mari. Seuls son sourire, le contact de sa main sur son bras, pourraient lui rendre sa bonne humeur.

Elle s'apprêtait à quitter le balcon quand, soudain, la silhouette d'une femme sortit de l'ombre.

— Ah ! Princesse Dora ! Quel plaisir de vous revoir.

Dora se figea sur place, tétanisée. Ambre, cette femme abominable qui avait détruit toutes ses illusions le jour même de son mariage, se dressait devant elle. Toujours aussi belle… et aussi vipérine. Elle ne voulait pas entendre une fois de plus ses paroles meurtrières et n'avait qu'une envie, courir se cacher dans sa chambre. Mais elle aurait préféré mourir plutôt que de montrer à cette briseuse de cœurs qu'elle lui faisait si peur que cela lui donnait envie de fuir en courant.

— Ambre. Je suis contente de vous revoir, dit-elle, en lui faisant une révérence solennelle. La réception vous plaît-elle ?

— Bien sûr et mon père est également très heureux d'avoir enfin toute sa famille autour de lui pour son anniversaire.

Ambre esquissa une moue.

— Il m'a reproché d'être si souvent absente, mais il m'est impossible de rester longtemps à El Bahar. C'est très triste.

Dora supposa qu'elle était censée compatir, mais elle n'était pas d'humeur à le faire. Ambre ne lui inspirait pas plus de sympathie que de confiance.

— J'imagine que vous trouver en présence de votre ancien fiancé et de son épouse doit vous être pénible. Il est heureux que vous puissiez voyager aussi souvent, cela doit vous changer les idées.

Les fins sourcils d'Ambre se rapprochèrent.

— Ne soyez pas si sûre de ce que vous dites, Altesse. Les choses ne sont pas ce qu'elles paraissent.

— Vraiment ?

Dora fit briller ostensiblement son alliance.

— Et moi je vois ici que je suis celle qu'il a épousée.

— Vous pouvez porter son nom et son alliance, mais vous n'avez pas son cœur. Il m'appartient.

Dora ne trouva pas de réponse sur-le-champ.

Ambre fit un pas vers elle.

— Nous sommes toujours aussi amoureux Khalil et moi. Il vient me voir chaque fois qu'il peut se libérer.

Dora avait bien envie de la traiter de menteuse. Elle ne croyait pas un instant que Khalil honore une autre femme. Il passait presque toutes ses nuits dans son lit et s'y montrait aussi vaillant que passionné. Il avait des défauts, certes, mais il lui était fidèle.

Et si c'était le cas ? souffla une petite voix dans sa tête. Ne lui avait-il pas menti, refusé obstinément de le reconnaître et fait du mal ?

— Je ne vois pas comment il pourrait en avoir le temps, dit-elle froidement.

— C'est normal que vous ne voyiez rien, se moqua Ambre. Vous passez vos nuits toute seule à l'autre bout du palais. Vous ne pouvez savoir combien de fois je me suis glissée dans son lit ou lui dans le mien.

Elle fit un pas vers Dora et lui empoigna le bras.

— Prévoyez de passer votre soirée toute seule, ma chère. Khalil m'a réservé cette nuit.

Dora se dégagea d'un coup sec. Elle refusait de croire à pareil conte, même si ces paroles lui faisaient très mal.

— Vous mentez. Je répéterai vos mensonges à Khalil tout à l'heure et vous serez bannie du palais.

Ambre éclata de rire.

— Mon père est Premier ministre d'El Bahar et le roi son meilleur ami. Ma famille est proche de la famille royale depuis des générations. Ne pensez pas que quelques mots et une alliance pourront me séparer de l'homme que j'aime. Allez le voir, dites-lui ce que je vous ai dit, si vous l'osez. Vous verrez que vous ne comptez pas. Vous n'êtes rien.

— Je suis sa femme.

— Pour l'instant.

Dora redressa la tête.

— Vous n'êtes qu'une enfant gâtée, Ambre. Vous apprendrez un jour qu'être la femme d'un homme donne à la femme plus de pouvoir qu'il n'y paraît.

Ambre haussa les épaules.

— Nous verrons bien. Et s'il ne vous rejoint pas cette nuit dans votre lit, nous saurons toutes deux pourquoi.

Dora songea un instant à la traiter de putain, mais trouva sa réaction puérile, et préféra se détourner, sans mot dire, pour regagner la salle de réception et chercher Khalil.

Après le supplice qu'elle venait d'endurer, le souffle lui manqua et ses jambes se mirent à trembler, au moment même où elle pénétrait dans la salle. Elle allait avoir un malaise, se dit-elle en revenant rapidement sur ses pas, et cette fois ce n'était pas seulement parce qu'elle était enceinte. Pitié, Seigneur ! Et si Ambre avait dit la vérité ?

A cette idée, Dora fut sur le point de fondre en larmes. Elle ne voulait pas perdre Khalil — pas après avoir fait tout ce chemin avec lui. Elle l'aimait. Peut-être même l'avait-elle aimé depuis le début. Elle savait bien que sans lui, sa vie deviendrait encore plus banale et mesquine qu'elle ne l'avait été dans le passé.

Une ombre s'approcha d'elle. Elle leva les yeux et vit son mari qui se tenait devant elle.

— Tu as l'air souffrante, dit-il. Ça ne va pas ?

Elle ouvrit la bouche et la referma. Que pouvait-elle lui dire ? Oserait-elle lui répéter les mensonges d'Ambre ? Et si cette femme avait dit vrai…

— Je suis seulement un peu fatiguée, dit-elle d'une voix faible. Il faut que j'aille me reposer dans ma chambre.

Khalil l'enlaça d'un bras protecteur et l'accompagna. En arrivant dans sa chambre, il alluma la lumière, l'aida gentiment à se déshabiller et l'installa dans son lit.

— Je présenterai tes excuses au roi, dit-il d'une voix inquiète. Dors Dora, tu te sentiras mieux demain. Je ne te dérangerai pas cette nuit.

Elle se dit que s'il se montrait aussi attentionné, c'était vraiment à cause de son état de faiblesse, que cela n'avait aucun rapport avec Ambre… mais elle n'en était pas sûre.

— Je ne me sens pas si malade quand même, murmura-t-elle. Peut-être qu'après la réception…

Il secoua la tête.

— Si tu ne te sens pas bien, je ne veux pas insister.

Il lui adressa un sourire triste.

— Tu n'es pas en état d'être vaincue ce soir, ma douce.

Il l'embrassa sur le front et la laissa seule. Tandis qu'elle le regardait s'éloigner, le silence l'enveloppa telle une chape de plomb.

Elle se redressa d'un coup et ramena ses genoux contre la poitrine. Avait-elle traversé toutes ces épreuves pour perdre l'homme qu'elle aimait à la fin de la partie ou la partie était-elle perdue d'avance ?

Qu'elle était donc sotte ! Khalil lui avait dit une fois qu'elle n'était rien, et il avait raison. Elle n'était qu'une petite secrétaire qui avait réussi à retenir l'attention d'un prince richissime. Non parce qu'elle était jolie, spirituelle ou intelligente, mais parce qu'elle faisait l'affaire. Une vierge aux hanches larges ! A quels autres honneurs s'imaginait-elle pouvoir prétendre ?

Les larmes qu'elle retenait depuis longtemps se mirent à couler. Secouée de sanglots, elle agrippa ses genoux et les serra contre elle comme pour retenir les dernières bribes de son bonheur enfui. En fait de bonheur, elle ne récoltait que souffrance et regrets amers. Si seulement les choses avaient été différentes !

Dora pleura si fort, que ces quelques minutes lui parurent des heures, puis elle sécha ses larmes et se dit que les choses étaient ce qu'elles étaient, à elle de trouver un moyen d'arranger cela. Khalil ne l'aimait pas et tout s'effondrait, son couple était brisé et avec lui tous ses rêves, tous ses projets d'avenir. Elle ignorait s'il était ou non en train de faire l'amour avec Ambre, mais elle savait que celle-ci ferait tout pour le garder. Elle-même n'avait aucun moyen de l'arrêter, mais si cette femme échouait, d'autres attendaient leur tour, c'est sûr. Le prince Khalil était très séduisant et attirait les femmes comme un aimant.

« Donne-lui ce qu'il attend le plus… »

Les mots de Fatima lui revenaient à la mémoire et résonnaient dans sa tête. Elle avait beau les entendre, les tourner dans tous les sens, elle ne voyait toujours pas ce qu'ils signifiaient. Qu'avait-elle à donner à cet homme qui avait tout ? Il était beau, riche et prince. Elle, rien.

Exaspérée, Dora rejeta les couvertures, sauta du lit et se rua sur la terrasse. Elle sentait un grand vide se creuser en elle et s'élargir de plus en plus. Elle s'était laissé piéger dans cette parodie de mariage et n'avait plus d'issue, plus d'espoir, rien…

Elle se retourna vers sa chambre où quelque chose venait de bouger. La pièce recevait un peu de lumière de la lampe de l'entrée que Khalil avait laissée allumée en partant. Scrutant la pénombre, elle s'aperçut que ce qui avait attiré son attention n'était autre que son reflet dans le miroir de la coiffeuse.

Elle s'arrêta pour se regarder et passa une main sur sa joue. Comme elle avait changé ! se dit-elle étonnée. Etait-ce son séjour à El Bahar ou sa nouvelle vie qui l'avait transformée à ce point ? Envolés son regard soumis et timide, ses épaules rentrées comme pour s'excuser. Elle se tenait droite, sûre d'elle-même aujourd'hui. Ses longs cheveux adoucissaient ses traits et la rendaient plus attirante. Et depuis qu'elle avait maigri, sa silhouette était harmonieuse, même si elle n'avait pas vraiment une taille de guêpe. Au fil des mois, elle avait acquis de l'assurance et n'était plus un petit chat sauvage du désert, comme Khalil aimait l'appeler.

Un peu réconfortée par le reflet qu'elle contemplait tout en se rhabillant, Dora se dirigea d'un pas assuré vers le bureau sur lequel s'amoncelaient des piles de dossiers. Elle travaillait parfois tard dans la nuit. Il y avait tant à faire et tout demandait du temps. Les rendez-vous noircissaient son agenda et il y avait aussi les discours à écrire, les coups de fil à passer, sans oublier les discussions avec Khalil. Elle avait fait bien du chemin depuis la célibataire solitaire qui mourait d'envie d'avoir un homme dans sa vie.

Dora jeta un regard autour d'elle et alluma la lampe du bureau pour mieux voir la vaste pièce dont le mobilier luxueux ne l'impressionnait plus. Même ce qu'avait dit Ambre, sur elle, sur sa vie et sur son couple, ne l'avait pas détruite, malgré la profonde blessure créée par sa cruauté ! Elle n'était plus Dora Nelson, la moins que rien. Elle était Dora Khan, princesse d'El Bahar.

Dans un éclair d'intuition, elle comprit enfin le sens des paroles sibyllines de Fatima. Elle savait maintenant ce que Khalil attendait d'elle. Son amour.

Elle sourit en secouant la tête. C'était si simple. Pourquoi ne l'avait-elle pas compris plus tôt ? Khalil n'avait que faire d'Ambre et ne voulait pas d'un bel objet pour femme. Il avait besoin d'une partenaire qui l'égale en intelligence et en dynamisme, d'une femme qui partage sa vision d'El Bahar. Elle était tout cela, Ambre ne l'était pas. Et bien qu'elle soit plus jeune et plus jolie qu'elle-même, elle refusait de croire que Khalil avait plus de plaisir à faire l'amour avec Ambre qu'avec elle. Lorsqu'il la prenait dans ses bras, elle sentait immédiatement la magie de ce contact intime, de ce lien à la fois charnel et spirituel qui les unissait et que rien ne pouvait détruire.

Sauf que…

Elle s'affala dans le fauteuil du bureau et laissa reposer sa main sur une pile de papiers. La pierre d'achoppement était toujours ce duel acharné entre leurs deux volontés. Qui des deux se rendrait le premier ? Et si personne ne se rendait, qui serait le gagnant ?

« Si je cédais sur ce point, je… »

Dora se pinça les lèvres. Et si elle se rendait… Obtiendrait-elle ce que son cœur désirait le plus ?

— Mais je veux que ce soit lui qui se rende le premier, dit-elle à voix haute, je veux qu'il… Elle se pinça de nouveau les lèvres. Je veux aussi qu'il m'aime.

Elle pensait à la persévérance dont il avait fait preuve en venant nuit après nuit la séduire jusqu'à ce qu'elle consente enfin à faire l'amour. Elle se rappelait combien son refus de le suivre dans ses appartements l'irritait… sans que jamais il laissât paraître cette irritation quand ils travaillaient ensemble. Elle revoyait enfin sa fierté quand elle avait été nommée ministre adjoint et sa joie quand le roi avait accepté les idées différentes des siennes qu'elle lui soumettait. Plus d'une fois aussi, son mari l'avait laissée parler pour deux.

Elle se souvenait aussi des efforts qu'il avait fait pour la conquérir en lui faisant la cour, des soirées qu'ils avaient passées à lire ou à bavarder en tête à tête. Elle songeait à tous les lieux qu'il lui avait fait découvrir. Elle se souvenait comme il la taquinait en lui disant qu'il ne lui permettrait de lui donner que des fils, alors qu'il n'arrêtait pas de lui dire combien il aimerait avoir au moins une fille et peut-être même deux.

Ce n'était pas les manières d'un homme indifférent non plus que d'un homme autoritaire et dominateur. Elle n'était peut-être pas l'épouse qu'il avait choisie, mais elle était son épouse légitime, sa seule épouse. Il avait déjà cédé sur bien des points. Allait-elle risquer de tout gâcher en s'obstinant à vouloir qu'il réponde à ses exigences ?

Elle souleva les feuillets et sourit en voyant le poignard de cérémonie qu'un dignitaire qui lui rendait visite lui avait offert la semaine précédente. Elle s'en servait comme coupe-papier. A quoi aurait-il pu servir d'autre dans un bureau ?

Elle regardait sans le voir le petit poignard d'or, effleurant du doigt le métal froid. Comment allait-elle parler de leur vie de couple à Khalil ? Ils devaient absolument sortir de l'impasse, mais elle répugnait à céder la première.

Alors qu'elle passait le doigt sur la lame émoussée, une idée lui vint. Elle était scandaleuse et ridicule, mais pouvait marcher. Un bref coup d'œil à l'horloge lui confirma que la réception devait être terminée à présent. Dora se leva, un sourire aux lèvres. C'était le moment ou jamais. Si elle se trompait au sujet de Khalil et qu'il était bien dans les bras d'Ambre, elle préférait le savoir tout de suite plutôt que de passer pour une parfaite imbécile.

Moins d'une demi-heure plus tard, elle longeait silencieusement les couloirs du palais, tenant le poignard plaqué contre son corps. Elle portait une robe très élégante et très décolletée créée par un grand couturier, qui dénudait même un peu trop ses charmes à son goût. Mais cette nuit, elle devait jouer tous ses atouts.

Elle parvint heureusement à atteindre la chambre de Khalil et à se glisser à l'intérieur sans être vue. Elle referma doucement la porte et s'avança sans bruit vers lui.

Son mari était seul. Elle s'en était immédiatement assurée en jetant un regard circulaire sur la pièce. Il était assis à son bureau, face à l'océan, et son image se reflétait dans la vitre. Il n'avait pas encore remarqué sa présence. Elle en profita pour l'observer. Les portes-fenêtres étaient fermées, mais pas les volets, si bien que la lumière rendait les vitres aussi réfléchissantes que des miroirs. Elle voyait nettement la boucle noire qui lui tombait sur le front. Il avait jeté sa cravate et la veste de son smoking sur le sofa, déboutonné sa chemise et retroussé ses manches.

Il était l'image même de l'homme décontracté et sa beauté virile lui coupa le souffle. Le désir l'envahissait déjà. Seigneur ! Comme elle avait envie de lui ! Pas seulement dans son lit, mais dans sa vie. Elle désirait vieillir à ses côtés. Elle osait à peine se le dire à elle-même, mais il y avait un moyen, un seul, de concilier ce qu'elle voulait et ce qu'il pouvait lui donner.

« Mon Dieu, faites que j'aie raison ! » pensa-t-elle en inspirant profondément.

Elle fit un pas vers lui, puis un autre. Son cœur battait la chamade, elle crut qu'elle allait s'évanouir. Lorsqu'elle se trouva à deux mètres de lui, Khalil leva enfin les yeux et aperçut son reflet sur la vitre.

— Dora, que fais-tu ici ? Te sens-tu bien ?

Elle observa l'expression de son visage qui était passée du plaisir inattendu à l'inquiétude. Puis elle se plaça derrière lui et lui mit le poignard sur la gorge.

Il n'avait même pas la courtoisie de paraître surpris, pensa-t-elle écœurée, tandis que Khalil posait son stylo et rencontrait son regard sur la vitre.

— Si tu espérais retenir mon attention, tu as réussi, dit-il calmement.

Elle pressa la lame sur sa peau.

— Si jamais je découvre que tu m'as trompée, Khalil, je te trancherai la gorge !

— Je vois. Merci de me prévenir. Cela dit, je ne suis pas inquiet. Je n'ai nulle envie d'être avec une autre que mon petit chat sauvage.

Elle le regarda esquisser un sourire en coin.

— Je ne plaisante pas, dit-elle. Je le ferai. Tu es mon mari, celui qui possède mon cœur. En tant que tel, tu me dois respect et honneur.

Le sourire de Khalil s'effaça instantanément. En un clin d'œil, il saisit le poignet de Dora puis pivota sur son siège pour lui faire face. Il se mit alors debout, prit le poignard et le jeta loin derrière lui sur les dalles de marbre où il ricocha jusqu'à glisser dans un coin.

— Qu'as-tu dit ? demanda-t-il en la fixant intensément.

Elle regarda son visage tendu et remarqua l'étrange lueur qui brûlait dans ses yeux.

— Dis-le-moi, insista-t-il. Dis-moi encore que je suis celui qui possède ton cœur.

Elle ne s'était pas attendue à ce que les choses se passent ainsi et son regard insistant la rendit un peu nerveuse.

— Vous venez de me l'entendre dire.

Elle se tortilla pour se libérer mais sa poigne la maintenait fermement.

— Laisse-moi partir.

— Jamais, dit-il d'un air farouche en la soulevant de terre.

Il la porta jusqu'au lit et s'assit près d'elle.

— Je ne te laisserai jamais partir, ma femme.

Il lui caressa le visage et essuya de son pouce ses larmes.

— Car tu es mienne, n'est-ce pas ?

— Oui, murmura-t-elle, incapable de nier la vérité. Je t'aime de tout mon cœur.

Elle lui lança un regard noir.

— Mais ne t'imagine pas que les choses vont changer entre nous uniquement parce que tu m'aimes aussi. Je veux un vrai mariage. Je veux que nous vivions ensemble comme mari et femme, et je veux que tu me jures que tu ne coucheras avec personne d'autre que moi et cette règle s'applique plus précisément à Ambre.

A ce nom, les étoiles qui brillaient dans les yeux de Khalil se ternirent. Il prit Dora dans ses bras et la serra contre lui pour qu'elle puisse poser sa tête sur son épaule.

— J'aurais dû me douter qu'elle nous créerait des ennuis, murmura-t-il. J'aurais dû te dire la vérité sur elle depuis longtemps, mais j'avais honte.

— Je ne comprends pas. Tu étais son fiancé, non ?

— Oui, mais ces fiançailles avaient été arrangées par nos parents et je cherchais désespérément un moyen de rompre. Je n'ai jamais voulu d'elle, pas même avoir affaire à elle en quoi que ce soit. Elle me dégoûtait. Depuis des années, elle s'adonnait à la débauche, elle passait d'un lit à l'autre comme on fait du sport. Je ne voulais pas révéler la vérité par égard pour son père.

Dora avait suffisamment étudié les us et coutumes d'El Bahar pour comprendre.

— Aleser est un bon dirigeant, dit-elle. Si tu lui avais dit la vérité sur sa fille, il aurait dû démissionner.

Khalil acquiesça.

— Lorsque nous étions à New York, Ambre est venue me voir. Elle m'a rappelé que nous étions fiancés et insisté pour que nous nous mariions. J'étais pris au piège.

Tant de choses s'éclaircissaient, pensa Dora. Khalil avait dû trouver une solution à son dilemme. Pourquoi cette femme avait-elle été aussi cruelle ?

— Alors, j'étais là, dit-elle. Et j'étais pour toi la seule solution acceptable.

Il l'entoura de ses bras et se renversa sur le dos, la tenant au-dessus de lui.

— Bien plus qu'une solution acceptable, dit-il en frôlant sa bouche de ses lèvres. Tu es la lumière de ma vie.

— Tu m'aimes ?

Il soupira.

— Oui, Dora, je t'aime.

Elle sourit.

— Oh, Khalil, nous avons été si têtus ! J'en pleurerais.

— Tu devrais. Tu es seule responsable de cette situation. Si tu avais été plus conciliante, plus raisonnable, nous aurions pu…

Elle s'arracha à lui, essayant de sortir du lit, mais il fut plus rapide.

— Où penses-tu aller ? demanda-t-il en l'attirant de nouveau contre lui.

Elle le repoussa encore, sans succès. L'homme était trop fort.

— Le poignard est toujours dans la chambre, dit-elle

en lui lançant un regard meurtrier, et j'ai bien l'intention de m'en servir.

— Jamais, dit-il en riant. Tu m'aimes trop.

— Je sais. Mais je ne le supporte pas.

— M'aimes-tu depuis longtemps ? demanda-t-il.

Il avait parlé d'un ton détaché, mais Dora sentait qu'il avait une arrière-pensée. Elle le regarda. Une ombre traversa ses yeux qu'elle aurait prise pour de l'incertitude s'il ne s'était agi de Khalil.

— Oui, dit-elle. Presque depuis le début.

— Alors pourquoi m'as-tu rejeté chaque fois que je venais te rejoindre dans ta chambre ? Pourquoi ne voulais-tu pas faire l'amour ?

Sa question n'était pas celle du prince mais de l'homme, un homme qui se serait mis à genoux devant elle.

— Parce que, chaque fois, je luttais contre mon propre désir. Je t'ai toujours aimé.

Il l'embrassa tendrement.

— Je t'ai toujours aimée aussi. Si je ne suis pas venu ce soir, c'est parce que je te croyais souffrante.

— Je sais.

Elle le savait réellement à présent. Ambre ne se mettrait plus jamais entre eux.

Khalil s'assit et retira sa chemise. Il se dévêtit rapidement et s'étendit nu sur le lit.

— Tu dois aussi répondre de cela, dit-il d'un ton impérieux. Tu as refusé à ton mari sa place légitime dans ton lit comme dans ton cœur. Ta punition sera sévère.

Il fit un geste vers son sexe érigé.

— Tu expieras tes péchés en t'occupant de moi ce soir.

— Oh, vraiment ? demanda-t-elle, sans en croire ses oreilles.

« Dites à un homme que vous l'aimez et il pensera que le monde lui appartient. »

— Je m'en voudrais de te priver de cette occasion de me satisfaire, ajouta-t-il.

— Quelle générosité, murmura-t-elle en se levant.

Ainsi Khalil pensait-il avoir le dessus sur elle ? Elle réprima un sourire. Ils pouvaient jouer longtemps à ce jeu-là.

Dora retira lentement sa robe et ses bas.

— Dis-moi ce que tu veux, prince Khalil, et je ferai ce que tu voudras.

Khalil tendit les bras et l'attira à lui. Elle frissonna.

— J'attends un enfant.

Les yeux de Khalil s'agrandirent, il ouvrit la bouche, mais aucun son n'en sortit. Il émit un grognement étranglé où se mêlait son rire, et la serra contre lui.

— Je t'aime, dit-il en la regardant longuement. Promets-moi que tu m'aimeras toujours.

Une vague d'émotions se souleva au plus profond d'elle-même, l'emplissant d'une joie sereine qu'elle n'avait jamais connue auparavant.

— Pour toujours, mon époux.

Dora comprit qu'elle avait gagné. Plus que la victoire de leur duel puéril, elle avait gagné l'amour de cet homme extraordinaire. Ce qui n'était au début qu'un mariage de convenance et de raison, était devenu ce miracle de l'amour que seuls connaissent les plus chanceux. Khalil et elle étaient de ces hommes et de ces femmes dont les amours étaient destinées à leur survivre… et resteraient inscrites à jamais dans le beau ciel d'El Bahar.

Passions

— Le 1er mars —

Passions n° 11

L'amant du bout du monde - Ann Major

Quand elle arrive à Rhodes, Zoé a le choc de sa vie. Car l'homme qui la dévore des yeux, à la réception de l'hôtel, n'est autre que Tony Duke. L'homme à qui, neuf ans plus tôt, elle a offert sa virginité, et qui l'a cruellement trahie. Que fait-il ici ? Le hasard seul les a-t-il réunis sur cette île où elle est venue passer des vacances ?

Le souffle du désir - Leanne Banks

Qu'a à lui offrir Ben Palmer, sinon une aventure d'une nuit ? Cheveux longs, tatouage, blouson de cuir : il a tout du mauvais garçon. Pas le genre d'homme prêt à s'engager dans une relation, contrairement à Amelia. Autant dire qu'elle va devoir se tenir à distance de ce séducteur si elle ne veut pas souffrir...

Passions n° 12

Amoureux et ennemis - Nora Roberts

Lorsqu'elle apprend qu'un vieil oncle lui lègue sa fortune et sa maison, Pandora est d'abord tentée de refuser son héritage. Car ce legs s'accompagne d'une clause spéciale : Pandora doit cohabiter pendant six mois avec son cousin par alliance, Michael, un homme sûr de lui, séduisant, dangereux...

La brûlure de l'été - Nora Roberts

Alors qu'elle a tout perdu, sa fortune, sa maison, son fiancé, Eden va passer l'été dans la montagne. Et là, dans un cadre idyllique, elle se laisse envahir par un sentiment nouveau de liberté... Sans deviner qu'elle est sur le point de faire une rencontre qui va changer sa vie.

L'héritage des Hanson **Passions n° 13**

Un bébé chez les Hanson - Victoria Pade

A son retour de vacances, Delia découvre avec stupeur qu'elle est enceinte d'un homme avec qui elle a passé une unique nuit d'amour. Peu de temps après, au cours d'un rendez-vous professionnel, quelle n'est pas sa surprise de se retrouver face à face avec son amant d'une nuit...

Un amour impossible - Elizabeth Harbison

En prenant ses fonctions dans le groupe Hanson, Meredith apprend, bouleversée, que son supérieur n'est autre qu'Evan Hanson. A l'idée de se retrouver face à celui qu'elle croyait parti pour toujours, Meredith s'interroge : va-t-elle savoir enfin pourquoi Evan l'a abandonnée sans explications douze ans plus tôt ?

Passions n° 14

La mariée de Hong Kong - Kelly Hunter

Hallie voudrait pouvoir refuser la proposition que l'arrogant Nicholas Cooper vient de lui faire. Mais, criblée de dettes comme elle l'est, peut-elle vraiment renoncer aux cinq mille livres qu'il lui offre pour faire semblant d'être sa femme pendant une semaine et le suivre à Hong Kong ?

L'appel de la passion - Mary Lynn Baxter

Chaque fois que Grant Wilcox posait son regard brûlant sur elle, Kelly frémissait de désir. Mais cet homme des grands espaces n'était pas pour elle, elle le savait. Car lorsqu'elle quitterait la petite ville, il n'y aurait aucune chance pour que cet homme si profondément attaché à sa terre la suive...

Passions n° 15

Le choix du cœur - Barbara McCauley

Depuis que Jacob Carver lui a révélé qu'elle est une enfant adoptée, toutes les certitudes de Claire ont volé en éclat, y compris les sentiments qu'elle croyait porter à son fiancé. Aussi préfère-t-elle, le jour de son mariage, s'enfuir de l'église pour partir avec Jacob à la découverte de qui elle est vraiment...

Les flammes du passé - Shirley Rogers

Pour sauver son haras, Mary Beth doit se résoudre à accepter l'aide de Deke Mc Call. Mais elle redoute le retour de cet homme qui, deux ans plus tôt, l'a abandonnée après une nuit d'amour : car loin de le haïr comme elle le devrait, elle éprouve toujours pour lui de troubles sentiments...

Le 1er mars

Noir secret - Brenda Novak • N°280

A neuf ans, Grace a été victime des désirs pervers de son beau-père. Puis il a disparu sans laisser de trace. La suspicion et les rumeurs ont alors envahi la petite ville de son enfance... Mais aujourd'hui, Grace est prête à tout pour briser la malédiction qui pèse sur sa vie. Même s'il lui faut pour cela exhumer un passé douloureux, fait de crimes et de rancœurs.

Le lien du sang - Jennifer Armintrout • N°281

Belle. Et immortelle... Une seule goutte de sang a fait d'elle un vampire, une femme assoiffée de sang, condamnée à vivre dans l'ombre. Elle a quinze jours pour décider de son destin : rejoindre Nathan, l'homme qui l'a initiée à sa vie d'immortelle. Ou succomber au désir fatal qui la pousse vers Cyrus, le démon dont le sang coule dans ses veines... Quinze jours pour combattre le mal... ou se soumettre à jamais.

Erreur fatale - Merline Lovelace • N°282

Ancien membre des services secrets, Cleo North s'en est toujours voulu de n'avoir pu empêcher le meurtre de son amie Debra. D'autant que la version officielle du crime passionnel lui a toujours paru douteuse. Pour elle, le dossier reste ouvert. Et elle entend bien, avec l'aide de Jack Donovan, son ancien collègue, approfondir l'enquête et réparer l'erreur fatale dont elle s'accuse...

Mort sous hypnose - Dinah MacCall • N°283

En trois semaines, six jeunes femmes se donnent la mort sans raison apparente. Or, deux éléments troublants rapprochent ces disparitions soudaines, invalidant la thèse du suicide : juste avant de mettre fin à leurs jours, toutes les victimes ont reçu un appel téléphonique, dont aucun témoin ne connaît la teneur. Toutes ont aussi participé aux mêmes séances d'hypnose... exactement comme leur amie Virginia Shapiro qui, ayant appris leur décès, vit dans l'angoisse d'être la prochaine victime...

Une vie volée - Metsy Hingle • N°284

Après la mort de sa mère, Laura découvre la vérité sur sa naissance : elle n'est pas, comme elle l'a toujours cru, la fille de Richard Harte, fou amoureux de sa mère et mort au front avant sa naissance, mais l'enfant illégitime d'un certain Andrew Jardine, riche bourgeois de la Nouvelle-Orléans, qui ne l'a jamais reconnue. Seule avec ses questions et ses peurs, tourmentée par le secret de ses origines, Laura n'a plus qu'une idée en tête : trouver ce qui a détruit l'amour de ses parents, et fait basculer son propre destin...

Lady Mystère - Kat Martin • N°285

Londres, 1804.

Pour protéger sa jeune soeur de la lubricité de leur beau-père, lady Victoria Temple décide de fuir avec elle à Londres où, pour survivre, toutes deux n'ont d'autre choix que de se faire engager comme domestiques chez le duc de Brant. Ce dernier s'intéresse d'emblée à Victoria, dont le charme piquant l'intrigue et le séduit. Il lui fait une cour assidue à laquelle la jeune femme, bien que secrètement troublée, s'interdit de succomber. Elle ne peut pas, ne doit pas, baisser la garde. Car si le duc venait à découvrir leur véritable identité, les conséquences seraient terribles...

Secrets et mensonges - Debbie Macomber • N°144 *(réédition)*

Désireuse de faire le point sur sa vie, Lindsay Snyder revient à Buffalo Valley où, enfant, elle a passé ses vacances. Un secret de famille hante sa mémoire, et elle n'a de cesse de découvrir ce que sa grand-mère a toujours cherché à lui cacher. Mais à son arrivée, elle trouve la petite ville bien changée : boutiques fermées, quartiers désertés... Loin de la décourager, ce voyage au pays de son enfance se révèle un véritable pari sur l'avenir – y compris sur son destin de femme...

Composé et édité par les
éditions Harlequin
Achevé d'imprimer en janvier 2007

par

LIBERDÚPLEX

Dépôt légal : février 2007
N° d'éditeur : 12604

Imprimé en Espagne